NIE POZWÓL
MU ODEJŚĆ

TOMASZ KIERES

NIE POZWÓL MU ODEJŚĆ

FILIA

Wydanie I, Poznań 2019

Zdjęcia na okładce: © Kerrick/iStock
                    © Matteo Colombo/Getty Images

Redakcja: Malwina Błażejczak
Korekta: Marta Akuszewska
Skład i łamanie: Dariusz Nowacki

ISBN: 978-83-8075-821-6

Wydawnictwo Filia
ul. Kleeberga 2
61-615 Poznań
wydawnictwofilia.pl
kontakt@wydawnictwofilia.pl

Druk i oprawa: Abedik SA

Dla M.,
dziękuję

Wszystko nie tak.
Ostatkiem sił wyciągnął rękę.
Chciał poczuć jej uścisk.
Do ilu miał liczyć?
A może raczej powinien był liczyć wstecz?
Jeszcze raz zacisnął dłoń, ale palce tylko przecięły powietrze.
Dlaczego miałaby tu być?
Pamiętasz przecież…
Czas się kończył.
Listy czy…?
Tak, oczywiście.
Dlaczego o tym zapomniał?
Wszystko nie tak.

CZWARTEK, LIPIEC

Spojrzał na zegarek. Wskazówki pokazywały godzinę ósmą czterdzieści cztery. Do odlotu pozostawało ponad sto trzydzieści minut. Na tablicy przeczytał, że odprawa przed jego lotem już się rozpoczęła. Dziwne, pomyślał, zazwyczaj rozpoczynali równo dwie godziny przed startem. W poprzednich latach w każdym razie.

Podszedł powoli do stanowiska i podał kartę pokładową oraz dowód osobisty. Obsługująca odprawę młoda kobieta poprosiła go o położenie walizki na taśmie, będącej jednocześnie wagą. Jego bagaż ważył dwadzieścia pięć kilo na trzydzieści dwa dopuszczalne, no ale ile rzeczy mógł w końcu zabrać, jadąc sam, nawet wliczając w to osiem książek? Pewnie wziąłby połowę z tego, gdyby wyjazd wyglądał tak jak kiedyś. Nie potrzebowałby ich tylu, a w walizce byłyby nie tylko jego rzeczy.

Ile może się zmienić przez jedenaście miesięcy, pomyślał.

– Dziękuję bardzo, miłego lotu.

Pracownica lotniska wyrwała go z zadumy.

– Dziękuję – odpowiedział ze słabym uśmiechem i zgarnął dokumenty.

Wolnym krokiem skierował się do stanowiska kontroli osobistej. Wyjął laptop z torby podręcznej i opróżnił kieszenie. Portfel, klucze od mieszkania, telefon. A tak, jeszcze pasek. Kiedy wszystko wylądowało w plastikowym pojemniku, przeszedł przez bramkę i zaczął z powrotem chować rzeczy.

Nagle usłyszał charakterystyczny dźwięk. Podniósł głowę i zatrzymał wzrok na dziewczynce, która wyglądała na nieco wystraszoną faktem, że to ona była powodem tego dźwięku. Jego myśli momentalnie powędrowały do jego córki. Ilekroć mieli lecieć samolotem, Kinga zawsze sprawiała, że bramka piszczała. W takich sytuacjach żartowali, że chyba jest cyborgiem albo przynajmniej ma jakieś głęboko ukryte metalowe części.

Poczuł ukłucie bólu. Ona powinna być tutaj razem z nim. Wszyscy powinni być. Tak jak kiedyś. Tak jak zawsze. Chociaż nie, nie powinni. Już dawno nie powinni. To była przeszłość. Taką powinien ją zapamiętać. Powrotu już nie było.

Pokręcił głową i skierował się w stronę wejścia numer 10, spod którego miał podjechać autobusem do samolotu. Po drodze zajrzał do punktu z prasą. Tego samego, co zawsze. „Teraz Rock" – jest. „Metal Hammer" – jest. „Kino", miesięcznik o filmach, który jako jedyny ostał się na rynku – jest. „Wysokie Obcasy Extra"… Stare nawyki szybko nie giną. Już chciał odłożyć gazetę z powrotem, ale w ostatniej chwili postanowił ją zatrzymać. W końcu i tak zawsze ją czytał. Tak sobie mów, pomyślał. Już miał iść płacić, kiedy jego wzrok powędrował na najwyższą półkę, gdzie były wydawnictwa dla dorosłych. Sięgnął po najnowszy numer „Playboya". Jechał sam, na wakacje, odrobina nagości w papierowej postaci popularnego magazynu nie mogła zaszkodzić. Kilkanaście minut później był już w poczekalni. Zajął miejsce na fotelu i rozejrzał się dookoła. Pojedyncze krzesła zajmowali pasażerowie, którzy podobnie jak on przyjechali wcześniej, a teraz ze znudzonymi minami czekali na odlot. Zamknął oczy. To chyba nie był najlepszy pomysł. Mógł jechać w dowolne miejsce na świecie albo nie jechać nigdzie, co w tej chwili nie wydało mu się takim głupim pomysłem. On jednak postanowił zrobić to, co robili od lat, tylko że teraz robił to sam. Hotel był już przecież zarezerwowany. Bukowali go zawsze w listopadzie lub w grudniu, kiedy można było liczyć na większe zniżki, a że od dawna jeździli w to samo miejsce, dylematów z wyborem nie mieli. Niby mógł później zrezygnować, ale nie miał za bardzo do tego głowy, były inne sprawy. A teraz znajdował się już w drodze. Na miejscu czekał na niego czteroosobowy apartament, ten, co zawsze, na parterze, z tarasem, z którego rozciągał się widok na morze. Ciasno mu z pewnością nie będzie. Chciał jeszcze raz zobaczyć miejsce, w którym spędzili tak wiele wspaniałych chwil, nawet jeśli miał być tam sam. Sam. Tak było dobrze, a może raczej właściwie.

* * *

Nie minęły nawet dwie godziny, a Lena już czuła, że zaczyna jej pękać głowa. Na myśl o tym, że ma przed sobą cały tydzień, zrobiło jej się słabo. Powinna była przewidzieć, w co się pakuje. Gdzie się podział jej instynkt samozachowawczy? Instynkt? Jaki instynkt? Chyba nigdy go nie było. W przeciwnym przypadku jej życie wyglądałoby całkowicie inaczej. Zajrzała do torebki w poszukiwaniu środka przeciwbólowego. Jak w ogóle mogła pomyśleć, że ten wyjazd to dobry pomysł? Musiała mieć jakąś pomroczność jasną, kiedy powiedziała: „Dobrze, pojadę". Bardzo dobrze pamiętała słowa siostry: „Jedź z nami, dzieci i tak będą w tym czasie ze Sławkiem, a ty się oderwiesz, odpoczniesz... Za hotel nie musisz płacić, apartament mamy sześcioosobowy, a nas jest piątka". Do końca nie wiedziała, co ją podkusiło. Oderwanie, odpoczynek czy ten darmowy apartament? Może mieszanka wszystkich trzech. Po krótkim, wspólnym przejściu po lotnisku z Iloną, jej mężem i trójką swoich siostrzeńców już wiedziała, że na odpoczynek chyba za bardzo liczyć nie może. Chłopcy mieli odpowiednio osiem, dziesięć i dwanaście lat i coś takiego jak chwila spokoju było im całkowicie obce.

Może już na miejscu, w hotelu, spyta o wolną jedynkę. Ciekawe, czy w takich hotelach w ogóle mają jedynki? Do położonego nad brzegiem morza ośrodka chyba nie przyjeżdża zbyt wielu samotnych gości. Zresztą, taka alternatywa i tak nie wchodziła w grę. Siostra by jej tego z pewnością nie wybaczyła. A gdyby tak poznała jakiegoś samotnego, przystojnego, inteligentnego i zarazem dowcipnego mężczyznę?

Lena parsknęła śmiechem. Z doświadczenia, niewielkiego, bo niewielkiego, ale zawsze doświadczenia wiedziała, że znalezienie mężczyzny, który by skupiał w sobie te wszystkie cechy, graniczyło z cudem. Jeszcze chemia, przypomniała sobie, oczywiście jeszcze chemia. Chyba w łazience. Co ty byś z nim robiła? – spytała siebie w myślach. Przecież za darmo miejsca w hotelu by ci nie oddał. Jeśli chodzi o to słowo na S, to rzeczywiście dobre pytanie. Życie erotyczne Leny od pięciu lat nie istniało. Nieśmiałe próby, jak to nazywała, „zluzowania napięcia" właśnie tym były – nieśmiałymi próbami, które z większym lub mniejszym powodzeniem co jakiś czas podejmowała. Wszystko, co w jej życiu wiązało się ze sferą seksu, dotyczyło Sławka, od zawsze. Biorąc pod uwagę, że od pięciu lat jej już teraz były mąż w jej życiu nie uczestniczył, należało uznać, że owa sfera również nie istniała.

Raczej żałosny stan rzeczy, ale tak się wydarzyło i koniec. Może była niedzisiejsza, ale nie wyobrażała sobie pójść do łóżka ot tak, dla zabawy. Ona chciała więcej, tylko co z tego „więcej" miała w końcowym rozliczeniu? Chyba najwyższy czas zmienić nastawienie. W końcu taki wyjazd może być okazją do poznania kogoś. Z całą pewnością, pomyślała, w hotelu dla rodzin z dziećmi. Atrakcyjna partia będzie gonić atrakcyjną partię. Z Iloną i jej mężem na karku, o chłopcach nie wspominając, Lena z pewnością stanie się łakomym kąskiem.

Spojrzała na swoje odbicie w szklanych drzwiach sklepu z pamiątkami, jakich było całkiem sporo na lotnisku. Czterdziestka to podobno nowa trzydziestka i lepiej niech tak będzie, uśmiechnęła się do siebie. Sto sześćdziesiąt siedem centymetrów wzrostu, szczupła sylwetka, krótko obcięte rude włosy, kończące się tuż za uszami i odsłaniające smukłą szyję. Popatrzyła na swoje nogi w szortach, na stopach – białe trampki. Kilka lat temu za żadne pieniądze nie założyłaby czegoś takiego jak krótkie spodenki. Nogi zawsze miała zgrabne, ale jak na jej gust nie dość szczupłe. Czy rzeczywiście, to już mogłaby być kwestia sporna. Ale to było jednak jej zdanie i jej nogi, więc żadne dyskusje nie wchodziły w grę.

Po rozwodzie, kiedy jakaś część jej samej wywoływała w niej wyrzuty sumienia, że w takim punkcie życia się znalazła, Lena ostro wzięła się za siebie. Nie żeby była jakaś bardzo zaniedbana; zachowywała się tak, jakby za wszelką cenę chciała pokazać Sławkowi, co stracił. Na szczęście szybko zdała sobie sprawę, że skoro nie dostrzegł tego przez wszystkie lata małżeństwa, to tylko źle świadczy o nim. I o niej niestety też – że tak długo ciągnęła związek.

W każdym razie tę genialną figurę ukształtowałaś dla siebie – uśmiechnęła się pod nosem. No i oczywiście dla kogoś jeszcze. Problem był w tym, że ten „ktoś" stawał się powoli mityczną postacią i biorąc pod uwagę podejście Leny do swatanych z nią przez Ilonę kawalerów, istniało realne ryzyko, że takową pozostanie. Prawdą było, że żadnemu z tych mężczyzn nie dała specjalnej szansy. Chemia musi być, tłumaczyła siostrze, na co ta niezmiennie odpowiadała: „W twoim wieku nie ma czasu na wybrzydzanie". Co racja, to racja, ale czy naprawdę chęć nawiązania jakiejkolwiek więzi to było zbyt wiele, czego mogłaby oczekiwać? Chciała poczuć to „coś". Pytanie brzmiało, czy w ogóle wiedziała, czym to „coś" było? Czy kiedykolwiek to czuła? Z pewnością tego nie pamiętała.

Lena potrząsnęła głową, jakby chciała odgonić te myśli. Wyjeżdżasz i się bawisz, powiedziała do siebie szeptem. Zwłaszcza: bawisz. Rozejrzała się dookoła w poszukiwaniu swojej rodziny. Prawdopodobnie zahaczali o każdy sklep. Miała więc jeszcze chwilę dla siebie. Rozejrzała się za miejscem do siedzenia. Większość foteli była zajęta przez mniejsze lub większe grupy. Jedyne dwa wolne miejsca znajdowały się przy bramce wyjściowej. Obok siedział mężczyzna, zatopiony w lekturze kolorowego magazynu. Możliwe, że jest sam. Było to mało prawdopodobne, ale kto wie. Zresztą i tak nie mam wyboru, pomyślała Lena i skierowała swoje kroki w jego stronę.

* * *

Poczuł, że ktoś przed nim stoi. Podniósł głowę i zobaczył stojącą przed nim piękną kobietę. Umarłem i jestem w niebie, przeszło mu przez głowę. Ta myśl, która tak nagle się pojawiła, sprawiła, że nie mógł powstrzymać uśmiechu. Kobieta go odwzajemniła.

– Czy te miejsca koło pana są wolne?

– Tak, tak, oczywiście, proszę bardzo.

Lena popatrzyła uważnie na mężczyznę, który nadal się uśmiechał.

– Czy coś nie tak? Jestem brudna na twarzy?

– Przepraszam, muszę kretyńsko wyglądać. I nie, nie jest pani brudna.

– To dobrze. Jeśli zaś chodzi o pana uśmiech, to aż tak źle nie jest.

– Aż tak źle nie jest? – powtórzył. – Kamień spadł mi z serca!

Uśmiechnęła się. Takie luźne pogawędki, zwłaszcza z nieznajomymi mężczyznami, to z pewnością nie była jej domena. W tym momencie powinna usiąść wygodnie i zająć się swoimi sprawami, gdyby jakieś miała. Ale jakoś nie chciała przerywać tej krótkiej wymiany zdań. Czy chodziło o ten uśmiech, czy o ciepło bijące z brązowych oczu? Nie potrafiła określić.

Usiadła obok i popatrzyła na sąsiada.

Tamten pokręcił głową, cały czas się uśmiechając.

– Chce pan coś powiedzieć?

– Chyba sam jestem sobie winien. Powinienem teraz powiedzieć coś błyskotliwego, a jestem w kropce. Dobre pierwsze wrażenie można zrobić tylko raz.

– O to bym się akurat na pana miejscu nie martwiła.

– To dobrze, bo przyznam się pani, że piękne kobiety mnie onieśmielają.

Lena poczuła, jak się czerwieni. Nie powinna tak reagować, ale kiedy ostatni raz słyszała komplement? A przynajmniej taki, który jej nie irytował, głównie ze względu na osobę go wygłaszającą?

– To o mnie?

Roześmiała się delikatnie, chcąc jak najszybciej ugasić to ciepło, które zalało jej policzki.

– Może ja się nie znam, ale to nie brzmiało tak, jakby był pan onieśmielony – dodała.

– To znaczy, że nie zauważyła pani moich rumieńców.

– Byłam skupiona na ukryciu swoich.

Wybuchnęli śmiechem.

– Czyli najgorsze już za nami – stwierdziła.

– Jeśli to było najgorsze, to czeka nas świetlana przyszłość.

– Z tym onieśmieleniem to jakaś ściema. Mogę to już oficjalnie stwierdzić, pańskie „onieśmielenie" nie istnieje. Chyba że... – zawiesiła głos i popatrzyła na niego z rozbawieniem. – ...chyba że to nie o mnie chodziło. I tak w ogóle to mam na imię Lena.

– Kamil – odpowiedział po chwili spokojnym głosem i uścisnął lekko wyciągniętą ku niemu dłoń.

Była ciepła i delikatna, z tych, co to kiedy ich dotkniesz, nie masz ochoty ich wypuszczać. Kiedy ostatni raz czuł dotyk kobiecej dłoni? Gdy składał cioci Kazi życzenia imieninowe. Ale tamto uczucie kojarzyło się z dotykaniem nóżek w galarecie, które zbyt długo stały na słońcu.

– Skoro już ustaliliśmy, że nie jestem nieśmiały, to pozwolę sobie na jeszcze jedną uwagę.

– Słucham uważnie.

– Strach powiedzieć to na głos, ale już ponad dwadzieścia lat dojeżdżam do Warszawy, najpierw do liceum, potem na uczelnię i w końcu do pracy, i nigdy, podkreślam, nigdy nie zdarzyło mi się spotkać osoby o tak olśniewającej urodzie jak pani. To znaczy jak ty. Nie mówiąc już o odezwaniu się. Nawet w tak prozaicznej sprawie jak wolne miejsce.

Lena spojrzała na swojego sąsiada ze zdziwieniem.

– Zdaję sobie sprawę, że słyszysz to często... – dodał szybko Kamil.

– Ty tak zawsze? – Lena uśmiechnęła się niepewnie.

Stwierdzenie, że była w szoku, kompletnie nie oddawało

jej obecnych uczuć. Słyszała w życiu różne komplementy, ale prawdę mówiąc, nie było ich tak dużo. Większość zresztą od Sławka, z czego jakieś dziewięćdziesiąt procent przed ślubem. No a z perspektywy czasu nie była nawet pewna, czy mówił je szczerze.

Siedzący obok niej mężczyzna nie wyglądał na podrywacza. Takiego typowego w każdym razie, z cwaniactwem wypisanym na twarzy. Kamil sprawiał wrażenie, jakby sam się zawstydził słowami, które wypłynęły z jego ust. Brzmiał szczerze. Chociaż co ona mogła wiedzieć, skoro jej dotychczasowe doświadczenia ze szczerością raczej nie miały nic wspólnego.

– Pierwszy raz.

– Oczywiście – uśmiechnęła się szeroko.

– Oczywiście. Gdybym teraz nie siedział, to bym pewnie zemdlał z wrażenia, że coś takiego powiedziałem. Jest mi tak gorąco, że pot leje mi się ciurkiem po plecach.

Lena zaczęła się głośno śmiać.

– To nie jest ani trochę zabawne, wierz mi.

W tym momencie ich uwagę zwróciło zamieszanie, jakie wywołało trzech goniących się chłopców. Za nimi zdecydowanym krokiem szła kobieta, najprawdopodobniej ich mama. Pochód zamykał bardzo szczupły mężczyzna, ciągnący za sobą dwie małe walizki bagażu podręcznego.

– Żona Hollywood z rodziną – powiedział cicho Kamil.

– Nigdy tak na to nie patrzyłam – stwierdziła Lena, uśmiechając się szeroko.

Następnie podniosła się i wyszła naprzeciw swojej siostrze, starającej się okiełznać synów.

Kamil obserwował całą scenę z lekkim przerażeniem. Mógł się domyślić, że taka kobieta jak Lena nie jedzie na wakacje sama. Mógł się powstrzymać od komentarza.

– Ups – powiedział bezgłośnie, gdy odwróciła na chwilę głowę w jego stronę.

– Nic się nie stało – odpowiedziała równie bezgłośnie jak on.

– Tutaj jesteś! A my cię szukamy! – Ilona zwróciła się do siostry z wyraźną pretensją w głosie.

– Mówiłam wam, gdzie będę czekać – odparła spokojnie Lena.

– Komu?

Lena popatrzyła na swojego szwagra, jakby szukając u niego poparcia.

– To prawda, powiedziała – potwierdził mąż Ilony.

– Dobrze, już dobrze. Jak zwykle przeciwko mnie.

– Nie przeciwko – zaprzeczył Marek. – Gdybyś pozwoliła mi przywołać chłopców do porządku, byłabyś spokojniejsza.

– Co przywołać, co przywołać? Muszą się wyszaleć.

– Oczywiście – przytaknął z niejaką rezygnacją tata chłopców, którzy bezwzględnie musieli się wyszaleć. Miejsce stanowiło już kwestią drugorzędną.

To było typowe dla Ilony. Synowie potrafili ją doprowadzić do szewskiej pasji, ale kiedy tylko ktokolwiek, nawet ich ojciec, próbował zwrócić uwagę na niestosowność ich zachowania, mama była pierwsza do obrony, nie oglądając się na nic.

– Może usiądziemy? – Ilona spojrzała na miejsce, na którym przed chwilą siedziała jej siostra.

Kamil obserwował całą scenę i pierwsza myśl, jaka mu przyszła do głowy, była taka, aby jak najszybciej się ulotnić – dosłownie. Stawało się to coraz bardziej bolesne, zwłaszcza kiedy patrzył na Lenę. Po raz pierwszy w życiu odważył się na tak śmiałe słowa wobec obcej kobiety, i to właśnie teraz. Czy nie było w tym ironii? Kiedy to zrobił, w drogę weszła mu rodzina. Z drugiej strony, to było nieuczciwe. To tylko rozmowa, skarcił się. Teraz jest teraz, istnieje tylko dziś.

Przez wiele lat zastanawiał się, jakby to było – powiedzieć przypadkowej nieznajomej, że pięknie wygląda. W jakiś jesienny lub zimowy poranek, kiedy każdy jest zmęczony i pełen apatii. Kiedy rezygnacja związana z faktem, że musi w ogóle wstać o jakiejś nieprzyzwoitej porze, nie mówiąc nawet o tym, że musi jechać do pracy, osiąga apogeum. Jakby to było w taki właśnie dzień podejść do całkowicie obcej kobiety i powiedzieć, że pewnie słyszy to często, ale jest piękną kobietą. Oczywiście Kamil zdawał sobie sprawę, jak dziwnie by te słowa brzmiały. Nie mówiąc o tym, jak by na niego patrzono. Sytuację dodatkowo komplikowała obrączka na jego palcu. No bo jak to: żonaty mężczyzna podchodzi i prawi komplementy obcej kobiecie? Nienormalny, wariat, zboczeniec. Dlaczego – zadawał sobie wielokroć pytanie – dlaczego nie można komuś sprawić przyjemności tak po prostu, bezinteresownie, bez podtekstów, tylko po to, aby było miło? Czy świat nie byłby lepszym miejscem, gdyby ludzie byli dla siebie tak po prostu mili, potrafili obdarzyć się ciepłym słowem i z miejsca nie zostali przy tym uznani za wariatów. Tylko dlaczego miałby wymagać od innych czegoś, na co sam się nigdy nie zdecydował?

Pomijając już kwestię niezręczności całego przedsięwzięcia, zawsze pozostawała jeszcze kwestia posiadania żony. Kamil gdzieś pod skórą czuł, że takie komplementowanie byłoby to coś na kształt zdrady. No dobrze, może to za mocno powiedziane, ale bądźmy szczerzy: jak zareagowałaby jego żona, lub czyjakolwiek żona, jeśli już o tym mowa? Dzisiaj to i tak nie miało znaczenia. Mógł to mówić każdej napotkanej kobiecie, choć oczywiście wyszedłby na idiotę.

– Proszę siadać – powiedział, wstając.

– A pan? – spytała siostra Leny.

– Jeszcze zajrzę do sklepu.

– Dziękujemy bardzo.

– Nie ma za co.

Uśmiechnął się do Leny i wolnym krokiem udał się w kierunku kiosku.

* * *

– Przepraszam, czy to miejsce wolne?

Kamil drgnął i otworzył oczy.

– Niezły masz bajer – uśmiechnął się.

– Działa?

– Jak najbardziej.

– No to wolne czy nie?

– Oczywiście, siadaj. – Kamil wskazał ręką miejsce obok siebie.

Byli jakoś w połowie drogi.

Lena zajęła wolny fotel.

– Jak to w ogóle możliwe, że obok ciebie jest puste miejsce? Na pokładzie jest komplet, poza tymi dwoma miejscami.

Te wszystkie miejsca są moje, pomyślał, ale to chyba nie czas i miejsce na wyjaśnienia.

– Pewnie ktoś nie zdążył, a może w ostatniej zrezygnował. Zdarza się.

– To masz szczęście. Nie chcesz wiedzieć, gdzie ja siedzę.

– Tak źle?

– Powiedzmy, że mój sąsiad jest zdecydowanie za duży jak na miejsce, które zajmuje. W związku z tym, jak by to ładnie ująć, rozlewa się również na moją przestrzeń.

Kamil roześmiał się.

– Nie ma w tym nic śmiesznego. Dodam jeszcze, że jest gorąco, i masz pełen obraz.

– Mam. Możesz tutaj siedzieć do końca lotu.

– Myślisz, że mogę?

– Obsłudze jest to obojętne, a właściciele miejsc raczej do nas nie dołączą.

– Raczej nie – uśmiechnęła się. – Dzięki.

– To ja dziękuję.

– Za co?

– Po raz drugi dzisiaj siada koło mnie piękna kobieta. Zdaję sobie sprawę, że głównym powodem takiego stanu rzeczy jest fakt, że miejsce koło mnie jest wolne. Ale nie będę o tym myślał. Uznam, że mam dzisiaj szczęśliwy dzień.

– A ty znowu swoje.

– Wiem, powtarzam się.

– Takie powtarzanie jest jak najbardziej w porządku! – Lena uśmiechnęła się szeroko. – Tyle że zaraz znów się zarumienię.

Kamil popatrzył uważnie na Lenę i na jej rude włosy.

– Pocałowana przez ogień – powiedział cicho.

– Urodzona w Warszawie, więc chyba po południowej stronie muru. Zaskoczony? – dodała, widząc jego zdziwioną minę.

– W sumie nie powinienem – uśmiechnął się po chwili – ale na moje oko dzikość w sercu jest. Potomkini Pierwszych ludzi jak nic.

Lena zaczęła się śmiać.

– Fan *Gry o tron*?

– Numer jeden.

– Taki jak w *Misery*?

– Zdecydowanie, jakbym dorwał Martina, tobym go nie wypuścił, dopóki by nie skończył książek.

– Serial już je przegonił.

– Niestety. Ale z drugiej strony, ostatnie dwa sezony oglądało mi się bardzo dobrze, bo nie wiedziałem, co się zdarzy.

– Piąty był pomieszany, część z książki, część nowa.

– To prawda. – Kamil spojrzał na Lenę z podziwem.

– Wie się to i owo – roześmiała się.

– Książki czy film?

– Co lepsze?

– Nie, co pierwsze? Co lepsze, moim zdaniem, trudno ocenić.

– Obejrzałam pierwszy sezon. Przeczytałam książki. Oglądam dalej.

– Ja też zacząłem czytać po pierwszym sezonie. To znaczy, technicznie rzecz ujmując, po obejrzeniu pierwszego sezonu wysłuchałem pierwszego tomu. Genialne słuchowisko, Więckiewicz jako Ned Stark. A resztę przeczytałem w kilka miesięcy. Zanim zaczął się drugi sezon, byłem na bieżąco.

– To prawie tak jak ja. Mnie czytanie zajęło więcej czasu, ale i tak wyprzedzałam serial.

– Ja miałem łatwo. Do pracy do Warszawy dojeżdżam pociągiem, więc jeden tom czytałem maksymalnie w tydzień.

– To nie fair.

– Nie fair to wstawać o piątej, żeby być w pracy na siódmą.

– Przepraszam, w fabryce odbijasz kartę?

– Nie, w korporacji, ale kiedyś, dawno temu, ustawiłem sobie pracę od siódmej do piętnastej. Wtedy tego potrzebowałem, i tak zostało.

– Ja czytałam głównie wieczorami, jak dzieci szły spać.

– Masz dzieci?

– Tak, dwoje. Osiemnastoletnią córkę i syna, czternaście lat – powiedziała cicho, jakby z jakiegoś niewiadomego powodu ogarnął ją wstyd.

Kamil miał już na końcu języka żartobliwy komentarz, że to niemożliwe, aby tak młoda kobieta miała tak duże dzieci, ale się powstrzymał. Co za dużo, to niezdrowo, pomyślał.

– Teraz ich nie ma z tobą?

– Nic ci nie umknie – uśmiechnęła się.

– Prawdziwy detektyw.

– Też bardzo dobry serial.

– To prawda – roześmiał się.

– Wracając do twojego pytania, nie ma – odparła Lena. – Wyjechały ze swoim ojcem. Ja normalnie byłabym w tej chwili w pracy, ale siostra mnie namówiła, żebym pojechała z nimi, znaczy z nią, ze szwagrem i siostrzeńcami. Mam dużo zaległego urlopu, więc nie będzie to kosztem moich dzieci. A Ilona powiedziała: chodź, wypoczniesz, zrelaksujesz się, naładujesz baterie. Tymczasem ja po kilku godzinach z nimi czuję, jakby były totalnie rozładowane.

– Chyba nie jest tak źle?

– Nie, nie jest, ale myślę, że jeśli rzeczywiście miałabym się całkowicie zresetować, to chyba powinnam wyjechać sama.

Kamil spojrzał na nią poważnie.

– Często widujesz siostrę?

– Niespecjalnie. Wiesz, jak to jest, praca, dom, praca, dom. Jak przychodzi weekend, to chcesz odpocząć, a i tak siedzisz nad lekcjami z dziećmi. Mimo że są duże, to zawsze coś się znajdzie. A to przepytaj, a to pomóż w wypracowaniu. Oczywiście nie myśl, że się skarżę.

Kamil pokręcił głową, że nic takiego mu nie przyszło do głowy.

– Ja nawet tak wolę, zawsze to więcej niż tylko uprać, ubrać i dać jeść. One są coraz starsze i coraz więcej czasu spędzają z rówieśnikami, a dla mnie to ważne, aby czuć się… – Lena zawiesiła głos.

– Potrzebna – dokończył za nią cicho.

– Tak – uśmiechnęła się smutno.

Przez chwilę siedzieli w ciszy.

– Teraz masz okazję pobyć z siostrą.

– Tak. – Lena spojrzała na niego niewidzącym wzrokiem.

Pokręciła głową, jakby chciała wybudzić się ze snu.

– Przepraszam – powiedziała. – Wspomnienie dzieci tak mnie trochę rozbiło – dodała, jakby chciała się usprawiedliwić.

– Nie masz za co przepraszać.

– Mężczyźni nie bardzo lubią, kiedy kobieta opowiada o swoich dzieciach.

– Skoro tak mówisz.

– Ty jesteś wyjątkiem?

– Nie wiem, ale nie czuję się jakoś specjalnie umęczony naszą rozmową. Wręcz przeciwnie, a poza tym doskonale cię rozumiem.

Tym razem Lena przypatrzyła się uważnie swojemu rozmówcy. Dobrze im się gadało, od krótkich żartów o serialach płynnie przeszli do bardziej osobistych kwestii. Lena nigdy nie należała do osób zbyt wylewnych. Oczywiście nie była skrajną introwertyczką, ale potrzebowała czasu, by się otworzyć. Raz to zrobiła i zapłaciła za to wysoką cenę; później nikt już nie miał cierpliwości ani chęci, aby ją lepiej poznać.

Teraz było inaczej – to zapoznanie się na lotnisku, te żarty, ta lekkość rozmowy, no i fakt, że sama przyszła do niego w samolocie i rozpoczęła rozmowę. To do niej nie pasowało, a jednocześnie nie mogła się powstrzymać. W końcu niczego nie ryzykowała, w najgorszym razie wysiądą z samolotu i nigdy więcej się nie zobaczą. Tyle że to nie był „najgorszy raz", przynajmniej takie Lena odnosiła wrażenie.

– Ty lecisz sam – bardziej stwierdziła, niż spytała.

– Tak.

– Nie chciałam być wścibska.

– Nie jesteś. Tak się złożyło. To dla mnie coś zupełnie nowego.

Nagle usłyszeli głos.

– Tutaj jesteś?

Oboje spojrzeli w kierunku, z którego padło pytanie. Nad nimi pochylała się Ilona.

– Tak, było wolne miejsce, więc postanowiłam, że resztę lotu spędzę tutaj.

– Doskonale cię rozumiem – Ilona uśmiechnęła się znacząco do siostry. – A, to pan – dodała, spojrzawszy na Kamila. – Jaki ten świat jest mały.

– Mały samolot – odpowiedział z uśmiechem.

W tym momencie za jej plecami pojawił się jeden z jej synów.

– Mogę usiąść koło cioci? – spytał i nie czekając na odpowiedź, zajął wolny fotel.

– Nie ma pan nic przeciwko? – Ilona spojrzała na Kamila.

– Nie, skąd.

W tym momencie kapitan dał znać, aby zapiąć pasy. Ich podróż powoli dobiegała końca.

***

Kamil patrzył przez okno taksówki wiozącej go do hotelu. Byli w drodze około pół godziny. Z tego, co pamiętał z ostatnich lat, jeszcze drugie tyle było przed nim. Patrząc na krajobraz, który widział już tyle razy, starał się skupić przede wszystkim na nim. Z dosyć marnym skutkiem. Jego myśli krążyły – od tych chwil, kiedy oglądał te same widoki z taksówki razem z nimi, do kobiety, którą przed kilkoma godzinami poznał.

Rok temu jechali wszyscy razem, jak zawsze podekscytowani, zadowoleni. Mieli przed sobą dwa tygodnie leniuchowania, kąpieli, czytania książek i wieczornych gier we troje na tarasie apartamentu, patrząc na świecący na niebie księżyc. Jeździli w to miejsce od lat, to był ich azyl, ich miejsce odpoczynku, stąd przywozili tak wiele wspomnień. Mimo że Kinga lada moment miała już być dorosła, nadal wyjeżdżali razem. Tutaj było inaczej, tutaj było tak, jakby czas się zatrzymał. W tym roku miało być podobnie i kiedy rezerwowali miejsce w hotelu, wszystko wydawało się w porządku. Nikt nie brał pod uwagę, że do wspólnego wyjazdu nie dojdzie. A może drobne rysy już się zaczynały pojawiać, tylko jeszcze wtedy postanowili je zignorować? Tak, opowiadaj sobie o „rysach". Gdyby nie on, byliby, ale czy szczęśliwi jak kiedyś? Wydawało mu się, że na to pytanie znał odpowiedź.

Tylko że to już było za nim, za nimi. Co więc tu robi? To pytanie wracało jak bumerang. Po co wraca do tego miejsca, do którego z oczywistych powodów nikt więcej wrócić nie chciał? Z drugiej strony, co za różnica, gdzie był. Liczyło się teraz, ta godzina, ta minuta, one były prawdziwe – i tylko one. Równie dobrze mógł te chwile spędzić w innym miejscu, w którym spędził jedną z najszczęśliwszych chwil w życiu.

Jego myśli powędrowały do poznanej kilka godzin wcześniej kobiety. Dlaczego tak śmiało z nią rozmawiał? To nie był do końca jego styl. Inna sprawa, że trudno było powiedzieć, czy w ogóle ma jakiś styl.

Lena, piękna kobieta, która się do niego odezwała – pierwszy cud. Jakoś dźwignął rozmowę, bez specjalnego dukania – drugi cud. W samolocie wróciła – trzeci cud. Trochę dużo tego. Oczywiście mogło być tak, że wróciła, bo akurat koło niego były wolne miejsca. To prawda, mogło, ale mógł przecież zrobić dość pierwsze wrażenie, by przyszła dla niego, a nie dla miejsca. No dobrze, może z obu powodów. Jako człowiekowi, dla którego szklanka była zazwyczaj w połowie pusta, trudno mu było nagle się przestawić na superoptymistyczną wersję. Zwłaszcza że na dobrą sprawę w jego szklance widać było dno.

Pewnie zresztą dlatego te cuda się zdarzyły. Ironia losu.

Popatrzył na rzecz trzymaną w dłoni. Liczy się tylko bieżąca chwila, pomyślał.

* * *

– Sympatyczny ten mężczyzna – stwierdziła Ilona.

Siedziały we dwie w barze na plaży i czekały na zamówienie. Marek wraz z chłopcami kąpali się w basenie położonym tuż obok. Ponad godzinę temu dotarli do hotelu. Zameldowanie odbyło się wyjątkowo błyskawicznie. Szybko rozlokowali się w pokojach i założyli kostiumy kąpielowe. Panie narzuciły jeszcze na siebie lekkie tuniki, po czym udali się na obiad. Co prawda mieli wykupioną opcję „śniadania i obiadokolacje", ale byli tak głodni po podróży, że postanowili coś przekąsić w międzyczasie, nawet jeśli miałoby ich to kosztować ekstra.

– Sympatyczny – potwierdziła Lena cicho.

– Dokąd jechał?

– Nie spytałam.

– Nie spytałaś?!

– Jakoś się nie złożyło.

– Nie złożyło się? – Ilona była wyraźnie zdziwiona. – To powinno być pierwsze pytanie.

– Tak, jak mówiłam, nie złożyło się. Zaczęliśmy z innej stopy i jakoś nie wyszło. Pomyślałam o tym dopiero, jak jechaliśmy do hotelu.

– Zaćmiło cię – roześmiała się siostra.

– No tak nie do końca. A co? Chcesz mnie swatać z nieznajomym?

– Od razu tam swatać…

– Podeszłam spytać o miejsce, a jak się odezwał, to szczerze mówiąc, nie myślałam o tym.

– Aż tak dobrze? – spytała z uśmiechem Ilona.

– Nie wiem. – Lena zamyśliła się. – Był luz, był dowcip, wszystko przyszło naturalnie. Dobrze czułam się w jego towarzystwie i nawet kiedy powiedział mi komplement, przyjęłam to naturalnie. Tak jakby to było coś właściwego i na miejscu. Słyszałam w swoim życiu parę tekstów o mojej urodzie i niemal wszystkie brzmiały sztucznie. Tym razem było inaczej, on wydawał się być tak samo zawstydzony, jak ja.

– Może to taki bajer na nieśmiałego.

– Mnie wydawał się szczery.

– Żartuję sobie.

– Nie jestem najlepsza w rozpoznawaniu kłamstwa – westchnęła Lena.

– To było dawno. Może najwyższy czas zamknąć te drzwi – powiedziała Ilona z troską w głosie.

– Ilekroć wydaje mi się, że to już za mną, coś nagle daje o sobie znać.

– Popatrz na siebie, jesteś marzeniem każdego faceta.

Lena wybuchnęła śmiechem.

– Czterdzieści cztery lata i dwójka dzieci? Myślę, że są lepsze marzenia.

– Dzieci właściwie odchowane. Czas pożyć. Może ten urlop to dobry moment na jakiś początek, a twój znajomy z lotniska to taki trening.

– Przed czym? Przed ruszeniem na łowy?

– Myślałam raczej o zarzuceniu sieci.

Teraz śmiały się już obie.

– Muszę ci się przyznać do czegoś – powiedziała Lena do siostry.

– Tak? – Ilona spojrzała z zainteresowaniem.

– Już zarzuciłam.

– Kiedy?

– Jak szliśmy z walizkami, a on jeszcze czekał na swoją. Zatrzymałam się na chwilę i podałam mu karteczkę z numerem mojej komórki.

Ilona popatrzyła na siostrę totalnie zaskoczona.

– I co on na to?

– Jego zaskoczenie było nie mniejsze niż twoje teraz. Uśmiechnął się i powiedział „dziękuję". Ja na to: „Nie dziękuj, tylko zadzwoń".

– Co powiedziałaś?! To na pewno byłaś ty?

Lena roześmiała się.

– Też nie wiem, co we mnie wstąpiło! Może ta odwaga wyniknęła z tego, że już musiałam za wami biec.

Przez chwilę siedziały w ciszy. Ilona zerkała na basen, w kierunku męża i synów. Lena skierowała wzrok na morze.

– Wiesz – dodała – kiedy czekaliśmy na bagaże, miałam go cały czas w zasięgu wzroku, ale w momencie, kiedy zdjęliśmy je z taśmy i mieliśmy jechać, przestraszyłam się, że już go nie zobaczę. Nawet nie znam jego nazwiska. To pewnie głupie, bo tak naprawdę wcale go nie znam, ale poczułam się tak dziwnie. Nie wiem. Mam nadzieję, że zadzwoni. Nie wiem.

Odwróciła wzrok od morza i spojrzała na siostrę.

* * *

Położył telefon i słuchawki na stole na tarasie. Właśnie rozsiadł się wygodnie na fotelu, otworzył czerwone wino i popatrzył rozciągające się przed nim na morze. Słońce już zdążyło się schować za górą wyrastającą po zachodniej stronie za hotelem. Na chodniku mieszczącym się tuż przed jego tarasem, a jednocześnie oddzielającym hotel od plaży, raz po raz pojawiali się turyści.

Czerwone wino i jego żona z książką po drugiej stronie stołu – to było to, to było jego przez wiele lat. Innej sytuacji nigdy sobie nie wyobrażał, inna nie istniała i nigdy nie miała się wydarzyć, nie brali takiej pod uwagę. Było im dobrze, bezpiecznie. Dużo i mało. Czy przy innym biegu wypadków sami doszliby do końca drogi? Na to pytanie już raczej odpowiedzi nie poznają. Biorąc pod uwagę fakt, że od lat malutkimi kroczkami zmierzali do nieuniknionego, Kamil negację miał opanowaną do perfekcji.

Nie powinien być dla siebie taki ostry. To nie miało sensu. A może to po prostu kolejny krok ku pożegnaniu z przeszłością? Kiedy wszedł do apartamentu i okazało się, że wszystko należy tylko do niego, poczuł się dziwnie. Córka już dawno powinna zająć swoją sypialnię i rozrzucić po niej swoje rzeczy. I tak dobrze było, kiedy zaczęła spać sama, a nie z jednym z nich.

Kamil zamknął oczy i wrócił myślami do tych nocy w ich apartamencie, kiedy mieli się tylko dla siebie. Prawda była taka, że zawsze dawali z siebie wszystko, co mieli, jakby chcieli przekonać siebie, że to, co ich kiedyś połączyło, cały czas tam jest. Nic więcej nie istniało, byli tylko oni. Oni i ten cień, czający się gdzieś w kącie. Cień, który od czasu pojawiał się w świadomości. Nigdy o nim nie mówili. Przecież było dobrze, czego więcej mogli chcieć? Czy jego decyzja była słuszna, czy zakończyła coś, co i tak nie miało przyszłości? Tak sobie wmawiał… a może po prostu dorabiał teorię, by usprawiedliwić to, co zrobił? Innego wyjścia nie było. Powtarzał to jak mantrę. W negacji i wewnętrznych sprzecznościach był mistrzem.

Kolejny duński „znajomy" kiwnął do niego głową. Po tylu kolejnych latach zajmowania tego samego apartamentu takich „przyjaciół" miał wielu. Szybko się okazało, że nie tylko oni lubili tu wracać. Hotel był droższy niż inne w tej okolicy, ale bił konkurencję na głowę pod względem położenia. Składał się z czterech budynków położonych wzdłuż plaży na długości około pół kilometra. Każdy z nich miał kształt litery „U", zakolem wystawionym w stronę morza, i z basenem pośrodku. Kawałek dalej był wąski chodnik, który oddzielał budynki i baseny od plaży.

– *Hello mate!* – usłyszał znajomy głos.

– *Hello* – odparł z uśmiechem.

Kamil podniósł się od stolika i zszedł po schodkach, by przywitać się z Aleksem, Duńczykiem, którego poznał pięć lat temu, siedząc przy barze i oglądając ćwierćfinał mistrzostw Europy. Na początku rozmawiali głównie o piłce, dopiero później się okazało, że dzielą wspólną pasję do muzyki. Kamil mógłby śmiało stwierdzić, że zostali przyjaciółmi, w pewnym stopniu. Dobrze się dogadywali i lubili posiedzieć przy piwku, natomiast kontaktów przez pozostałe pięćdziesiąt tygodni roku praktycznie nie było.

Zamienili ze sobą kilka zdań i umówili się na wieczór. Na pytanie o żonę i córkę, Kamil odpowiedział, że są w pokoju. Nie był jeszcze gotowy na dzielenie się faktem, że przyjechał sam. Na to przyjdzie czas później. Może.

Po pożegnaniu z Aleksem Kamil ponownie zajął miejsce na tarasie. Wziął do ręki telefon i kartkę z numerem, który dostał od Leny. Powinien być jej wdzięczny, że wykazała się inicjatywą. Tak się skupił na wypatrywaniu swojej walizki, że prawie stracił kobietę z oczu. Gdyby do niego nie podeszła, byłaby tylko wspomnieniem miłej podróży. Prawie zapomniał dodać do listy: „podeszła z numerem telefonu" – cud czwarty.

Powoli wbił numer do swojej komórki. Cyfra po cyfrze, z taką delikatnością, jakby stąpał po cienkiej tafli lodu. Ogarnęło go zdenerwowanie. Niepokój, jakby szedł na pierwszą randkę. Kiedy ostatni raz był na czymś takim? Ponad dwadzieścia lat temu. Nic dziwnego, że nie miał doświadczenia. Krążył kciukiem wokół zielonej słuchawki, jakby nie mógł się zdecydować, co zrobić. Czy nie było za wcześnie? Kolejny raz zadał sobie to pytanie. Za wcześnie? W jego przypadku to pytanie było nie na miejscu. Czy było uczciwe? Przecież to tylko telefon, nie oświadczyny. Pamiętaj, jest tylko ta minuta, upomniał się. Taki wewnętrzny monolog mógł toczyć bez końca. To tylko telefon. Jasne. Tak sobie mów.

Wcisnął zielony symbol wybierania połączenia i przyłożył urządzenie do ucha.

Po siódmym sygnale włączyła się poczta. Kamil rozłączył się i głośno wypuścił powietrze. Czyżby przez cały czas wstrzymywał oddech? Uśmiechnął się pod nosem i pokręcił z niedowierzaniem głową. Jak dziecko.

W tym momencie zabrzmiały dźwięki *Gone with the Wind*, utworu jednego z jego ulubionych zespołów metalcore'owych, Architects. Aż podskoczył na fotelu. Dobrze, że dosłownie sekundę wcześniej odstawił kieliszek z winem na stolik.

Popatrzył na wyświetlony numer i odebrał połączenie.

– Halo?

– Przed chwilą ktoś do mnie dzwonił spod tego numeru.

– Dostałem ten numer na lotnisku i pomyślałem, że zadzwonię.

– Tak go po prostu rozdawali?

– Chyba nie. Mam nadzieję, że nie. Szczerze mówiąc, myślałem, że jestem wybrańcem.

– A kto go panu dał?

– Piękna kobieta. W swojej naiwności pomyślałem, że ten numer był tylko dla mnie.

– A teraz już myśli pan inaczej?

– Nadal jestem naiwny, ale w dalszym ciągu tak myślę.

– To dobrze, bo z tego, co się orientuję, ten numer był tylko dla pana.

– Wygrałem główną nagrodę!

– Tego to nie jestem pewna – roześmiała się Lena.

– Gdyby pani widziała tę kobietę, nie miałaby pani wątpliwości.

– Wygląd to nie wszystko.

– Zdaję sobie sprawę, ale ja z nią rozmawiałem, i to była duża przyjemność. Dodam, że miała coś takiego w oczach.

– Cóż takiego miała w oczach? – Lena przycichła.

Na krótki moment zapadła między nimi cisza.

– Ciepło – odezwał się po chwili Kamil – i inteligencję, i jeszcze coś takiego. Nie wiem, czy powinienem o tym mówić.

– Dlaczego?

– Bo to może być zbyt śmiałe, ale skoro już zacząłem…

– To nie powinien pan przerywać – weszła mu w słowo.

– Nie powinienem – zgodził się – ale i tak się trochę krępuję. W każdym razie to było coś takiego w jej spojrzeniu połączonym z uśmiechem, i z takim zmrużeniem oczu, że aż człowieka przeszywały dreszcze. Jakby była samą kwintesencją erotyzmu.

Lena odetchnęła głęboko.

– Powtórzę się pewnie, ale ty tak zawsze?

– Ja też się powtórzę, ale ja tak pierwszy raz.

Roześmiała się.

– Tym śmiechem skrywam zawstydzenie – powiedziała. –

Znowu sprawiłeś, że się zaczerwieniłam. Jak na pierwszy raz, przychodzi ci to bardzo naturalnie.

– Wstyd się przyznać, że do pewnych rzeczy dochodzi się w późnym wieku, ale życie jest o wiele łatwiejsze, kiedy mówi się dokładnie to, co się myśli.

I spotkanie ciebie to idealny tego przykład, przeleciało mu przez głowę.

– Mnie się wydaje, że dopiero wtedy jest trudniejsze.

– No to przynajmniej, kiedy mówimy miłe rzeczy.

– Czyli to jest twoja metoda? Po prostu mówić, co się myśli?

– Wiele ułatwia to, że nie siedzimy twarzą w twarz. No i pół butelki czerwonego wina w krwiobiegu.

– Dla odwagi?

– Dla zdrowia – uśmiechnął się.

Zwłaszcza w moim przypadku, kolejna myśl.

– Dla zdrowia to chyba lampka dziennie, a pół butelki to takie dwie lampki przynajmniej.

– Tak, ale wczoraj nie piłem, więc to tak jakby za wczoraj i za dzisiaj. Jak się teraz zastanowiłem, to przedwczoraj też nie, więc chyba mogę sobie jeszcze nalać.

– O zdrowie trzeba dbać – roześmiała się Lena.

– A ty się nie napijesz?

– Nic nie mam. Może gdybyś mi nalał.

– Musiałabyś do mnie przyjść.

– Gdzie jesteś?

– Na tarasie mojego apartamentu.

– A dokładnie?

– Na parterze.

– To jednak nie chcesz, abym do ciebie przyszła.

– Boję się, że jesteś za daleko.

– A może blisko.

– Gdzie siedzisz?

– Na balkonie. Nasz apartament jest na pierwszym piętrze.

– A jaki masz widok?

– Morze, plaża. Skupiam się na morzu. Uwielbiam jego szum, działa na mnie uspokajająco. A ty co widzisz?

– To samo. Fale rozbijają się o brzeg, są wyjątkowo duże jak na tę porę dnia.

– To możemy jesteśmy blisko. Coś czuję, że boisz się przekonać.

– Ja doskonale wiem, co bym zrobił, gdybyś mi powiedziała, jak się nazywa twój hotel i gdzie jest.

– Cóż takiego?

– Znaczy się, nie wiem…

– Wycofujesz się? – przerwała mu w pół słowa.

– Nie, nie wycofuję się. Po prostu wydaje mi się, że wiem. Nigdy nie byłem w takiej sytuacji – jego głos zabrzmiał niepewnie.

– A jaka to sytuacja?

– Strasznie ciśniesz – roześmiał się.

– Mam przestać?

– Pozwolisz, że wypiję twoje zdrowie. Muszę zebrać myśli.

– I zagrać na zwłokę?

– Dokładnie.

– Tak ciężko? Już wiem, dlaczego nie chcesz, abym do ciebie przyszła. Chcesz mieć całe wino dla siebie. Musi być wyjątkowo dobre!

– Rzeczywiście takie jest, miejscowe. Gdybym mógł, oddałbym całe, abyś do mnie przyszła.

Kamil położył dłoń na ustach. To było za dużo. To było zbyt śmiałe. Kiedy tak rozmawiali i czuł tę swobodę, jakby nie mieli za sobą kilkudziesięciu minut rozmów, tylko przynajmniej kilkadziesiąt dni, czuł gdzieś pod skórą, że lada chwila coś może palnąć. Zawsze mówił, co czuje, bez zbędnych ogródek, tylko że to dotyczyło jego żony, a nie obcej, przypadkowo poznanej kobiety. I jeśli miał być zupełnie szczery sam ze sobą, to też nie było zawsze, tylko prawie zawsze. I to prawie robiło ogromną różnicę, taką, że apartament za jego plecami był w tej chwili pusty.

Lena zaniemówiła. Fakt, ich rozmowa była bezpośrednia. Co prawda, Lena nie popijała w tej chwili żadnego alkoholu, ale czuła wewnętrznie, jak się upaja, każdym słowem, które Kamil wypowiadał. I czuła się z tym dobrze, sprawiało jej to przyjemność. Jego głos koił, łączył pewną nieśmiałość z dużą dozą pewności siebie. Czy jedno nie wykluczało drugiego? Nie dla niej. Nie pamiętała, kiedy w ten sposób rozmawiała z mężczyzną. Może ze Sławkiem, dwadzieścia lat temu. Jeśli w ogóle. To było przerażające, ale nie zdawała sobie sprawy, że tak można.

To było jak całkowicie nowe terytorium, a ona chciała poznać każdy jego kawałek.

– Rozumiem, że w dalszym ciągu mówisz to, co myślisz – powiedziała, przerywając ciszę.

– Pewnie więcej, niż powinienem.

– To są jakieś ograniczenia w mówieniu tego, co się myśli?

– U mnie najwyraźniej nie – roześmiał się.

– To jeśli mogę mieć prośbę: niech to się nie zmieni.

– Żebyś nie żałowała.

– Szczerości? Nie sądzę. Szybko zadzwoniłeś.

– Za szybko? – spytał lekko zaniepokojony.

– Nie, skąd. Nie to miałam na myśli – odpowiedziała prędko, jakby chciała go uspokoić. – Bardzo mnie to cieszy.

– Powiem tak: nie bardzo wiem, jakie są zasady w takich sytuacjach. Mądrości filmowe mówią, że należy poczekać. Przynajmniej z tego, co pamiętam.

Lena wybuchnęła śmiechem.

– Oglądaliśmy te same filmy. Nie zastosowałeś się do tych „mądrości".

– Nie, kontekst tych „zasad" był zazwyczaj taki, że to taka próba sił, żeby nie pokazać, że ci zależy czy coś takiego. Ja osobiście uważam, że to idiotyczne. Dlaczego miałbym skrywać to, co czuję, i czekać na krok drugiej strony?

– Żeby się nie odkryć, nie narazić na zranienie.

– Tak się można chować przez całe życie.

– Ludzie tak robią, kiedy zostają zranieni. Wiem coś o tym.

Ostatnie zdanie wypowiedziała bardzo cicho.

– Mnie się nie boisz? – spytał szeptem.

– Nie wiem. Boję i nie boję. Cały ten dzień jest jakby w innym życiu, w alternatywnej rzeczywistości, jakbym obserwowała jakąś inną Lenę. To niby ja i całkowicie inna jednocześnie. Nawet to wszystko, co do ciebie mówię. W życiu bym się… nie wiem, nie odważyła tak rozmawiać z kimś… – Lena zawiesiła głos.

– Obcym – dokończył za nią.

– No właśnie nie czuję, jakbyś był obcy, i to mnie przeraża, że wystarczyło parę rozmów, aby czuć się tak dobrze.

– Powinniśmy przeprowadzić kilka rozmów o pogodzie, pracy, bieżących problemach społecznych, kinie, książkach, i jeszcze raz o pogodzie. Wtedy byśmy zobaczyli, że dobrze się rozmawia. Taka powinna być kolej rzeczy?

– Nie sądzę. Prowadziłam takie rozmowy wielokrotnie. Po jakichś dziesięciu minutach myślałam, że oszaleję z nudów.

– Dałaś radę przez dziesięć minut. Brawo – roześmiał się.

– Sama nie wiem jak – zawtórowała mu.

Lena nagle usłyszała szum przy drzwiach wejściowych do apartamentu.

– Chyba już nie jestem sama.

– Mężczyzna?

– Tak.

– Wiedziałem. To było zbyt piękne, aby było prawdziwe.

– Co takiego?

– Ty. Boję się, że kiedy spojrzę na telefon, to okaże się, że jest wyłączony, a nasza rozmowa to tylko wytwór mojej wyobraźni.

– Mogę cię uspokoić, ten mężczyzna ma żonę.

– To nieładnie.

Lena starała się powstrzymać śmiech.

– Ale ona jest tutaj z nim.

– Perwersyjnie.

Teraz śmiała się już pełnym głosem.

– To moja siostra – powiedziała, kiedy już opanowała śmiech.

– Ja nie oceniam.

– Przestań.

– Przecież nic nie mówię.

– To tak dla jasności. To moja siostra z mężem i siostrzeńcami. Miałeś ich okazję widzieć. A tak w ogóle, czyżbym słyszała zazdrość w twoim głosie?

– Oczywiście. Poznajesz kobietę, która pierwsza zwraca się do ciebie…

– O wolne miejsce.

– Nie przebijaj bańki, proszę.

– Już się nie odzywam.

– Tak jak mówiłem, poznajesz kobietę, która nie tylko pierwsza się do ciebie zwraca, ale która z tobą rozmawia. Przysiada się w samolocie, a z doświadczenia wiesz, że cytując klasyka, do ciebie przysiadały się zazwyczaj tylko wąsate baby z chrustem.

Lena zasłoniła dłonią usta, aby stłumić śmiech.

– Ty oczywiście starasz się wznieść na wyżyny, jeśli chodzi o rozmowę – dodał.

– To były twoje wyżyny! – teraz już się roześmiała.

– Cios za ciosem! Sprawdzasz moją odporność.

– Oj tam, oj tam, też mi ciosy. Na słabowitego nie wyglądałeś. Dobrze, już naprawdę nic nie mówię.

– Już to słyszałem.

Odpowiedziała mu cisza.

– Okej, nie mówisz – roześmiał się – wybiłaś mnie z rytmu, ale kończąc moją, dzięki twoim wstawkom, przydługą myśl: sceneria jak z bajki, i nagle okazałoby się, że jest jakiś mężczyzna… To sama rozumiesz.

– Czy myślisz, że podeszłabym, gdyby był jakiś mężczyzna? – spytała prawie szeptem.

– Nie, nie myślę, bo widzisz, ja bym się nie wdał w taką rozmowę, gdyby w moim była jakaś kobieta.

Po tych słowach zapadła cisza. Oboje trawili to, co przed chwilą usłyszeli. Tak dużo się wydarzyło od chwili, kiedy ich oczy po raz pierwszy się spotkały. Czy za dużo? Czy za szybko? Kto tak naprawdę potrafił to ocenić?

– To wszystko jasne – powiedziała cicho.

– Mamy to za sobą – dodał.

– Muszę kończyć. Moja siostra nie utrzyma dłużej swoich synów przed wejściem na balkon.

– To już dzisiaj się nie zobaczymy? – uśmiechnął się.

– Może jutro.

– Powiedz, gdzie jesteś, a na pewno się zobaczymy.

– Jutro.

– Rozumiem.

– Jutro, dobrze? – powiedziała prosząco.

– Ja tutaj będę.

Kamil usłyszał dźwięk przerwanego połączenia. Odłożył telefon na stolik i wlał resztkę wina do kieliszka.

– Jutro – powiedział cicho do siebie, patrząc w ciemność, która zdążyła przykryć horyzont.

A co, jeśli jest tylko dzisiaj?

PIĄTEK, LIPIEC

Lena otworzyła oczy. Nie spała już od dłuższego czasu, od momentu kiedy w salonie, za drzwiami jej sypialni, zaczęli dokazywać chłopcy. Wczoraj, zmęczeni podróżą i emocjami z nią związanymi, usnęli dosyć szybko. Nic dziwnego więc, że dzisiaj byli gotowi do zabawy skoro świt.

Spojrzała na zegarek w telefonie. Kwadrans po dziewiątej. Chyba czas się podnieść. Z tego, co mówiła jej siostra, śniadania wydawali do wpół do jedenastej. Może powinna przeczekać, aż pójdą, i później iść sama. Z lunchu czy kolacji z pewnością nie uda jej się wymigać, ale śniadanie można by uratować. Przez moment poczuła się winna. W końcu przyjechała z nimi i unikanie ich towarzystwa było chyba nie na miejscu. Ale ona sama też miała złapać oddech, zrelaksować się. To były słowa Ilony. Lena wiedziała jednak, że wchodzi na grząski grunt: jak powiedzieć siostrze, że potrzebuje chwili samotności, żeby nie urazić? To było o tyle trudne, że o ile jej siostra była kochaną osobą, o tyle tak samo była humorzasta i czasami jej nastrój potrafił się zmienić w ułamku sekundy z powodów znanych tylko jej. Lub całkowicie bez powodu, ale to było przypuszczenie jej najbliższych, i nie takie, jakim byliby gotowi się z nią podzielić.

W tym momencie usłyszała wibracje telefonu. Usiadła gwałtownie i chwyciła za aparat. Na wyświetlaczu zobaczyła napis „Ania". Poczuła zawód, który momentalnie przeszedł w poczucie winy. W pierwszym odruchu pomyślała, że to on, i kiedy okazało się, że jednak nie, na sekundę zawładnął nią smutek. Czy ty jesteś normalna?, zbeształa się w myślach, to twoje dziecko dzwoni.

– Cześć, kochanie – powiedziała do słuchawki.

– Cześć, mamo. Obudziłam cię?

– Nie, skarbie, tutaj ma mnie kto budzić.

– Szybko się uwinęłaś – roześmiała się Ania.

– Jakie ty masz zdanie o swojej matce? – Lena wybuchnęła śmiechem.

– Jakie mam mieć? Że lubisz się zabawić?

– A lubię?

– No właśnie nie, a może powinnaś.

– Moja osiemnastoletnia córeczka będzie mi teraz dawać rady!

– Ktoś musi. Ja wiem, że ty jesteś romantyczką.

– Czasami zastanawiam się, jakim cudem, i tak à propos, jak tam twój ojciec?

– À propos „jakim cudem jesteś romantyczką". Tata jak tata, sama wiesz.

– Jakbym powiedziała to na głos, tobyś stwierdziła, że jestem złośliwa.

– A nie jesteś?

– Skąd.

– Ojciec chodzi jak paw wśród basenów, wypinając dumnie klatę.

– To on ma klatę? Coś się musiało zmienić w ciągu kilku lat – roześmiała się Lena.

– A nie mówiłam?

– No jestem zaskoczona, że takie zmiany w nim zaszły. Przynajmniej fizyczne.

– Nie zaszły, nie zaszły. To po prostu lepiej brzmi niż zdanie, że chodzi z wypiętym brzuchem, jak by to była pierś.

– Jak możesz tak mówić o swoim ojcu?

Śmiały się już obydwie.

– Jest sobą – Ania odezwała się, kiedy opanowały śmiech. – Wczoraj poznaliśmy parę z Polski, to zdajesz sobie sprawę, kto brylował o potrawach, o winach, miejscach wartych zwiedzenia. Do poznawania nowych ludzi jest pierwszy, a uprzedzając twoje pytanie, Zofii to nie przeszkadza. Czasami odnoszę wrażenie, jakby byli oddzielnie, ale chyba tak lubią, albo może ja już jestem skrzywiona przez ciebie – w głosie córki Lena usłyszała uśmiech.

– No przykro mi, że uważam, że dwoje ludzi jest razem właśnie po to, aby być razem.

– Dużo tego nie miałaś – stwierdziła poważnie Ania.

– Miałam was. A właśnie, jak tam twój brat?

– Od rana na basenie, poznał jakiegoś Szweda i spędzają większość czasu razem.

– To przynajmniej angielski podszkoli.

– Żebyś wiedziała, odważył się mówić i nagle okazało się, że jest lepszy, niż by jego oceny na to wskazywały.

– To dobrze. – Lena nagle posmutniała. – Tęsknię za wami.

– My za tobą też. Pamiętaj, masz sobie odpocząć. – Ania postarała się, aby jej głos zabrzmiał jak najbardziej wesoło.

– Ja nie muszę od was odpoczywać.

– Wiem, ale teraz jesteśmy z tatą i masz czas dla siebie. Wykorzystaj go. Zaszalej!

– Już biorę rozpęd.

– Może powinnaś.

– Dobrze, dobrze. Całuję cię mocno, skarbie. Ucałuj brata ode mnie i powiedz, że korona mu z głowy nie spadnie, jak zadzwoni do matki.

– Przekażę mu. Kocham cię, mamo.

– Ja ciebie też córeczko. Odezwij się znowu.

– Oczywiście. Pa.

– Pa.

Połączenie zostało przerwane. Lena nie zdążyła odłożyć telefonu, kiedy usłyszała pukanie i do pokoju zajrzała Ilona.

– Idziemy na śniadanie?

– Daj mi dziesięć minut – odpowiedziała siostrze.

– Dobrze.

Drzwi się zamknęły, a Lena podniosła się powoli i skierowała kroki do łazienki.

* * *

Kamil czuł, że z każdą chwilą jest coraz słabszy. Według obliczeń przepłynął około sześciuset metrów, do wyznaczonego przed laty porannego minimum brakowało przynajmniej czterysta. Czy to możliwe, aby butelka czerwonego wina tak go „kopnęła"? Prędzej te dwa piwa, które wypił później. Dwa i pół, jeśli doliczyć to stojące przy łóżku, kiedy się rano obudził. To wszystko było za dużo, tylko jakie to miało w tej chwili znaczenie? Miało, jeśli chciał przekraczać swoje granice. Kiedy tu jechał, obiecywał sobie, że każdego dnia będzie pływał – do momentu, aż nie będzie mógł ruszyć ręką, aż morze będzie wyrzucać go na brzeg. Czy było to mądre, tego nie wiedział, ale taki miał sposób. Zawsze, kiedy źle się czuł, pchał swój organizm poza granice wytrzymałości. Teraz wymagania powinny być jeszcze większe.

Kiedy wczoraj skończył rozmawiać z Leną, wszystko uderzyło w niego ze zwielokrotnioną siłą. To miejsce, takie samo, a tak inne niż wtedy. Puste. Samotne. Nigdy nic nie zagłuszał alkoholem, ale kiedyś pewnie musiał przyjść pierwszy raz. Kiedy Kamil odwracał głowę, miał cichą nadzieję, że je zobaczy, że usłyszy ich głosy. W apartamencie było jednak ciemno i cicho. Nigdy, nigdzie nie był sam. Zawsze byli razem. I tak było dobrze, tak było właściwie. Na szczęście zanim zdążył wpaść w obce mu użalanie się na sobą, dostał wiadomość od Kingi. Jego dziewiętnastoletnia córka pytała: „Co u Ciebie?". Był w tym jakiś postęp. Kiedy odpisał, że wszystko dobrze, dostał odpowiedź: „Przepraszam, ale nie potrafię, jeszcze nie, całuję".

Kamil nawet nie poczuł łez, które spłynęły mu policzkach. „To nie jest twoja wina. Kocham Cię". Przecież tego chciałeś, pamiętasz, oddzielenie, tak powinno być, nie zapominaj o tym, upomniał się w myślach. Kolejna sprzeczność. Po wystukaniu ostatnich słów podniósł się z fotela i poszedł się położyć.

Tego wszystkiego było chyba za dużo jak na jeden dzień. Powrót w to miejsce, które budziło tak wiele nie tak bardzo przecież odległych wspomnień. A z drugiej strony – tak niesamowicie surrealistyczne poznanie Leny. Może rzeczywiście to wszystko mu się wydawało. Dla pewności sprawdził telefon. Połączenie było zarejestrowane. Trwało trzydzieści minut i szesnaście sekund. Naprawdę tyle. On sam miał wrażenie, że rozmowa trwała dłużej, że rozmawiali i rozmawiali. Kiedy jednak nastąpił jej koniec, jedyne, nad czym się zastanawiał, to było: „Jak to? Już?".

Padł na łóżko i zamknął oczy. Chciał jak najszybciej zapaść w sen. Swoje myśli skierował ku Lenie. Gdzie była? Co robiła? Szczęśliwie dla siebie, nie zdążył zbyt długo pozastanawiać się nad tymi kwestiami. Sen przyszedł nieoczekiwanie.

Rano okazało się, że okno przez całą noc było zamknięte, a klimatyzacji nawet nie włączył. Zaduch był nieprzeciętny; Kamil czuł się tak, jakby głowa miała pęknąć mu na tysiąc kawałków. „Czy to już?", było pierwszą myślą po odzyskaniu świadomości. Nie, odpowiedź przyszła po dłuższej chwili. To był tylko alkohol. Wstał, otworzył okna i poszedł pod prysznic. Najpierw puścił letnią wodę, aby powoli obniżać jej temperaturę. Postał tak przez parę minut, po czym szybko się umył, wytarł i wciągnąwszy szorty kąpielowe, pobiegł do morza. Po tym, co chwilę wcześniej sobie zafundował, woda morska była przyjemnie ciepła. Ciało szybko się przyzwyczaiło, więc Kamil zaczął pływać. Wiedział, że ból i zmęczenie organizmu spowodowane wczorajszym piciem wróci, a terapia prysznicowa nie będzie działać wiecznie. Chciał tylko, aby ten moment nastąpił jak najpóźniej.

Dociągnął do mniej więcej ośmiuset metrów i wyszedł na brzeg. Położył się na piasku i zamknął oczy. Ból głowy wywołany alkoholem praktycznie minął. Chyba czas na śniadanie, pomyślał. Podniósł się z miejsca i wszedł z powrotem do morza spłukać piach, a następnie udał się do apartamentu.

* * *

Lena wzięła telefon do ręki. Czekała na ten moment przez cały dzień. Wymarzonej chwili dla siebie nie udało jej się znaleźć. Dopiero teraz, kiedy reszta rodziny poszła na kolację, mogła odetchnąć. Powiedziała im, że musi odpocząć. Dzięki temu, że posiłki w formie szwedzkiego stołu wydawane były do późnych godzin wieczornych, zawsze mogła zjeść później. Ilona parę razy próbowała podpytać siostrę o wieczorną rozmowę telefoniczną, ale Lena nie miała ochoty na zwierzenia. To wszystko było takie dziwne i w pewien sposób nierealne, że nawet nie do końca wiedziałaby, jakich słów użyć.

Na sam koniec rozmowy z Kamilem przestraszyła się. Wszystko potoczyło się bardzo szybko. Nawiązali więź, porozumienie – jakby nadawali na tych samych falach. Ona jednak wiedziała doskonale, jakie to może być złudne. Coś wewnątrz kazało jej przystanąć, gdy tak pędziła do przodu, jakby wszystkie bariery miały paść w sekundę. No, może nie wszystkie. W końcu rozmowa odbywała się przez telefon. Gdyby jednak okazało się, że Kamil przebywa w tym samym hotelu co ona, nie miała pewności, co by zrobiła.

Kalkulując teraz na chłodno, była w kropce. Czy powinna „zaszaleć", jak podpowiadała jej córka, o ile Ania rzeczywiście miała to na myśli. Pójść do łóżka z obcym mężczyzną... no może już nie do końca obcym, uśmiechnęła się pod nosem. Okej, mamy dwudziesty pierwszy wiek, ale świadomość dopuszczenia do siebie przypadkowego człowieka przerażała Lenę.

Popatrzyła jeszcze raz na trzymany w ręku telefon. Czekała na tę chwilę przez cały dzień, w żaden sposób nie dało się temu zaprzeczyć. To była tylko rozmowa, a ona zaczęła wyciągać, hmm, bardzo daleko idące wnioski. Może czas najwyższy wziąć się w garść?

– Nie możesz się wiecznie bać! – powiedziała do siebie, jakby dźwięk własnego głosu miał jej dodać otuchy.

Jeśli chciała jeszcze coś w życiu przeżyć, to teraz był na to najwyższy czas. Powiedzmy sobie szczerze: z kim ostatnio tak dobrze się jej rozmawiało? No właśnie, z kim i kiedy?

– Dobry wieczór – usłyszała głos w słuchawce.

– Dobry wieczór – odpowiedziała.

– Muszę się do czegoś przyznać.

– Tak od razu mówisz, co myślisz? – uśmiechnęła się.

– Tak jest łatwiej i z tego, co pamiętam, prosiłaś mnie, abym tego nie zmieniał.

– To prawda. Do czego w takim razie chcesz się przyznać?

– Przez cały dzień czekałem na twój telefon.

Lena roześmiała się delikatnie.

– Chyba jednak nie chcesz, żebyśmy się spotkali.

– Skąd taki wniosek?

– Czego byś nie powiedział, ja się zaraz czerwienię. Nie jestem pewna, czy chcę, abyś mnie taką widział.

– Musimy się spotkać jak najszybciej, abyś trochę okrzepła – roześmiał się.

– Tak to sobie wymyśliłeś!

– Tak na szybko.

– Co dzisiaj robiłeś?

– Zastanówmy się… Ale oprócz myślenia o tobie?

Przy całym swoim „mówieniu, o czym się myśli" Kamil nie miał zamiaru uświadamiać Lenie, przynajmniej na razie, że niekiedy jego myślenie o niej było po prostu ucieczką, skupieniem się na kimś innym, na czymś innym.

– Tak – powiedziała z uśmiechem – oprócz myślenia o mnie.

– To niewiele. Rano popływałem.

– Lubisz pływać?

– Nie bardzo, to po prostu jeden z moich sposobów na utrzymanie formy.

– Starasz się utrzymać formę, to się chwali.

– Może przyjść taki dzień, kiedy stanie przed tobą piękna kobieta, wolałbym wtedy prezentować się jak najlepiej.

– A osobowość nie jest ważna?

– To już mam – roześmiał się.

– Dosyć skromną – zawtórowała mu.

– Wymyśliłem sobie kiedyś, że jeśli stajesz przed bliską ci kobietą w sytuacji intymnej, i nie tylko zresztą, ale w intymnej ma to największe znaczenie, to choćby z szacunku dla niej i dla jej doznań estetycznych wypada jakoś wyglądać.

– Co to znaczy: jakoś?

– Normalnie, płaski brzuch, niezapadnięta klatka piersiowa i żeby nie dyszeć po pięciu krokach.

– A kobieta?

– Ja nie jestem od tego, żeby mówić kobiecie, jak ma wyglądać.

– Ale jakieś preferencje masz?

– Oczywiście.

– Czy mi się wydaje, czy unikasz odpowiedzi?

– Bo to nie jest jednoznaczne.

– Ale kiedy widzisz kobietę, na co pierwsze zwracasz uwagę?

– A mogę odpowiedzieć na twoim przykładzie?

Lena roześmiała się delikatnie.

– Myślisz, że się przestraszę i wycofam?

– Nie, nie myślę tak. Rozumiem, że mogę odpowiedzieć?

– Tak, proszę.

– Najpierw zobaczyłem twoją twarz i zaraz potem usłyszałem twój głos.

– Czyli twarz?

– Twarz, głos, jak mówi i co mówi.

– No tak, ale najpierw ją widzisz. A co z atrybutami kobiecości, jak figura, nogi i tak dalej?

– „I tak dalej" jest bardzo ważne! – Kamil wybuchnął śmiechem. – Kiedy oglądam się za kobietą, jako koneser piękna, rzecz jasna.

Tym razem Lena nie mogła powstrzymać śmiechu.

– Rzecz jasna – powtórzyła za nim.

– Wtedy „i tak dalej" jest niezmiernie ważne, ale to kiedy patrzę z daleka. Jeśli chciałbym zamienić kilka słów, albo więcej niż kilka, to te wcześniejsze rzeczy są ważniejsze. Oczywiście idealnie byłoby wszystko połączyć w całość.

– Seksbomba z IQ powyżej stu pięćdziesięciu.

– Po prostu ideał! – Kamil znowu zaczął się śmiać.

– Ja raczej nie mam IQ powyżej stu pięćdziesięciu, nie wspominając, że żadna ze mnie seksbomba.

– Mam na ten temat całkowicie odmienne zdanie, ale jeśli nie masz nic przeciwko i jeśli będziesz chciała o tym posłuchać, to bardziej to sprecyzuję, kiedy się spotkamy.

– Jeśli – podkreśliła pierwsze słowo – się spotkamy.

– Nasze spotkanie jest nieuniknione.

– Taki jesteś pewien? – roześmiała się.

– Powiedzmy, że trudno mi sobie wyobrazić, że poznawszy taką osobę jak ty, z którą tak świetnie mi się rozmawia, miałbym tej osoby więcej nie spotkać. Zakładam, że moje odczucia są wzajemne.

– No nie wiem, musiałabym się zastanowić.

– To pewnie dlatego do mnie wydzwaniasz.

– A, to dzisiaj. Palec mi się omsknął, a potem to już głupio było się rozłączyć.

W tym momencie usłyszała dźwięk świadczący o tym, że rozmowa została przerwana.

Popatrzyła zaskoczona na aparat. Czyżby coś przycisnęła czy coś się stało? Chyba nie wziął na poważnie tego, co powiedziała? Odczekała chwilę, licząc na to, że Kamil oddzwoni, ale telefon milczał. Lada moment Ilona z mężem i dziećmi wrócą z kolacji i dalsza rozmowa będzie niemożliwa. Wybrała numer.

– Halo?

– Co się stało?

– Palec mi się omsknął. – Kamil zaczął się śmiać.

– Ty idio… ty niemądry człowieku.

– Przestraszyłaś się? Z jakiego powodu?

– Za wszelką cenę chcesz udowodnić swoją tezę?

– Nie, bardziej potwierdzić to, co oczywiste.

– Jesteś strasznie pewny siebie – uśmiechnęła się szeroko.

– Nie jestem, wierz mi, ale czy się mylę?

– Muszę przyznać, że nie.

– Ale droczyć się lubisz?

– Trochę tak.

– Mam propozycję.

– Słucham?

– Jesteś już po kolacji? – spytał.

– Dlaczego?

– Jesteś?

– Nie, pójdę, kiedy wróci moja siostra.

– Chwila dla siebie?

– Po całym dniu. Myślę, że mi się należy.

– Bezwzględnie. Może jak zjesz kolację, wypilibyśmy po lampce wina?

– Masz na myśli… na odległość?

– Mam nadzieję, że na jak najmniejszą – roześmiał się – ale tak, na odległość. Obiecuję zachować bezpieczny dystans.

– Ty coś kombinujesz?

– Co ja mogę kombinować? Pomyślałem, że miło byłoby do rozmowy napić się wina. Ciepło jest, szybko w ustach zasycha.

– Czyli chciałbyś jeszcze dzisiaj mnie usłyszeć?

– Co do tego nie ma chyba żadnych wątpliwości.

– Nie ma – stwierdziła pogodnie Lena. – Co właściwie teraz robisz, oczywiście oprócz rozmowy ze mną?

– Siedzę na leżaku, na plaży.

Lena odruchowo popatrzyła w dół na plażę. Parasole wciąż były porozkładane, więc nawet gdyby jakimś cudem on był gdzieś tam na dole, to i tak nie mogłaby go zobaczyć.

– Zobaczyłaś mnie?

– Skąd wiesz, że patrzyłam?

– Wiem, że ja bym tak zrobił.

Lena skierowała wzrok na morze.

– Jesteś tam? – spytał po chwili Kamil.

– Przepraszam, zamyśliłam się.

– Nad jakimś konkretnym tematem?

– Nie wydaje ci się to dziwne?

– Co?

– My. Ta cała sytuacja. Wczoraj spotkaliśmy się przypadkiem. To było wczoraj, a te nasze rozmowy są takie…

– Bezpośrednie?

– To też, ale takie luźne, bez napinki.

– Swobodne?

– W ogóle się nie denerwuję. Czuję się totalnie swobodnie i odnoszę wrażenie, że ty też.

– Wiesz, zanim zadzwoniłem do ciebie za pierwszym razem, to byłem strasznie zdenerwowany. A jak później oddzwaniałaś, to też niewiele mniej.

– Ale jak rozmawialiśmy, to chyba już nie.

– Nie, wtedy już nie.

Kamil spuścił wzrok na piasek. Wtedy już nie, powtórzył w myślach. Wtedy wszystko, o czym myślał, wiązało się z Leną. Nadal nie był pewien, czy to jest właściwe. Na odpowiednim poziomie oszukiwania samego siebie – było. Czy tego chciał? Im dłużej o tym myślał, tym bardziej stawało się to oczywiste. Decydował o sobie – przynajmniej w tej chwili, w tej minucie. Nigdy by nie przypuszczał, że znajdzie się w takim miejscu. Przeszłość pozostawała zamknięta, a przyszłość... jaka przyszłość?

Nagle, wczoraj, stanęła przed nim Lena. I wszystko się zmieniło, a zarazem nic. Kamil znalazł punkt zaczepienia, koło, którego mógł się chwycić. Czy to było w porządku? Czy tylko tym była dla niego? Te rozważania należało zostawić na inny dzień. Teraz było teraz.

– Zamilkłeś.

– Teraz ja się zamyśliłem. Zastanawiałem się nad tym, co powiedziałaś.

– I?

– Też mam takie odczucia, ale ludziom to się chyba zdarza, że wpadają na siebie i przypadają sobie do gustu.

– Mnie się nie zdarzało.

– Mnie też nie, ale na to jest dosyć łatwa odpowiedź.

– Jaka? – spytała wyraźnie zaintrygowana.

– Przy winie, odpowiem przy winie.

– To już kończymy? – udała smutek w głosie.

– Ja po prostu nie mogę się doczekać naszej kolejnej rozmowy, a ty pewnie jesteś głodna, więc im szybciej się rozłączymy, tym szybciej połączymy znowu.

– Przyjmuję ten tok myślenia – odparła już z uśmiechem. – Do usłyszenia zatem.

– Do usłyszenia.

Wszystko było nie tak, ale teraz było teraz.

* * *

Lena odniosła puste naczynia na specjalny wózek w rogu restauracji, w której podawano posiłki. Popatrzyła na swoje odbicie w wielkim lustrze przymocowanym do ściany. Wygładziła sukienkę, krótką, bez ramiączek. Wyglądała naprawdę ładnie. Ilona z Markiem byli pod wrażeniem. Nawet chłopcy pytali, czy ciocia idzie na randkę. Zbyła to oczywiście śmiechem, ale czy nie tak właśnie się czuła? Najpierw wzięła długi prysznic, aby zmyć z siebie cały miniony dzień. Sól z morza, resztki piasku i olejków do opalania. Następnie wybierała garderobę, a po dwukrotnym przejrzeniu wszystkiego, co przywiozła, postawiła na pewny wybór. Swoją ulubioną sukienkę, którą sama nazwała „pastelowe szaleństwo". Uwielbiała ją, ale zakładała zdecydowanie za rzadko. Jeśli „za rzadko" znaczy „prawie nigdy". Wiedziała, jak dobrze się w niej czuje, wiedziała, jak dobrze w niej wygląda, ale tak naprawdę nie miała okazji, aby ją zakładać. Planowała, że włoży ją na jakąś specjalną, wyjątkową okoliczność.

I dzisiaj ta okoliczność się pojawiła. Lena uśmiechnęła się z politowaniem do swojego odbicia w lustrze. Widok robił wrażenie, nawet na niej samej. Tylko po co to zrobiła? Po co zrobiła się na bóstwo? Dla siebie samej, dla własnego dobrego samopoczucia! To była półprawda. Bo Lena szła na randkę. Tak przynajmniej się czuła od momentu zakończenia rozmowy z Kamilem. Szykowała się na spotkanie z nim, na lampkę wina, którą mieli razem wypić, w – jak to powiedział – „najbliższej możliwej odległości".

Pozwoliła dać się uwieść złudzeniu, że on jest na wyciągnięcie ręki. To było takie przyjemne: zanurzyć się w tej bajce, w tym wyobrażeniu jak z filmu, gdzie bohaterowie są bardzo blisko siebie, ale nie zdają sobie z tego sprawy, aż do ostatniej sceny, kiedy dosłownie na siebie wpadają. Tylko czy na pewno chciała czekać do samego końca? Może przy odrobinie szczęścia będą wracać tym samym lotem, jeśli oczywiście spędzą tu tyle samo czasu. Zawsze mogą się spotkać w kraju, o ile znajdą dla siebie chwilę. Tu i teraz był ten czas. Jak daleko mógł mieszkać, najwyżej parę godzin jazdy samochodem, i to raczej w najgorszym przypadku. A może był w sąsiednim hotelu? Lub nawet tutaj. Jej hotel był rozciągnięty na długim odcinku i z całą pewnością nie spotkała wszystkich gości, co nawet gdyby się w ogóle rozglądała było raczej niemożliwe. Część przebywała nad basenami, część na plaży, a część pewnie gdzieś jeździła, lub robiła masę innych rzeczy, które się robi na urlopie.

– Koniec czarowania – powiedziała do siebie zdecydowanym tonem, opuszczając restaurację.

Dzisiaj przy obiecanym winie wyjawią sobie tę tajemnicę. Tajemnicę, którą ona stworzyła, bojąc się… no właśnie czego? W tym miejscu mogłaby oczywiście wymienić wszystkie swoje lęki, ale to była ostatnia rzecz, na którą miała ochotę. Teraz był czas na działanie, no i na wino oczywiście.

Po nie musiała udać się do sklepu mieszczącego się w budynku oznaczonym symbolem A. Tam też znajdowała się recepcja. Ich apartament był w budynku B, w lewym skrzydle, patrząc od strony morza. Trochę dalej, w lewo, oddzielony chodnikiem i polem do minigolfa, stał właśnie budynek A. Lena musiała więc przejść wzdłuż całego hotelu, bo jej restauracja mieściła się na końcu budynku D.

Szła powoli, patrząc na morze, gdy nagle usłyszała:

– *Excuse me, can I have a moment of your time?*[1]

Spojrzała zaskoczona w kierunku, z którego dobiegł głos.

– Oczywiście. *I mean yes*[2] – odpowiedziała mężczyźnie, który ją zaczepił.

– O, mówi pani po polsku. Przepraszam, jest tu tak dużo Skandynawów, że wolałem zacząć jakoś bardziej uniwersalnie.

– Rozumiem. Pytał pan, czy może zabrać mi chwilę. A w jakiej sprawie?

– Mam tutaj świeżo otwartą butelkę czerwonego wina, bardzo dobre, miejscowe i pomyślałem, czy nie uczyniłaby mi pani tej przyjemności i nie napiła się ze mną.

– Nie wiem. Jestem już umówiona na wino. Może gdyby pan zaproponował wcześniej albo inaczej, jaśniej się wyraził.

– Wtedy popsułbym niespodziankę.

– Jest pan przekonany, że to taka niespodzianka?

– Mam taką nadzieję. Na swoją obronę muszę powiedzieć, że trochę się bałem, stąd niespodzianka.

---

[1] (ang.) Przepraszam, czy mogę zająć chwilę?
[2] (ang.) To znaczy tak.

Lena uśmiechnęła się. Pierwszy szok minął.

– To co? Zrobiłem ci niespodziankę? Chociaż trochę? – spytał niepewnie.

Stali na chodniku oddzielającym hotel od plaży na wysokości jego apartamentu. Lena popatrzyła na stojącego przed nią mężczyznę. Przecież miałaś działać, przecież tego chciałaś, chyba, pomyślała. Tylko że to było wtedy, kiedy była odległość, kiedy było bezpiecznie, kiedy w każdej chwili można się było wycofać. Czy masz zamiar tak cały czas? – skarciła się w myślach.

– Ja też się boję – powiedział.

– Do tej pory nie odniosłam takiego wrażenia.

– Ja o tobie też bym tego nie powiedział.

– Dobrze się ukrywam.

– Wcale nie tak dobrze.

Uśmiechnęła się do niego delikatnie.

– Ale ty podobno mówisz dokładnie to, co myślisz – stwierdziła.

– No przecież właśnie powiedziałem. Ale kiedy z tobą rozmawiam, nie czuję tego. Przed się denerwuję, po również, oceniam siebie, cenzuruję, analizuję… ale kiedy rozmawiamy, już tego nie ma.

– Dobrze wiem, o czym mówisz.

– Usiądziemy? – Wskazał swój taras, do którego prowadziły małe schody. – Blokujemy przejście.

Co rusz mijali ich goście hotelowi.

– Nic ci tam nie grozi. Jesteśmy całkowicie na widoku.

Lena roześmiała się.

– Nie sądzę, żeby w ogóle mi coś groziło.

Podeszli do stolika i usiedli na fotelach ustawionych w stronę morza. Kamil napełnił kieliszki winem.

– Za co wypijemy? – spytała Lena.

Kamil uśmiechnął się.

– Za niecodzienne spotkanie – zaproponował.

– Podoba mi się.

– Toast czy spotkanie?

– Jedno wynika z drugiego.

Delikatnie stuknęli się kieliszkami.

– To co, zrobiłem ci niespodziankę? Choć troszkę? – zapytał ponownie, kiedy już się napili.

– Bardzo cię to nurtuje. Owszem, zrobiłeś.

– Ale jaką?

Lena zamyśliła się.

– Jednym słowem? Miłą.

– A jeśli nie jednym?

– A jeśli nie jednym, to za mało wypiłam – roześmiała się. – Żartuję. Po prostu odpowiedź jest bardziej kompleksowa.

– Poczekam, a w międzyczasie postaram się zaradzić temu małemu problemowi.

– Chcesz mnie upić?

– Kuszące, ale nie.

– Zawsze wiemy, co robimy, tak? – przyjrzała mu się uważnie.

– Zawsze. To jest najważniejsze – odpowiedział, patrząc jej przez cały czas prosto w oczy.

– Jak to możliwe? – spytała.

Jak, że tak się rozumiemy – dodała w myślach.

– Też nie wiem.

– Ale to pytanie zrozumiałeś – roześmiała się.

– Chyba o to chodziło.

Powiodła wzrokiem po falach rozbijających się o brzeg.

– Ładnie tutaj.

– To prawda, a dzisiaj zdecydowanie bardziej niż wczoraj – uśmiechnął się.

– Od kiedy wiedziałeś?

– Że jesteśmy w tym samym hotelu?

– Tak.

– Dzisiaj przed południem szedłem brzegiem i zobaczyłem twoją siostrę, jak perorowała do swoich synów. Szczerze mówiąc, nie mogłem uwierzyć, że to ona. Podszedłem trochę bliżej, ale nie za blisko, bo nie chciałem, żeby mnie rozpoznała.

– Dlaczego?

– Bo jeśli to była rzeczywiście ona i rzeczywiście ty, to nie chciałem, aby nasze pierwsze spotkanie w realu było przy rodzinie.

Lena kiwnęła ze zrozumieniem głową.

– W każdym razie poszedłem kawałek dalej i zobaczyłem ciebie.

– Co robiłam?

– Czytałaś książkę, chyba. Leżałaś tyłem do mnie. Widziałem twoje stopy, nogi. Byłaś podparta na łokciach.

– Zapomniałeś o plecach.

– Tak, je też widziałem. Piękne plecy, tak w ogóle.

Lena uśmiechnęła się szeroko.

– Nie czerwienię się.

– Dlaczego byś miała?

– Też nie wiem. Jeśli chodzi o czytanie, to bardziej próbowałam czytać, niż czytałam, bo przy chłopcach ciężko się skupić.

– Słuchawki w uszy.

– Nie do końca się sprawdza. Musiałabym słuchać czegoś zupełnie mi nieznanego, w innym przypadku wczuwam się w muzykę. Śpiewam pod nosem i nici z czytania.

Kamil zaśmiał się.

– Mam dokładnie tak samo. Najczęściej czytam w pociągu, staram się niczego nie słuchać, ale jeśli przysiądą się jakieś gadające osoby, to wtedy muszę założyć słuchawki. Słucham takiej muzyki, gdzie nie znam słów.

– Sprawdza się?

– Jak najbardziej.

– Tylko, że ja znam słowa wszystkich piosenek, które mam w telefonie.

– To rzeczywiście przeszkoda! Ale mam wyjście z tej sytuacji. Możesz przychodzić do mnie na taras, tutaj nikt ci nie będzie przeszkadzał.

– A ty?

– Ja mam całą walizkę książek.

– Tak sobie usiądziemy i zatopimy się w lekturze. Tak to widzisz.

– Nie bardzo, zamęczyłbym cię gadaniem.

– Może ja bym nie miała nic przeciwko?

Kamil ściszył głos.

– Książka to tylko taki pretekst, ale poczytać też możemy.

– Jak pretekst, to w porządku – odpowiedziała mu szeptem.

– Tylko cicho sza.

– Oczywiście, nie chcemy, żeby się nikt nieodpowiedni dowiedział.

Rozparli się wygodnie, popatrzyli na siebie, po czym równocześnie skierowali wzrok na morze.

– Kiedy rozmawialiśmy przez telefon, to już miałeś zaplanowane to zaproszenie? – spytała po chwili.

– Tak, mniej więcej. Myślałem o tym przez resztę dnia.

– Myślałeś o mnie?

Kamil zamknął na chwilę oczy i potarł palcami czoło. Delikatne pulsowanie pod czaszką, które czuł od dłuższego czasu, stało się coraz bardziej intensywne. Nie teraz, pomyślał i szybko, aby Lena nie zwróciła na nic uwagi, odpowiedział:

– Muszę przyznać, że tak.

Sięgnął po kieliszek, dopił resztkę wina i ponownie napełnił kieliszek.

– Ja też myślałam o tobie.

Przez chwilę patrzyli sobie w oczy, po czym każde z nich spuściło wzrok.

– Chyba robimy wszystko nie tak – stwierdził Kamil.

– Też mam takie wrażenie – uśmiechnęła się Lena. – Z takimi nazwijmy to „wyznaniami" powinniśmy chyba trochę poczekać. W każdym razie według jakichś niepisanych praw.

– To zupełnie jak z tym dzwonieniem: czy za szybko, czy nie. Powiem ci, że mnie osobiście bardziej podoba się nasz sposób i wolałbym z niego nie rezygnować.

– Za nasz sposób. – Lena podniosła ponownie kieliszek.

– Za nasz sposób – powtórzył Kamil.

– Bardzo dobre to wino – stwierdziła – i szybko wchodzi.

– Mówiłem. Nie martw się, że zabraknie. Jestem przygotowany.

– Oczywiście, że jesteś.

Lena zaczęła się śmiać.

– Nie wiem, o co ci chodzi. Kiedy się kogoś zaprasza, trzeba być przygotowanym.

– A jak nie będę w stanie wrócić sama do mojego pokoju?

– Damy radę.

– Oczywiście.

Zdążył zapaść zmrok i coraz mniej osób przechodziło przed ich tarasem. Kamil zapalił małą świeczkę i postawił na stoliku. W międzyczasie Lena wysłała wiadomość do siostry, żeby się nie martwiła.

– Mógłbym zapalić górne światło, ale tak jest przyjemniej.

– I nie jesteśmy tak na widoku.

Kamil popatrzył na nią uważnie.

– Dlaczego przyjechałaś z siostrą, jeśli można spytać… I jak to możliwe, że nie ma żadnego mężczyzny w twoim życiu?

– Skąd wiesz, że nie ma?

– Ponieważ tutaj siedzimy.

– Może czeka w domu, a ja przyjechałam się zabawić?

– Niemożliwe.

– Naprawdę? – uśmiechnęła się, lekko przekrzywiając głowę.

– Nie jestem specjalistą, nie mam szczególnego doświadczenia. Mało tego, pewnie jestem naiwny, ale na tyle, na ile zdążyłem cię poznać, to po prostu nie jesteś ty.

– Masz rację, nie jestem. Chociaż czasami zastanawiam się, czy nie powinnam być. Tak po prostu tylko się zabawić.

Lena spojrzała w przestrzeń, wypełnioną szumem morza.

– Jestem po rozwodzie – zaczęła po chwili – pięć lat.

– Przykro mi.

– Mnie też, ale głównie dlatego, że tylko pięć, powinno być przynajmniej dziesięć, jeśli nie więcej. Wiesz – Lena nie odrywała wzroku od ciemności – kiedy patrzy się na pewne sprawy z perspektywy, wszystko jest…

– Łatwiejsze – spróbował podpowiedzieć.

– No właśnie nie wiem – uśmiechnęła się smutno – na pewno łatwiej jest ocenić ostro. Teraz mogę sobie pytać, że po co to tyle trwało, ale wtedy dzieci były młodsze. Tak, mam dzieci.

Lena zerknęła w stronę Kamila.

– Jeszcze nie uciekłeś? – spytała półżartem.

– No wiesz! Chyba powinienem się teraz obrazić. A tak w ogóle to już wspominałaś w samolocie.

Rozbawiona pokręciła głową.

– Zupełnie zapomniałam. Przepraszam za to pytanie, nie mam najlepszym doświadczeń.

– Dzieci mnie nie przerażają, sam mam córkę.

Za dużo informacji, skarcił się w myślach.

– Tak?

Powiedziałeś A, musisz powiedzieć B.

– Tak, Kingę. Ma dziewiętnaście lat.

– Moja córka ma osiemnaście. Aha, o tym również mówiłam – dodała, widząc jego uśmiech.

– A syn czternaście – dopowiedział.

– W każdym razie kiedy teraz patrzę wstecz, to zastanawiam się, na czym opierało się nasze małżeństwo. Na miłości, to musiała być miłość. Poznaliśmy się pod koniec studiów. Sławek, mój eks, był inteligentny, i to mnie w nim ujęło najbardziej. Dobrze nam się rozmawiało, zawsze miał coś ciekawego do powiedzenia, dużo wiedział, wieloma rzeczami się interesował. Teraz, kiedy to mówię, to wydaje mi się, że to za mało, ale wtedy było nam dobrze ze sobą. I to było najważniejsze. Zakochaliśmy się w sobie, tak sądzę. Wiem, jak to brzmi.

Spojrzała na Kamila z zakłopotaniem.

– To jest naturalne, że kiedy koniec jest bolesny, kwestionujemy wszystko, co było wcześniej, a siebie chyba najbardziej – stwierdził.

– Pewnie masz rację. Najbardziej przeraża mnie myśl, że miłości mogło nie być i że człowiek przeżył bez niej najlepsze lata życia.

– Wielu ludzi tak ma.

– Wiem, że to mało empatyczne, ale wielu ludzi mało mnie obchodzi, a to jest moje życie i bez miłości nie ma sensu. Za dużo mówię. Rzeczywiście coś tu prowadzimy nie tak.

Wino z pewnością rozwiązywało języki, ale może Lena mówiła tylko o tym, czego chciała się pozbyć. Może z tym obcym mężczyzną było łatwiej.

– To teraz coś o pogodzie – zaproponował z uśmiechem Kamil.

– Zmęczony?

– Ja? Skąd! I łamiąc wszelkie zasady pierwszego spotkania, powiem, że mogę cię słuchać bez końca.

– Teraz tak mówisz. – Popatrzyła na niego uważnie. – No więc ze Sławkiem wzięliśmy ślub, urodziły się dzieci i tak sobie żyliśmy. Z czasem zaczął pojawiać się jeden problem, a w zasadzie dużo problemów. Abstrahując od tego, że Sławek był wiecznie nieobecny. Praca była najważniejsza, zupełnie jakby nie chciał wracać do domu. Oczywiście mi opowiadał, jak to go nie puszczają, że musi siedzieć, że tyle roboty, a tak się składało, że nasza wspólna znajoma też pracowała w tej firmie, więc wiedziałam, jak to wygląda naprawdę. Mój mąż miał tendencję do tworzenia alternatywnej rzeczywistości, w pracy opowiadał, jak to się zajmuje dziećmi, jak to zawsze się spieszy do domu i tym podobne. W domu opowiadał, jak to bez niego firma się zawali, że urlopu nie może wziąć, bo mu szef nie daje. Kiedy zagroziłam, że sama pojadę i porozmawiam z jego szefem, nagle wszystko stało się możliwe. Pewnie się przestraszył, że wydam go przed jego przełożonym. Przez bardzo długi czas pozostawałam na to ślepa. Wiesz, jak mówili o nim najbliżsi współpracownicy i jego podwładni? „Człowiek, który w życiu nie powiedział słowa prawdy". Okazało się, że różnym ludziom opowiadał różne rzeczy, a potem sam się w tym wszystkim gubił. A ja z nim żyłam. Do tej pory czasem zastanawiam się nad tym, ile kłamstw od niego usłyszałam.

Lena westchnęła cicho. Kamil nie odzywał się, pozwolił jej pobyć ze swoimi myślami.

– To jest tak naprawdę tylko początek, ale trochę się zmęczyłam.

– Chcesz już iść?

– Nie. – Popatrzyła na Kamila wnikliwie. – Dobrze mi tutaj i jeśli nie jesteś śpiący, i nie musisz jutro wcześnie wstać, to chciałabym, abyśmy jeszcze posiedzieli.

– Innego scenariusza sobie nie wyobrażałem.

– Aha, jasne! Akurat! I ja mam w to uwierzyć? – Szeroki uśmiech rozjaśnił jej twarz. – I pamiętaj, że mówisz to, co myślisz, bez ściemniania.

– Nie wiem, czy nie jest jeszcze za wcześnie na wersję „bez cenzury".

– To taki scenariusz! – roześmiała się. – W takim razie zdecydowanie muszę się jeszcze napić.

Kamil kolejny raz napełnił kieliszki. Lena popatrzyła na prawie pustą butelkę.

– Już pusta?

– Pusta – potwierdził Kamil z uśmiechem.

– I kto to wypił?

– Nie mam najmniejszego pojęcia. Krasnoludki?

– One też były w twoim scenariuszu?

– Ja jestem bardzo otwarty, ale krasnoludki to zbyt perwersyjne.

– Cieszę się, że jesteś otwarty.

Lena zmrużyła oczy, a następnie uśmiechając się, przygryzła delikatnie wargę.

– Czy tu jest gorąco, czy tylko mi się wydaje?

Roześmiała się.

– Ty wiesz, jak działasz na mężczyzn?

– Szczerze? Nie wiem.

– Trudno w to uwierzyć.

– Może, kiedy komuś zależy, to pewne, nazwijmy to „umiejętności", się budzą.

– Komuś zależy?

– To chyba wiesz sam.

Kamil pokręcił głową z uśmiechem.

– Ja jestem całkowicie nowy w tym wszystkim. Czasami mam poczucie, jakby to wszystko działo się obok, a ja tylko obserwuję obcego człowieka.

– Witaj w klubie. Może w tobie też się coś obudziło. A swoją drogą, nieźle nam idzie jak na pierwszy raz.

– Może ja tylko tak ściemniam, a naprawdę jestem seryjnym podrywaczem.

Kamil momentalnie parsknął śmiechem, gdy tylko skończył zdanie.

– Nawet ty nie jesteś tego w stanie wypowiedzieć serio.

– To wszystko może być gra – Kamil próbował opanować śmiech.

A nie jest? Kolejna myśl. Nie całkiem. I szybka samousprawiedliwiająca się odpowiedź.

– Powiem to samo, co ty. Może jestem naiwna i całkowicie nowa w bliższym poznawaniu innych, ale ja ci wierzę.

– Nic o mnie nie wiesz – powiedział nagle cicho i zupełnie poważnie.

– I strasznie się tego bałam jeszcze parę godzin temu. Teraz już nie.

– Magia wina, wieczoru, świecy, szumu morza i oczywiście nieodparcie przystojnego mężczyzny obok.

– Ten nieodparcie przystojny mężczyzna zdobył mnie już na lotnisku – wyszeptała Lena, jakby mówiła coś wstydliwego.

– Czy kiedy zamknę oczy i je ponownie otworzę, dziewczyna pocałowana przez ogień wciąż tu będzie?

– Zamknij i się przekonaj.

Kamil zamknął oczy i siedział tak przez kilka sekund. Kiedy je otworzył, Lena stała na wyciągnięcie ręki. On też podniósł się z miejsca i stanął tuż przed nią. Ich twarze dzieliła odległość może dwudziestu centymetrów.

– Wszystko robimy nie tak – wyszeptała.

– Za szybko, bez planowania następnego kroku, bez kalkulacji.

– Może dlatego tak dobrze się czuję.

– Nie powinienem raczej zaproponować, że cię odprowadzę? – spytał szeptem.

– To z pewnością byłoby *by the book*.

– To dobrze, że my tak nie działamy.

– Dobrze.

Ich oddechy były coraz cięższe. Popatrzyli sobie w oczy. Kamil podniósł dłoń i delikatnie dotknął policzka Leny. Ta przymknęła oczy i wtuliła się w nią. Powoli zbliżyli swoje usta do siebie. Całowali się delikatnie, jakby to był pierwszy pocałunek w ich życiu.

– Wszystko jest idealnie nie tak – powiedziała Lena i uśmiechnęła się.

* * *

Kamil wziął Lenę za rękę i poprowadził do środka. Przeszli przez salon w kierunku sypialni. Kamil zamknął za nimi drzwi. Lena podeszła do okna i popatrzyła na basen, który znajdował się obok. Jedyne światło padało z lamp umieszczonych na dnie.

Kamil stanął za nią i położył swoje dłonie na jej gołych ramionach. Ciało Leny napięło się, by po chwili lekko rozluźnić. Delikatnie, jakby bał się, że zrobi jej krzywdę, pocałował ją w szyję. Najpierw raz, delikatnie, tuż przy barku, by po chwili skierować się w górę w stronę ucha. Lena odchyliła głowę, przyjmując jego pocałunki, chłonąc je. Kiedy ostatni raz całował ją mężczyzna, kiedy ostatni raz sprawiało jej to przyjemność? Nieważne. Zamknęła oczy i obiema rękami przyciągnęła Kamila do siebie. Poczuła, jak przylgnął do jej pośladków. Uczucie podniecenia zawładnęło nimi obojgiem.

Odwróciła się gwałtownie. Na powolne pieszczoty przyjdzie jeszcze czas, ale to później, nie teraz, z całą pewnością nie teraz. Z gwałtownością równą pożądaniu, które ich ogarnęło, wpili się w swoje usta. Tu nie było już miejsca na delikatność, na smakowanie siebie nawzajem. Teraz chcieli się posiąść. Lena ściągnęła z niego koszulkę i wbiła się ustami w jego pierś. Odruchowo ją napiął. Dobrze, że jest co napiąć, wstydu nie ma, przeleciało mu przez głowę. Jego ręce sięgnęły do suwaka z tyłu jej sukienki. W pierwszej chwili nie dało się go odpiąć, ale Kamil szybko przytrzymał palcami górę przy suwaku i mechanizm zadziałał bez oporu. Sukienka upadła na podłogę. Jego oczom ukazały się krągłe piersi.

Za chwilę stracę zmysły, zaśmiał się w duchu. Lena zdecydowanym ruchem pchnęła go na stojące za nim łóżko. Następnie pochyliła się, odpięła pasek u jego spodenek i pociągnęła je w dół. Na ułamek sekundy znieruchomieli. Patrzyli na siebie jak zahipnotyzowani, ona stojąc, on leżąc na plecach, podparty łokciami.

Nagle, jak na komendę, zsunęli z siebie bieliznę. Kamil wziął Lenę za rękę i pociągnął na siebie. Ich usta ponownie się spotkały, nacierając na siebie ze zdwojoną siłą. Przeturlali się po łóżku. Teraz Kamil był na górze. Podparł się na rękach i popatrzył z góry na Lenę. Ta uśmiechnęła się delikatnie. Powoli rozłożyła nogi, wpuszczając go do siebie. Kamil odetchnął głucho. Z gardła Leny wydobył się cichy jęk. Już zapomniała, jakie to uczucie – pragnąć, pożądać, czuć. Wsunęła się bardziej pod Kamila, odpowiadając na jego ruchy.

Za chwilę eksploduję, pomyślał, kiedy poczuł miarową reakcję jej ciała. Dobrze, że wypili to wino, alkohol zawsze działał na niego jak naturalny spowalniacz. Piękna kobieta o rudych włosach, leżąca pod nim, jakby wyczuła jego obawy i swobodnie przekręciła go na plecy. Teraz ona była na nim, teraz ona rozdawała karty. Jej oddech z każdym ruchem bioder stawał się coraz cięższy, coraz gwałtowniejszy, coraz szybszy.

Kamil patrzył na Lenę oszołomiony. Piękne piersi unoszące się pod miarowym oddechem, płaski brzuch poruszający się równomiernie w rytmie nadawanym przez krągłe biodra. Za mało rąk, przemknęło mu przez głowę, odwieczny problem, za mało rąk. Chciał dotykać jej piersi, pieścić brzuch, trzymać pośladki. Wszystko naraz.

Ruchy Leny stały się jeszcze szybsze. Kamil chwycił dłońmi za jej biodra, jakby chciał jeszcze bardziej przyspieszyć.

– Teraz, teraz – z gardła Leny wydobył się głos pomieszany z jękiem.

– Teraz – westchnął Kamil.

Ciało Leny gwałtownie się zatrzymało, jej ruchy stały się wolne i głębokie, jakby napawała się tym, co przed chwilą się dokonało. Ich ciałami zaczęły wstrząsać drgania spełnienia.

Lena opadła na Kamila i pocałowała go. Ich biodra poruszały się bardzo delikatnie, jakby jeszcze chcieli czuć pokłosie bliskości, której przed chwilą doświadczyli. Kamil poruszał dłońmi w górę i w dół jej pleców. Ich usta pozostawały złączone jeszcze przez dłuższą chwilę.

Parę minut później leżeli obok siebie. Lena ułożyła swoją głowę na jego piersi.

– Czy taki rozwój akcji zakładał twój scenariusz?

– Zdecydowanie nie. Nie sądziłem, że mnie uwiedziesz.

– Ja? Ciebie? A kto mi bez przerwy powtarzał, jaka jestem piękna?

W tym momencie usłyszeli wibrowanie telefonu. Podnieśli się do góry.

– To nie mój – stwierdził Kamil – w ogóle go tu nie ma.

– To mój.

Lena sięgnęła do torebki leżącej na podłodze i wyciągnęła aparat. Następnie podeszła do okna i stanęła tyłem do łóżka. Kamil podparł się na łokciu i przyjrzał uważnie kobiecie przed nim. Takiej jej jeszcze nie widział. Była po prostu idealna, piękne plecy, krągłe, wyraźnie ćwiczone pośladki i zgrabne nogi.

– Wiem, przepraszam, ale pisałam, że będę później – powiedziała do słuchawki przepraszającym tonem.

Nietrudno było się domyślić, że rozmawia z siostrą.

– Nie wiem – powiedziała do aparatu.

– Rano, powiedz, że rano albo lepiej po południu – wyszeptał za jej plecami Kamil.

Lena w odpowiedzi tylko machnęła do niego ręką, aby nic nie mówił.

– Tak, wiem, co robię, do zobaczenia – rzuciła wyraźnie zirytowana, zakończyła połączenie i odwróciła się.

Kamil uśmiechnął się do niej.

– Mówiąc, że jesteś piękna, stwierdzałem jedynie to, co oczywiste, ale ty jesteś idealna.

Lena spojrzała po sobie, jakby zapomniała, że jest kompletnie naga. Zasłoniła piersi ręką i podbiegła szybko do łóżka, po czym położyła się na brzuchu, twarzą do Kamila. Ten odchylił lekko głowę i lewą dłonią przejechał powoli przez jej całe plecy, aż do pośladków.

– Nie ma nic doskonalszego.

– Przestań, bo się ubiorę.

– Ale to prawda. Kobieta jest istotą doskonałą, a ty bijesz je wszystkie na głowę. Ja, jako mężczyzna, mogę tylko marzyć, aby dostąpić zaszczytu służenia ci. *Valar dohaeris*[3].

Lena roześmiała się.

– A jakby ta służba miała wyglądać?

– Na sprawianiu ci przyjemności? – Popatrzył na nią z miną niewiniątka.

– Tak to sobie wymyśliłeś… A ty też będziesz miał z tego przyjemność?

---

[3] Dosł. „Wszyscy muszą służyć" – wyrażenie w jęz. starovalyriańskim, stworzonym na podstawie cyklu Pieśni Lodu i Ognia przez językoznawcę Davida J. Petersona na potrzeby serialu *Gra o tron*.

– Już sama służba jest taką.

– I to niby ja ciebie uwiodłam.

Kamil popatrzył jej prosto w oczy.

– Tak, na lotnisku.

Zbliżyli się do siebie i pocałowali.

– Niebezpieczne te lotniska – uśmiechnęła się.

– Niby tyle kontroli, a dwa egzemplarze takiej uwodzicielskiej broni puścili.

– Całe szczęście.

– Z tym się na pewno spierał nie będę. Siostra?

– Tak – Lena pokręciła głową. – Chyba zapomniała, że jestem dorosła, no i starsza od niej.

– Serio? W życiu bym nie powiedział.

– Jasne.

– Jasne. Spokojnie dałbym dziesięć lat mniej.

– Miło z twojej strony, ale chyba nie jesteś obiektywny. Nieważne zresztą, napisałam jej wcześniej, że nie wiem, o której wrócę.

– To naturalne, że się niepokoiła.

– Okej, rozumiem, ale teraz już wie. Czy ja nie powinnam się zbierać?

– Wykorzystać i zostawić, nieładnie.

– Ja mówię serio. – Delikatnie pogłaskała jego pierś.

– Ja też. Nie chcę, żebyś gdzieś szła. O ile się orientuję, żadne z nas nie ma obowiązków. Możemy tak leżeć, ile będziemy chcieli, o ile będziemy chcieli. Moje stanowisko jest w tym przypadku jasne.

– Ja też nie chcę iść. Wyjątkowo nic nie muszę. Mogę to, co chcę, a chcę tu zostać.

Lena podciągnęła się do góry. Jej piersi leżały na piersiach Kamila.

– Wszystko robimy nie tak – dodała.

Kamil objął ją i pocałował. Przez kilka chwil, przytulali się do siebie, nic nie mówiąc, chłonąc swoją bliskość, ciesząc się nią.

– Może my tak mamy, a właściwie na pewno. Po prostu łamiemy schematy.

– A seks na pierwszej randce to też złamanie schematu? – spytała.

– Ostatni raz na pierwszej randce byłem dekady temu, więc nie wiem. Natomiast nie jestem pewien, czy technicznie rzecz ujmując, to była randka.

– Masz rację, bardziej mnie zwabiłeś w swoją sieć, omotałeś gładkimi słówkami, upoiłeś winem. A ja, biedna białogłowa, nieprzywykła do takich sytuacji, ani się obejrzałam i już leżałam w łóżku bez żadnego odzienia.

Kamil zaczął się śmiać.

– Moja ty biedna niewiasto, cóż to za los cię spotkał. Toż to nawet randki nie miałaś.

– Jak już mówiłam, wszystko nie tak.

– Spójrz na to w ten sposób: jesteśmy nowocześni.

Lena odwróciła się tyłem do Kamila i pozwoliła, aby ją objął. Wtuliła się w niego plecami i mocno przycisnęła do siebie jego ręce.

– Bałam się – odezwała się po dłuższej chwili – że już nie pamiętam, jak to jest, albo że raczej nie umiem. Bo rzeczywiście nie pamiętałam, a jeśli chodzi o umiejętności, to coś tam wyszło.

– Coś tam? Kobieto, twoje „coś tam" prawie doprowadziło mnie do szaleństwa.

Lena zaśmiała się cicho.

– A jeśli chodzi o strach, twój to pikuś przy moim. Wiesz, co się dzieje, kiedy mężczyzna przez długi czas nie jest z kobietą? Powiem kolokwialnie, jego możliwości czasowe ulegają sporemu skróceniu, a jak ma się przed sobą kogoś takiego jak ty, to należałoby skrócić skrócenie.

– Ale dałeś sobie radę – stwierdziła ze śmiechem.

– Ma się swoje sposoby.

– Wyobrażałeś sobie, że jestem stara i pomarszczona. Taka Mellisandre bez naszyjnika.

Kamil wyraźnie zadrżał.

– Może by wystarczyło wyobrazić sobie Mellisandre w naszyjniku, piękna jest bezsprzecznie, ale gdzie jej do ciebie.

– Skoro tak mówisz… Chociaż wolałabym, żebyś sobie nikogo innego nie wyobrażał.

– To ty zaczęłaś. Tak w ogóle to byłaby zbrodnia, mając ciebie przy sobie. Poza tym to chyba miała być metoda prewencyjna, a nam, a właściwie mnie potrzebna już nie będzie.

– Nie będzie? – zdziwiła się Lena.

– Chodzi o mnie. Już się nie martwię o swoje możliwości.

– Trochę się przestraszyłam – powiedziała cicho, a jej biodra wykonały kilka ruchów, ocierając się o jego podbrzusze.

Leżeli w pozycji na „łyżeczkę". Kamil odchylił się lekko i zaczął całować jej plecy. Ich biodra były przez cały czas złączone. Zaczęli nimi ruszać, ocierając się siebie. Ich oddechy stawały się coraz cięższe. Kamil uniósł lekko lewą nogę Leny, a ona pomogła mu znaleźć drogę do siebie. Opuściła nogę.

Leżeli niemal tak samo jak kilka chwil wcześniej, z tą tylko różnicą, że teraz byli naprawdę złączeni, tworzyli całość. Lena wyciągnęła rękę do tyłu, położyła rękę na jego pośladku i przyciągnęła go jeszcze bardziej do siebie. Chciała go czuć tak blisko, jak to było możliwe. Kamil położył swoją rękę na jej piersi i delikatnie zaczął ją pieścić.

Ich ruchy były powolne, miarowe, jakby chcieli maksymalnie wydłużyć ten akt. Cieszyć się nim. Napawać bliskością, która się między nimi wytworzyła. Stopniowo ich biodra zaczęły poruszać się coraz szybciej. Lena sięgnęła po rękę Kamila i położyła sobie jego dłoń na łonie. Na ten znak sygnał Kamil nie został obojętny. Jego palce zaczęły ją delikatnie pieścić. Z ust Leny wydobyło się westchnienie rozkoszy. Jej biodra drgnęły gwałtownie. Ruchy Kamila stały się mocniejsze. Spojrzał w dół. Jego oczom ukazała się idealna krągłość pośladków Leny. Nic piękniejszego w życiu nie zobaczę, uśmiechnął się w myślach.

Ciałem Leny zaczęły wstrząsać dreszcze spełnienia. Teraz jest czas, nie za chwilę. Kamil przekręcił się razem z nią. Leżał na niej. Czuł ją pod sobą, czuł jej jędrną pupę. Palce ich rąk się splotły. To był ten moment. Orgazm, który był udziałem Leny, wstrząsnął również ciałem Kamila.

To było to, czuł to całym sobą. Jakby wszystkie nagromadzone przez ostatnie miesiące emocje gdzieś odeszły, zniknęły. Przez ostatnie kilka godzin, odkąd Lena weszła na jego taras, znajdował się w innym świecie. W rzeczywistości, o której nie sądził, że istnieje. Kiedy poznał Lenę, kiedy z nią rozmawiał, czuł się jak na wycieczce w miejscu, które może odwiedzić, ale w którym z całą pewnością nie może zostać na dłużej. Teraz tutaj był i niezależnie od wszystkiego nie chciał tego miejsca opuszczać.

Minuta. Tyle wszystko trwa. Tylko to się liczy. Teraz.

Lena oddychała ciężko. Jaka jest moja średnia, pomyślała, dwa stosunki na pięć lat, a właściwie pewnie sześć lub siedem. Gdyby do tego doliczyć te satysfakcjonujące, czas by się jeszcze bardziej wydłużył. Czuła na sobie ciężar Kamila, ale to był dobry ciężar. Czuła jego ciało na sobie i za nic w świecie nie chciała, aby zniknęło. Wiedziała doskonale, że lada chwila Kamil położy się obok, ale ona chciała tę chwilę bliskości wywołaną przeżytą rozkoszą maksymalnie wydłużyć. Jeszcze byli połączeni, jeszcze akt zbliżenia trwał. Jak strasznie bardzo jej tego brakowało. Połączenia bliskości, zrozumienia i miłości fizycznej w jednym. Kiedy to, co robili w sypialni, było jedynie dopełnieniem więzi, którą w tak krótkim czasie udało im się zbudować. Kiedy pragnienie siebie nawzajem właśnie z niej wynikało.

Przekręcili się na bok.

Kamil mocno przytulił Lenę do siebie.

– Nie musisz nigdzie iść? – spytał.

– Ja nic nie muszę – uśmiechnęła się. – Ja chcę. Zostać tu.

– Wszystko nie tak – wyszeptał.

– Wszystko.

SOBOTA, LIPIEC

Kamil otworzył oczy i rozejrzał się. Leżał w łóżku sam. Drzwi od sypialni były zamknięte. W dalszym ciągu pozostawał nagi. Jak przez mgłę pamiętał, jak usnęli. Leżeli przytuleni, on obejmował Lenę, ona była wtulona w niego. Spali tak chyba przez całą noc. Kilka razy otwierał oczy i widział, że tkwią cały czas w tej samej pozycji. Kilka razy czuł, jak Lena przyciska jego ręce do siebie.

Teraz jej nie było. Kamil podniósł się powoli i sięgnął po bokserki leżące koło łóżka. Właściwie powinien teraz pójść pod prysznic, ale najpierw chciał sprawdzić, czy Lena rzeczywiście wróciła do siebie.

Otworzył delikatnie drzwi od sypialni i wszedł do salonu. W tym momencie usłyszał głosy dochodzące z tarasu. Kłótnia to nie była, ale z tonu rozmowy wywnioskował, że poważna sprzeczka czaiła się tuż za rogiem. Jeden z głosów należał do Leny, czyli była tutaj przez cały czas. Drugi głos, kobiecy, na sto procent należał do jej siostry, Ilony.

Kamil przezornie postanowił nie wychodzić. Nietrudno było się domyślić, że jeśli między siostrami wywiązał się konflikt, to on był jego główną przyczyną. Po cichu wycofał się do łazienki przylegającej do sypialni.

Dziesięć minut później odświeżony i ubrany wyszedł na zewnątrz. Po Ilonie nie było już ani śladu. Lena siedziała na fotelu i piła kawę. Druga filiżanka stała na drugim końcu stołu obok jego miejsca.

– Dzień dobry – powiedział.

– Dzień dobry – odpowiedziała z uśmiechem.

Kamil nie wiedział, czy powinien ją pocałować, czy po prostu usiąść na swoim miejscu. Dosyć dziwny dylemat, biorąc pod uwagę fakt, że spędzili ze sobą noc.

– Światło dnia? – spytała.

– Myślę, że tak. – Pokręcił głową nad własną głupotą.

Wyciągnął rękę do Leny i podniósł ją, a następnie objął i pocałował. Odpowiedziała z taką siłą, że pierwszą myślą jego było, czy czasem nie powinni wrócić do środka.

– Niezły pomysł – powiedziała z uśmiechem.

– Skąd wiesz, o czym pomyślałem?

– Ja o tym pomyślałam, to raz, a dwa, poczułam twój „znak-sygnał".

Kamil odruchowo cofnął biodra, po czym wybuchnęli śmiechem.

– Nie ma się czego wstydzić – powiedziała, siadając. – Zdziwiłabym się, gdyby twoja reakcja była inna.

– Też bym się zdziwił. – Kamil usiadł w fotelu. – Skąd wiedziałaś? – spytał, wskazując na kawę.

– Usłyszałam, że się myjesz, to zrobiłam.

– Nie wiedziałem, że mam kawę.

– Poszłam do sklepu, kiedy spałeś. Bałam się trochę, że się obudzisz i mnie nie będzie. Nie chciałam tak.

– Też bym nie chciał. – Posłał jej uśmiech i sięgnął przez stół do jej dłoni, by lekko ją uścisnąć. – Dawno wstałaś?

– Może godzinę temu. Wzięłam prysznic i wyszłam na taras, i do sklepu oczywiście.

– Nie kusiło cię pójść do siebie? – spytał poważnie.

– Pierwszą myślą, kiedy się obudziłam, a ty przez cały czas mnie obejmowałeś i tak leżeliśmy w tej samej pozycji, było to, że jest mi dobrze. A potem zastanawiałam się, co ja zrobiłam i jakie będą tego konsekwencje.

– A co zrobiłaś i o jakich konsekwencjach mówisz?

– Jak to co? – uśmiechnęła się. – Poszłam do łóżka z nieznajomym.

– Żałujesz tego?

– Skąd. Nie wiem, jakie będą tego konsekwencje, ale siedząc tu i teraz z tobą, z pewnością nie żałuję.

Kamil ponownie uścisnął jej dłoń. Lena odwzajemniła uścisk. Ich palce pozostały splecione.

– Nie było więc pokusy?

– Oczywiście, że była – Lena zmrużyła oczy – żeby cię obudzić i może zostać jeszcze na chwilę w sypialni.

– Dlaczego tego nie zrobiłaś?

– Z prozaicznego powodu. Czułam, że muszę wziąć prysznic, a później jakoś tak słodko spałeś. Pomyślałam, że co się odwlecze, to nie ucieczce.

– Rozumiem, ale chciałbym jedną rzecz postawić jasno. – Kamil zrobił bardzo poważną minę.

– Tak? – Lena odpowiedziała podobną powagą, chociaż z dużym trudem powstrzymywała śmiech.

– Są rzeczy ważne, ważniejsze i najważniejsze. I to, o czym przed chwilą wspomniałaś, z pewnością należy do tych ostatnich…

– Z pewnością – kąciki ust zaczęły jej drgać – i bezwzględnie – dodała, próbując nie parsknąć.

– To nie jest powód do śmiechu – powaga nie schodziła Kamilowi z twarzy. – W każdym razie. Są to sprawy priorytetowe i nie wprowadzając ich natychmiast w życie, popełniamy przestępstwo zaniechania.

– Ale ja nie wiedziałam. – Zrobiła smutną minę.

– Ale teraz już wiesz.

Lena nie była w stanie się dłużej powstrzymywać. Wybuchnęła szczerym śmiechem.

– To znaczy, ilekroć będę miała ochotę, to od razu?

– Naturalnie.

– Szczerze mówiąc, nie słyszałam o takiej zasadzie.

– Bo to nie jest zasada dla wszystkich. Wiesz, co by się działo? – uśmiechnął się szeroko.

– Takie ciacho jak ty nie miałoby życia – roześmiała się.

– Z całą pewnością. Ale jeśli chodzi o ciebie…

– Jeśli chodzi o mnie – weszła mu w słowo – to kiedy tylko poczuję żądzę, mam się nie hamować.

– Hamowanie się jest niezdrowe i prowadzi do frustracji.

– Skoro takie jest zalecenie pana doktora, to nie pozostaje mi nic innego, jak tego usłuchać. I tak sobie myślę – popatrzyła mu w oczy zalotnie.

– Tak?

– Że pójdę się szybko przebrać do pokoju i zaraz będę. Jestem w tym samym ubraniu, co wczoraj i chętnie bym je zmieniła.

– To nie fair, już zdążyłaś rozbudzić we mnie nadzieję – uśmiechnął się. – I nie tylko nadzieję.

– Niech będzie rozbudzona, zaraz wracam. Moja siostra z rodziną jest w tej chwili na śniadaniu. Chciałam wykorzystać tę chwilę, nie będę musiała słuchać wykładów. I naprawdę muszę zmienić bieliznę.

– Po co ci bielizna?

– Kuszące – figlarny uśmiech zagościł na jej twarzy. – Jeszcze nigdy czegoś takiego nie próbowałam. Pomyślę o tym. – Mrugnęła do niego, wstając.

Zeszła powoli po schodkach.

– Lena! – zawołał za nią.

Zatrzymała się i odwróciła w jego stronę.

– Już się stęskniłeś? – spytała z uśmiechem.

– Nic na to nie poradzę, ale coś innego chciałem… – Wyraźnie widać było, że się waha.

– Co chciałeś? – Spojrzała na niego zaintrygowana.

– Nie, nic.

– Naprawdę?

Kamil podniósł się i zszedł na dół. Objął Lenę w pasie i przyciągnął do siebie.

– Tak? – Patrzyła na niego wyczekująco.

– Tak sobie pomyślałem – zawiesił głos.

– I fajnie było?

– Bardzo, więc sobie pomyślałem jeszcze raz.

– I co, mój myślicielu? – Lena przejechała dłonią po jego krótkich jasnych włosach.

– Pomyślałem, może jak pójdziesz się przebrać, to przy okazji spakujesz swoje rzeczy i przeniesiesz się do mnie.

Kamil wypuścił powietrze.

– Myślałam, że będę musiała się sama wprosić – uśmiechnęła się.

– Zgadzasz się? – Popatrzył na nią poważnie.

– Zgadzam się.

Pocałowali się namiętnie.

– Wszystko nie tak – powiedziała, odchodząc.

– Wszystko.

„Ja po prostu nie mam czasu". Te słowa wypowiedział już do siebie.

* * *

Lena pakowała rzeczy do walizki. Co ja robię?, spytała siebie w myślach. Żyję, odpowiedź padła jeszcze szybciej. To było szaleństwo, ta jedna rzecz nie ulegała wątpliwości. Wszystko, co wydarzyło się w ciągu ostatnich dwunastu godzin, było jednym, wielkim szaleństwem. Flirt na lotnisku, flirt w samolocie czy nawet flirt przez telefon był tylko flirtem. Może śmiałym, może otwartym, ale w dalszym ciągu tylko flirtem. To, co się wydarzyło później, już flirtem nie było – to było całkowite, nieskrępowane pojechanie po bandzie. A najlepsze albo najgorsze było to, że czuła się z tym dobrze. Po raz pierwszy w życiu zrobiła coś tak maksymalnie szalonego lub – jak to ujęła Ilona – „skrajnie nieodpowiedzialnego".

Lena wolała zdecydowanie trzymać się swojej interpretacji wydarzeń. Kiedy rano brała prysznic, przeszło jej przez myśl, że zmywa z siebie jego, że zmywa z siebie jego dotyk, pocałunki, i z jakiegoś niewytłumaczalnego powodu ta świadomość sprawiła, że zrobiło jej się smutno. Szybko się otrząsnęła, zbyła to jako niemądre i wręcz śmieszne, żeby takie odczucia miała dojrzała kobieta. To było dobre dla dwudziestolatek, ale nie dla niej. Tylko czy ona kiedykolwiek coś takiego czuła? Może teraz był jej czas.

Może to był czas, aby żyć. Powtarzała to jak mantrę od czasu rozwodu. Teraz odetchniesz, teraz pożyjesz, mówiła, jakby za wszelką cenę chciała zagłuszyć poczucie straty, które jej towarzyszyło. Nie była to tęsknota za wtedy już eksmężem, bardziej za życiem, które minęło i miało już nie wrócić. Przynajmniej były dzieci; gdyby nie one, gdyby nie Ania i Piotrek, jej egzystencja byłaby pusta, jej życie małżeńskie okazałoby się pozbawione jakiegokolwiek sensu.

Teraz, po raz pierwszy od lat, kiedy Sławek zabrał swoje dzieci na wakacje, miała wreszcie tę chwilę, na którą tyle czekała. Nic dziwnego, że rzuciła się w nią bez zastanowienia. Nigdy by siebie nie podejrzewała o coś takiego. Potarła ramię i zamknęła oczy. Co to w ogóle było? Tego nazwać nie potrafiła. Wiedziała jedno. Wszystko było nie tak. Powinni powoli się poznawać, pójść na kolację, jedną, drugą. Na spacer. Potem może jakiś nieśmiały pocałunek.

Ich rozmowy od samego początku były inne. Inne niż wszystko, czego mogła się spodziewać. Pokrewne dusze – tak by ich nazwała, chociaż czy po dwóch dobach znajomości można było cokolwiek kategorycznie stwierdzić? Jedno wiedziała na sto procent. Nie mogła się doczekać, kiedy go znów zobaczy.

Co to jest? Ponowiła pytanie, zamykając walizkę z rzeczami. Nie wiem, ale czuję się dobrze.

* * *

Kamil patrzył na morze, raz za razem odwracając się w stronę hotelu. Wyglądał Leny. Na kolację umówili się w restauracji położonej na plaży. Tylko mały murek oddzielał ich stolik od piachu i morza.

Kiedy Lena wróciła z walizką i weszli do apartamentu, Kamil złapał ją w ramiona. A może to ona złapała jego? W tej chwili trudno to było stwierdzić z całą pewnością. Jedyne, co pamiętał, to siła, z jaką się na siebie rzucili. Lena usiadła na stole w salonie, a może on ją posadził. Wydawało się, jakby ich myśli były połączone, jakby jedno doskonale wiedziało, czego pragnie drugie, jakby te pragnienia się pokrywały.

Nie przestając się całować, Lena rozpięła mu spodenki, a on ściągnął jej majtki.

– Mówiłem, po co ci bielizna? – wyszeptał z uśmiechem.

– A nie jest lepiej, kiedy musisz ją zdjąć?

– Jest.

– Poprawię się – wyszeptała.

I to były jej ostatnie słowa na dłuższy czas. Już po chwili nie tylko ich umysły stanowiły jedność. Kochali się z taką gwałtownością, jakby byli parą, która bardzo dawno się nie widziała. Był w tym wszystkim głód siebie nawzajem, głód życia. Intensywność zbliżenia, jakby zaraz miał się skończyć świat.

Reszta dnia upłynęła nie wiadomo kiedy. Spędzili ją głównie na kąpielach w morzu i wygrzewaniu się na słońcu. Tuż przed zejściem z plaży do Leny zadzwoniła siostra, prosząc o rozmowę. Wrócili do pokoju i wzięli prysznic. Ku niezadowoleniu obojga, niestety oddzielnie, ale Ilona czekała. Umówili się, że Lena pójdzie do siostry, a Kamil będzie na nią czekał w restauracji na plaży.

I czekał, nie wiedząc ile, gdyż nie wziął ze sobą telefonu. Dwa piwa, pomyślał i spojrzał na szklankę, w której pozostało już niewiele trunku. Miał cichą nadzieję, że nic się nie stało. Myślał nawet o tym, żeby pójść po telefon, ale nie chciał opuszczać stolika. O tej porze coraz więcej osób przychodziło sobie posiedzieć i popatrzeć na morze w blasku zachodzącego słońca, a takich stolików przy samej plaży było tylko kilka i wszystkie były zajęte. Nic to, poczeka, wiedział, że warto.

* * *

– Co ty sobie wyobrażasz? – spytała Ilona.

Pytanie padło, jak tylko Lena przekroczyła próg apartamentu siostry. Rozejrzała się dookoła.

– Nie ma ich. Poszli na kolację. Chciałam porozmawiać z tobą spokojnie na osobności – wyjaśniła.

– Spokojnie? – Lena uśmiechnęła się. – Nie brzmisz spokojnie.

– Bo się zdenerwowałam.

– Czym?

– Jeszcze się pytasz? Kiedy zabrałaś rzeczy?

– Rano.

– Ja to zauważyłam dopiero, gdy się szykowaliśmy na kolację.

– I to cię tak zdenerwowało?

– Co ty w ogóle robisz?

– Chodzi ci o rzeczy? – Twarz Leny ponownie rozjaśnił uśmiech.

– O wszystko mi chodzi i to nie jest śmieszne.

– Trochę jest, nie rozumiem, dlaczego tak się denerwujesz.

– Dlaczego? Jak dlaczego? Znikasz na całą noc, nie wiadomo z kim, a teraz zabierasz swoje rzeczy i się przenosisz nie wiadomo gdzie. Nie mówiąc o tym, że nie widziałam cię przez cały dzień, nie wiadomo co i gdzie robiłaś.

Ilona odetchnęła głęboko i popatrzyła na siostrę.

– Czekam na wyjaśnienia.

– Tak po kolei?

– Najlepiej by było.

Lena uśmiechała się pogodnie. Nie pozwoli, aby cokolwiek popsuło jej humor. Niedaleko stąd, w restauracji, czekał na nią Kamil. Spędzili cudowną noc, potem cudowny dzień i ona za nic na świecie nie zgodzi się, aby tę cudowność mogło coś popsuć. Ilona się o nią troszczyła i martwiła. Okej, rozumiała to doskonale. Właśnie z tego względu odpowie na jej pytania. I wyjdzie stąd z uśmiechem na ustach, o ile jej siostra nie przekroczy żadnej granicy.

– Wiadomo z kim. Z Kamilem.

– A kto to jest?

– Znajomy.

– Od kiedy go znasz?

– No już będzie – Lena udała, że liczy w myślach – prawie dwie i pół doby, poznaliśmy się na lotnisku.

– To ten… – widać było, że Ilona szuka odpowiedniego słowa i znając ją, można było się spodziewać, że nie będzie ono miłe.

– Ten sam. Okazało się, że zatrzymał się w naszym hotelu, i spotkaliśmy się.

– I spędziliście ze sobą noc?!!!

– Nie musisz wszystkich o tym informować, ale skoro odczuwasz taką potrzebę…

– Nie musisz być złośliwa.

– Nie jestem i jak widzisz, zachowuję względny spokój, biorąc pod uwagę to przesłuchanie, a jeśli chodzi o Kamila, to bardzo dobrze nam się rozmawiało.

– Tylko? – Ilona spojrzała na siostrę podejrzliwie.

– Nie, nie tylko.

– Uprawialiście seks?!

– W twoich ustach brzmi to tak… Lubię Marka, więc nie skomentuję twoich doświadczeń na tym polu. Tak, uprawialiśmy, i tak mi się spodobało, że zabrałam rzeczy i przeniosłam się do niego.

– Z powodu seksu?

– Nie z powodu seksu, chociaż biorąc pod uwagę noc i poranek, to myślę, że mógłby to być wystarczający powód.

Ilona patrzyła na siostrę zszokowana.

– Żartuję przecież. Chociaż seks był wspaniały. Przeniosłam się do niego, bo mi to zaproponował, a ja uwierzyłam, że chce mojego towarzystwa, że jest mu ze mną tak dobrze, jak mi z nim. I nie mówię w tej chwili o seksie. Ja wiem, że to jest kompletnie nieznajomy człowiek, o którym tak naprawdę to nic nie wiem, on o mnie też niewiele więcej, ale raz w życiu postanowiłam pójść na żywioł.

– Całkowicie – Ilona weszła jej w słowo, uśmiechając się słabo.

– Całkowicie. Za pięć dni wyjeżdżam i jeśli to jest tylko wakacyjne szaleństwo, to niech takim będzie. Nigdy coś takiego mi się nie przytrafiło i pewnie nie przytrafi. Nie wiem, co o tym myśleć, i nie chcę wychodzić naprzód. Chcę nacieszyć się tą chwilą, bo jest cudowna.

– Nie wiem, co powiedzieć – odparła zrezygnowana Ilona. – Chciałam ci zrobić wykład o nieodpowiedzialności…

– Ja wiem, co robię – Lena zawahała się przez chwilę – może nie, może nie wiem, ale świadomie stawiam każdy krok. On tak na mnie działa. To jest chyba szczerość, którą czuję.

– Może chcesz ją czuć.

– Może tak, ale takie są moje odczucia, może się mylę. Płynę z prądem, nie mam zamiaru tego kwestionować ani nadmiernie analizować. Raz w życiu.

– Tylko proszę cię, uważaj na siebie, nie chcę, żebyś cierpiała.

– Nie będę, a poza tym chyba mi krzywdy nie zrobi, jesteśmy tutaj, w sąsiednim budynku, i ty wiesz gdzie – uśmiechnęła się.

– To nie jest śmieszne.

– Okej, nie jest. Nie martw się.

Ilona przytuliła siostrę. Lena odwzajemniła uścisk.

– Ja będę obok i jeśli wieczorem nie zamkniemy okien, to mnie usłyszysz.

Roześmiały się.

– Idź już, pewnie czeka na ciebie.

– Nie wiem, kto na kogo bardziej.

– Tylko się nie zakochaj. – Ilona popatrzyła uważnie na siostrę.

– A to by było takie złe? – Lena odpowiedziała bardziej do siebie.

– Martwię się po prostu.

– Jestem dużą dziewczynką, dam sobie radę.

Oby, pomyślała Ilona, oby.

* * *

Kamil zobaczył Lenę idącą zdecydowanym krokiem i z dosyć poważną miną. Kiedy ich oczy się spotkały, na jej twarzy pojawił się uśmiech. Wstał, bardzo chciał ją przytulić, ale jakiś wewnętrzny hamulec go zastopował. Głupie i śmieszne, zważywszy na wszystko, ale czasami nie potrafił się tego dziwnego zawstydzenia pozbyć. Na szczęście z pomocą przyszła mu Lena.

Podeszła do niego i przytuliła się mocno. Objął ją równie silnie.

– Stęskniłam się za tobą – wyszeptała mu do ucha.

– Ja też – odpowiedział.

Usiedli. Lena spostrzegła butelkę wina i dwa kieliszki.

– Sprawdzone metody?

– Na co?

– Na uwiedzenie mnie.

– Abstrahując od faktu, że już ustaliliśmy, kto kogo uwiódł, to myślę, że butelka czerwonego wina czy nawet dwie to zdecydowanie za mało, aby cię uwieść. A ponadto „uwieść" to takie słowo… Nie bardzo mi się podoba. – Kamil skrzywił się lekko.

– Dlaczego?

– Bo gdzieś sugeruje kłamstwo, nieszczerość, zwiedzenie, udawanie kogoś, kim się nie jest.

W sumie by pasowało, przeleciało mu przez głowę, ale szybko odgonił tę myśl.

– Masz rację – uśmiechnęła się delikatnie – nigdy się nad tym nie zastanawiałam, ale też z samym uwodzeniem niewiele miałam w życiu wspólnego.

W tym momencie podszedł do nich kelner, aby przyjąć zamówienie.

– Jak rozmowa z siostrą? – spytał Kamil, kiedy zostali sami.

– W skrócie? Po prostu się martwi.

– Że cię wykorzystam?

– To chyba działa w obie strony.

– Pewnie tak, ale ona martwi się o ciebie, nie o mnie. Co takiego jej powiedziałaś?

– Wszystko chciałbyś wiedzieć.

– O tobie? Tak.

– Właśnie kiedy rozmawiałam z Iloną, zdałam sobie sprawę, jak mało o sobie wiemy.

– Bez przesady, ja trochę wiem – uśmiechnął się.

– Co na przykład?

– Masz te dwa cudowne dołki nad pośladkami.

Lena roześmiała się.

– To wszystko?

– Skąd. Pięknie się śmiejesz. Twoje plecy są bardzo wrażliwe na dotyk i lubisz, kiedy całuje się twoją szyję.

– To nie jest do końca prawda. Z tą szyją.

– Nie? – Kamil był wyraźnie zdziwiony.

– To nie jest kwestia całowania. To jest kwestia twojego całowania. Ja lubię, jak ty ją całujesz. Z naciskiem na „ty". Wiesz, co jeszcze przyszło mi do głowy?

– Dobrze, że się spotkałaś z siostrą.

– Żebyś wiedział – powiedziała poważnie – przez tę krótką chwilę pozwoliła mi nabrać perspektywy, spojrzenia na to, co się stało, na mój stosunek do tego.

– I?

Lena popatrzyła Kamilowi uważnie prosto w oczy.

– Ja ci wierzę. Kiedy mówisz do mnie, wierzę w twoją szczerość. Kiedy mnie dotykasz i całujesz, czuję ciebie, że to jesteś ty, a nie jakaś postać, którą odgrywasz. To do mnie przemawia, to mnie zdobywa. Nie wiem, nie potrafię tego inaczej wytłumaczyć. Po prostu tak jest.

Część z tego z pewnością jest prawdą, część z tego z pewnością jest mną, część… – pomyślał.

– Już o tym mówiliśmy, ale zdajesz sobie sprawę, że ta nasza szczerość, to mówienie o tym, co czujemy, jest totalnym złamaniem wszelkich zasad.

– Wiem, wszystko robimy nie tak.

– Zgadza się – uśmiechnął się delikatnie – ja nie mam w tym doświadczenia, ale jeśli istnieje jakaś moja metoda poznawania kogoś, to jest właśnie to. Wszystko, co do ciebie mówię, wszystko, co robię, wynika z tego, jaka jesteś, szczera i bezpretensjonalna. To działa w obie strony. Ty wyzwalasz mnie.

Czy to nie za dużo? Skarcił się w myślach. Tylko że to była prawda. Lena dokładnie to wszystko robiła. Wyzwalała go, wyciągała na zewnątrz, a był przekonany, że zamknął się na dobre. Teraz nagle drzwi się uchyliły i to było cudowne, jak tchnięcie życia. Istniało tylko jedno „ale". Zawsze było jakieś „ale". Liczy się ta minuta, a później może będzie następna, a może nie… Teraz.

Lena wyciągnęła do niego swoją dłoń. Ich palce się splotły. To wszystko spadło nagle, w najmniej spodziewanym momencie. W ciągu trzydziestu sześciu godzin zdarzyło się tak wiele. Ale co to było? Dobra zabawa w romantycznych okolicznościach lata. Czy można było nazwać to inaczej? Czy w ogóle można było to nazywać? Przy całej otwartości, z jaką ze sobą rozmawiali, na ten krok żadne nie było gotowe.

– Powiedziałam Ilonie, że nie chcę tego analizować, wybiegać do przodu, ale łapię się na tym, że to robię.

– Spokojnie – uśmiechnął się. – Jeśli organizowano by mistrzostwa właśnie w takim myśleniu, to miałbym duże szanse na zwycięstwo.

W tym momencie kelner postawił przed nimi jedzenie. Jedli w ciszy, wymieniając tylko krótkie uwagi na temat posiłku.

– Powiedziałaś, że nic o sobie nie wiemy. A co byś chciała wiedzieć? Pytaj śmiało.

Tylko nie za śmiało. Czy nie przesadzał z takimi zachętami? To było stąpanie po cienkim lodzie. Odłożył sztućce i napił się wina. Lena, która skończyła jeść chwilę wcześniej, wzięła kieliszek do ręki i oparła się wygodnie na fotelu.

– Nie wiem, sam coś powiedz.

– Sam? Może jest coś, co chciałabyś wiedzieć w pierwszej kolejności.

– Dobrze, już wczoraj chciałam cię o to spytać... – Lena zawahała się.

– Dawaj – uśmiechnął się zachęcająco.

– Nie chcę być wścibska.

– Wydaje mi się, że po ostatniej nocy nie powinniśmy mieć takich hamulców.

– To prawda. Nie wiem, dlaczego łatwiej mi jest podejść i cię pocałować, niż zadać pytanie.

– Może wtedy się bardziej odkrywamy.

– Bardziej, niż to zrobiliśmy?

– Można powiedzieć, że to tylko ciała. To, co w nas, jest cały czas ukryte.

– Ale to nieprawda. My wyraziliśmy siebie w tym wszystkim. Ja tak to czułam.

– Ja też tak to czułem, więc...

– Dlaczego jesteś tutaj sam, w takim dużym apartamencie? Jeśli nie chcesz odpowiadać... – dodała szybko.

Kamil popatrzył w kierunku morza.

– Zawsze rezerwowaliśmy hotel jeszcze we wrześniu poprzedniego roku. Robiliśmy tak od wielu lat, od momentu, kiedy przyjechaliśmy tu po raz pierwszy. Tak samo było w tym roku, znaczy w zeszłym. Ceny były zawsze najniższe, a nam zależało na tym samym apartamencie, parter, krok od plaży i basenu. Tylko że tym razem w międzyczasie wszystko się zmieniło.

Kamil zamilkł na chwilę, wpatrzony w morze. Lena nie odzywała się, czuła, że zaraz nastąpi dalszy ciąg.

– Później nastąpiła separacja, a w tej chwili jesteśmy o jedną rozprawę od oficjalnego ogłoszenia rozwodu. Poszło dosyć szybko – zaśmiał się gorzko pod nosem. – Z tej całej rezerwacji mogliśmy się wycofać, ale jakoś nie mieliśmy do tego głowy. Moja żona nie chciała tu już przyjeżdżać, co w sumie jest zrozumiałe. Natomiast myślałem, że może przyjadę z córką, co z kolei nie było za mądre. To, że tak pomyślałem. Całkiem słusznie uznała jednak, że to nie będzie to samo. Ona zresztą ma już dziewiętnaście lat, właśnie dostała się na studia i na wakacje wyjechała ze znajomymi. A ja z kolei wylądowałem tutaj, wszystko było opłacone, to pomyślałem: co mi tam. Czułem, że to taka pewna forma masochizmu, miejsce wspomnień. Moja córka uwielbiała tu być. Ilekroć proponowaliśmy wyjazd w inne miejsce, spotykaliśmy się ze stanowczym oporem, i to takim, że wolała zostać z dziadkami, niż jechać gdzieś indziej. To było takie nasze miejsce… tu miała znajomych, których poznała na przestrzeni lat. Tutaj się dobrze czuła. To byłby nasz ósmy wyjazd.

Prawie wszystko się zgadza, pomyślał, a właściwie wszystko, w końcu na powody separacji nie wszedłeś.

– Chyba chciałem to miejsce w pewien sposób odczarować – dodał po chwili. – Taka terapia, zostawienie wydarzeń ostatnich miesięcy za sobą.

To trochę nie do końca tak – kolejna myśl przeleciała przez głowę.

– Nie wiem, czy to, co mówię, ma jakiś sens – uśmiechnął się smutno.

Lena wyciągnęła rękę w kierunku Kamila. Ten uścisnął ją delikatnie.

– Ma, wierz mi, że ma. U mnie wyglądało to zupełnie inaczej, ale o tym innym razem. – Spojrzała mu prosto w oczy. – Bardzo się cieszę, że przyjechałeś i może zabrzmi to samolubnie, o ile przykro mi, że w takich okolicznościach, to jednak cieszę się, że jesteś sam. Okropna jestem?

– Skądże. Biorąc wszystko pod uwagę, to ja też. Oczywiście, wiesz, to jest takie rozdwojenie. Z jednej strony, to miejsce, do którego przez tyle lat przyjeżdżaliśmy, z drugiej, ta część mojego życia to zamknięta historia. Doszliśmy do końca naszej drogi. Nawet trudno kogoś winić. Po prostu się skończyło.

Brawo, dość ogólnie i w sumie niespecjalnie odbiegając od prawdy. Zresztą twoja żona mogłaby potwierdzić taką wersję. W sumie.

Kamil upił wina z kieliszka.

– Mam czterdzieści pięć lat – powiedział – i nagle okazało się, że moje życie nie do końca jest tym, czym myślałem, że jest.

I to też jest prawda, wystarczająco enigmatyczna, by można ją dowolnie interpretować.

Przez chwilę siedzieli w ciszy ze spojrzeniami utkwionymi gdzieś w przestrzeni.

– Pięć lat temu – Lena postanowiła ją przerwać – kiedy sfinalizowaliśmy rozwód, który zresztą powinien się wydarzyć dużo wcześniej, poczułam, jakby moje życie się skończyło.

Ono tak naprawdę się zaczynało, wiedziałam o tym. Nie mogłam dłużej trwać w tym czymś, co było małżeństwem tylko z nazwy, ale kiedy tylko to zakończyłam, byłam zagubiona. Wszyscy mi mówili, że czterdziestka to taka nowa trzydziestka i że wszystko przede mną. Ja tak tego nie czułam, mimo że rzeczywiście w pewnym sensie się wyzwoliłam. Miałam trzydzieści dziewięć lat i wszystko przed sobą, tak mi mówiono, a ja czułam, jakbym miała raczej wszystko za sobą. I to wszystko, co miałam za sobą, nie napawało optymizmem. Kiedy patrzyłam wstecz, miałam poczucie porażki. Oczywiście były dzieci, im byłam potrzebna, dla nich warto było żyć. Tylko że to jest za mało, zwłaszcza że są coraz starsze i zaczynają żyć swoim życiem. A mówiąc, że to jest za mało, mam na myśli to, że potrzebujesz drugiego człowieka, kogoś, z kim porozmawiasz, z kim się podzielisz radościami i problemami, kto ci da bliskość. Przyjaciółka czy siostra to nie to samo. Muszę szybko kogoś poznać – zaśmiała się – tak mi mówiono. I byłam na kilku randkach, takich aranżowanych. Nawet mili mężczyźni, ale nigdy żadnemu nie dałam drugiej szansy. Wydawało mi się, że muszę coś poczuć i że to musi się stać za pierwszym razem. Nie mówię oczywiście o żadnym zakochaniu, tylko o jakiejś drobnej, maleńkiej więzi czy chemii. Jak zwał, tak zwał. Oczywiście słyszałam, że nie powinnam być taka wybredna i po jednym spotkaniu nie można się zniechęcać, ale ja po prostu tego nie czułam. Aż w pewnym momencie zwyczajnie się poddałam, przestało mi zależeć. Pomyślałam sobie, że tej pustki w sobie już nie wypełnię.

Lena skierowała wzrok w ciemność, z której dobywał się tylko dźwięk fal obmywających brzeg. Kamil ściskał w dłoni kieliszek, nie odrywając wzroku od siedzącej naprzeciw niego kobiety. Chciał coś powiedzieć. Od zawsze bał się ciszy, jakby zwiastowała coś niedobrego. Wiedział doskonale, że to nieprawda, ale koncept ciszy, która nie jest krępująca, był mu obcy. Teraz patrzył na Lenę i czuł spokój. Czy była to kwestia wina, czy tej kobiety? Alkohol dawał mu pozorne uczucie spokoju. A może jednak to była obecność drugiej osoby. Tej drugiej osoby.

Na chwilę zapomniał. Zapomniał, dlaczego był tutaj, dlaczego przyjechał sam, zapomniał o tym, jaką drogę odbył w ciągu ostatnich miesięcy. Drogę donikąd. Chociaż nie, znał jej koniec. Ale cóż złego było w odrobinie negacji, choć przez ten krótki wakacyjny czas? Co ma się stać, i tak się stanie.

Patrzył na nią i zapominał o wszystkim. Zapominał, że jest tylko minuta i może następna po niej, ale to już nie jest takie pewne. W swojej naiwności zanurzył się w to poczucie zadowolenia, a może nawet szczęścia, w dziwną ideę, że można żyć. Chciał się jej złapać, chociaż na chwilę uwierzyć, że jest coś więcej niż teraz.

Lena ponownie skierowała na niego wzrok i uśmiechnęła się.

– Teraz wiemy już o sobie trochę więcej – stwierdziła.

– To prawda – kiwnął głową.

– Zastanawiasz się, czy to dobrze?

– Że wiesz, że mam czterdzieści pięć lat. Chciałem uchodzić za młodszego – roześmiał się.

– Tym to chyba ja powinnam się bardziej martwić.

– Że masz trzydzieści cztery? Nie widzę tu powodów do zmartwień.

– Masz kłopoty z liczeniem?

– Skąd, coś mówiłaś o nowej trzydziestce. Wydaje mi się, że wszystko dobrze policzyłem, a akurat na liczeniu to ja się znam. Muszę dodać jeszcze jedno: widziałem cię nago, potem przez cały dzień widziałem cię w bikini i nie ma mowy, abyś miała więcej niż te trzydzieści cztery lata, o których mówimy. Podejrzewam nawet, że masz mniej.

Lena roześmiała się.

– Bardzo mi miło, ale tak się zastanawiam, jakie masz doświadczenia z ciałami trzydziestolatek.

– Ja jestem trochę obserwatorem.

Tym razem oboje wybuchnęli śmiechem.

– Obserwatorem, mówisz.

– Takim koneserem piękna i stąd wiem, że ciężko znaleźć kogoś, kto mógłby z tobą konkurować.

– Jak na takiego konesera to nie zauważyłam, żebyś dzisiaj dużo, jak to mówisz, „obserwował".

– Ale ja cały dzień podziwiałem, tylko że byłem skupiony na prawdziwym i niepowtarzalnym pięknie. Na tobie.

Lena westchnęła z uśmiechem.

– Gadane to ty masz.

– Tylko opisuję rzeczywistość.

– Jeszcze trochę i w to uwierzę.

– To jest prawda, musisz to widzieć za każdym razem, kiedy patrzysz w lustro.

Lena zamyśliła się przez chwilę.

– Dziwne, ale dzisiaj rano po raz pierwszy od bardzo, bardzo dawna popatrzyłam w lustro i podobało mi się to, co zobaczyłam. Przecież wczoraj, przedwczoraj byłam taka sama, a jednak coś się zmieniło.

– Co?

– Znowu mam poczucie, że się za bardzo otwieram, że wszystko nie tak.

– Nie chcesz, to nie mów. Cokolwiek sobie okazujemy czy mówimy, musimy czuć się z tym dobrze, inaczej to nie ma sensu.

– Wiem – uśmiechnęła się – ale ta blokada wynika z jakiegoś niezrozumiałego dla mnie konwenansu, jakby była narzucona odgórnie, że czegoś nie wypada. Mnie, kiedy mówię do ciebie, kiedy dzielę się tym, co w danym momencie myślę, jest z tym dobrze, ja chcę to robić. A jednocześnie się nie poznaję.

Lena wzięła głęboki oddech.

– Spodobało mi się to, co zobaczyłam – zawahała się. – Może inaczej: ja nie mam problemu z samoakceptacją. Tylko że spojrzałam na siebie twoimi oczami i nagle okazało się, że jest ktoś, komu się podobam.

– Myślę, że nie tylko ja należę to tej grupy.

– Może, tylko że temu komuś ja chcę się podobać, że mi na tym zależy. To sprawia, że się czuję… No właśnie, nawet nie wiem, jak to nazwać. Czuję się pożądana przez kogoś, kogo sama pożądam.

Lena spuściła wzrok i sięgnęła po kieliszek z winem.

– Odnoszę wrażenie, że chcesz mnie zaciągnąć do łóżka. – Kamil uśmiechnął się.

– Przeszło mi to przez myśl.

W tym momencie Kamil poczuł, jak bosa stopa Leny dotknęła jego kolana i powoli zaczęła wnikać w nogawkę spodenek. Drgnął zaskoczony. Czuł palce Leny idące w górę jego uda, zbliżające się powoli do już nabrzmiałej męskości. Dobrze, że mam luźne szorty, pomyślał.

– Dobrze, że masz luźne szorty – powiedziała Lena, przygryzając lekko wargę.

– O tym samym pomyślałem – odparł cicho.

– Ale bokserki już obcisłe.

– Niestety – uśmiechnął się. – Ale tylko takie noszę, innych nie lubię.

Szkoda, zaśmiał się w myślach, kiedy poczuł palce stopy Leny delikatnie masujące jego męskość.

– No wystarczy tego dobrego – roześmiała się, wysuwając stopę z nogawki spodenek.

Oparła nogę na jego kolanie.

– To trochę nie fair – powiedział, wzdychając ciężko.

– Nie fair, to tylko mała zajawka.

Patrzyli na siebie. Ich oczy błyszczały od pożądania. Kamil delikatnie położył dłoń na stopie Leny i delikatnym ruchem zaczął ją gładzić. Kiedy doszedł do kolana, cofnął się i bardzo powoli przejechał po łydce, po czym wrócił do uda. Musiał pochylić się nad stolikiem, aby sięgnąć dalej. Lena zsunęła się delikatnie na fotelu, jakby chciała mu to ułatwić. Kamil oparł się piersią o stolik, kiedy jego dłoń poczuła jej łono. A gdzie bielizna? – pomyślał. Delikatnie przesunął palce w prawo i w lewo, dotykając jej ud, po czym zatrzymał się na chwilę na jej kobiecości.

Lena westchnęła głęboko, po czym rozejrzała się dookoła. Na szczęście pozostali goście restauracji nie zwracali uwagi na to, co się dzieje przy innych stolikach. Lekko się podniosła. Jego ręka automatycznie zjechała na jej kolano. Kamil oparł się ponownie w fotelu, gładząc przegub jej stopy. Popatrzył na nią pytająco.

– Powiedziałam, że się poprawię – uśmiechnęła się, a w jej oczach mógł dostrzec lekką mgiełkę podniecenia.

Moich oczu pewnie nie widać, zaśmiał się w duchu.

– Powiem szczerze, że to była niespodzianka przez duże N.

– Dziwne uczucie, ale na co dzień nie będę tego powtarzać – roześmiała się. – Dzisiaj to co innego.

– Chyba czas na nas.

– Już? – spojrzała na niego zalotnie. – Żartuję, zdecydowanie czas – dodała szybko.

* * *

Do pokoju wrócili, trzymając się za ręce. Starali się stawiać kroki powoli, jakby byli na spacerze, ale im bardziej zbliżali się do apartamentu, tym szli coraz szybciej. Do sypialni wpadli praktycznie biegiem. Lena jednym wprawnym ruchem ściągnęła sukienkę i stanęła przed nim naga, oparłszy się o ścianę naprzeciw łóżka. Z uśmiechem wyczekiwania patrzyła, jak Kamil walczy z koszulką i spodenkami. Kiedy wreszcie pozbył się również bokserek, stanął przed nią wyprostowany. Przez chwilę patrzyli sobie w oczy, by nagle gwałtownie wpić się sobie wzajemnie w usta. Jakby chcieli jak najszybciej rozładować napięcie nagromadzone przez cały dzień, a zwłaszcza w ostatniej godzinie.

Nie przerywając pocałunków, Lena zarzuciła prawą nogę na biodro Kamila, po chwili lewą. Kamil uniósł ją lekko do góry i zagłębił się w niej. Oboje przeszedł dreszcz, a z gardeł wydobył się cichy jęk. Lena oplotła go mocno nogami i gwałtownie ruszyła biodrami do przodu, jakby chciała wyjść mu naprzeciw. Kamil wykonywał gwałtowne ruchy, ich usta nie odrywały się od siebie.

Nagle Kamil odwrócił ich od ściany w stronę łóżka i położył na nim delikatnie Lenę.

– Za ciężko? – spytała z uśmiechem.

– Nie – uśmiechnął się w odpowiedzi – chciałem na ciebie popatrzeć.

Stał nad leżącą na plecach Leną i nie mógł oderwać od niej wzroku. Była doskonała, widać było, że dużo pracy włożyła w to, aby zapracować na swój wygląd. Krągłe, pełne piersi, płaski brzuch i zgrabne nogi, na których delikatnie rysowały się mięśnie. Odruchowo spojrzał na swój brzuch oraz mięśnie klatki i rąk, które napięły się pod wpływem jej spojrzenia. Wstydu nie było.

Lena jakby czytała w jego myślach.

– Tak, na ciebie też miło popatrzeć, a teraz chodź, bo zaraz mój żar wygaśnie.

– To w ogóle możliwe? – spytał, powoli pochylając się nad nią.

– Przy tobie? Nie sądzę.

– Mów mi tak jeszcze.

Roześmiał się cicho i przywarł ustami do jej ust. Lena uniosła nogi i poczuła, jak w nią wchodzi. Chciała kochać się powoli, ale jej całe ciało mówiło co innego. Jej ruchy stawały się coraz gwałtowniejsze. Kamil uniósł jej nogi i położył je na swoich ramionach. Był głęboko, bardzo głęboko. Jeszcze chwila i będzie za późno pomyślał. A raczej za wcześnie.

Na szczęście Lena też już była blisko. Poczuł jej palce wpijające się w jego plecy tuż nad pośladkami, jakby chciała go jeszcze więcej. Niech to będzie to, pomyślał, kiedy poczuł, że już nie ma odwrotu. Przystąpił do ostatniej szarży. Naprzód, ułani, zaśmiał się w duchu. Doskonale wiedział, że za kilka chwil już nic z siebie nie wykrzesa. Lena krzyknęła głośno i zamarła, przyciskając go z całych sił do siebie. Po chwili wypuściła powietrze i opadła na łóżko. Kamil położył się na niej.

Ich usta ponownie się spotkały, podczas gdy ich biodra jeszcze delikatnie pracowały, chcąc przedłużyć spełnienie.

– Dziękuję – wyszeptał.

– Proszę bardzo. A za co? – spytała.

– Nie licząc wspaniałego seksu, to za dojście do mety w odpowiednim momencie.

– A co, spieszyło nam się? – roześmiała się.

– Nie, skąd – odpowiedział ze śmiechem.

– To twoja zasługa.

– Możesz mi tak mówić.

Kamil położył się obok. Leżeli teraz na plecach, twarzami zwróconymi ku sobie. Lena uścisnęła dłoń Kamila.

– Ja też dziękuję. Było cudownie.

– Przestań, bo za bardzo uwierzę w siebie.

– Przepraszam – Lena podparła się na łokciu – a ty wątpisz w siebie?

– Przy tobie nie.

– Ja myślę. Widziałeś, do czego mnie doprowadziłeś. Nawet teraz, jak na ciebie patrzę, to myślę o rzeczach, które bym z tobą chciała zrobić.

– To nic w porównaniu z tym, jak ty działasz na mnie.

– Mówiłeś, że ile nie byłeś z kobietą?

– Za długo, ale jak mawiał Woody Allen, „dużo sam ćwiczyłem".

Lena wybuchnęła śmiechem.

– Naprawdę?

– Naprawdę, to cytat z *Miłość i Wojny*.

Ponownie się roześmiała.

– Nie o to pytam.

– Wiem, żartuję. A odpowiadając na twoje pytanie... – Kamil skrzywił się. – Jeśli weźmiemy pod uwagę czynnik czasowy, to wyjdzie na to, że...

– Nie kończ, proszę.

– Wiem, wiem, ale tym razem się udało.

Roześmiali się.

– Rozumiem, że chciałeś zasugerować, że biorąc pod uwagę fakt, iż nie kochałam się od dobrych kilku lat, to każdy by na mnie zadziałał?

– To ty zaczęłaś.

– Wiem, mój błąd. Widocznie też mam problem ze świadomością, że mogę tak działać na mężczyznę.

– Jak widać, musimy się trochę nauczyć – stwierdził i objął ją ramieniem.

Lena naciągnęła na nich kołdrę. Teraz leżeli przykryci, zamknięci razem na małej przestrzeni. W bezpiecznej przystani, którą dla siebie zaczęli tworzyć, nie do końca zdając sobie z tego sprawę.

NIEDZIELA, LIPIEC

Lenę obudziło brzęczenie telefonu. Rozejrzała się wokół półprzytomnym wzrokiem. Kamil spał. Sięgnęła po swój telefon, leżący na szafce przy łóżku. Odebrała połączenie.

– Halo.

– Ktoś jeszcze spał? – usłyszała wesoły głos Ani.

– No tak trochę, poczekaj chwilkę.

Lena wstała i po cichu, na palcach, starając się nie obudzić Kamila, podeszła do szafy i sięgnęła na półkę, gdzie leżały jej rzeczy. Następnie z koszulką i spodenkami w ręku wyszła z sypialni i zamknęła delikatnie drzwi. Naciągnęła szybko ubranie i już była na tarasie.

– Jestem.

– Co robiłaś?

– Ubierałam się i musiałam wyjść na taras.

– A gdzie ciocia z wujkiem?

– U siebie – odparła Lena bez namysłu.

Kiedy tylko te słowa padły z jej ust, zdała sobie sprawę, co powiedziała. Może jej córka nie zwróci uwagi na ten drobny niuansik. Złudna była to nadzieja. Jej dziecku rzadko cokolwiek umykało.

– U siebie? Czemu spałaś tak długo? To do ciebie nie podobne.

– Kiedyś trzeba się wyspać.

Lena świadomie zignorowała pierwsze pytanie, grając trochę na zwłokę, bo raczej nie mogła liczyć na to, że Ania nie zada go ponownie.

– A poza tym – dodała – powiedziałam sobie, że skoro nic tu nie muszę, to przynajmniej trochę odeśpię.

– Czy jeśli inaczej sformułuję pytanie, to może wtedy mi odpowiesz, gdzie w tej chwili jesteś? – Ania była nieustępliwa.

Co właściwie powinna powiedzieć? Najlepiej prawdę. Tego zawsze uczyła swoje dzieci. Nie trzeba kombinować, pamiętać poszczególnych wersji swojej historii, co i komu się powiedziało. Prawda była najlepsza, może nie najłatwiejsza czasami, ale bezwzględnie najlepsza. Dziwnych opowieści, często wzajemnie ze sobą sprzecznych, nasłuchały się – ona i dzieci – przez lata od Sławka. Ona nigdy ich nie okłamała i na pewno nie zacznie dzisiaj.

– Na tarasie.

– Bardzo śmieszne.

– Nie dałaś mi skończyć.

– Zamieniam się w słuch.

– Szczerze mówiąc, wolałabym rozmawiać z tobą twarzą w twarz.

– Za kilka dni będziesz mogła, a teraz powiedz mi, o co chodzi, bo zaczynam się niepotrzebnie denerwować. Proszę, mamo – dodała.

– Poznałam tutaj kogoś.

– Tak?

– No i tyle.

– Jesteś teraz u niego i obudziłam cię, kiedy byłaś u niego – Ania momentalnie połączyła fakty.

– Tak – potwierdziła Lena.

Na chwilę zapadła cisza, chociaż Lenie wydawało się, że trwa bez końca.

– Okej – usłyszała.

– Okej?

Tak naprawdę nie wiedziała, jakiej reakcji córki miała się spodziewać, ale spokój, z jakim Ania powiedziała „okej", ją zaskoczył.

– Spodziewałaś się, że będę robić ci uwagi albo jakieś wyrzuty.

– Tak naprawdę nie wiem, czego się spodziewałam – przyznała.

– Chcę wiedzieć tylko, czy wszystko u ciebie w porządku.

– Zdecydowanie, powiedziałabym, że bardziej niż w porządku.

– Mówiłam, żebyś się zabawiła, i widzę, że wzięłaś moje słowa na poważnie – roześmiała się Ania.

– Wzięłam. Chociaż nie wiem, czy tylko o zabawę chodziło.

– To poważne?

– Nie. Nie wiem. Kiedy o tym myślę, sama się gubię. Znamy się trzy dni, a jeśli mówimy o kimś takim jak ja, kto przez pięć lat nie był w związku, a małżeństwo było, jakie było, i nagle spotykam kogoś, przy kim się dobrze czuję, to można sobie szybko wyobrazić nie wiadomo co, a my się znamy trzy dni i fakt, że jest dobrze razem, nie musi nic znaczyć. Prawdopodobnie tak jest.

– Albo może dużo.

– Nie wiem.

– Może za dużo o tym myślisz. Jeśli jest ci tak dobrze, to niech się toczy. Macie jeszcze kilka dni.

– Dziękuję ci, córeczko.

– Chyba powinnam się obrazić, że bałaś się mojej reakcji.

– Chyba powinnaś.

– Tak naprawdę to chciałabym się dowiedzieć od ciebie jak najwięcej, ale ojciec już na mnie macha. Jedziemy gdzieś.

– Dowiesz się wszystkiego, jak wrócę. No, może nie wszystkiego.

– I słusznie, bo wierz mi, „wszystkiego" nie chcę wiedzieć.

Roześmiały się.

– Kocham cię, mamo, odezwę się.

– Ja też cię kocham.

Lena spojrzała na telefon. Czasami zastanawiała się, czy to właśnie Ania nie była jej najlepszą przyjaciółką. Kiedy nastąpił rozwód, Ania miała trzynaście lat, i ostatnią rzeczą, jakiej Lena chciała, to obciążać córkę swoimi problemami. Dzieci miały być chronione, musiały być chronione. Wiedziała dobrze, że nie jest to najlepsze wyjście, ale po prostu źle się czuła na samą myśl o tym, że swoje smutki i żale ma przelewać na nie. Tylko że to były rozumne istoty, obserwujące rzeczywistość, i doskonale wiedziały, co się dzieje. Może były młode, może nie wszystko rozumiały, ale nie wolno było ich traktować, jakby nie były częścią tego wszystkiego.

Tę prawdę uświadomiła jej Ania. Pewnego jesiennego wieczora, kiedy Lena była przekonana, że dzieci już śpią, siedziała późno w kuchni, zatopiona w myślach o swoim życiu. Dokąd doszła, dokąd zmierza, co ją jeszcze czeka. Nieważne, jak motywująca samą siebie starała się być, efekty tego były raczej mizerne.

Nagle stanęła przed nią Ania. Miała wtedy jakieś trzynaście i pół roku, już nastolatka, a dla Leny wciąż malutka córeczka. Usiadła naprzeciw mamy i powiedziała jedno zdanie: „Nie jesteś sama, zawsze byłaś dla mnie i teraz ja jestem dla ciebie". Wzięły się za ręce. O niczym więcej nie rozmawiały, po prostu siedziały razem. Niesamowite, jak bardzo nie doceniamy swoich dzieci, za wszelką cenę próbujemy je chronić, a one chcą tylko być traktowane tak, jak na to zasługują. Od tamtej pory rozmawiały o wszystkim, nie tylko o tym, co przeżywają jej dzieci, ale również o tym, co ona sama czuła.

Lena otarła łzy, które nie wiadomo skąd pojawiły się w jej oczach. Spojrzała na plażę, na której było już całkiem sporo ludzi. W końcu dochodziło południe. Należałoby coś zjeść, choć jedyne, na co miała ochotę, to wrócić do sypialni i wtulić się w Kamila.

Już się podnosiła, kiedy usłyszała znajome głosy.

– Ciociu, ciociu!

Jej siostrzeńcy w towarzystwie rodziców zmierzali właśnie na plażę. Po krótkich negocjacjach udało im się wymóc na niej przyrzeczenie, że dołączy do nich na wspólną kąpiel w morzu.

– Jak tylko się ogarnę, to do was przyjdę – obiecała.

* * *

Kamil otworzył oczy. Obok niego na łóżku leżała Lena i patrzyła na niego. Przetarł oczy i uśmiechnął się do niej. Spojrzał po sobie, w dalszym ciągu był nagi. Lena natomiast miała na sobie spodenki i koszulkę. Instynktownie podciągnął kołdrę, zakrywając się od pasa w dół.

– Nagle zrobiłeś się taki wstydliwy – roześmiała się.

– W świetle dnia to nie jest taki fajny widok. Zresztą w każdym innym świetle też nie.

– Może pozwól mi to ocenić.

Lena przysunęła się, aby go pocałować. Poczuł zapach pasty do zębów. Zasłonił usta.

– Zaraz wracam – poderwał się i zniknął w łazience.

Po paru minutach znalazł się z powrotem na łóżku, tym razem ubrany w bokserki.

– A to po co? – uśmiechnęła się.

– Czy nie lepiej skrywać tajemnicę?

Kamil przytulił ją do siebie i oddali się pocałunkom.

– Dobrze, niech i tak będzie – powiedziała po chwili. – To jak się ma nasza tajemnica?

– Chyba czujesz, że dobrze, a nawet bardzo dobrze.

Leżeli przytuleni blisko siebie. Lena nie miała trudności z wyczuciem, iż jej kochanek był w pełnej gotowości. Prawda była taka, że ona też, i to od dłuższego czasu. Kiedy leżała obok niego i patrzyła, jak śpi, zastanawiała się, czy go już nie obudzić. A gra wstępna, a wprowadzenie w nastrój? Każda chwila razem wydawała się być tą grą, a nastrój jej nie odstępował. Może rzeczywiście brakowało jej seksu. Choć nie, to było zbyt proste wytłumaczenie. Nie była z mężczyzną od lat, a nie przypominała sobie, aby jakikolwiek mężczyzna tak na nią działał. Jakikolwiek, kiedykolwiek.

– Muszę iść – powiedziała.

– Jak to iść? Gdzie? Teraz?

– Siostrzeńcy prosili mnie, abym spędziła z nimi trochę czasu na plaży.

– Ale chyba nie w tej chwili? Kiedy otworzyłem oczy, leżałaś obok i nie wyglądało na to, że się gdzieś wybierasz.

– Czekałam, aż się obudzisz. Nie chciałam wychodzić bez słowa.

Przytulił ją mocniej do siebie.

– Okej, rozumiem, ale nie powiem, żeby mi się ten pomysł podobał – powiedział smutnym głosem.

– Tylko godzinka albo dwie. Czy mogę zrobić coś, aby choć troszeczkę było ci łatwiej wytrzymać beze mnie? – uśmiechnęła się znacząco.

– No nie wiem. Oczywiście jest coś, co przychodzi mi do głowy – odpowiedział z uśmiechem – ale to nic nie zmieni, i tak będę za tobą tęsknił.

– Czyli nie ma sensu – powiedziała i podniosła się z łóżka.

Kamil popatrzył na nią zdziwiony.

– Sens jest zawsze. Pamiętaj, że pewnych rzeczy nie należy odkładać na później.

– Jakich rzeczy?

– Tych przyjemnych.

– Przyjemnych mówisz – popatrzyła na niego poważnie, przestępując z nogi na nogę. – Przekonałeś mnie – roześmiała się nagle i jednym ruchem ściągnęła z siebie koszulkę.

– Dałem się nabrać! – Pociągnął ją do siebie na łóżko.

– Naprawdę myślałeś, że tak po prostu wyjdę? – szepnęła mu do ucha.

– Głupi ja.

– Głupi ty.

* * *

Kamil siedział na tarasie, popijając piwo. Z daleka obserwował Lenę z rodziną. Za chwilę miną trzy godziny, pomyślał. Fakt, że zanim Lena do nich dołączyła, minęło trochę czasu. Nim wyszli z łóżka, umyli się i zjedli szybkie śniadanie, a może właściwie lunch, było już po trzynastej. Nie chciał się rozstawać, ale trudno, żeby oponował przed spędzeniem czasu z rodziną, zwłaszcza na wyraźną prośbę dzieci.

Najpierw poszedł trochę popływać. Starał się trzymać jak najdalej od rodziny Leny. To była ich przestrzeń, to był ich czas, a on jakby nie patrzeć pozostawał intruzem, a przynajmniej kimś z zewnątrz.

Dla zabicia czasu postanowił poczytać książkę, jedną z wielu, jakie przywiózł ze sobą. Zawsze tak robili, zawsze przywozili ich dużo. Jego żona je dosłownie pochłaniała. Jemu samemu szło wolniej. Dzięki codziennym dojazdom pociągiem do pracy przez cały rok czytał ich bardzo dużo. Na urlopie zaś często nie mógł się skupić, co nawet obrosło swego rodzaju anegdotą.

Kiedy w trójkę siedzieli na leżakach zatopieni w książkach, on co chwila podnosił głowę i zaczynał snuć jakąś historię, na co jego córka z żoną chórem mówiły: „Tylko ty nie możesz się skupić". Czyżby to były pierwsze oznaki tego, co miało nadejść? Mało prawdopodobne, ale nie niemożliwe. Nie, powiedział do siebie w myślach, wtedy po prostu lubił na nie patrzeć, na swoje dziewczyny; na nich skupiały się jego myśli, nie odpływał przecież nie wiadomo gdzie. Doskonale pamiętał, jak patrzył raz na żonę, raz na morze i myślał, że to jest właśnie jego miejsce, przy niej, przy nich.

Tyle się zmieniło od tamtej pory. Jak tamte myśli i słowa wyglądały w świetle tego, co miało nastąpić, tego, co miał zrobić.

Tym razem z czytania też niewiele wyniknęło. Teraz jednak jego myśli były przy Lenie, o ile tylko nie cofał się w czasie. Ta dopiero co poznana kobieta zawładnęła jego myślami prawie całkowicie. Czuł radość, fascynację... strach? Co to było, dlaczego się stało? Czy po wszystkim, co się wydarzyło w ostatnim czasie, rzucił się na pierwszą możliwość zanurzenia się w życiu, aby wyrwać się z samotności, na którą przecież sam się zdecydował. A przecież dokładnie o to chodziło – żeby się odciąć, zerwać wszystkie więzi. Czy Lena była strachem przed nieuniknionym, ucieczką od niego? Choćby tylko na kilka dni, ale w tym miejscu, a może właśnie w tym miejscu, w którym nigdy nie był sam?

A może właśnie był sam, już wcześniej odcięty, zanim życie postanowiło wkroczyć. Całą swoją uwagę skupiali na córce, jakby sami dla siebie nie istnieli. Jakby to był świadomy wybór. W dalszym ciągu było im dobrze ze sobą, ale nie tak jak kiedyś, nie tak, jak mogło być. A potem wszystko zaczęło się rozchodzić, powoli, po milimetrze, praktycznie niezauważalnie, dopóki wyrwa nie okazała się nie do połączenia. Mogło się wydawać, że tylko czekali, aż Kinga zda maturę i pójdzie na studia. Co prawda nie wytrwali tak długo, ale wtedy już trzeba było wziąć pod uwagę inne uwarunkowania. „Inne uwarunkowania", jak to ładnie brzmi, pomyślał. W każdym razie one właśnie zdecydowały, że musiał podjąć kroki wcześniej, nie mógł czekać. Jego żona przyjęła to z szokiem, ale wierzył, że ulga w końcu przyszła, a może tak chciał to widzieć. Ona też była zmęczona, ona też…

Kamil pokręcił głową, jakby chciał się otrząsnąć z tych wszystkich myśli. Dlaczego każda myśl o Lenie zabierała go z powrotem w przeszłość? Czyżby poczucie winy? Lena nie miała nic wspólnego z jego rozwodem, nikt nie miał poza nim samym. W końcu to on zrobił wszystko, aby rozstanie stało się faktem.

A Lena? Ona nagle weszła do tego świata, który naprędce od kilku miesięcy budował i do którego nie zamierzał nikogo więcej zapraszać. Weszła przebojem, i to nie przez jakąś szparę w drzwiach. Gdy tylko pojawiła się na horyzoncie, otworzył dla niej bramę. Rozmawiał z nią jak z nikim wcześniej, może czasami z żoną, ale wtedy byli tacy młodzi. W dorosłym życiu nigdy tak nie flirtował z żadną kobietą.

Czyżby to podświadomość dała o sobie znać? Czyżby chciał poczuć, że żyje, jeszcze jeden ten ostatni raz? Czyżby chciał się złapać czegoś prawdziwego, poczuć te wszystkie uczucia, emocje, których nie było w jego życiu od dawna? Umarli śmiercią naturalną, powoli i systematycznie, krok za krokiem zbliżali się do przepaści. W ostatniej chwili udało mu się uratować żonę, przynajmniej taką miał nadzieję. Jeśli chodziło o niego, wszystko było jasne.

Tutaj był hotel. Tutaj była Lena. Tutaj była minuta. Ta konkretna, całe sześćdziesiąt sekund. A „inne uwarunkowania", a uczciwość, a szczerość? To tylko tydzień, nic więcej. Jesteś tego pewien? – spytał się w myślach. Na to pytanie wolał nie odpowiadać. Przecież dokładnie tak żył, jakby jutra miało nie być, i tego właśnie powinien się trzymać.

Zamknął oczy i wciągnął głęboko zapach morza. To zawsze doceniał. Lubili się położyć w nocy na leżakach i słuchać tylko tego szumu. Wszyscy razem.

Sprzeczność. Negacja. Sprzeczność.

Czas na powrót do rzeczywistości, przywołał się do porządku. Spojrzał na miejsce, gdzie znajdowała się rodzina Leny. Chłopcy z ojcem szli już w stronę hotelu. Siostry rozmawiały jeszcze ze sobą. Po chwili Ilona dołączyła do męża i dzieci. Kamil podniósł się z fotela i wszedł do apartamentu. Wziął ręcznik i wolnym krokiem udał się w stronę siedzącej cały czas twarzą do morza Leny.

Minuta, pamiętaj.

* * *

– Czy to miejsce jest wolne? – spytał.
– A to nie jest czasem mój tekst?

– Tak, świetnie zadziałał.

– Dwa razy – stwierdziła z uśmiechem.

– Dwa razy – potwierdził. – Pomyślałem, że go wypróbuję.

– To trzeba jeszcze odpowiednio powiedzieć.

– I jak mi wyszło?

Lena spojrzała na jego spodenki.

– Na razie nic nie widać – roześmiała się – ale miejmy nadzieję, że później to się zmieni.

– Nie masz dosyć? – uśmiechnął się.

– A ty masz?! – Spojrzała na niego zdziwiona.

– W życiu.

– No właśnie. A od ostatniego razu minęły już cztery godziny.

– Nie powinniśmy dopuszczać do takich przerw – roześmiał się.

– Żeby mi się nie to powtórzyło.

– Przypominam, że to ty mnie zostawiłaś.

– Mój błąd – zawtórowała mu.

– Z drugiej strony, przebywanie wśród rodziny tak cię nastroiło?

– Nie. – Popatrzyła na niego uważnie. – Ty mnie tak nastroiłeś, teraz.

Kamil usiadł za nią, objął ją, a ona oparła plecy na jego piersi. Przytuleni do siebie patrzyli na morze.

– Trochę mnie zawstydziła moja własna bezpośredniość – powiedziała.

Kamil pocałował ją delikatnie w szyję, a następnie w ucho.

– Dlaczego? – spytał.

– Nie wiem, czasami tak się dzieje. Nie takie rzeczy sobie mówimy, ale czasem wydaje się, jakby jakieś jedno zdanie było takie bardziej…

– Bardziej z serca? – spytał cicho.

– Tak. Bardziej z serca, i wtedy głupieję, nie wiem, co zrobić.

– Nic nie rób, mówisz, co myślisz, a już ustaliliśmy, że to dobrze.

– Wiem, że ciągle do tego wracamy, ale to tak szybko – uśmiechnęła się.

– Wiem – zgodził się. – Wszystko nie tak. I tak w ogóle to możemy o tym mówić, ile chcemy.

– Nie chcę przynudzać.

– Czy tego też będziemy się bać?

– Tak sobie myślę, że coraz bardziej. Na początku, jakbyśmy się nie dogadali, to po prostu byśmy się nie dogadali, a teraz… tak, jakbym bała się, że… – zawahała się.

– Czego?

– Nie, niczego.

– Że się zdenerwuję, że nie kończysz zdania.

– Proszę, nie teraz, okej? Kiedyś skończę to zdanie – powiedziała prosząco.

– Oczywiście, żartuję przecież.

Lena wtuliła się mocniej w Kamila. Czuła ciepło jego brzucha i torsu. Czuła jego ramiona wokół swoich, ich palce były splecione w uścisku. Wszystko wydarzyło się tak szybko. W kilka dni przebyli bardzo długą drogę, a jednocześnie miała wrażenie, że jakoś na skróty. Przez cały czas biła się z myślami, czym to jest, czym chciałaby, aby to było, i czy na pewno by chciała. Może to był tylko seks w miłym towarzystwie, coś, czego nigdy w życiu nie zrobiła, więc na dobrą sprawę nie miała pojęcia, jak to jest. Gdzieś w głębi chciała jednak wierzyć, że to, co jej się właśnie przydarzało, było czymś więcej niż tylko wakacyjnym romansem. W miłość już dawno przestała wierzyć. Tak zwaną miłość, bo czy naprawdę wiedziała, co to jest? Miłość do dzieci z pewnością, ale między dwojgiem ludzi? Kiedyś myślała, że to, co ją łączyło ze Sławkiem, to było właśnie to. Życie pokazało, że jest inaczej. Wolała nie myśleć, że to ona po prostu miała pecha. Przecież kiedy poznała męża, jakieś motyle były, tęskniła za nim, dobrze się dogadywali. Dopiero później, parę lat po ślubie, okazało się, że w przypadku jej męża wszystko było jakąś kreacją, występem, stwarzaniem siebie wciąż na nowo. Kreowanie siebie na doskonałego ojca czy męża pochłaniało większość jego energii. Łatwiej byłoby po prostu być którymś z nich albo najlepiej oboma naraz. Jej mąż niestety tego nie potrafił, za to opowiadać o tym mógł godzinami. Niestety opamiętanie przyszło późno. Za późno.

Lena ścisnęła dłonie Kamila. Może jeszcze była dla niej szansa? Czy to była naiwność tak myśleć? Czy przywiązywała za dużą wagę do tego, co pewnie wielu ludziom zdarza się często? W wieku czterdziestu czterech lat „zaszalała" i od razu zaczęła myśleć w kategoriach miłości. Jedyne, co na pewno wiedziała o człowieku, który ją obejmował, to to, że było jej z nim dobrze, a to mogło wynikać z wielu czynników. Za dużo analizujesz, skarciła się w myślach.

Jej rozmyślania przerwały pocałunki, które poczuła na swojej szyi i plecach.

– Wiesz, że tu są ludzie dookoła? – spytała.

– Mam przestać?

– Nie, tego bym nie chciała.

– Nikogo nie obchodzimy, a zresztą jak dla mnie jesteśmy tylko my.

Momentami zadziwiał sam siebie.

– Wiesz, co powiedzieć kobiecie.

– Jakiejś kobiecie to nie wiem, ale wiem, co powiedzieć tobie, bo to samo ze mnie wychodzi.

– I właśnie o tym mówię – roześmiała się.

– Ja tylko… – zaczął.

– Mówisz, co myślisz, wiem – dokończyła za niego.

I tak, i nie, pomyślał. Czy niemówienie wszystkiego było kłamstwem? Dylemat na inną chwilę.

– Tylko.

– Dlaczego…? – Lena zawahała się.

– Dlaczego co?

– Drugi raz nie będę unikać odpowiedzi.

– Nie przejmuj się tak – uśmiechnął się.

– Nie każdy jest taki spokojny jak ty.

– Ja? Spokojny? Sama myśl, że mogłabyś teraz zniknąć z moich ramion, jest niewyobrażalnie przerażająca.

Chwilę siedzieli w ciszy.

– Tobie to tak łatwo przychodzi.

– I myślisz, że przez to nie jestem szczery, że mówię tylko to, co chciałabyś usłyszeć?

Chyba musisz wyhamować, skarcił się w myślach.

Lena ścisnęła dłonie Kamila.

– Nie myślę tak – powiedziała.

– Ale czegoś się boisz.

– Tak, już mówiłam, ale to później. Natomiast moje „dlaczego" miało swój koniec. – Lena wciągnęła powietrze. – Chciałam spytać, dlaczego jest mi z tobą tak dobrze.

– Bo masz małe wymagania.

Lena roześmiała się.

– Zawsze żartujesz?

– Podobno najważniejsze to umieć rozbawić kobietę.

– Nie wiem, czy najważniejsze, ale tobie się udaje.

– Jeden sukces – uśmiechnął się.

– Myślę, że więcej niż jeden.

– Naprawdę masz małe wymagania.

– A ja cały czas byłam przekonana, że właśnie duże. Za duże.

– I ja je spełniam?

– Na razie.

– Tak to zostawmy. Co chcesz teraz robić? – zmienił temat.

– Najchętniej bym jeszcze tu posiedziała, ale szczerze mówiąc, zgłodniałam.

– Może przejdziemy się do miasteczka?

– A to daleko?

– Jakieś dwa kilometry plażą. Można też pojechać busikiem spod hotelu.

– Wolę spacer.

Podnieśli się powoli, wzięli ręczniki i udali się do pokoju.

* * *

– Smaczne było to jedzenie i restauracja całkiem przyjemna – stwierdziła Lena, kiedy wolnym krokiem ruszyli w kierunku plaży, którą zamierzali wrócić do hotelu.

– Pierwszy raz w niej byłem i rzeczywiście mieliśmy szczęście.

Słońce już dawno zaszło. Szli teraz brzegiem, a woda obmywała im stopy. Kamil otoczył Lenę ramieniem.

– Wieczory są tutaj zimne – powiedziała, wtulając się w niego.

– Bardzo często – przytaknął. – Dzięki temu mogę cię objąć.

– Bo inaczej byś nie mógł.

– Chciałem tak raz „zgodnie z zasadami", że tobie zimno, więc ja z taką pewną nieśmiałością służę ramieniem.

Lena roześmiała się, a jej śmiech poniósł się w ciemności.

– Ty? Z taką pewną nieśmiałością?!

– Ja.

– Jakoś mi nie pasuje do ciebie to słowo.

– Bo mnie nie znasz.

I nie poznasz, powinien dodać.

To jedno zdanie spowodowało, że po raz pierwszy od momentu, kiedy się poznali, poczuli się niezręcznie, wkradło się między nich zagubienie. Nagle zrozumieli, że od stwierdzenia, że się nie znają, nie ma ucieczki. Mogli to wyśmiewać, mogli sobie z tego żartować, ale fakty były takie, że wiedzieli o sobie bardzo mało.

Pamiętaj, jesteś tutaj i teraz.

– Źle to zabrzmiało – odezwał się po chwili.

– Ale to prawda.

– Nie do końca.

– Nie?

– Oczywiście. Poznaliśmy się trzy dni temu i biorąc to pod uwagę, myślę, że znamy się bardzo dobrze. Nie wiemy o sobie wielu rzeczy, ale znamy się trochę, przynajmniej na innym poziomie, i nie chodzi mi o seks.

Lena zaśmiała się delikatnie.

– No może trochę o to też – powiedziała.

– Tak, o to też – powtórzył za nią – i osobiście uważam go za bardzo ważny.

– Bardzo ważny?

– Tak, podstawa szczęścia, akt wyrażający bliskość, bo jak jej nie ma i nie ma więzi, to ten cały akt tylko obnaża brak bliskości, a ona moim zdaniem jest najważniejsza.

– A jak jest z nami?

Spytała tak cicho, że ledwo usłyszał jej słowa. A może nie usłyszał, może doskonale wiedział, o co teraz spyta. Było to w końcu pytanie, na które sam szukał odpowiedzi.

– Wszystko nie tak – uśmiechnął się i mocniej przytulił ją do siebie.

– Wiem, trzy dni i tak poważnie.

– Ja tak chyba mam.

– My tak chyba mamy.

– Już ci mówiłem, że poruszam się po całkowicie nieznanym terytorium. Jedyne, co mogę, to zachowywać się naturalnie.

– Prowadząc poważne rozmowy?

– Czy przez ostatnie kilka godzin mieliśmy takie?

– Nie bardzo, raczej mieliśmy ciągłą i nieustającą śmiechawkę. Cud, że nas nie wyrzucili z restauracji.

Lena uśmiechnęła się na samo wspomnienie.

– Cud, to, że się nie udławiliśmy.

– To też – przytaknęła.

– Bawiliśmy się i było bardzo niepoważnie.

Przez moment szli w ciszy, słysząc tylko dźwięk fal. Morze już zniknęło w zalegającej ciemności.

Spytała, jak jest z nimi. Kamil nie umiał obchodzić różnych rzeczy dookoła. Zawsze – to znaczy kiedyś – uważał, że droga do szczęścia, do normalnego życia wiedzie przez dzielenie się tym, co się czuje. Aż pewnego dnia nie wiedział, co myśli i czuje, po prostu przestał to wiedzieć. I tym już się nie dzielił. Zgubił się. Liczył, że się sam odnajdzie, a to było jeszcze w momencie, kiedy miał do kogo zwrócić się o pomoc. Nie wiedział, czy by to coś dało, ale odstąpił od własnych zasad. Może się bał, że prawda jest nie do przyjęcia. Bał się jej spojrzeć prosto w twarz. To był błąd. Efekt końcowy byłby najprawdopodobniej taki sam, ale byłoby uczciwiej. A później przyszło to i musiał podjąć zdecydowane kroki.

Znowu myślami udał się w przeszłość. Ile błędów popełnił, ile ran zadał? Takich małych, praktycznie niezauważalnych, które razem zebrane, stworzyły ranę nie do zagojenia?

A teraz co dokładnie robił? Tę myśl wolał od siebie odepchnąć. Teraz były „inne uwarunkowania". Czy to go usprawiedliwiało? Czy raczej czyniło wszystko gorszym?

Lena uścisnęła dłoń, którą ją obejmowała.

– Wiesz – odezwał się po dłuższej chwili – ja chcę wyjść na takiego szczerego, co to w każdej chwili mówi, co myśli i czuje, a kiedy się tak zastanowię, to wcale nie jestem taki fajny.

Trochę prawdy dla odmiany, przemknęło mu przez głowę jak błyskawica.

– Pewnie nigdy do końca tacy nie jesteśmy. Wiesz, wrażenie chcemy zrobić jak najlepsze. Byłeś wobec mnie nieszczery?

– Nie.

W sumie nie, przecież żyją chwilą, bez planów i bez obietnic.

– Czy kiedy mówiłeś, co myślisz albo czujesz, kłamałeś?

– Nie.

W sumie też nie.

– No właśnie.

– Ale to nie znaczy, że zawsze taki byłem.

– Teraz taki jesteś, a ja ci ufam. To się liczy. Jaka ja jestem twoim zdaniem?

Naresznie zeszli z niego.

– Czy to podchwytliwe pytanie? – uśmiechnął się.

– Pytasz, czy przewiduję jakieś kary, jeśli odpowiedź będzie niezadowalająca?

– A przewidujesz?

– Zobaczymy – odpowiedziała wymijająco.

– Oczywiste jest, że jesteś niesamowicie inteligentna. O tym, że jesteś piękna, już mówiłem, i jesteś piękna bez makijażu.

Lena roześmiała się.

– A co to znaczy?

– Z moich obserwacji wynika… – zaczął z udawaną powagą.

– Jako obserwatora?

– Tak, właśnie. No więc wynika, że makijaż może uczynić cuda i całkowicie zmienić osobę, a wtedy…

– Można się strasznie oszukać – skończyła za niego ze śmiechem.

– Dokładnie. Oczywiście, żadna uroda nie pomoże, jeśli za nią nie idzie inteligencja, ale w twoim przypadku…

– Head & Shoulders dwa w jednym.

Tym razem Kamil się roześmiał.

– Myślę, że więcej niż dwa, ale jeszcze nie skończyłem.

– Ale to są banały – powiedziała – bardzo miłe, i zawsze chętnie ich wysłucham, ale one nie mówią jaka, twoim zdaniem, jestem.

– Ja wiem, ale gram trochę na zwłokę, a poza tym liczyłem na ewentualne złagodzenie kary – uśmiechnął się.

– Czyli jeśli dobrze rozumiem, mógłbyś powiedzieć coś, za co mogłaby cię spotkać kara. Już samo to wymaga ukarania!

– Strach coś powiedzieć.

– Można by pomyśleć, że taki strachliwy jesteś.

– Chcę jak najlepiej wypaść.

– Na razie jest prawie celująco.

– Prawie? – spojrzał na Lenę zdziwiony.

– Prawie, bo zwlekasz i zwlekasz.

– Poprawię się.

– Ja myślę.

Nawet nie zauważyli, kiedy znaleźli się przy swoim hotelu.

– Chcesz jeszcze posiedzieć na tarasie? – spytał, otwierając drzwi do apartamentu.

– Szczerze mówiąc, to chciałabym się położyć.

– Zmęczona?

– Powiedziałam „położyć", a nie „iść spać".

– Oczywiście – powiedział z szerokim uśmiechem.

– Ja nie wiem, z czego ty się cieszysz, nic nie jest „oczywiście". Cały czas mamy rozmowę nieskończoną i powiem, że zaczynam się martwić, czy ta cała zwłoka nie wynika z faktu, iż nie masz nic dobrego do powiedzenia. Najpierw to mydlenie oczu, jaka to jestem piękna i inteligentna, a teraz... Sam widzisz.

Kamil popatrzył na jej poważną minę.

– Żartujesz sobie, prawda? – spytał niepewnie.

Nagle twarz Leny rozjaśnił uśmiech.

– Żartuję, ale to nie znaczy, że to nie jest podejrzane. A teraz idę się umyć.

Odwróciła się na pięcie i zniknęła za drzwiami łazienki.

– Pomóc ci? – spytał przez zamknięte drzwi.

– Nie zasłużyłeś sobie – odpowiedziała ze śmiechem.

* * *

Dziesięć minut później Lena wyszła z łazienki owinięta w ręcznik, a Kamil zniknął w środku. Kiedy parę chwil później wszedł do sypialni, Lena leżała na boku, zawinięta w kołdrę.

– Tak ci zimno? – spytał.

– Tak mi przyjemnie.

Kamil położył się na boku, tak że twarzami byli zwróceni w swoją stronę.

– Ty się nie przykrywasz?

– Ciepło mi, bokserki wystarczą, a ponadto chcę cię trochę pokusić moim ciałem.

– Myślisz, że jest takie kuszące?

– Myślę, że trochę jest, biorąc pod uwagę fakt, że wiesz, jakie jest w akcji.

Lena przeciągnęła dłonią po klatce piersiowej Kamila, następnie zjechała w dół po brzuchu, zatrzymując się tuż nad bokserkami. Tutaj delikatnie pogładziła brzuch po bokach. Kamil zamknął oczy. W tym momencie pieszczota ustała.

– Co się stało? – spytał, spojrzawszy na nią.

– Nic, to tyle na dzisiaj.

– To się nadaje do zgłoszenia do obrońców praw człowieka.

– Nie histeryzuj! – roześmiała się.

– Ty tego nie jesteś w stanie zrozumieć – powiedział z poważną miną.

– Czego? Czego nie jestem w stanie zrozumieć? – spytała wyraźnie rozbawiona.

– Jak to jest być koło ciebie, być z tobą.

– Nagą?

– To akurat nie ma nic do rzeczy! To znaczy ma – poprawił się – ale to jest jakby wypadkowa wszystkiego. Nie o to mi chodzi.

– A o co?

Lena była wyraźnie zaciekawiona.

– Zawsze byłem przekonany, że poznanie drugiej osoby, w sensie partnerki, jest niezmiernie łatwe. Nie z doświadczenia oczywiście, tylko tak sobie wbiłem do głowy. Z żoną poznaliśmy się na studiach i to był tak naprawdę pierwszy poważny związek w naszym życiu. A że byliśmy dobrani, pasowaliśmy do siebie, to zawsze myślałem, że to jest łatwe, znalezienie kogoś. I kiedy widziałem tych wszystkich samotnych ludzi, dziwiłem się, jakim cudem tacy są. Nudzę już? Zastanawiasz się, dokąd zmierzam?

– Nie, nie nudzisz, lubię cię słuchać. Mów dalej.

– Nawet w trakcie małżeństwa myślałem, nie żebym rozważał takie rzeczy, ale kiedy poznawałem jakąś kobietę, w pracy na przykład i jeśli dobrze mi się z nią rozmawiało, to czasami przechodziło mi przez głowę, że znaleźć drugą połowę nie może być trudno. Jest to oczywiście bzdura, bo co innego pogaduszki, a co innego więź czy jakiekolwiek porozumienie dusz. Teraz wiem, że byłem rozpuszczony przez fakt, że mój pierwszy związek i małżeństwo zarazem było z kimś, z kim to porozumienie istniało. Kiedy wszystko się rozpadło, dostrzegłem, jak trudno spotkać na swojej drodze takiego kogoś. Zwłaszcza kiedy, tak jak w moim przypadku, wystarczą dwa albo trzy zdania, aby wiedzieć.

– Szybko?

– To taka przypadłość, wydaje mi się, że to ze mną jest coś nie tak. No bo jak można tak szybko kogoś oceniać? Ale cóż na to poradzę, tak jest.

– To co ci powiedziały moje trzy zdania?

– Twoje? – uśmiechnął się. – Powiedziały mi, że z całą pewnością chcę usłyszeć następne i jednocześnie bałem się, że zwrócisz uwagę na słabość moich.

– Że nie ocenię ich po twojemu?

– Z grubsza tak.

– Nie musisz się martwić. Ja też chciałam usłyszeć twoje kolejne zdania.

– Teraz może powiem, do czego zmierzałem z tą dziwną i chyba chaotyczną wypowiedzią.

– „Chaos to drabina" – Lena uśmiechnęła się.

– Niezastąpiony Lord Baelish. Swoją drogą, nie mogę się doczekać jego śmierci.

– Boję się, że tacy jak on przeżywają do końca. Wiesz, dla mnie to nie było chaotyczne. Wydaje mi się, że rozumiem, o co ci chodzi.

– Zdziwiłbym się, gdyby było inaczej.

Kamil położył dłoń na jej policzku. Lena przekręciła głowę i pocałowała wewnętrzną stronę jego dłoni.

– Spytałaś mnie dawno temu, jaka jesteś.

– Bardzo dawno.

– Zgadza się, bardzo dawno. I teraz, skoro już tyle się wyczekałaś, chciałbym na to pytanie odpowiedzieć. Masz niewyobrażalne pokłady ciepła, uczucia, które potrzebują ujścia, kogoś, kogo można nimi obdarzyć. Ja to czuję i nie mówię o tym, kiedy jesteśmy w łóżku, chociaż uważam, że w innym przypadku nie byłoby nam tak dobrze. Kiedy jesteś obok, to wszystko da się wyczuć, czy siedzimy na tarasie, czy spacerujemy, to od ciebie bije. Oczywiście są momenty, były momenty, zwłaszcza na początku. Śmiesznie to brzmi „na początku", dwa dni temu. W każdym razie były momenty, kiedy się na tym łapałaś i tak jakby starałaś się to wszystko zahamować, powstrzymać przed otwarciem. Ale koniec końców, twoja wewnętrzna potrzeba dawania okazała się silniejsza.

Kamil popatrzył na Lenę z wyczekiwaniem.

– Nic nie mówisz – stwierdził.

– Słucham. To wszystko?

– Nie. Z drugiej strony, jest w tobie tęsknota za tym samym. Pragniesz ciepła, tęsknisz za nim i kiedy, mam nadzieję, daję ci namiastkę tego, co sam otrzymuję od ciebie, zatracasz się w tym. Boisz się i jednocześnie tego pragniesz.

Po Leny policzku spłynęła łza.

– Czy to nie takie typowe?

– Ja nie wiem, co jest typowe, a co nie, i tak naprawdę nie ma to znaczenia. Kto tak naprawdę może powiedzieć, że bardzo dobrze zna tysiące innych ludzi i pewne rzeczy są typowe, a inne nie. Ja mówię o tobie.

– I masz rację. Nie jestem przekonana, czy rzeczywiście tak dużo daję od siebie. Na pewno chcę jak najwięcej wziąć.

Kamil pocałował policzki, po których płynęły łzy. Przysunął się jak najbliżej i objął Lenę. Ta uniosła kołdrę i przykryła nią ich oboje. Kamil leżał teraz na plecach, a Lena położyła głowę na jego piersi. Jej nagie ciało ogrzewało go.

– Nie chciałem sprawić, żebyś płakała.

– To nic. To nie twoja wina. Po prostu w tym, co powiedziałeś, jakoś się odnalazłam. To pewnie strasznie samolubne z mojej strony, ale ja daję, bo dostaję.

– Nie wiem, czy trzeba tak się licytować. To tak samo, jak i inne rzeczy, działa w obie strony. Nie wydaje mi się, aby którekolwiek z nas czekało na pierwszy ruch. Robimy to razem, wspólnie.

– Tak świetnie się dogadujemy?

– Na tyle, na ile mogę teraz stwierdzić, to tak.

Lena poprawiła się delikatnie.

– Ja zawsze chciałam dawać. Tak naprawdę to robiłam przez całe, no może prawie całe małżeństwo. Pochodzę z domu, w którym uczucia się okazywało. Rodzice nigdy nie mieli problemu z okazywaniem miłości, wsparcia, akceptacji, ani mnie, ani Ilonie, ani sobie nawzajem. Koleżanki, które do nas przychodziły, czasami się dziwiły takim zachowaniom. A dla nas, mimo że zdawaliśmy sobie sprawę, jak to może być postrzegane, było naturalne. Kiedy wychodziłam gdzieś z przyjaciółkami i tata mówił do mnie na pożegnanie: „Kocham cię, córeczko", a robił to zawsze, nie czułam jakiegoś zawstydzenia. To było normalne. Te słowa to było potwierdzenie tego, co czułam od niego i od mamy, każdego dnia.

– Wyjątkowi rodzice. Wyjątkowi jak na tamte czasy. Ja znałem całkowicie innych, i nie mówię tylko o moich, ale o zdecydowanej większości moich kolegów i koleżanek. Nie chodzi nawet o patologię, alkoholizm. Chodzi o brak miłości albo po prostu nieumiejętność jej okazania. Zresztą dla dzieci powody i tak nie miały znaczenia. Brak był brakiem. Przepraszam, wtrąciłem się. Tym bardziej to wspaniale, że miałaś takich rodziców.

Lena poczuła, że za tym wtrąceniem Kamila kryło się coś więcej niż tylko luźna uwaga, ale po tym, jak uciął temat uznała, że teraz nie było miejsce na dopytywanie.

– Tego byłam nauczona i tak naprawdę tego samego oczekiwałam w zamian. Serce na dłoni i takie tam. Pewnie byłam naiwna.

– Ja tak tego nie widzę.

– Jak?

– Przez pryzmat naiwności. To, czego oczekiwałaś, to była normalność.

– Normalność? – Lena zaśmiała się gorzko. – Nie jestem tego do końca pewna. Czy ludzie z reguły są do siebie otwarci na tyle, aby przyjmować to za normę?

– Nie, chyba nie – odpowiedział Kamil po chwili zastanowienia. – Ale to w dalszym ciągu nie znaczy, że takie podejście jest nienormalne.

– Ale jest naiwne.

– Myślę, że w związku od drugiej strony należy oczekiwać najlepszego. Nie najgorszego.

– Być może. Jedyne, co ja otrzymałam w zamian, to jakaś dziwna postać. Na początku, kiedy się poznaliśmy, wydawało mi się, że Sławek jest sobą. Do tej pory chcę tak myśleć, ale mogło być też tak, że osobowość, którą stworzył, była stabilna, jedna, w miarę niezmienna. Chcę wierzyć, że to, co nas łączyło, było prawdziwe, przynajmniej przez jakiś czas. Oczywiście teraz, z perspektywy, bardzo w to wątpię, ale sam rozumiesz, człowiek za wszelką cenę nie chce przyznać, że jego całe życie było fikcją, kłamstwem.

– Z pewnością nie było.

– Dziękuję, to miło z twojej strony, ale nie jestem tego do końca pewna.

– Powiem tak. Nie wiem, jak twój mąż, ale pewne jest, że ty byłaś prawdziwa i jestem przekonany, że byliście szczęśliwi, przynajmniej do jakiegoś momentu.

– Byliśmy – przyznała cicho – tak mi się przynajmniej wydaje. Tylko że te wszystkie małe pęknięcia zaczęły się pojawiać już wtedy, a później było coraz gorzej. Kłamstwa, dziwne historie i na koniec, a może nie na koniec… Tylko ja tego nie zauważałam.

– Czego?

Lena podniosła głowę i spojrzała na Kamila.

– Przepraszam cię, ale nie chcę już o tym rozmawiać – powiedziała i pocałowała go delikatnie.

Kamil odwzajemnił pocałunek.

Po chwili spojrzała mu prosto w oczy.

– Jest tyle rzeczy, których o sobie nie wiemy – stwierdziła, a gdzieś w jej głosie wyraźnie słychać było smutek.

– I naprawdę myślisz, że to źle? Mamy czas.

Tego nie da się podciągnąć pod „niemówienie wszystkiego", to już było kłamstwo. Czas to akurat było coś, co im się kończyło. Jemu na pewno.

– Mamy? – spytała. – A jeśli rzeczy, o których nie wiemy, staną między nami?

Czy staną? – pomyślał Kamil. Znał odpowiedź na to pytanie. Nie staną, gdyż musiałyby wypłynąć na powierzchnię. Wiedział doskonale, że wszystko, co mówił i dawał Lenie, było szczere i prawdziwe, tylko że to były bieżące odczucia, łącznie z czterech dni, z każdej minuty z osobna, tak jakby przeszłość, a tym bardziej przyszłość nie istniały. Tak szczerze, to jakie znaczenie miała przeszłość, jeśli nie było przyszłości?

– Zamyśliłeś się?

Lena przypatrywała mu się uważnie.

– Pomyślałeś o tym samym, prawda?

– Tak – przyznał szczerze.

– I?

– Nie odpuścisz – uśmiechnął się.

– Teraz to się chyba zacznę bać.

Lena odpowiedziała z uśmiechem, ale było wyraźnie widać, że nie jest on już taki pewny jak przed chwilą.

– Myślę – zaczął Kamil powoli – że wbrew temu, co sobie powtarzamy, że wszystko robimy nie tak, akurat jeśli chodzi o poznawanie się, wszystko jest tak jak trzeba. Paradoksalnie szybko, ale powoli, otwieramy i dopuszczamy się do naszych tajemnic, tego, co nas boli, tego, co przeżyliśmy wcześniej.

Poznaliśmy się w końcu całkiem niedawno i powoli budujemy wzajemne zaufanie…

– A nie wydaje ci się, że akurat zaufaliśmy sobie szybko? – Lena weszła mu w słowo.

Kamil uśmiechnął się i przytulił ją mocniej do siebie.

– W pewien sposób – odpowiedział.

Lena podniosła się powoli i usiadła na łóżku. Kamil usiadł obok i popatrzył na nią uważnie.

– Dla mnie to „w pewien sposób" nie było wcale takie łatwe, jak się mogło wydawać, i wiązało się z dużą dozą zaufania. Wiem, że bardziej instynktownego i opartego na przeczuciu, ale wciąż na zaufaniu – Lena powiedziała to bardzo poważnym tonem.

– Wiem – odparł uspokajająco i delikatnie wziął Lenę za rękę. – Ze mną było tak samo. No może nie było mi trudno otworzyć się „w pewien sposób" na kogoś takiego jak ty, zbyt trudno.

– Przestań! – Uderzyła go lekko w ramię, nie mogąc powstrzymać uśmiechu, który rozjaśnił jej twarz. – Sugerujesz, że ze mną było tak samo, że też ci tak szybko zaufałam „w pewien sposób", bo nie mogłam ci się oprzeć?

Kamil popatrzył po sobie od góry do dołu.

– Zdecydowanie mogło tak być – roześmiał się.

– Zdecydowanie mogło – potwierdziła.

Objęła go i pewnym ruchem położyła z powrotem na łóżku. Następnie usiadła na nim i popatrzyła na niego z góry.

– Obracasz wszystko w żart? – spytała.

– Teraz to aż się boję odpowiedzieć.

– O tym mówię – powiedziała poważnie.

– Nie obracam. No może trochę i nie wszystko.

– Mam wrażenie, że unikasz odpowiedzi.

Kamil uniósł się na łokciach.

– Pierwsze zgrzyty? Krótki ten miodowy miesiąc.

Lena podniosła się i usiadła obok. Kamil wsparł się na łokciach.

– Żartowałem – powiedział najcieplej, jak mógł.

– Wiem – spojrzała na niego i uśmiechnęła się słabo.

– Po prostu – kontynuowała po chwili – ja się tak rzuciłam na ciebie z tymi pytaniami.

Kamil usiadł i wziął ją za ręce.

– Nie przesadzasz? Rozmawiamy sobie. I nie czuję, żebyś się na mnie rzuciła.

– Te moje wspomnienia trochę mnie rozbiły. Chyba nie radzę sobie za dobrze w relacjach międzyludzkich.

– Ja tego nie zauważyłem. Posłuchaj, ja rozumiem, że najlepiej by było, gdybyśmy wiedzieli o sobie jak najwięcej, jak najszybciej.

Gdybym tylko w to wierzył, pomyślał.

– Ale na wszystko przyjdzie czas – kontynuował – powoli do tego zmierzamy.

Śmiałe stwierdzenie, kolejna myśl.

– I nie boisz się? – spytała.

– Może trochę. Trochę się boję, że okażę się nie tym, kim myślisz, że jestem.

To na pewno.

– Ja mam tak samo i nie mów, że trudno to sobie wyobrazić.

Delikatny uśmiech ponownie pojawił się na twarzy Leny.

– Bo trudno – powiedział.

– Dlaczego nagle zaczęliśmy się bać, że coś może wejść między nas, nawet coś tak prozaicznego jak przeszłość?

Przeszłość nie jest prozaiczna, zwłaszcza że to ona definiuje przyszłość, a tak było w jego przypadku.

– Myślę, że na to pytanie znamy odpowiedź.

Kamil uśmiechnął się do Leny.

– To prawda, też tak myślę.

– Może dosyć na dzisiaj? – spytał.

– Dosyć? – powtórzyła jego pytanie.

Lena zmrużyła delikatnie oczy, a na kąciki jej ust uniosły się w ledwie zauważalnym uśmiechu.

– No nie takie dosyć.

Na twarzy Kamila pojawił się szeroki uśmiech.

– Szczerze mówiąc, trochę się przestraszyłam.

– Zastanawiałaś się, czy nie zbierać rzeczy i w nogi?

– Może nie tak radykalnie, ale już było niedaleko.

Lena pchnęła Kamila na łóżku i ponownie znalazła się na górze.

– Teraz jesteś już całkowicie w moich rękach.

Odwieczny problem, odwieczny problem, pomyślał Kamil.

CZWARTEK, LIPIEC

Lena patrzyła lekko przerażona, jak Kamil pędzi wąskimi drogami, aby zdążyć na samolot, którym ona miała wrócić do Warszawy, do domu. Między ich ośrodkiem a lotniskiem autostrad nie było, tylko drogi przeznaczone bardziej do spokojnych przejażdżek, a nie szaleństw wyjętych żywcem z *Szybkich i wściekłych*.

Zdecydowanie za późno wstali, a może raczej za późno usnęli, pomyślała, patrząc, jak Kamil wyprzedza kolejne samochody. Wydawało jej się, że chyba ani razu nie przejechali na zielonym świetle. Za każdym razem było przynajmniej „mocno" żółte, jak to określił. Jeśli nie dostaną mandatu, będą mieć ogromne szczęście.

Kamil był tak skupiony na jeździe, że rozmowa nie wchodziła w grę. Zresztą jakakolwiek wymiana słów, im bliżej było jej wyjazdu, stawała się coraz trudniejsza. Gdzieś ginął powoli ten luz, z którym podchodzili do siebie na początku znajomości. Ostatnie trzy dni spędzili głównie na kąpielach w morzu i seksie, a może raczej na seksie i kąpielach w morzu. Z pewnością nie żałowali sobie ani jednego, ani drugiego, ale nie oszukujmy się, ile można się kąpać.

Lena uśmiechnęła się pod nosem na wspomnienie tych chwil bliskości, które stały się jej udziałem przez ostatnie kilka dni. Na pewno był to rekord, jej rekord, jeśli chodziło o średnią tygodniową, ale wszystkie rekordy dzienne oraz nocne również zostały pobite. O satysfakcji nie było sensu nawet wspominać. Nie mogła sobie przypomnieć, czy kiedykolwiek przeżyła coś takiego ze Sławkiem. A może te ostatnie dziesięć lat tak bardzo rzucało dzień na ich całe wspólne życie? Pokręciła lekko głową, jakby nie chciała się zgodzić z tak krytyczną oceną. Strach było to przyznać, ale perspektywa dawała świetny ogląd sytuacji i jeśli Lena chciałaby się dalej zagłębić w te rozważania, wnioski mogłyby być jeszcze smutniejsze.

Zdawała sobie świetnie sprawę, że to był tylko tydzień. Taki idylliczny tydzień, jak miesiąc miodowy, nawet lepszy, bo bez nawet jednego zobowiązania. Bez obowiązków, bez dzieci, był to wyłącznie jej czas. Chociaż na samo hasło „bez dzieci" automatycznie włączyło się u niej poczucie winy. Ale już wracała, za chwilę z nimi będzie. Od razu nasuwało się pytanie, czy to one bardziej potrzebowały jej, czy ona ich. Wolała jednak zostawić je na razie bez odpowiedzi.

Spojrzała na zegarek. Coś, co jeszcze godzinę temu wydawało się prawie niemożliwe, okazało się wykonalne. Po złamaniu prawdopodobnie około tysiąca przepisów podjechali pod terminal. Kamil zaparkował wypożyczony dzień wcześniej samochód. Wysiedli i szybkim krokiem udali się do odprawy. Zostało jej dokładnie dwadzieścia minut do zamknięcia stanowisk.

Lena nie tak wyobrażała sobie pożegnanie. Nie w pośpiechu, na wariata. Miała nadzieję, że będą mogli zamienić kilka słów, ustalić, co dalej. To ostatnie najbardziej nie dawało jej spokoju, a im bliżej wyjazdu, tym trudniej było jej się przemóc, aby je zadać. Kamil też tematu nie podejmował. Zresztą zauważyła, jakby w ciągu ostatniej doby powoli wycofywał się w głąb siebie. Jakby nagle zaczął otaczać się niewidzialnym murem. Nawet w ich zbliżeniach wyczuła zmianę. Na początku była to radość poznania, cieszenie się sobą nawzajem połączone z nieograniczonym pożądaniem, które nagle zostało uwolnione po okresie tłumienia. Pod sam koniec pożądanie nie wygasło, ale w zachowaniu Kamila Lena wyczuła trudną do określenia ostateczność, jakby zalewał go smutek, który bardzo starannie próbował ukryć. Paradoksalnie namiętność i pożądanie były jeszcze większe, jedno napędzało drugie. Kamil kochał się z nią, jakby to miała być ostatnia rzecz, jaką zrobi na świecie, zatracał się w tym. Z pewnością nie mogła narzekać, to z pewnością były jedne z najlepszych, o ile nie najlepsze doznania w jej życiu. Po wszystkim obejmował ją mocno i w jednej pozycji potrafili przespać wiele godzin.

A teraz musieli się pożegnać, i to szybko, inaczej groziło jej, że nie zdąży na samolot. Parę razy podczas jazdy przeszło jej przez myśl, co by było, gdyby nie zdążyli. Na pewno musiałaby kupić, a raczej przepłacić za bilet na lot w innym terminie. Poza tym jej dzieci wracały z urlopu z ojcem. To były kwestie poboczne. Dzieci to nie kwestie poboczne, skarciła się w myślach i od razu machnęła na to niewidzialną ręką. Chciałaby mieć jeszcze przynajmniej dobę dla siebie, dla nich, wtedy poruszyliby wszystkie kwestie, żeby nic nie pozostało niewyjaśnione.

– Dalej nie wejdę.

Głos Kamila przywrócił ją do rzeczywistości. Odruchowo sprawdziła godzinę. Walizkę już oddała. Mieli jeszcze kilka minut.

– Ledwo zdążyliśmy – uśmiechnęła się niewyraźnie.

Tylko się teraz nie popłacz, skarciła się w myślach. Oczywiście łzy jak na zawołanie pojawiły się w jej oczach.

Kamil uśmiechnął się delikatnie i dotknął dłonią jej mokrego policzka.

– Przecież świat się nie kończy – powiedział, ale w jego głosie Lena nie wyczuła zwykłej pewności.

– No ja myślę – stwierdziła, chcąc zagłuszyć smutek, który teraz nacierał całymi falami.

– Masz mój numer, ja mam twój, wszystko zależy od nas.

Gratuluję, nawet nie mrugnąłeś, oznajmił Kamilowi wewnętrzny głos.

– Od nas? Rozumiem, że nie chcesz się mnie pozbyć? – Delikatny uśmiech pojawił się na jej twarzy.

Kamil wziął Lenę za ręce. Stali, patrząc na siebie.

– Jak mógłbym chcieć się ciebie pozbyć? – uśmiechnął się. – Widzisz… spotkanie ciebie to najlepsze, co mogło mi się przydarzyć. Mógłbym teraz mówić, jak wspaniała jesteś, ale wielokrotnie o tym wspominałem i nie za bardzo mamy teraz na to czas.

Lena uśmiechnęła się przez łzy.

– Szansa na spotkanie kogoś takiego jest jedna na milion.

– To chyba jednak nie chcesz się mnie pozbyć.

– Chyba jednak nie. Musisz iść.

Nagle jak na zawołanie przylgnęli do siebie.

Idź już, pomyślał, po prostu idź.

– Czy to jest to? – spytała szeptem. – Powiedz i pójdę.

– To jest to – wyszeptał.

Lena spojrzała mu w oczy, a ich usta połączyły się w pocałunku.

– Nie waż mi się zniknąć – powiedziała.

– Mógłbym powiedzieć to samo.

– Niby tak – uśmiechnęła się.

– Naprawdę musisz już iść.

Lena puściła jego rękę i przeszła na drugą stronę bramki, za którą Kamil już nie miał wstępu.

– Niedługo się zobaczymy – powiedział możliwie najbardziej uspokajającym głosem.

Lena powoli się oddalała, za chwilę miała przejść kontrolę osobistą. Jeszcze kilka kroków i stracą się z oczu.

Kamil stał prawie przyklejony do szyby. Niech już zniknie, pomyślał.

Jeszcze krok. Lena zatrzymała się i zobaczył, jak bezgłośnie wypowiada jakieś słowo.

– Wiesz? – padło nieme pytanie.

Kamil przyłożył dłoń do szyby i kiwnął delikatnie głową.

– Wiem – poruszył niemo ustami.

Lena uśmiechnęła się delikatnie. Odpowiedział tym samym.

– Nareszcie – wyszeptał, kiedy zniknęła mu z oczu.

* * *

Stał jeszcze chwilę i patrzył w miejsce, w którym ostatni raz widział Lenę. Czuł, że było mu niedobrze, czuł ból w klatce piersiowej, czuł ból w żołądku, a głowa chciała eksplodować. Tak jakby cały organizm na zawołanie odmówił mu posłuszeństwa. Odwrócił się i oparł plecami o szklaną ścianę. Zamknął oczy i zaczął spokojnie oddychać. Po kilku chwilach poczuł, że może ruszać do samochodu. Ból nie ustąpił, ale przynajmniej mógł się poruszać.

Opłacił parking w parkomacie i wyjechał z terenu lotniska. Po jakichś dziesięciu minutach znalazł się za miastem. Kiedy tylko opuścił teren zabudowany, zjechał na pobocze i wysiadł z samochodu. Okrążył pojazd i padł na kolana na trawę, za którą znajdował się nieduży las.

Jego ciałem zaczął wstrząsać kaszel, który wydawał się nie mieć końca. Kamil czuł, jakby za chwilę miał się pozbyć wszystkich wnętrzności, ale nic takiego niestety nie następowało. Może gdyby to było możliwe, kaszel w końcu by ustąpił. Nie miał pojęcia, ile to trwało. Może sekundy, może minuty. Jemu wydawało się, jakby minęła wieczność. W pewnym momencie położył się na boku. Zmiana pozycji nie pomogła, ale było mu już wszystko jedno.

Nie wiedział, z czym ten kaszel był związany. Głowa o mało nie rozpadła mu się na kawałki, ale to akurat miało sens; kaszel był zagadką. Może po prostu organizm dawał znaki, że to stres i że musi znaleźć ujście.

Po dłuższej chwili wszystko się uspokoiło. Tylko głowa wciąż bolała. Czy to już? – spytał siebie w myślach. Odkąd tutaj przyjechał, praktycznie nic się nie działo. Może raz albo dwa. Zero ataków. Jak ręką odjął. To zdecydowanie musiał być stres.

Podniósł się i usiadł, opierając się plecami o drzwi pasażera. Za chwilę miało wybić południe. Z pewnością było już ponad trzydzieści stopni Celsjusza i mimo że siedział w cieniu pobliskich drzew, coraz trudniej mu się oddychało. Zupełnie inaczej niż na wybrzeżu, ale najwyraźniej te dwadzieścia kilometrów w linii prostej robiło różnicę.

Sięgnął po telefon. Była jedna wiadomość. Od Leny. „Już tęsknię". Pewnie wysłała ją, biegnąc do bramy. Przez chwilę zastanawiał się, co ma zrobić. Czy powinien odpisać? Brał pod uwagę wszystko, co miało się wydarzyć, a może raczej co nie miało. Czy odpowiedź będzie na miejscu? Co powinien zrobić? Skąd w ogóle te pytania? Wszystko, co miało teraz nastąpić, było już dawno przemyślane, decyzje zostały podjęte. No może nie „dawno", bo raptem kilkadziesiąt godzin temu, ale biorąc pod uwagę, że ich znajomość trwała w sumie około stu siedemdziesięciu, to może i dawno.

– Podjąłeś decyzję i tego się trzymaj – powiedział do siebie stanowczo.

Nagły atak wstrząsnął ponownie jego ciałem. Klęknął i oparł się rękami o ziemię. Ból głowy był tak ogromny, że wydawało mu się, że jedynym sposobem, aby się go pozbyć, było rozłupanie czaszki i wyjęcie bolącej części. Teraz jego ciałem zaczęły wstrząsać drgawki, jakby miał zwymiotować, ale doskonale wiedział, że do niczego nie prowadziły. Chciał wyrzucić z siebie ten ból. I nie tylko ten.

Poczuł, że powoli dochodzi do siebie. Zaczął powoli i miarowo oddychać. Pulsowanie nie ustało, zmniejszyło się tylko odrobinę. Albo ukryło, bo zniknąć z pewnością nie zamierzało. Byli ze sobą związani, do końca. I nie miał złudzeń, mimo że od tygodnia go specjalnie nie prześladowało. A może jednak je miał, może zamknął się z Leną w szklanym domu i tam był inny świat, tylko ich, w danej chwili, w danej minucie. Taki naiwny nie był, a może właśnie był? Chciał poczuć życie, może już ostatni raz.

Ponownie usiadł i pochylił głowę między ugiętymi kolanami. Pokusa odpisania była ogromna. Wiedział doskonale, że Lena czeka na jego wiadomość. W tej chwili miała wyłączony telefon, ale z pewnością już nie mogła się doczekać, kiedy go włączy, a tam pojawi się wiadomość od niego. Tylko że tej wiadomości nie zobaczy, ta wiadomość nigdy nie wyświetli się na ekranie jej telefonu.

Ponownie poczuł ból. Tym razem był to inny ból. Tym razem nie miało to nic wspólnego z jego zdrowiem. Ten ból był o wiele większy, do opisania i bił na głowę wszystko, co Kamil czuł do tej pory.

To, co wydarzyło się w ciągu ostatniego tygodnia, było jak sen, z którego nie chciał się obudzić. Jakby znalazł się w filmie, gdzie wszystko jest możliwe, gdzie poznaje inteligentną kobietę, z którą rozmowa jest przyjemnością, i ona sama na dodatek jest piękna i diabelnie atrakcyjna. Jest również chemia i oczywiście sceny dla dorosłych, i to jakie sceny i ile tych scen. Była też radość. Radość połączona z tęsknotą. Radość z każdej najdrobniejszej, najkrótszej chwili razem i dojmująca tęsknota przy najmniejszym rozstaniu. I to wszystko zawarte w tych siedmiu dniach, w tych dziesięciu tysiącach minut, pojedynczych chwilach szczęścia.

Już słyszał te głosy, że za szybko, że niemożliwe, że przecież w ogóle się nie znali i może kiedyś on też by podszedł do tego z powątpiewaniem, gdyby właśnie nie był tego nie tylko świadkiem, ale również czynnym uczestnikiem. Kiedyś przeczytał jakąś „złotą myśl" w memie z obejmującą się parą patrzącą na zachód słońca. „Nieważne, ile dni w twoim życiu, ważne, ile życia w twoich dniach". Był pewien, że przewrócił oczami na samą myśl o wzdychających na widok tego zdjęcia nastolatkach.

A teraz… Uśmiechnął się przez łzy, które napłynęły mu do oczu… Teraz doskonale wiedział, co każde z tych słów znaczyło. Nagle jego życie skupiło się w tych kilku dniach. Wszystko, czym był, a o czym już dawno zapomniał, obudziło się i skondensowało w tych chwilach z Leną.

Życie nagle ponownie rozpoczęło się tydzień temu, aby skończyło dzisiaj. Dostał ten czas od losu, taki pożegnalny prezent, taka ironia. Oczywiście, że ironia, ale to było nieważne. Ważny był ten czas.

A Lena. Czy ją wykorzystał? Czy powinien był powiedzieć jej prawdę? To ostatnie pytanie było z pewnością retoryczne, ta opcja nigdy nie wchodziła w grę, ani sześć miesięcy temu, ani teraz. Prawda była tylko jego. Inna rzecz, że przed przyjazdem tutaj nie brał pod uwagę takiego obrotu wypadków.

Przeżyli ze sobą wspaniały tydzień i to wszystko. Wiedział, że może to sobie powtarzać w nieskończoność, a szansa, że w to uwierzy, była raczej minimalna. Lenie będzie lepiej bez niego. Gdyby to słyszała, to w tej chwili powiedziałaby, że to ona powinna zdecydować. Decyzja należała jednak do niego i już została podjęta.

Ponownie poczuł ukłucie bólu, już na dobrą sprawę nie wiedział, które to. Wiedział natomiast, że żaden ból nie minie.

Podniósł się powoli na nogi. Otworzył tylną obudowę telefonu, wyjął baterię, a następnie kartę sim. Złamał ją w palcach. Lena niedługo doleci do Warszawy, włączy telefon w poszukiwaniu wiadomości od niego. Później pewnie spróbuje zadzwonić.

Jego już nie będzie.

Tak naprawdę nigdy nie było.

SOBOTA, PAŹDZIERNIK

Lena otworzyła oczy i spojrzała na zegarek stojący przy łóżku. Wskazówki wskazywały dziewiątą dwadzieścia pięć. Wczoraj wróciła po dwudziestej i właściwie od razu padła. Dzieci były u ojca i mogła spokojnie, nie zważając na nic, pójść spać. Nie żeby się do czegoś innego nadawała, ale przynajmniej poczucie winy, które towarzyszyło jej przez resztę dni, tym razem odpuściło.

Nakryła głowę kołdrą. Poprzedniego wieczora nie zasłoniła rolet i październikowe słońce wpadało teraz przez okna, oświetlając całą sypialnię. Jedyne, czego pragnęła, to ponownie zatopić się w sen. Wiedziała jednak, że to niemożliwe. To, iż wczoraj padła, nie było niczym niezwykłym, poziom zmęczenia już dawno przekroczył u niej dopuszczalne granice, natomiast fakt, że spała tak długo, to już była niespodzianka. Zazwyczaj budziła się w środku nocy i przewracała z boku na bok do świtu, tylko po to, by w końcu usnąć na godzinę, może pół i rano obudzić się nieprzytomna. Mogła co prawda przepisać sobie leki, które zwykle przepisywała swoim pacjentom. Pokusa była ogromna, ale doskonale wiedziała, jak mogło się skończyć samoleczenie na jej poletku. Psychiatra wypisujący sobie recepty to była szybka droga w dół, choć ta alternatywa wydawała się bardzo kusząca, kiedy leżała w środku nocy sam na sam ze swoimi myślami.

To nie wchodziło w grę. Po pierwsze, miała dzieci i one zawsze były najważniejsze. Były najważniejsze od pierwszego dnia, przez całe samotne rodzicielstwo w małżeństwie i przez całe samotne macierzyństwo po rozwodzie. Właściwie zawsze była samotną matką i nigdy nie przyszło jej do głowy, aby podjąć samoleczenie. Inna rzecz, że nigdy nie miała czasu na użalanie się nad sobą. Nawet gdyby bardzo chciała, to po prostu nie miała kiedy.

A po drugie, przepisywanie samej sobie leków nie wchodziło w grę. Nie była obiektywna co do swojego stanu. Natłok myśli, emocji, huśtawka nastrojów z tym związana, popadanie ze skrajności w skrajność sprawiały, że było praktycznie niemożliwe, aby mogła z jakimkolwiek dystansem sama ten stan zdiagnozować.

Kiedy budziła się w nocy, często chciała wyć z bólu, by po chwili chłodnym i opanowanym tonem tłumaczyć sobie, że histeryzuje, ma się opanować i wziąć w garść. Już słyszała, co powiedzieliby jej pacjenci na te nic nie warte komunały. Z doświadczenia wiedziała, ile szkody ludziom autentycznie potrzebującym pomocy takie stwierdzenia mogą przynieść. Oczywiście, nie każda osoba w złym nastroju potrzebowała od razu wizyt u specjalisty, ale bagatelizowanie problemów w ich wczesnym stadium mogło być o wiele groźniejsze w skutkach.

A ona? Czy naprawdę miała problem, czy może tylko tak jej się wydawało? Wydawało się, zaśmiała się gorzko. Sięgnęła do szuflady szafki stojącej koło łóżka, wysunęła ją i wyjęła ze środka złożoną kartkę papieru. Pod nią była jeszcze koperta z jej imieniem. Rozłożyła kartkę i spojrzała na to jedno słowo, jakie było tam napisane. Od wściekłości po niepokój, od tęsknoty po wściekłość i tak w kółko, pełen wachlarz – tyle wywoływało w niej to słowo. Znała na pamięć każdy zawijas w każdej literze, każde najmniejsze zgięcie. Prawdopodobnie gdyby spróbowała je napisać bez patrzenia na oryginał, wyszłoby co najmniej przyzwoicie.

„Przepraszam".

Jedno słowo na kartce włożonej do koperty i wsuniętej do pokoju hotelowego jej siostry. Jedno pieprzone słowo.

Lena usiadła na łóżku. Wyjęła kopertę i wsunęła do niej „list". Wstała. Dzisiaj mijały trzy miesiące, niemal co do dnia, odkąd ostatni raz widziała Kamila. Wyruszała w podróż do domu, wierząc, że to początek czegoś dobrego w jej życiu. Nie była naiwna, ale ten prawie magiczny tydzień zwiódł ją, uwierzyła, że pokocha… Nie chciała nawet w myślach wypowiadać tego słowa. Ale taka była prawda, mimo że Lena ją odpychała, negowała i bagatelizowała. Robiła wszystko, żeby znienawidzić Kamila za to, że ją oszukał, zwiódł, wykorzystał. Efekt był taki, że jeszcze bardziej tęskniła, a uczucie, którego nie chciała nazwać, uderzało ze zwielokrotnioną siłą. A Kamil? Cóż… Z pewnością miał powód, z pewnością coś się musiało stać, z pewnością…

Pokręciła głową. Musiała coś z tym zrobić. Ostatnie miesiące to nie było życie. Tylko co nim było? To coś przed wyjazdem? Czasami myślała, że najlepiej by było, gdyby ten tydzień nigdy się nie wydarzył, że najlepiej, jakby nie przekonała się, co to znaczy być pożądaną i sama pożądać, być kochaną i sama kochać. I o ile ktoś mógłby powątpiewać, czy w tak krótkim czasie można prawdziwie te wszystkie emocje czuć, to była ona i z jej strony to było prawdziwe.

Jeszcze trochę i zwariuję, pomyślała, o ile już to się nie stało. Spojrzała na zegarek. Powinna się umyć i powoli zbierać. Dzisiaj miało się wszystko zmienić.

– Jasne – powiedziała na głos i skierowała swoje kroki do łazienki.

* * *

Lena usiadła w fotelu i rozejrzała się po gabinecie. Został urządzony w nowoczesnym stylu, a meble były żywcem wyjęte z katalogu IKEA. Pewnie o to chodziło, aby każdy mógł się poczuć jak u siebie. W pewien sposób w każdym razie.

Chwilę wcześniej drzwi otworzyła jej atrakcyjna blondynka, mniej więcej w wieku Leny. Przywitała się i wpuściła ją do środka. Gospodyni zaproponowała coś do picia. Kiedy Lena poprosiła o herbatę, oddaliła się w celu jej przygotowania.

– Przepraszam panią za kłopot – zaczęła Lena, kiedy tylko gospodyni usiadła naprzeciw.

– Żaden kłopot.

– Ja wiem, że to tak trochę nie do końca zgodnie z normalnym tokiem.

– A jaki jest normalny tok? – uśmiechnęła się gospodyni. – Tak w ogóle to chciałabym, abyśmy mówiły sobie po
imieniu. Monika – przypomniała imię, które wypowiedziała
przy powitaniu. – Skoro już ustaliłyśmy, że tok nie jest normalny – dodała.

Lena potrzebowała z kimś porozmawiać. Ilona nie wchodziła w grę, z pewnością nie była obiektywna. Lena nie chciała również korzystać z psychologów, których miała okazję
poznać z racji wykonywanego zawodu. Z pomocą przyszła
koleżanka, również psychiatra, która znała kogoś zupełnie niepowiązanego z ich „kręgiem", o kim słyszała same
pozytywne opinie.

Lena miała duże wątpliwości, czy powinna w ogóle tu
przyjść. Tak to jest, śmiała się w duchu, z doświadczenia
wysłałaby praktycznie każdego na przynajmniej jedną wizytę do specjalisty, jeśli zaś chodziło o nią samą, to taka
szybka nie była. Lekarzu, lecz się sam. Jak prawdziwe było
to stwierdzenie. W końcu jednak poszła po rozum do głowy.
Wiedziała, że jeśli z kimś nie porozmawia, to z pewnością
oszaleje. Teraz, kiedy już tutaj siedziała, zastanawiała się,
jak taka rozmowa mogłaby pomóc. Zawracała tylko kobiecie głowę w jej najprawdopodobniej wolny dzień, więc coś
powiedzieć musi.

– W czym mogę pomóc? – spytała psycholog, uśmiechając
delikatnie się, jakby chciała ją zachęcić.

Było w tym uśmiechu coś ciepłego, co sprawiało, że Lena
od razu czuła się lepiej. Oczywiście ten uśmiech nic nie zmieniał, ale było jakoś tak przyjemniej.

– Tak od razu?

– Nie, niekoniecznie, mów, co chcesz, mów, co myślisz.

– Co myślę? – Lena popatrzyła prosto na nią.

Tamta kiwnęła głową.

– Tylko że to jest głupie – westchnęła ciężko.

– A jednak tu jesteśmy. Czy naprawdę uważasz, że „to", czymkolwiek „to" jest, jest głupie?

– Nie, nie uważam – odpowiedziała Lena z rezygnacją. – Sama nie wiem, to, co czuję, z pewnością głupie nie jest, z pewnością. Natomiast jeśli chodzi o powody tego samopoczucia, to jestem w jeszcze większej kropce. Tak w ogóle to jestem po prostu zmęczona. – Uśmiechnęła się smutno. – Najchętniej to bym teraz zjechała w tym fotelu i poszła spać.

– Chcesz to zrobić?

– Kuszące, ale wiem, że to nic nie da. Ani nie wypocznę, ani nie rozwiąże to mojego problemu.

– Na to liczysz? Na rozwiązanie swojego problemu?

Czy ona tak będzie cały czas? – przemknęło Lenie przez głowę.

Jakby odpowiadając na niezadane pytanie, Monika uśmiechnęła się prawie niezauważalnie.

– Szczerze? To nie liczę, bo nie sądzę, że mogłybyśmy go tu rozwiązać, ale potrzebuję innego spojrzenia, potrzebuję czegokolwiek.

– To może zacznij od początku.

– A mamy tyle czasu? – spytała z uśmiechem.

– Mamy tyle, ile będziesz potrzebować. Już ustaliłyśmy, że nasze spotkanie nie jest specjalnie standardowe.

Nie ma jak specjalista z polecenia, pomyślała Lena. A może to była zawodowa kurtuazja, a może po prostu wyglądała na kogoś, kto naprawdę potrzebuje pomocy, nawet sobie nie zdając z tego sprawy.

– Jestem pięć lat po rozwodzie – zaczęła – a czuję, jakbym była co najmniej dziesięć, może tyle być powinnam, albo więcej.

– Przepraszam, że się wtrącę, ale to pierwsze zdanie, które wypowiedziałaś... Czy uważasz, że to właśnie cię definiuje jako człowieka, jako kobietę?

Lena popatrzyła na Monikę zaskoczona.

– Nigdy o tym nie pomyślałam – odezwała się po dłuższej chwili – może rzeczywiście tak właśnie siebie widzę, jako rozwódkę.

– A wiesz, jak to brzmi?

– Jak słowa kogoś, kto poniósł porażkę.

– A tak jest? Co ty uważasz?

– Ja? – Lena ponownie się zamyśliła. – Ja chyba wygrałam, nie wiem. Wygrałam, bo się w odpowiednim momencie „obudziłam" i coś zrobiłam. Tylko jak teraz siedzę przed tobą, to nie jestem tego zwycięstwa pewna. Minęło pięć lat i nic się w moim życiu nie zmieniło, znaczy na lepsze. Jest inaczej, ale nie jestem pewna, czy nie tak samo, w pewien sposób.

Na chwilę zapadła cisza. Lena myślała na swoimi słowami. Zmieniło się dużo, tylko czy tego właśnie oczekiwała? Czy osiągnęła wszystko, na co liczyła? Bała się tych pytań, ale nawet bardziej bała się odpowiedzi.

– Czy naprawdę jest tak samo? Spójrz na kobietę sprzed rozwodu i na tę po rozwodzie – przerwała ciszę Monika.

– Oczywiście, że nie jest – tym razem w głosie Leny wyraźnie słychać było stanowczość. – Wtedy płynęłam z nurtem, był Sławek, taki jaki był, ale był, tkwiliśmy razem w tym „razem", przy czym to on „żył", a ja miałam dzieci, które były świetną wymówką, bo „muszą mieć ojca". Ja tkwiłam w tym, bo było znane i w miarę bezpieczne. Dopiero... – Lena zwiesiła głos.

Monika milczała. Z doświadczenia wiedziała, że to był ten moment, kiedy pacjent odbywał „podróż". Zazwyczaj do miejsc, do których za często się nie wybierał, które zostawił gdzieś daleko, licząc, że o nich zapomni. Rzadko się to zdarzało.

– Dopiero – powtórzyła – kiedy mnie zdradził, a raczej kiedy się o tym dowiedziałam. To nie był jeden raz. Ale wtedy to było coś poważniejszego. Taka była jego linia obrony.

Lena pokręciła głową z niedowierzaniem na samo wspomnienie tamtej rozmowy.

– Ale oczywiście, paradoksalnie, zapewniał mnie, że to koniec i ja jestem najważniejsza, no i dzieci. O dzieciach też sobie przypomniał. Wiesz, co było w tym wszystkim najgorsze?

– Nie zdrada – ni to stwierdziła, ni to spytała Monika.

– Nie, zdrada, nie. Ona była w pewien sposób najlepsza. Powinnam być mu w sumie wdzięczna. Z jednej strony nie bolało mnie to tak, jak myślę, że powinno, ale w naszym małżeństwie miłości nie było od bardzo dawna, a czasami zastanawiam się, czy była w ogóle. Z drugiej strony tkwiłam w tym, skupiałam się na dzieciach i jakoś szło. Nic z tym nie robiłam. O to chyba byłam najbardziej wściekła, że tkwiłam w tych kajdanach, które sobie sama założyłam. Mogę oczywiście zrzucić winę na społeczeństwo i jego wymagania wobec żon i matek, mogę zrzucić winę na patriarchat, który wciąż jednak ma się dobrze…

– Żebyś wiedziała, że się ma, ale… – wtrąciła Monika.

– Ale to nie jest usprawiedliwienie – powiedziała Lena stanowczo – to nie jest usprawiedliwienie. To ja sama na to pozwoliłam.

– Ale wiesz, że jeśli ktoś źle cię traktuje, to jest to wina tej osoby?

– Oczywiście, że tak. Moją winą jest to, że nic z tym nie zrobiłam, że trwało to tak długo. Nie byłam od niego zależna finansowo ani nie trzymał mnie siłą. Było mi wygodnie w czymś znanym. Dopiero kiedy wszystko wyszło na jaw, zdałam sobie sprawę, że życie mi ucieka. Przecieka mi między palcami… i wtedy zdecydowałam się coś z tym zrobić.

– Czyli to jednak zwycięstwo?

– Tak, chociaż wtedy czułam się trochę napiętnowana, a przecież rozwód nie jest niczym nadzwyczajnym i wydaje mi się, że coraz mniej ludzi tkwi w nieudanych związkach.

Monika pokręciła głową z uśmiechem.

– Gdyby to nie było nieprofesjonalne, to teraz wybuchnęłabym śmiechem.

– Jest tak źle?

– Czasem mam wrażenie, że ludzie tak wolą. Zachowują się czasami, jakby już nic w życiu nie miało ich spotkać. Tak, jak mówiłaś, jest wygodnie, jest bezpiecznie, może niespecjalnie szczęśliwie, a wyruszenie w nową drogę to zawsze ryzyko. Jak to, zaczynać wszystko w średnim wieku?

– Lepiej przepieprzyć życie – wtrąciła Lena.

– Dobrze, że ty to powiedziałaś – uśmiechnęła się Monika. – Tak to mniej więcej wygląda, ale wiesz, ja nie jestem od tego, żeby mówić komukolwiek, jak ma żyć.

– Wiem.

– Czyli ustaliłyśmy, że odniosłaś zwycięstwo.

Lena bez przekonania kiwnęła głową. Przyszła tutaj w zupełnie innej sprawie, a omawiały jej nieudane i dawno skończone małżeństwo.

– Widzę, że nie jesteś przekonana – stwierdziła psycholog. – Powiedz mi, czy ty siebie lubisz?

Jak to, czy siebie lubi? Odpowiedź wydawała się oczywista. Jak miałaby siebie nie lubić?!

Monika dostrzegła zdziwienie na twarzy Leny.

– Czy lubisz tę osobę, którą jesteś?

– Myślę, że tak – odpowiedziała automatycznie Lena.

– A co w sobie lubisz?

Lena zamyśliła się, jak sformułować odpowiedź, żeby nie wyjść na zadufaną.

– I proszę bez fałszywej skromności – poprosiła Monika, jakby czytając w myślach pacjentki. – Naprawdę tego nie potrzebujemy.

Co w sobie lubię? Teraz? A może co w sobie lubiłam przez ten tydzień w lipcu? – pomyślała Lena. Mogłoby się wydawać, że są w niej dwie różne osoby. I jeszcze jedna przed spotkaniem z nim, i jedna podczas małżeństwa, i jeszcze jedna wcześniej, uśmiechnięta, pełna optymizmu i – jak się okazało – naiwności dziewczyna, której standardy miłości wyznaczyli rodzice. Wiedziała, że nie wszędzie tak jest, ale skoro jej mama i tata byli szczęśliwi, to ona powinna również, choćby z racji „dziedziczenia". Mistrzyni świata naiwności, to było pewne.

– Ale teraz? Kiedyś?

– Spróbujmy teraz, dzisiaj.

– Dzisiaj – zaśmiała się Lena gorzko.

– Jesteś chyba tą samą osobą co wczoraj, jesteś bezsprzecznie inteligentna…

– Skoro tak twierdzisz.

– To wynika z tego, co zaobserwowałam.

– Coś jeszcze?

Monika się uśmiechnęła.

– To ty masz mówić.

– Dobrze więc. Jestem inteligentna. Jestem atrakcyjna… a może byłam raczej, ostatnio troszkę odpuściłam i wydaje mi się, że moja atrakcyjność spadła. Jestem w miarę elokwentna, potrafię złożyć wypowiedź w grupę sensownych zdań. No i jestem chyba dobrą matką, tak mi się wydaje, oceniam to na podstawie tego, co otrzymuję od moich dzieci – dodała na koniec, jakby chciała się wytłumaczyć.

Monika podniosła rękę.

– Wolałabym się skupić na tobie. Wiem, że jesteś dobrą mamą i nie masz podstaw, aby się wstydzić, że za taką się uważasz. Ludzie, którzy są w czymś dobrzy, często mają tendencje do umniejszania tego.

– A skąd wiesz, że taka jestem?

– Przeczucie – Monika uśmiechnęła się delikatnie.

Lena popatrzyła na nią zaskoczona, nie tyle treścią, co bezpośredniością stwierdzenia. Musiała przyznać, że coraz bardziej lubiła Monikę.

– A psycholog może opierać się na przeczuciu?

– Po pierwsze, już ustaliłyśmy, że nasze spotkanie jest trochę niestandardowe, a po drugie, zdradzę ci tajemnicę! – Monika pochyliła się ku niej i wyszeptała: – Trochę opieramy się na instynkcie, przeczuciu i obserwacji, na pewno o tym wiesz.

Oczywiście, że wiedziała. Jej pacjenci też nie zawsze byli do końca szczerzy lub potrafili nazwać rzeczy, które ich trapiły. Obserwacja mowy ciała i zadawanie odpowiednich pytań były nieodłączną częścią obu ich profesji. Tak różnych i tak bliskich jednocześnie.

– Wierzysz w to, co powiedziałaś, jaka jesteś?

– Chyba… Tak. Wiem, że taka jestem.

– Ale nie do końca w to wierzysz.

– A to nie to samo?

– Spytam inaczej: czy kiedyś czułaś się w pełni inteligentna i atrakcyjna, pełna seksapilu, jaki niewątpliwie posiadasz? Czy czułaś się taka do głębi, a nie tylko o tym wiedziałaś?

Lena odpłynęła myślami. Była kobietą w pełni świadomą swoich atutów, swojej inteligencji, swojej kobiecości. Nigdy w siebie do końca nie zwątpiła, aczkolwiek teraz, po latach, doskonale widziała, jak jej mąż systematycznie, kroczek po kroczku, ledwo zauważalnie tłumił w niej to wszystko. Kiedy wreszcie się wyzwoliła, musiała wszystko sama odbudować. Było dokładnie tak, jak mówiła Monika. Wiedzieć to jedno, a wierzyć w to – to drugie.

– Znowu jestem głupia, po prostu nie wiem – odezwała się po chwili. – Niby jestem profesjonalistką i moją pracą jest pomoc ludziom, a sama jestem tak totalnie niepoukładana.

– Ja odniosłam wrażenie, że akurat poukładana to ty jesteś. Może aż za bardzo.

– Myślisz o dzieciach?

– Opowiedz, jak wyglądało twoje życie, kiedy dzieci były małe.

Kiedy to było? – pomyślała Lena. Ten czas wydawał się być tak odległy. Zamknęła na chwilę oczy. Sama nie wiedziała, kiedy zaczęła mówić. Właściwie od pierwszego dnia życia stały się jej oczkiem w głowie. Były chciane i zaplanowane, jak się szybko okazało, głównie przez nią. Oczywiście wszystko odbywało się w białych rękawiczkach. Poza domem Sławek brał nawet czasami swoje „dzieciaki" na ręce. W domu była z nimi sama. Jej męża nigdy nie było w domu, zawsze miał dużo pracy i był niezbędny, bez niego firma właściwie nie istniała. Tak budował swoją legendę. Tymczasem prawda była taka, że firmie było go pełno, robił masę szumu wokół siebie. Jowialny gość, który z każdym zagadał, bez którego żadne spotkanie nie mogło się odbyć.

Ona wszystko ustawiała pod dzieci, kiedy były chore, musiała odwoływać sesje z pacjentami, co nie było takie proste ani łatwe, biorąc pod uwagę charakter jej pracy. Raz Ania miała występ w szkole, podczas którego tańczyła solo i do którego długo się przygotowywała. Przedstawienie zaczynało się o osiemnastej, ale mimo to Sławek nie przyjechał. Wszedł do szkoły równo z końcem i kiedy szczęśliwe dziecko podbiegło do niego z pytaniem, czy ją widział, bez zająknięcia odpowiedział, że oczywiście. Co miała zrobić? Popsuć wszystko, widząc uśmiech na twarzy córki? A w pracy jej mąż od tygodnia opowiadał, jaki to ważny jest ten występ i że musi wyjść tego dnia wcześniej. Tymczasem siedział w pracy, chcąc zaimponować szefowi, że córka córką, ale wiadomo, praca sama się nie zrobi. Swoim zainteresowaniem obdzielał równo oboje dzieci. Kiedy Piotruś skończył dwa lata, dostał poważnego zapalenia płuc. Po południu podczas wizyty u lekarza zdiagnozowano zapalenie oskrzeli, a już o północy byli na ostrym dyżurze z płucami. Do tego doszły jakieś powikłania. W sumie spędzili w szpitalu tydzień, znaczy ona i Piotruś. Na szczęście miała Ilonę, u której została Ania. Nawet Sławek stwierdził, że to dobry pomysł, bo przy jego zagonieniu, zwłaszcza że akurat przyjechał ktoś z centrali w Irlandii, komu mógłby nadskakiwać, może być różnie. „Może być różnie", syn w szpitalu i sześcioletnia córka sama w domu, a u niego „może być różnie". I znowu wersja dla kolegów z pracy: „sytuacja jest poważna, Lena jest w szpitalu, a ja zaraz do niej jadę, także w tym tygodniu będę wychodził wcześniej". Nie musiała dodawać, że „zaraz do niej jadę" i „będę wychodził wcześniej" nigdy nie nastąpiły.

– Jestem żenująca. – Spojrzała smutno na Monikę, podsumowawszy swoją historię.

Było to bardziej stwierdzenie faktu niż pytanie.

– Naprawdę tak uważasz?

Oczywiście, kolejne pytanie. Lena wiedziała, że musi znaleźć na nie odpowiedź w sobie. Ale czy nie byłoby dobrze, aby raz na jakiś czas ktoś inny powiedział nam, co należy zrobić?

A ja nawet jeszcze nie powiedziałam, z czym przyszłam. Zerknęła na zegarek: czyżby rzeczywiście minęło dopiero czterdzieści minut? Wydawało jej się, że siedzi już tak długo, a Monikę zna od lat.

– Może trochę. Były chwile, że miałam dość, ale dzieci były małe, kochały ojca i go potrzebowały. Wiesz, jak jest, im rzadziej się nimi zajmował, tym bardziej mityczny się stawał, jak święty Mikołaj. Czekały na niego z utęsknieniem, jak już się nimi zajął, to było prawdziwe wydarzenie. Oczywiście im dzieci były starsze, tym lepiej rozumiały sytuację i traciły złudzenia. Bez mojej pomocy. Nigdy nie powiedziałam na niego złego słowa. Do chwili, kiedy Ania miała około jedenastu lat i przed jego późnym powrotem do domu, powiedziała do mnie, „żeby mu się tylko wersje nie pomyliły". To cytat. Wiec nie tylko mnie opowiadał różne historie. A dzieci ślepe i głuche nie są i ich zaufanie nie tak łatwo odzyskać.

Lena uśmiechnęła się, a łzy stanęły jej w oczach na wspomnienie małej dziewczynki wygłaszającej zdanie, które było doskonałym podsumowaniem jej ojca.

– Oczywiście nie wszystko było takie złe. W końcu ani nie pił, ani nie bił.

– Skoro tak twierdzisz…

– Żartowałam – uśmiechnęła się.

Psycholog odpowiedziała delikatnym uśmiechem.

– Podobno zapamiętuje się tylko dobre rzeczy – Lena kontynuowała myśl – ale dla mnie w tych dobrych jego nie ma. Tak dla jasności, nie żywię do niego urazy, był, jaki był, może nie od początku, ale w miarę szybko okazało się, jak jest naprawdę. Na początku pewnie tego nie zauważałam, później wypierałam, a potem dzieci… a może to już po ich urodzeniu. Teraz sama nie wiem, ale to, że go nie ma w dobrych wspomnieniach, wynika głównie z faktu, że jego po prostu nie było fizycznie. Była nasza trójka. Matka i jej potomstwo – uśmiechnęła się smutno.

Przez chwilę siedziały w ciszy. Monika już chciała skomentować wypowiedź, kiedy Lena ze wzrokiem utkwionym gdzieś w przestrzeń postanowiła się odezwać.

– Wracając do początku naszej rozmowy, to chyba jestem rozwódką i chyba tak siebie widzę. Jestem kimś, komu nie wyszło, kto poniósł porażkę. I nawet jeśli przekonam samą siebie i przekuję to na „zwycięstwo”, poczucie porażki zawsze będzie mi towarzyszyć.

– Nie na wszystko mamy wpływ. Właściwie to na większość rzeczy nie mamy – wtrąciła Monika.

– Co masz na myśli?

– Nie możesz się winić za to, że twój mąż okazał się taki, a nie inny.

– A kiedy już to dostrzegłam, to było na długo przed rozwodem.

– Chroniłaś swoje dzieci.

– Chroniłam swoje dzieci – powtórzyła w zamyśleniu – tylko że... – Lena zawiesiła głos.

– Tylko, że w życiu chodzi jeszcze o coś – weszła jej w słowo Monika – ja wiem, że to brzmi jak herezja, bo powinnaś się całkowicie poświęcić dzieciom, a nic ani nikt nie powinien się liczyć, a w szczególności ty.

– I to słowo „poświęcić” – dodała Lena.

– Oczywiście, że „poświęcić”. Bo matki Polki się „poświęcają”. Mój... – Monika przez moment się zawahała – ...mąż ma sporą rodzinę i jest tam cała grupa matek Polek, na każdej imprezie rodzinnej się „poświęcają” przy stole, głównie narzekaniem, jak jest ciężko, ewentualnie strofowaniem starszych pociech, że nie zajmują się młodszym rodzeństwem. Ale to tylko dygresja. Natomiast musisz zrozumieć, że ty też masz swoje potrzeby, jako człowiek, jako kobieta. Przede wszystkim potrzebę miłości.

Lena głośno wypuściła powietrze.

– Tak – powtórzyła psycholog – możesz czuć taką potrzebę i to jest w porządku, i nie musisz się tego wstydzić.

– Ja to wiem i jednocześnie...

– Może inaczej.

– Tak?

– Kiedy ostatni raz, jeśli w ogóle, zrobiłaś coś dla siebie? I wracając do kwestii, której mi nie wyjaśniłaś: kiedy i czy w ogóle czułaś się taka w pełni inteligentna, atrakcyjna i...

– I sexy.

– Dokładnie tak, chciałabym abyś się zastanowiła nad tymi kwestiami, żebyśmy mogły od nich zacząć następnym razem. Jeśli oczywiście będziesz chciała się spotkać.

Przecież jeszcze nie poruszyłam najważniejszego, przeleciało Lenie przez głowę. Uśmiechnęła się jednak, nie chciała wyjść na nadąsane dziecko, w końcu to nie była wina Moniki, że mówili o jej małżeństwie i macierzyństwie, a nie o temacie, który ją tu przywiódł.

– Jesteś zawiedziona?

Nic jej nie umknie. To dobrze, może zobaczy rzeczy, których sama nie widzę.

– Nie, nie! – zapewniła może trochę zbyt gwałtownie. – Po prostu czuję, że mogłabym jeszcze mówić i mówić.

– A ja z chęcią cię wysłucham. Możemy umówić się zaraz na początku tygodnia. Kiedy by ci pasowało?

Lena szybko przeleciała w myślach przez swój grafik. W poniedziałek, wtorek i czwartek po południu przyjmowała pacjentów w klinice, ale środę miała luźniejszą, no i piątek. W ciągu poszczególnych dni czas dzieliła jeszcze między klinikę a ośrodek pomocy.

– Szczerze, to chciałabym jak najszybciej. Czy w środę masz coś wolnego?

Monika zajrzała do kalendarza w telefonie.

– Szesnasta, siedemnasta, może być i wpół do? – popatrzyła pytająco na Lenę.

– To o siedemnastej.

– Okej.

Potwierdziły jeszcze swoje numery i po chwili Lena znalazła się na zewnątrz. Tak naprawdę nic się nie zmieniło. Nawet nie otarła się o kwestie, które nie dawały jej spokoju przez ostatnie miesiące, ale czuła się jakoś dziwnie dobrze albo przynajmniej coś na kształt tego. Wiedziała doskonale, jak złudne to było i że długo nie potrwa, ale przez chwilę chciała odetchnąć. Zupełnie jakby Monika posklejała Lenę taśmą, która jest doraźnym środkiem, ale na dłuższą metę nie przetrwa.

Pokręciła głową. Nie minęło pięć minut, a już czuła, jak ból się wkrada. Wróci do domu i trochę popracuje. Problemy innych powinny chociaż na chwilę przenieść jej myśli w inne rejony.

WTOREK, PAŹDZIERNIK

Wyszedł z budynku i odetchnął głęboko. Czy to w ogóle miało sens? Od pierwszej wizyty minęło dziewięć miesięcy. W tym czasie usłyszał tak wiele różnych informacji od tak wielu profesjonalistów, że sam się już w tym wszystkim gubił. Wniosek był natomiast zawsze jeden. „Nic się nie da zrobić, za duże ryzyko, nie podejmiemy się". Teraz nagle stanął przed decyzją, po dziewięciu miesiącach. Na swoje pytanie uzyskał szczerą odpowiedź: „Zobaczymy, nie mówię nie. Muszę sam się wszystkiemu przyjrzeć". Pytanie: czy było warto?

Gdyby taką alternatywę przedstawiono mu dziewięć miesięcy temu, istniało prawdopodobieństwo, że rzuciłby się na nią bez zastanowienia. Tylko że to było wtedy. Czy miałby zewnętrzne powody, poza instynktem przetrwania, żeby to zrobić? Na pewno przynajmniej jeden by się znalazł. Tylko że to byłoby zakłócenie istniejącego porządku, a to miałoby zły wpływ na innych.

Czy na pewno ją ochronił? Oczywiście, że tak – odpowiedział natychmiast. I nie chodziło nawet o to, że chciał usprawiedliwić swój wybór. To było jedyne i słuszne wyjście. Ona zrozumiała, przecież nie była ślepa, doskonale widziała, co się dzieje, widziała powolne „umieranie" dwojga ludzi, których kochała najbardziej na świecie. Zrozumiała ten krok i mogła się skupić na tym, co najważniejsze – na swojej przyszłości.

A że to nie była jedyna prawda... Tę drugą zarezerwował tylko dla siebie, na jakiś czas w każdym razie. W końcu wszystko i tak wyjdzie na jaw.

Teraz, z perspektywy czasu, uznał, że wszystko ułożyło się tak, jak powinno. Jeśli chodziło o nie, oczywiście. On sam się specjalnie nie liczył. Wtedy liczyły się one i czas. Czas, aby wszystko pozamykać. Udało się, był wolny. Prawie parsknął śmiechem, kiedy ta myśl przemknęła mu przez głowę. Na szczęście nikogo nie było w pobliżu, bo z pewnością wyszedłby na wariata. O, jak bardzo był „wolny"! To raczej one były wolne, wolne od niego i o to chodziło.

A potem nic się nie działo i to była dopiero zagadka. Oczywiście nie było jak wcześniej. Czuł zmiany, ale nie takie, jakich się spodziewał. Postanowił nie reagować, po prostu kroczył ku nieuniknionemu. Wiedział, że ono nastąpi i to raczej szybciej niż później.

Szedł powoli w stronę tramwaju, później do metra, a metro podwiezie go do pociągu. Do jakiego pociągu, człowieku. Zbeształ się w myślach. Pociągiem nie miał już dokąd jeździć. Dom przecież sprzedali, a pieniądze podzielili. Ich córka i tak wyjechała studiować, miała w Warszawie, zmieniła na Poznań. Jak powiedziała, potrzebowała się oderwać, skoro nie mają mieszkać w ich domu, to ona nie chce musieć wybierać.

Dom sprzedali za więcej, niż mogli się spodziewać. Okazało się, że ich agent nieruchomości był wyjątkowo obrotny; w końcu im większa sprzedaż, tym większa prowizja. Dodatkową motywację zapewnił fakt, że miał również znaleźć dla nich dwa mieszkania w Warszawie, w odległości maksymalnie kilku kilometrów. To nie był jego pomysł. Żona nalegała, a resztą zajął się on. Musiał przyznać, wszystko udało się załatwić bardzo sprawnie, jakby wszystko, co się wydarzyło, wyzwoliło ją, jakby po raz pierwszy od dłuższego czasu odetchnęła pełną piersią. A może po prostu chciała zostawić tamto życie za sobą.

Z mieszkaniami chodziło głównie o to, aby ich córka, gdy przyjedzie w odwiedziny, nie miała daleko od jednego do drugiego. On sam nie był przekonany, aby kupować mieszkanie dla siebie, ale z jakichkolwiek wątpliwości musiałby się wytłumaczyć. Wynajem był topieniem pieniędzy, a w końcu to jakaś inwestycja, na wartości nie straci, a koniec końców, wszystko będzie dla małej, która już taka mała nie była.

Malutki skarb tatusia. I mamusi oczywiście. Przed oczami stanął mu widok, który uwiecznili kiedyś na kasecie VHS. Taką małą kasetę wkładało się później do większej obudowy, która z kolei mieściła się do magnetowidu. Większość młodzieży nie wiedziałaby dzisiaj, o czym mowa, tymczasem jego córka wychowała się na bajkach nagranych na kasetach VHS.

Miała wtedy trochę ponad rok, właśnie wrócili ze sklepu z sobotnich cotygodniowych zakupów. Malutka oczywiście usnęła w samochodzie. Po cichu wnieśli zakupy, a skarba położyli na łóżku i usiedli. Nie mówili ani słowa, tylko patrzyli na śpiącą spokojnie niewinność, całe ich życie zawarte w tym małym ciałku. Kiedy zaczęła się poruszać, szybko sięgnął po kamerę, która leżała na półce. Zaczął nagrywać.

Na początku lekko się poruszyła, jakby ją coś uwierało. Cały czas miała na sobie różowy kombinezon, w który ją ubrali przed wyjściem. W domu go rozpięli, na więcej nigdy się nie decydowali, żeby jej nie obudzić. Oczywiście bez kojącego bujania samochodu sen nigdy nie trwał zbyt długo. Powoli otworzyła oczy. Nie była zaspana. Zawsze się budziła jak na strzelenie palcami. Rozpoznała pokój, po czym jej spojrzenie spoczęło na nich. Twarz rozjaśnił uśmiech, z którym nic nie mogło się równać. Gdzieś głęboko musiała czuć, że wpatrują się w nią dwie osoby, dla których jest najważniejsza na świecie, a które zrobią dla niej wszystko. Pomogli jej usiąść i zdjąć kombinezon. Oczywiście nie byliby sobą, gdyby nie zaczęli jej łaskotać. Raz po raz wybuchała śmiechem. Następnie padły zwyczajowe pytania, gdzie są nóżki, gdzie rączki, gdzie nosek, a gdzie usta. Na każdą odpowiedź bili brawo, a ona wybuchała śmiechem. Było doskonale.

Nagły dźwięk samochodowego klaksonu przywrócił go do rzeczywistości. Prawie wszedł na jezdnię na czerwonym świetle. Twoja podróż jeszcze się nie zakończyła i sam jej z pewnością nie skończysz, upomniał siebie.

Pewne było to, że będzie sam. Nikogo nie mógł tak ukarać, nikt nie zasługiwał na konieczność bycia towarzyszem w takiej drodze.

Spojrzał na elektroniczny wyświetlacz; jego tramwaj miał przyjechać za piętnaście minut. Kamil automatycznie wrócił myślami do przeszłości.. Tym razem do bardzo niedalekiej, tam, gdzie wracały wiele razy w ciągu dnia.

Zamknął oczy, a kiedy to robił, mógł przysiąc, że czuł jej zapach. Nie był to zapach perfum, płynu do kąpieli ani tym bardziej olejków do opalania. To, co czuł, to była ona. Kiedy w nocy leżał za nią i przysuwał twarz do jej włosów, a następnie zjeżdżał w dół, zatrzymywał się między łopatkami i wciągał jej zapach. Pewnie każdy ma swój zapach, a tamten był jej, niepowtarzalny, niezapomniany.

Każdego dnia żałował, że stało się tak, a nie inaczej. Jednocześnie wiedział, że postąpił właściwie. Gdyby jednak zobaczył coś takiego w filmie lub o tym przeczytał w książce, z całą pewnością wyzwałby bohatera od idiotów. Ale to było życie, jego życie.

– Kurwa mać – wyrwało mu się pod nosem.

Czy na pewno miał rację? Nieważne, i tak nie było odwrotu.

ŚRODA, PAŹDZIERNIK

Monika spojrzała na zegar. Za chwilę miała pojawić się Lena. Z jakiegoś powodu Monika często o niej myślała. Normalnie starała się nie analizować problemów swoich pacjentów poza godzinami pracy, o ile to było tylko możliwe oczywiście. Często nie było to łatwe i mimo tylu lat doświadczenia niejednokrotnie rzeczy, które Monika usłyszała i które przepracowała z pacjentami, siedziały w niej przez dłuższy czas.

W przypadku Leny było trochę inaczej, to nie jej przeżycia tak wpłynęły na Monikę. Patrząc na wagę problemu, nie były to najtrudniejsze rzeczy, jakie w życiu usłyszała, ale było w nich coś innego. W historii Leny widziała podobieństwo do jej historii. Ona też się rozwiodła. Z tą różnicą, że jej były mąż kochał ich dziecko nie mniej niż ona sama. Jego oddania nie można było zakwestionować. Oboje całą miłość przelali na kogoś, kto miał być owocem ich uczucia. A tego właśnie zabrakło, a może się wyczerpało. Tak bardzo kochali to dziecko, że miłość do niego promieniowała na nich dwoje. Tyle że wraz z upływem lat przepaść między nimi się pogłębiała. Stali się bliskimi, między którymi nie było miłości.

Kiedyś, dawno temu, zakochali się w sobie, i na zakochaniu się skończyło. Potem mieli kogo kochać i to ich spoiło, na długi czas, ale nie na zawsze. Na szczęście zdążyli to przerwać, zanim było za późno. W pewien sposób Monika podziwiała Lenę. Za to, że podjęła krok, na jaki ona sama nie mogła się zdecydować. Gdyby nie Robert, pewnie by się nie zdecydowała.

Czy za nim tęskniła? Oczywiście, że tęskniła: za poczuciem humoru, za tym, że mogła na nim polegać, za ich wieczorami, za rozmowami o muzyce, o książkach, za wyjściami do teatru. Ich życie składało się z tak wielu rzeczy. Lubili swoje towarzystwo, co – jak doskonale wiedziała z doświadczenia – wcale nie było takie częste wśród małżeństw. Byli jak dwoje przyjaciół posiadających dziecko, a to było po prostu za mało. Może o wiele więcej, niż posiadali inni, ale do życia, pełnego życia, za mało.

W tej kwestii też się zgadzali, pomyślała smutno.

Podróż aleją wspomnień przerwał dzwonek do drzwi. Monika wpuściła Lenę do gabinetu. Po krótkim powitaniu i przygotowaniu herbaty obie usiadły wygodnie naprzeciwko siebie.

– Jak ci minęły te dni? Miałaś czas pomyśleć nad tym, o czym rozmawiałyśmy?

Lena uśmiechnęła się.

– Chociaż starałam się z całych sił nie myśleć, to nie było możliwe. Widzisz, ja przyszłam do ciebie z chyba dość określoną sprawą i nawet jej nie tknęłyśmy.

– Byłaś zawiedziona?

– Trochę, może. Na początku, ale potem powoli schodziło na mnie, a potem ze mnie to wszystko, o czym rozmawiałyśmy i okazało się, że tego też potrzebowałam.

– Poczułaś się lepiej?

Lena spuściła głowę i wbiła wzrok w stolik stojący między nimi.

– Niespecjalnie. Abstrahując już od bagażu mojego małżeństwa, który już dawno powinnam zostawić za sobą. Wydaje mi się, że uczyniliśmy w tym kierunku spory krok.

– Leno, ten bagaż stał już za drzwiami, tylko drzwi nadal były otwarte. Teraz zaczęłaś je zamykać.

– Czas najwyższy – odpowiedziała Lena, nie patrząc na nią. – Nie poczułam się lepiej, a raczej poczułam się gorzej, kiedy zaczęłam się zastanawiać nad twoim pytaniem.

– Dlaczego?

– Bo przypomniałam sobie, kiedy czułam się taka atrakcyjna, taka inteligentna, no i taka sexy. To olśnienie, o ile można tak to nazwać, było smutne, radosne i smutne zarazem. Pełna paleta.

– Możesz to opisać?

Lena powoli podniosła głowę, spojrzała swojej rozmówczyni prosto w oczy i uśmiechnęła się niepewnie.

– Naturalnie. Smutna była konstatacja, że dopiero niedawno tak się poczułam. Radość sprawiło mi wspomnienie tych chwil. A dołujący smutek przyszedł ze świadomością, że to były tylko chwile i że one już nie wrócą.

– Dlaczego nie wrócą?

– Nie wiem dlaczego! – prawie krzyknęła Lena. – Nie wiem – dodała już spokojniej.

Monika uśmiechnęła się uspokajająco.

– Przepraszam. Widzisz? Poważna kobieta, a histerię odprawia.

– Uważasz, że nie masz prawa do emocji, do huśtawki uczuć?

– Oczywiście, że mam, wiem o tym, i powiem to każdemu pacjentowi, ale jeśli chodzi o mnie… Wiem, że to jest hipokryzja…

– To nie hipokryzja. Jesteś człowiekiem – weszła jej w słowo Monika. – To, że przeżywasz pewne rzeczy, nie czyni cię złym lekarzem.

– Ja się chyba zakochałam i teraz nie mogę dać sobie z tym rady – wyrzuciła z siebie Lena z prędkością karabinu.

Powiedziała to. Powiedziała to na głos obcej osobie. Nazwała to. Wyrzuciła z siebie.

– To może zaczniesz od początku, tym razem od tego początku – Monika uśmiechnęła się delikatnie.

Lena nabrała powietrza, a następnie powoli je wypuściła.

– W lipcu – zaczęła powoli, jakby każde słowo, które wypowie, było istotne – wyjechałam z siostrą, szwagrem i siostrzeńcami na urlop. Moje dzieci były wyjątkowo z ojcem, w sensie, że zabrał je na prawdziwe wakacje, a nie do domku na działkę i udawał urlop z dziećmi. Nieważne, bo odbiegam.

Przez chwilę zbierała myśli. W gabinecie panowała cisza. Monika czekała, nie chciała zaburzać toku przemyśleń Leny. Wiedziała, że ta zbiera w sobie wszystko, co wydarzyło się kilka miesięcy temu i jednocześnie stara się zapanować nad całą burzą emocji, jakie te wspomnienia wywołują.

– Na lotnisku poznałam Kamila, trochę starszego ode mnie – Lena spojrzała gdzieś w przestrzeń nad Moniką. – Siedział sam, a koło niego było wolne miejsce, wszystkie pozostałe były zajęte. Podeszłam do niego, czytał gazetę, spytałam, czy mogę usiąść obok, i zaczęliśmy rozmawiać w tak naturalny sposób, że trudno mi było uwierzyć, że tak można. Bez żadnego spięcia, bez jakiejś sztuczności. Wydaje mi się, że zaczął ze mną flirtować, a może to ja zaczęłam, a może razem. Tak naturalne mi się to wydawało, takie normalne. Nie czułam żadnego stresu. To było tak, jakby obok mnie stanęła inna ja. Taka elokwentna, dowcipna, inteligentna.

– Ale to byłaś ty – wtrąciła Monika.

– Wiem, ale on jakoś sprawił, że byłam taka również na zewnątrz i tak dobrze się z tym czułam. Wiesz, mogłabym zacytować całą naszą rozmowę, tak dobrze ją pamiętam. Myślałam, że z czasem wspomnienia się zacierają, a u mnie jakby wszystko nabierało ostrości. Nie tylko to, co pamiętam, ale też to, co czuję. I zanim to powiesz… Ja zdaję sobie sprawę, że często jest tak, że jak czegoś nie mamy, to bardziej tego pragniemy. Ale w tym przypadku jest inaczej.

Oby tak było, pomyślała Monika. Chyba wszystko zależało od tego, czego pragnie Lena i jakie są szanse na zrealizowanie tych pragnień. Polubiła tę kobietę i mimo że zawsze, no może prawie zawsze, życzyła swoim pacjentom jak najlepiej, to w tym przypadku zależało jej jakby bardziej.

– Porozmawialiśmy chwilę – kontynuowała swoją historię Lena – i przyszła moja siostra, więc Kamil nas zostawił.

Później, w samolocie, koło niego było wolne miejsce, więc się dosiadłam. Sama z własnej woli.

– I byłaś z siebie dumna?

– Byłam.

– Pamiętasz, jak pytałam, czy zrobiłaś coś dla siebie? To właśnie było to. Taka mała rzecz, ale tylko dla siebie.

Lena uśmiechnęła się. Trochę do Moniki, a trochę do wspomnień. Była teraz w samolocie, w tamtej chwili, kiedy razem rozmawiali i żartowali.

– Lot dobiegł końca, wysiedliśmy i nagle przestraszyłam się, że więcej go nie spotkam. Dziwne, że tak nagle po dwóch rozmowach poczułam coś takiego.

– A uważasz, że to dziwne?

– Tak właściwie, to nie… Tylko wydaje mi się, że tak należy powiedzieć w sytuacji, kiedy po paru zamienionych słowach już ogarnął mnie strach, że stracę nagle mężczyznę, którego nawet nie znam.

– Wstydzisz się tego?

– Nie.

– Więc przestań.

– Dobrze.

Lena poczuła się skarcona, ale w taki sposób, że nie czuła żalu do Moniki. Zgadzała się z nią. Przywołanie do porządku w tym konkretnym przypadku było jak najbardziej na miejscu.

– A swoją drogą, nie jechaliście do tego samego hotelu? W sensie czy nie była to wycieczka z biura podróży?

– Nie, to były tanie linie, a rezerwację moja siostra robiła indywidualnie. Jeszcze na lotnisku podbiegłam do niego i dałam mu kartkę z moim numerem telefonu. Liczyłam, że zadzwoni.

– I zadzwonił?

– Tak, wieczorem.

Na twarzy Leny znów pojawił się wyraz szczęścia, jakby całkowicie zniknęła we wspomnieniach.

– Zadzwonił do mnie i rozmawialiśmy, tak jakbyśmy nie przerywali rozmowy z samolotu. Znowu było tak swobodnie, nawet bardziej niż swobodnie, chyba z racji tego, że przez telefon. Byłam momentami troszkę spięta, ale tak nagle, jak to się pojawiało, tak szybko znikało. Było super. Czułam jakąś więź. Oczywiście głos z tyłu głowy mówił mi, że przecież nie wiadomo, kto to jest, i że może opowiadać różne rzeczy. Ale ja czułam szczerość w jego słowach, chociaż biorąc pod uwagę moje małżeństwo, to chyba nie jestem w tym ekspertem. Patrząc również na koniec, sama jestem zagubiona.

Lena wyraźnie posmutniała.

– Może jednak po kolei – zaproponowała Monika, widząc tę zmianę.

– Tak, po kolei.

– I chciałabym, abyś mówiła o tym, co czułaś. Kiedy będziesz opowiadać, chciałabym, abyś skupiła się na swoich uczuciach w różnych momentach.

Lena kiwnęła głową. Ponownie wzięła głęboki oddech. Niedługo wejdzie mi to w nawyk, pomyślała. O ile już nie weszło.

– Rozmawialiśmy dosyć długo. Tak trochę udawaliśmy, że jesteśmy razem, co wpływało na swobodę tego, co mówiliśmy. Jednocześnie byliśmy bezpieczni, bo jednak nie razem.

– Czułaś się bezpiecznie? Potrzebowałaś tego?

– W pewien sposób tak. Trudno było mi sobie wyobrazić taką rozmowę twarzą w twarz, wtedy, w tamtym momencie. Czasem czerwieniłam się do słuchawki. Nie zrozum mnie źle, nie chodziło o jakieś erotyczne teksty. Bardziej o zwykłe komplementy. Ja po prostu byłam do nich nieprzyzwyczajona.

Jak my wszystkie, przemknęło Monice przez głowę.

– W końcu spytał mnie, gdzie jestem, a ja odpowiedziałam, że następnego dnia mu powiem.

– Przestraszyłaś się?

– Trochę. Pomyślałam, że w tym tempie, gdyby on był gdzieś w pobliżu, to mogłoby się skończyć seksem.

– To była taka straszna perspektywa?

Lena zamyśliła się. Przez dłuższą chwilę siedziały w ciszy. W końcu ponownie tym samym tonem i powoli, jakby uważając bardzo na to, co mówi, przerwała ciszę.

– Tamta ja byłaby tym przerażona, a właściwie była tym przerażona. Seks to ja uprawiałam ze Sławkiem, w końcu mamy dwójkę dzieci, to przynajmniej musiały być dwa razy.

Monika z trudem powstrzymała się od życzliwego uśmiechu.

– Tak, wiem, że to jest tragiczne – powiedziała Lena, widząc tę reakcję. – Biorąc pod uwagę rozwód i do tego czas przed rozwodem, praktycznie byłam mniszką. W związku z tym myśl o zbliżeniu w ogóle, a co dopiero z obcym mężczyzną, napawała mnie strachem. Nie żebym była jakaś specjalnie pruderyjna, ale jeśli chodzi o dopuszczenie kogoś do siebie, to „wolna miłość" jest chyba nie dla mnie. Tak myślałam. Następnego dnia też rozmawialiśmy przez telefon, to jeszcze było przed kolacją, po czym on zaprosił mnie na wino, takie wirtualne. Po posiłku mieliśmy się znowu zdzwonić i napić się po lampce. Taka randka na odległość. Nawet się ubrałam tak, jakbym na nią szła. Może to jest śmieszne, ale nie pamiętam, żeby mi się z kimś tak dobrze rozmawiało jak z nim, żeby ktoś sprawiał, żebym tak dobrze się czuła ze sobą. Założyłam moją ulubioną sukienkę, moją najlepszą bieliznę i poszłam na kolację.

Znowu zapadła cisza. Widać było, że w tej chwili Lena jest w miejscu, do którego – gdyby to tylko było możliwe – najchętniej by wróciła.

Minął dłuższy moment, zanim ich oczy ponownie się spotkały.

– Kiedy wracałam z posiłku, miałam wrażenie, że się do niego zbliżam, że zaraz wyjdzie mi naprzeciw.

– Nie bałaś się wtedy?

– No właśnie nie, a może dlatego tak się czułam, bo wiedziałam, że jest to niemożliwe. Nie sądzę. Sama nie wiem. Byłam… Cieszyłam się, odczuwałam autentyczną radość, że tam ktoś był. Może i obcy, może tylko na chwilę, ale był. To była odmiana, to była nowość, dla kogoś, kto… – ucięła nagle, jakby właśnie przyszło olśnienie.

– Kto co?

– Kto tak naprawdę był sam przez całe życie – dokończyła i znowu skierowała swój wzrok gdzieś w przestrzeń.

Są pewne rzeczy, o których istnieniu wiemy, z których zdajemy sobie sprawę, ale za wszelką cenę bronimy się przed ich nazwaniem. Świadomość prawdy w nich zawartych jest tak przerażająca, że wybieramy negację. Niczego to nie zmienia, a jednak... Lena czuła samotność przez większość swojego dorosłego życia. Oszukiwała się, że przecież był Sławek, chociaż tak naprawdę go nie było. Dzieci i spotkania ze znajomymi, które jej mąż tak bardzo lubił organizować, dawały złudzenie, że życie jest pełne, podczas gdy prawda była zupełnie inna.

– Rzuciłam się na tę wizję – postanowiła kontynuować Lena – nie było mi dużo trzeba, a on wydawał się idealny. Ja wiem, jak to brzmi, dwie rozmowy, można by się zastanawiać, ile ja mam lat.

– Miałaś tego nie robić. To, co ktoś sobie może pomyśleć, ma najmniejsze znaczenie. Z doświadczenia ci powiem, że ci, co najszybciej oceniają innych, są najbardziej nieszczęśliwi. I na dodatek często nie zdają sobie z tego sprawy – wtrąciła Monika.

– Dobrze, już nie będę. – Lena uśmiechnęła się delikatnie. – W półtorej doby stał się prawie księciem z bajki. A chwilę później stał przede mną z krwi i kości.

– Stał przed tobą?!

Monika nie mogła ukryć zdziwienia. Spodziewała się jakiegoś twistu w tej opowieści, ale ten ją zdecydowanie zaskoczył.

– Stał przede mną – powtórzyła. – Wracałam z kolacji i niespodziewanie pojawił się przede mną. Okazało się, że miał apartament, z którego wychodziło się prosto na chodnik przed hotelem. Zobaczył mnie wcześniej tego dnia, kiedy byłam razem z rodziną, i potem ta cała rozmowa o wspólnym winie była taka trochę dwuznaczna z jego strony. Taki miał plan, zrobić mi niespodziankę.

– Byłaś o to zła? Że tak z tobą rozmawiał, wiedząc, że jesteście w tym samym hotelu?

– W sensie, że mnie oszukał? – Tym razem Lena spojrzała ze zdziwieniem na terapeutkę. – Nie, skąd, tego samego dnia mnie zobaczył, tego samego dnia mi o tym powiedział, a że wybrał taką formę? Podobało mi się to. Nasza rozmowa nabrała nowego wymiaru. W każdym razie zaprosił mnie na taras, a tam siedzieliśmy, rozmawialiśmy, piliśmy wino...

– Jak się czułaś?

– Wtedy czy trochę później?

– A co było trochę później?

– Trochę później... – zrobiła pauzę, żeby po krótkiej chwili dodać cichym głosem: – Kochaliśmy się.

– Nie uprawialiście seksu, tylko kochaliście się?

– Dokładnie tak. Mogłabym powiedzieć, że nie wiem, jak to się stało, że wino, że cudowna atmosfera, i tak jakoś wyszło. Tylko że to tak jakoś wcale nie wyszło. Myślę, że oboje wiedzieliśmy, że to się tak skończy i oboje do tego punktu zmierzaliśmy. Co jest o tyle dziwne, że mówimy tu o mnie. Pierwszy raz w życiu zrobiłam coś takiego, pierwszy raz w życiu pojechałam po bandzie, nie zastanawiając się nad konsekwencjami. Po prostu zrobiłam to, na co miałam ochotę.

– A jak się z tym czułaś? Bo to jest to później?

– Żeby dopełnić tego całego szaleństwa i odpowiedzieć ci na pytanie, muszę jeszcze chwilę pociągnąć historię. Oczywiście spędziłam noc u niego, ale to nie koniec. Rano, kiedy zbierałam się do swojego pokoju, siostra oczywiście się niepokoiła, on zaproponował mi, abym wprowadziła się do jego pokoju na te pięć dni, jakie mi zostały do wyjazdu.

– I?

– Oczywiście się zgodziłam.

– I...

– Jeśli pytasz, jak się czułam, to czułam się wolna. Po raz pierwszy w życiu nic nie musiałam, mało tego, robiłam to, na co miałam ochotę. Spędziłam jeszcze około pół dnia z siostrą, a reszta należała do nas. Wino, kąpiele w morzu, spacery, dużo rozmów i jeszcze więcej seksu. A potem jeszcze więcej. Gdybym nie była częścią tego, to nie uwierzyłabym, że tak można. Zdaję sobie sprawę, że niektórzy pewnie tak mają, ale ja z pewnością nie. To było wyzwalające w pewien sposób. Po całych latach pracy dwadzieścia cztery na siedem nagle miałam tydzień tylko dla siebie. A wiesz, co było najlepsze?

– Co?

– Dużo rozmawialiśmy i to nas połączyło, albo mnie z nim – dodała smutno – chociaż chciałabym, chcę wierzyć, że nas. Więź zbudowaliśmy na rozmowach i dzięki rozmowom, oczywiście seks z pewnością pomógł. To było tak, że dopiero się poznawaliśmy, a jednocześnie żaden ruch nie był zbędny. Tak, jakbyśmy się poznawali i znali jednocześnie. Idealnie i wszystko nie tak.

– Wszystko nie tak?

– Tak sobie mówiliśmy – Lena uśmiechnęła się – bo cała nasza znajomość była nie tak, że szybko i tak dalej, tak sobie żartowaliśmy. *Inside joke.*

Nagle na twarzy Leny pojawił się cień.

– Rozumiem, że coś się stało.

– Czas kończyć tę historię. – Lena starała się uśmiechnąć, ale nieskrywany smutek jej na to nie pozwolił. – To było idealne siedem dni, żyliśmy tak, jakby tylko te siedem dni istniało. Oczywiście gdzieś z tyłu głowy myślałam, co będzie ewentualnie dalej. Nie rozmawialiśmy o tym, ale wydawało mi się, że podchodzimy do siebie poważnie. Kiedy ze sobą byliśmy, nie wyczułam jednej fałszywej nuty, ale wszystkie oszukane kobiety pewnie to mówią.

– Oszukał cię?

– Sama nie wiem. Żyliśmy chwilą, przyszłość była gdzieś w niedomówieniu, mimo że ja zaczynałam o niej myśleć. Chodzi bardziej o to, jak się rozstaliśmy. Pod koniec tego naszego tygodnia miodowego zaczęłam wyczuwać jakieś napięcie u niego, nie dawał tego po sobie poznać, ale napięcie było. Teraz, kiedy o tym myślę, to może było tak od początku. Przerabiałam to w głowie już tyle razy – westchnęła ciężko.

– Ale jak się rozstaliście?

– Ostatniego dnia odwiózł mnie na lotnisko. Zaspaliśmy i musieliśmy się strasznie spieszyć. Kamil kierował i tak był skupiony na drodze, że nie mogliśmy spokojnie porozmawiać. Nie wiem, ile przepisów złamaliśmy, ale z pewnością całe mnóstwo. Do hali odpraw wpadliśmy dosłownie w ostatniej chwili, pożegnanie było szybkie, ale bardzo dokładnie je pamiętam. Jak wszystko zresztą – dodała z pewną rezygnacją.

Lena sięgnęła po filiżankę herbaty, która od początku spotkania stała nietknięta. Upiła trochę i uśmiechnęła się niewyraźnie do Moniki. Oczywiście, że pamiętała. Każde słowo.

– Wszystko – powtórzyła – mieliśmy się jeszcze zobaczyć, to nie miał być koniec, to miał być początek.

Teraz czuła, że łzy szykują się do ataku. Wyjęła chusteczkę i delikatnie otarła kąciki oczu.

– Pożegnaliśmy się i wsiadłam do samolotu. Jeszcze tylko zdążyłam napisać esemes. To był ostatni kontakt. Oczywiście po wylądowaniu również pisałam, ale nie było odzewu, więc w końcu wieczorem postanowiłam zadzwonić. Włączała się tylko poczta. Kiedy nie odpowiadał na esemesy, czułam niepokój, ale pomyślałam, że może pływa, może coś tam. Z tym, że nie przekonywały mnie te tłumaczenia, ponieważ Kamil, którego ja poznałam, od razu by mi odpowiedział. Kiedy zadzwoniłam i usłyszałam pocztę, wpadłam w lekką panikę. Zaraz pomyślałam, że może miał wypadek, jak wracał z lotniska. Zadzwoniłam do Ilony, mojej siostry, żeby poszła sprawdzić. Normalnie pewnie by się ze mną kłóciła albo robiła jakiś wykład, ale chyba brzmiałam na solidnie wystraszoną, bo bez dyskusji poszła do niego, aby sprawdzić, czy wszystko jest w porządku. Mało tego, kiedy okazało się, że pokój jest zamknięty na cztery spusty, poszła do recepcji. Tam się dowiedziała, że gość z tego pokoju wyprowadził się tego samego dnia koło południa. Po prostu zdał apartament i wyjechał.

Po ostatnim zdaniu Lena jakby zapadła się w sobie. Monice wydawało się, że jej pacjentka znalazła się właśnie w tamtej chwili, w tamtym czasie, kiedy spadł na nią ogrom oszustwa, którego padła ofiarą. Nieraz miała do czynienia z oszukanymi kobietami, z mężczyznami również, chociaż tym fałszywa duma zazwyczaj nie pozwalała za szybko przyznać się, iż zostali wystawieni do wiatru. Ale ten Kamil podniósł tę „sztukę" na nowy poziom. Czy Lena będzie w stanie taki stan rzeczy zaakceptować?

– Jak myślisz, co się stało? – spytała Monika po chwili.

Lena uśmiechnęła się smutno. Wyprostowała się, po chwilowej zapaści nie było już śladu.

– Pewnie chcesz usłyszeć, że przyznaję sama przed sobą, że zostałam oszukana, i to jest pewnie najbardziej prawdopodobne, ale…

– Ale nie jesteś przekonana?

– Ja wiem, że jestem jak klisza totalnej negacji. Okazało się, że żaden Kamil w tym apartamencie nie mieszkał. Rozumiesz, to nie było jego prawdziwe imię. Oczywiście nie podali mi, znaczy Ilonie, jego danych. Powiedzieli tylko, że żaden Kamil. Mało tego, powiedzieli, że mieszkający tam mężczyzna specjalnie zaznaczył, chociaż nie musiał, bo oni nie mają prawa zdradzać tożsamości gości obcym osobom, żeby jego danych nikomu nie podawać. Ewentualnie dać mu znać. Czy tak robi ktoś uczciwy? Odpowiedź jest jedna. Nie.

– Ale? Bo rozumiem, że jest jakieś „ale".

– Bo ja mu wierzyłam, wierzyłam, że to, co mówił, było szczere, że było prawdą, a jednak to, co mi dawał, nie było nim. Kimkolwiek był, nie Kamilem najwyraźniej.

– Oczywiście mogło tak być. Tak naprawdę nie wiesz, dlaczego zachował się tak, a nie inaczej, ale…

– Wątpisz, by pod tym kryło się coś więcej? – Lena popatrzyła uważnie na Monikę.

– Doświadczenie nauczyło mnie, że wszystko, no może prawie wszystko może się zdarzyć, ale w tym przypadku sama nie wiem. A ty? Jak to wygląda w tej chwili?

– Jak to wygląda w tej chwili? – Lena powtórzyła pytanie swojej psycholog. – Jestem tutaj i siedzę przed tobą.

– To z pewnością jest jakaś odpowiedź. – Monika pokiwała głową.

Lena spuściła wzrok, jakby się wstydziła tego, co za chwilę miała powiedzieć.

– Ja cały czas wierzę i wiem, że to jest żenujące, ale ja wierzę. Zakochałam się, chyba pierwszy raz mówię to na głos, zakochałam się, a następnie serce mi pękło, dosłownie mi pękło…

Przerwała na chwilę, widać było, że wypowiadanie kolejnych słów i kolejnych wyznań przychodzi jej z trudem.

– …pękło po wielokroć i pewnie pęka do dziś, a ja, głupia, wciąż wierzę, że to było prawdziwe i że był jakiś powód tego wszystkiego, co się stało potem. Wiem, co powiesz, że wolę świadomość, że coś było prawdziwe niż że najlepsze, co mi się w życiu uczuciowym przytrafiło, było kłamstwem. Może i tak, ale Kamil był prawdziwy.

Roześmiała się gorzko.

– Kamil był prawdziwy – powtórzyła z sarkazmem w głosie.

– Może imię nie ma znaczenia, może rzeczywiście był prawdziwy. Powinnam ci powiedzieć, że musisz spojrzeć prawdzie w oczy. Tylko jaka jest ta prawda? Nie mam prawa ani podstaw kwestionowania tego, co czujesz i co czułaś. Może istnieje powód, dla którego zrobił to, co zrobił, a wszystko, co mówił i co ci dawał, było prawdziwe. To ty musisz znaleźć spokój.

– Zostawił list – powiedziała Lena bardzo cicho. – Jedno słowo właściwie, w hotelowej kopercie, wepchnięte pod drzwiami do pokoju Ilony. Nie znalazła go od razu, bo chłopcy, wbiegając do środka, kopnęli go pod szafkę. Jedno słowo, „przepraszam".

Znowu zapadła cisza.

– Co byś zrobiła, gdybyś teraz go spotkała?

Lena uśmiechnęła się, a z oczu pociekły jej łzy.

– Chyba nie muszę ci mówić, doskonale znasz odpowiedź.

CZWARTEK, PAŹDZIERNIK

Prawie trzasnął drzwiami. „Decyzja należy do pana", przedrzeźnił swojego rozmówcę w myślach. Pewnie, że należy, teraz. Szkoda, że tamten nie dodał: „Łaski nam pan nie robi, na pana miejsce mamy wielu innych chętnych". Mógłby przysiąc, że o tym pomyślał. W sumie miałby rację. Tylko dlaczego nie mówili tak dziesięć miesięcy temu? Bo ten był pierwszy, który się zdecydował. Bo ten był jedyny.

Usiadł na chwilę w korytarzu, żeby odetchnąć. Nie powinien się złościć na niego. To nie była jego wina. Kiedy się u niego pojawił? Ponad tydzień temu. Powinien wściekać się na tego idiotę, u którego był w styczniu, i na każdego następnego po drodze. Chociaż może nie powinien być taki ostry. Mówili wyraźnie, że oni się tego nie podejmą, że odradzają, że za duże ryzyko.

Inna sprawa, że wielu ich wtedy nie było. Przyjął to, co usłyszał, wyniki badań wydawały się jednoznaczne, co do tego nie było żadnych wątpliwości. Szybko pogodził się z tym, co miało nadejść, najważniejsza była ochrona.

Teraz opinia, jak się okazało, była podobna, ale już stosunek do niej i przekonanie, co można zrobić, a co nie, były już całkowicie odmienne. Żadnych obietnic, olbrzymie ryzyko, szanse na sukces niewielkie, prawdopodobnie iluzoryczne, za to może być gorzej. Gorzej?! Zaśmiał się w duchu. To dopiero alternatywa. Gorzej niż teraz?

To wszystko pięknie, pomyślał, ale trzeba mieć jeszcze siłę i chęci. Może kiedyś te chęci by znalazł, może byłoby łatwiej dokonać takiego wyboru. Ale od wszystkiego, co zrobił, odwrotu nie było. Wszyscy sobie wszystko poukładali, no może nie wszyscy. Tego do końca nie wiedział. Czy zdecydowałby inaczej, gdyby miał taką alternatywę w styczniu? Jeśli tak, toby nie było lipca, a jakby nie było lipca, to… jaki byłby tego sens?

Chciał wstać i wyjść, ale nie miał siły się ruszyć. Kiedy myślał o tym, co wydarzyło się w ciągu ostatnich miesięcy, połączył to z tym, co przed chwilą usłyszał, po prostu osłabł, jakby coś wyciągnęło z niego ostatek energii. Prawdopodobnie była to adrenalina, która niedawno skoczyła do bardzo wysokiego poziomu, aby opaść, kiedy znalazł się na korytarzu.

Czy powinien skorzystać z porady, której tak szukał? Gwarancji nie było, a tak wiele mogło pójść źle. Mogło też pójść dobrze. Tylko po co? Przecież już wszystko pozałatwiał. Już właściwie był gotowy do drogi. Jakiej drogi? Uśmiechnął się do siebie. Chyba do podróży, i to bardzo krótkiej.

Oparł się rękami o oparcie fotela, gotowy, by wstać. Przynajmniej humor mu dopisywał. Czarny, co prawda, ale taki lubił najbardziej. Jak mawiał jego ulubiony brytyjski komik, który nie uznawał żadnego tabu: „życie jest jedno, więc dlaczego mamy się nie pośmiać". No właśnie, jedno i, koniec końców, nie za długie.

– Kamil?

Rozmyślania przerwał mu damski głos. Odruchowo spojrzał w przeciwną stronę niż ta, z której dochodził głos. Na korytarzu był sam, nie licząc kobiety, która wyraźnie mówiła do niego. To o niego jej chodziło. Była tylko jedna osoba, która mogła tak się do niego zwrócić.

– Kamil?! – powtórzyła pytanie.

Powoli podniósł głowę. Zanim ich oczy zdążyły się spotkać, drzwi gabinetu otworzyły się i wyszedł z nich mężczyzna, z którym sam przed chwilą rozmawiał.

– O, Lena – powiedział mężczyzna na widok kobiety. – Dobrze, że już jesteś – dodał, jednocześnie zamykając drzwi na klucz.

„Kamil" podniósł się z miejsca.

– Do widzenia – powiedział i nie patrząc na żadne z nich, skierował się do wyjścia.

* * *

Lena wyszła przed szpital i odetchnęła głęboko. Sama nie wiedziała, jak przetrwała ostatnie ponad dwie godziny. Jedno było pewne: wzniosła się na wyżyny profesjonalizmu. Została poproszona o pomoc i wywiązała się z tego, a jak tego dokonała, pewnie na zawsze pozostanie dla niej zagadką. Paweł, kolega, który prosił ją o przysługę w imieniu innego kolegi, onkologa, był bardzo zadowolony.

Hania, dwadzieścia pięć lat, ostatnie stadium raka piersi, podjęła próbę samobójczą i tylko przypadek sprawił, iż okazała się ona nieudana. Pielęgniarka postanowiła zajrzeć do pacjentki na prośbę koleżanki z dziennej zmiany, która zauważyła, że Hania tego dnia była jakaś wyjątkowo wesoła. Mimo całego bagażu, jaki dźwigała, była z natury dość pogodna, ale tamtego dnia było w tym coś nie do końca naturalnego. Na onkologii nie powinno to dziwić, ale zachowanie Hani dla kogoś, kto znał dziewczynę dosyć dobrze na co dzień, włączyło lampkę alarmową. Jak się okazało – słusznie.

Z drugiej strony... Dni dziewczyny były policzone, do tego dochodził ból tłumiony coraz mocniejszymi środkami plus bliska osoba, która patrzy, jak powoli znikasz. Czy pozbawienie jej możliwości oglądania całego procesu nie jest wyrazem miłości? Może Hania chciała po prostu odejść na własnych zasadach, a legalnie nie było to możliwe? Kto miał prawo o tym decydować? Na pewno nie Lena, na pewno nie świętoszkowaci głupcy, w których rękach leżało prawo.

Zdawała sobie świetnie sprawę, że przysięgała chronić życie. Tylko że czasami nie było co chronić, nie było już życia ani tym bardziej chęci do niego. Było tylko oczekiwanie na nieuniknione.

Gdyby paliła papierosy, to z pewnością by teraz jednego wyciągnęła. Zrobiła swoje, a dziewczynie przydałby się pewnie terapeuta. Tylko czy to miało jakiś sens? Nie do Leny należała decyzja. Swoją drogą, czy można było dziwić się

Hani, że miała dość? W wieku siedemnastu lat wyrzucona z domu, ponieważ miała odwagę powiedzieć, że spotyka się z dziewczyną. Kiedy ojciec powiedział, że ma się wynosić, bo takie „zboczenie i grzech przeciw ich Panu najwyższemu" pod jego dachem mieszkać nie będzie, ani matka, ani trójka starszego pełnoletniego rodzeństwa nie stanęli w jej obronie. Miała w tym wszystkim szczęście, jej dziewczyna była dwa lata starsza, już pracowała i jednocześnie studiowała zaocznie. Razem wszystko dźwignęły, Hania zdała maturę, a potem skończyła studia. I wtedy przyszedł wyrok. Na wszystko było już za późno. Można było tylko złagodzić fizyczny ból. Ten drugi rodzaj bólu można przepracować latami terapii, ale na to potrzeba więcej czasu. Hania go nie miała. Kiedy zadzwoniła do matki, aby powiedzieć o swoim stanie, w jakimś geście wyciągnięcia ręki, chociaż przez te wszystkie lata nikt się nią nie zainteresował, usłyszała, że dostała to, na co zasłużyła takim życiem.

Jakim życiem? Porządnym, uczciwym, pełnym szacunku do drugiego człowieka. Te cechy nie mieszczą się małym, wąskim, pełnym nienawiści światopoglądzie ludzi, którzy jednego dnia wyrzucają nieletnią córkę z domu, aby następnego przyjąć komunię w kościele. Ich córka była za dobra, zbyt pełna empatii i ciepła. Jakim cudem tam się uchowała? Hania stwierdziła w rozmowie z Leną, że wyrzucenie jej z domu było najlepszym, co jej się mogło przydarzyć… No, drugim najlepszym, bo pierwszym było spotkanie Joli, jej miłości.

Kiedy już po skończonej rozmowie Lena zobaczyła je obie razem, wiedziała, że widzi miłość. Czystą, prawdziwą, nieskażoną, jakby otaczało je niewidzialne pole, które chroni je przed całym złem tego świata. Jak ktokolwiek mógł odmawiać im prawa do tej miłości? Trzeba być po prostu złym człowiekiem. Nie nieświadomym, nie niedoinformowanym, to są za łatwe usprawiedliwienia. Trzeba być po prostu złym.

Łzy stanęły Lenie w oczach. Życie nie było sprawiedliwe. Słyszała wiele różnych historii i zawsze starała się wierzyć, że dobra jest więcej niż zła, ale w takich chwilach jak ta, kiedy dobro gasło, a nienawiść wylewała się na ulice, zaczynała mieć wątpliwości.

Spojrzała na zegarek i rozejrzała się dookoła. Miała jeszcze przynajmniej dwie godziny czekania. Wiedziała, że nie odejdzie stąd, dopóki nie spotka się z Pawłem. Przysługa za przysługę. Musi dowiedzieć się więcej o Kamilu albo raczej o mężczyźnie, który siedział na korytarzu. Po tym, jak go zobaczyła, pomyślała, że nie da rady wykonać prośby Pawła, a jednak wyłączyła się i przez dwie godziny była tylko Hania. Ale teraz dziewczyna stała się dla niej przeszłością, teraz był on.

Znowu zerknęła na zegarek. Od poprzedniego razu minęła ledwie minuta. W ten sposób daleko nie zajedzie. Myśli powędrowały do „Kamila". To był on, z całą pewnością, jakby trochę szczuplejszy, ale czy tak naprawdę zdążyła mu się przyjrzeć? Spojrzała na twarz, a właściwie na profil. Odezwała się, on zareagował tak, jakby to nie było jego imię, ale po chwili już wiedział. Ona wiedziała, że on wiedział. Nie chciał spojrzeć jej w oczy, bo wiedział. Wtedy wyszedł Paweł, a on uciekł. Dlaczego? Bo się wstydził, bo był tchórzem, a może było coś więcej.

Przez te wszystkie miesiące tak bardzo starała się racjonalizować i usprawiedliwiać to, co zrobił, że sama zaczęła w to wierzyć. Chciała go nienawidzić, ale miłość, czymkolwiek to było, zawsze wygrywała. Lena tak bardzo chciała w to wierzyć.

* * *

Podniósł się gwałtownie na nogi i prawie rzucił pilotem. Prawie, bo mimo targających nim nerwów nie chciał uszkodzić urządzenia. Zawsze się zastanawiał, jak nawet w nerwach można niszczyć swoją własność, a później trzeba to jeszcze posprzątać. Oczywiście na filmach wygląda to imponująco, ktoś wreszcie daje upust nagromadzonym emocjom, tylko czy potem czują się dobrze? Pewnie zależy od filmu. Ktoś by powiedział, że coś takiego pomaga. Może. On szczerze w to wątpił.

Dlaczego tak uciekł? Dlaczego się nie zatrzymał chociaż na chwilę?

– Bo było ci wstyd, bo jesteś tchórzem – powiedział na głos.

Słowa odbiły się od ścian pustego mieszkania.

Jedno i drugie było prawdą. Czyż nie myślał o niej często, czyż nie żałował tego, co zrobił? Na pierwsze pytanie odpowiedź była niestety twierdząca: tak, myślał o niej, tak, praktycznie przez cały czas. Dzięki temu starał się nie myśleć o niczym innym. Z mniejszym lub większym sukcesem, ale jednak o czymś innym, o kimś innym.

Wtedy na powierzchnię wchodziło „po drugie". Czy żałował? Oczywiście, że żałował. Wiele by dał, żeby to się tak nie skończyło. Gdyby spotkali się kiedyś, w innej sytuacji. Tylko że było bardzo mało prawdopodobne, a może wręcz niemożliwe, aby taka sytuacja w ogóle zaistniała. To musiało być wtedy albo nigdy. „Wtedy" zaistniało tylko z powodu „uwarunkowań", a one uniemożliwiały dalszy ciąg.

Nie po to zrywał więzi, aby później tworzyć nowe. Tylko że one stworzyły się same. Przy jego pomocy, ale same.

– Nic się nie tworzy samo! – ponownie krzyknął w przestrzeń.

Potrzebował tego, tęsknił za tym od lat, żeby poczuć coś, cokolwiek. Umarli z żoną wiele lat temu, potem stali się przyjaciółmi, bratem i siostrą. Nie było kłótni, nie było złej krwi ani żadnych awantur, skupieni na córce, gaśli powoli. Nie potrafiłby opisać początku ich związku, który jakiś przecież musiał być. Motyle w brzuchu. Namiętność. To musiało być. Początku końca też nie pamiętał. Po prostu wszystko wygasło, zniknęło i to w miarę szybko. Byli tego świadomi i próbowali jeszcze kilka razy wzniecać ogień. Za każdym razem starczało go na bardzo krótki czas. Za jakiś czas znowu i znowu. A czas od jednej próby do drugiej stopniowo rósł i rósł, by w końcu, żadnych prób już nie podejmować. Byli na swój sposób szczęśliwi. Dzielący razem prawie wszystko i to „prawie" robiło różnicę.

I nagle znalazł to „prawie". W najmniej oczekiwanym momencie. Kiedy Lena odezwała się do niego na lotnisku, od razu skoczył na główkę, bez zastanowienia, chciał poczuć to coś ostatni raz. Czy był nieuczciwy w stosunku do Leny? Zadawał sobie to pytanie milion razy. Wszystko, co mówił i czuł w tamtych chwilach, było prawdą, no prawie wszystko. I znowu to „prawie". Prawie był uczciwy, prawie był szczery, prawie mówił samą prawdę. Tylko czy ona powinna wiedzieć? Poznali się i poszli na całość, pojechali po bandzie. Czy ten tydzień byłby taki, gdyby o wszystkim jej powiedział? Odpowiedź była oczywista.

Nie podobało mu się to, co zrobił. Żałował tego, ale wiedział, że to było słuszne, że tak powinien uczynić.

I znowu, i w kółko. W innych warunkach, w innej sytuacji, powtarzał to do znudzenia. Po prostu dalej nie było wstępu, dla nikogo, bez wyjątków.

***

Lena popatrzyła na kartkę z adresem, zdobycie go nie było łatwe. Czekała na Pawła prawie trzy godziny. Był zdziwiony, kiedy ją zobaczył. Przez długą operację zupełnie wyleciało mu z głowy, że mu mówiła, że ma do niego sprawę. Podczas dłużących się nieskończenie godzin obmyślała, jak podejść kolegę, co wymyślić, żeby uzasadnić swoje pytania, ale niestety nic wiarygodnego nie wpadło jej do głowy. Pomyślała zresztą, że w przypadku odkrycia, że coś ściemnia, będzie o wiele większy wstyd, niż gdy powie prawdę. No może, prawie prawdę. Doskonale pamiętała zdziwienie na twarzy Pawła.

– Co potrzebujesz?

– Numer telefonu, a najlepiej adres pacjenta, który był u ciebie, zanim przyszłam, o ile to był twój pacjent. Siedział na korytarzu – wystrzeliła jak z karabinu.

Kiedyś z pewnością nie zadałaby takiego pytania, naginającego zasady etyczne związane z ich zawodem. Ale to było kiedyś, a teraz była zdeterminowana, teraz musiała zdobyć te dane, za wszelką cenę.

– Wiem, o kim mówisz – powiedział stanowczo.

Kiedy weszli do jego gabinetu, Paweł opadł na fotel, był bardzo zmęczony. Kiedy jednak Lena powiedziała, z czym przychodzi, momentalnie się wyprostował, a na jego twarzy widać było pewną czujność.

– Wiesz, że nie mogę dać ci tych informacji – bardziej stwierdził, niż spytał – ani żadnych innych, jeśli o tym mówimy.

Lena oczywiście zastanawiała się, dlaczego „Kamil" znalazł się akurat tutaj, przed gabinetem neurologa, ale tę myśl starała się od siebie odsunąć, a ponadto przyczyn mogło być mnóstwo. Czekała na Pawła i chciała adres, to było najważniejsze. Ale gdy znalazła się w zaciszu gabinetu, w którym z pewnością część pacjentów słyszała nie najlepsze dla siebie wiadomości, ogarnęło ją przerażenie. Parę godzin negacji wystarczyło, czuła, że będzie musiała stawić czoła faktom i że nie będą one przyjemne.

– Rozumiem, że są również „inne"?

– Słuchaj, Lena – Paweł z powrotem opadł na oparcie fotela – nie mogę z tobą rozmawiać o pacjentach – powiedział zmęczonym głosem.

– O Hani mogłeś?

– To nie fair, a ponadto Hania nie jest moją pacjentką.

– Wiem o tym, ale jest kolegi, a moją też nie jest, przyszłam z zewnątrz.

– To była kwestia życia lub śmierci.

– Wiem i rozumiem – powiedziała cichym głosem, w którym też wyczuwalne było zmęczenie, tym dniem i wszystkim, co się wydarzyło – poprosiłeś mnie i przyjechałam, bez żadnego pytania. Teraz ja proszę ciebie i jest to dla mnie bardzo ważne. Nie chcę wiedzieć, dlaczego tu był, chcę numer telefonu, a właściwie najlepiej to adres. Czy prosiłam cię kiedykolwiek o coś?

Paweł z rezygnacją zajrzał do komputera. Następnie przesunął kartkę z długopisem w stronę Leny i zaczął dyktować. Lena bez słowa zapisała adres oraz dwa numery telefonów.

– Drugi numer, pod którym jest adres, zawiera adnotację, żeby kontaktować się w ostateczności, może warto się do tego dostosować – poinformował beznamiętnym głosem.

Może warto, pomyślała, ale ja czekałam zbyt długo.

Wstała prawie bezszelestnie, podziękowała i wyszła z gabinetu. Została jej ta łatwiejsza część. A może wręcz przeciwnie.

* * *

Wyszedł spod prysznica i podszedł do umywalki. Popatrzył na swoje odbicie w lustrze. To, co zobaczył, niespecjalnie mu się spodobało. Czuł się zmęczony i stary. Nie był z tego powodu szczęśliwy. Zmęczony oczywiście czasami bywał, ale nie było to, jak zwykł mówić, prawdziwe zmęczenie. Pracował w korporacji, przy biurku i mimo że jego praca wymagała czasami większego wysiłku umysłowego, to był to w końcu tylko wysiłek umysłowy. Na ile mógł być męczący? No chyba że ktoś miał nieduży umysł... On nigdy nie patrzył na to w ten sposób. Ciężko to mieli ludzie pracujący fizycznie.

Mieli jedno dziecko, byli we dwoje i nawet biorąc pod uwagę pracę i fakt, że oboje poświęcali córce całą swoją uwagę i czasami bywali padnięci, tego też nie uznawał za zmęczenie. W każdym razie nie takie, na jakie można narzekać. Samotni rodzice – ci mieli ciężko.

Kiedy ćwiczył, biegał lub pływał, to był jego wybór. Nad tym pracował przez całe życie, nad dystansem, nad pewną perspektywą. Ludzie bardzo często o niej zapominali i przez to nie potrafili cieszyć się tym, co mieli. Oczywiście świat był pełen przypadków beznadziejnych, które choćby nie wiadomo jak się starały, to niczego dobrego by nie znalazły. Ale większość po prostu skupiała się nad tym, co może właśnie straciła, albo nad tym, co chciała mieć, zapominając całkowicie o stanie bieżącym, który zazwyczaj był bardziej niż dobry.

Ta perspektywa była mu dzisiaj bardziej potrzebna niż kiedykolwiek wcześniej, tylko czy on, człowiek, dla którego szklanka była zawsze w połowie pełna, był w stanie się jeszcze na nią zdobyć? Czy mógł skupić się na tym, co miał?

A co miał? Ostatni dzwonek i do tego taki naprawdę ostatni. Jak w teatrze, jeśli się nie przeciśnie przez drzwi, to na pewno nie zobaczy przedstawienia. Drogę przed sobą miał długą, a miejsca na przeciśnięcie się coraz mniej.

„Gdybyśmy spróbowali przynajmniej pół roku temu?" Pytanie, które usłyszał rano, wciąż kołatało mu w głowie. Gdybyśmy? Może gdyby pański kolega lub koledzy nie dali dupy, to może byśmy zaczęli.

Oparł się o umywalkę, pochylił głowę i zamknął oczy. Nie potrzebował tego teraz, tej wściekłości, tej złej energii, która nie mogła się doczekać, aby wypełnić go całego. Zawsze starał się być w miarę praktyczny i nie denerwować się na rzeczy, na które nie miał wpływu. Często budziło to zdziwienie u jego żony i córki. Jak mógł zachować spokój w sytuacjach, w których normalny człowiek chodziłby po ścianach, a przynajmniej coś by rozwalił. Szczerze mówiąc, sam się sobie dziwił. Może chciał być lepszy niż ludzie, którzy wybuchają z byle powodu, a może chciał pokazać córce, że tak można, że tak jest lepiej, że nie spalasz się z byle powodu. A może istniał inny powód, może ich wspólne małżeńskie życie było tak wyzute z emocji, że stał się w pewien sposób obojętny na bodźce zewnętrzne? Na szczęście Kinga nie sprawiała kłopotów ani tym bardziej sama większych nie miała, toteż mógł w sobie wyćwiczyć „mistrza zen". I zrobił to z sukcesem; prozaiczne sprawy, jak choćby praca, nie wyprowadzały go z równowagi. Nie było to łatwe, ale się tego nauczył.

Spokój i opanowanie. Zero niepotrzebnych emocji. Właściwie zero jakichkolwiek emocji, jeśli nie dotyczyły córki. Jak to robił, nie miał pojęcia. I tak to trwało. Na początku roku został jednak wybity z tego stanu. Na chwilę, szybko jednak podjął decyzję i wszystko wróciło do normy. Jako takiej, ale mimo wszystko normy. Sprawa była prosta. Droga się kończyła. Czy miał się denerwować? Kinga zdawała maturę, do tej pory był zawsze przy niej. Widocznie tyle miało wystarczyć. To i tak więcej, niż mieli inni.

Wyprostował się gwałtownie i potarł oczy. Wspomnienia to nie był dobry pomysł. Szybko się okazywało, że „mistrz zen" to taki nie do końca mistrz. Jeśli chodziło o Kingę, nigdy pewnie tak do końca nim się nim nie stał.

A teraz był jeszcze ktoś inny, kto pokazał mu, że istnieją emocje, że istnieje namiętność, że istnieje... No właśnie. Wiedział to już wtedy, trzeciej wspólnej nocy. Obudził się koło pierwszej całkowicie przytomny, co było o tyle dziwne, że usnęli może przed dwunastą. Patrzył na nią i wiedział. Wiedział również, że zostało jeszcze tylko kilka dni i musiał żyć nimi w pełni, bo więcej miało nie być.

Wszystko nie tak, jakby powiedziała, jakby powiedzieli.

Pokręcił głową, jakby chciał odgonić te wszystkie myśli. Wytarł resztki wody, które same nie zdążyły wyschnąć. Założył dres i wyszedł z łazienki. Podszedł do telewizora i usiadł na sofie. Włączył najpopularniejszy serwis streamingowy i szybko przeszedł do filmu, który ostatnio zaczął oglądać.

Wiedział, że się nie skupi. Koniec końców, Budda z niego żaden, już nie w każdym razie. Dwie rzeczy okupowały jego myśli. Ona i koniec. Koniec i ona.

* * *

Lena weszła na klatkę schodową. Miała szczęście. Starsza kobieta postanowiła wyprowadzić psa na spacer dokładnie w momencie, kiedy Lena podeszła do wejścia. Jeszcze przytrzymała drzwi, aby tamta bez problemu wyszła na zewnątrz.

Tak jest lepiej, pomyślała. Nie chciała dzwonić domofonem. Chciała spotkać się z nim twarzą w twarz. Inna sprawa, że im bliżej „Kamila" się znajdowała, tym bardziej była zdenerwowana. Dalej myślała o nim „Kamil". Paweł podał jej tylko adres, pewnie założył, że imię i nazwisko zna. Ona z kolei nie chciała się zdradzić ze swoją niewiedzą, to by mogło zrodzić dodatkowe pytania z jego strony. Pytania, na które z pewnością nie chciała odpowiadać.

A teraz stała tutaj, w zaciszu murów bloku i nie bardzo wiedziała, co dalej. Chciała go zobaczyć. Tęskniła za nim. Była wściekła na niego. Wszystkie te uczucia mieszały się ze sobą, tworząc jeden wielki mętlik. Do tej chwili każdy jej krok był pełen determinacji i zdecydowania. Nawet przez chwilę nie wahała się, gdy tylko nadarzyła się okazja zdobycia tego adresu. Nawet przez chwilę nie wahała się, kiedy trzeba było poprzestawiać harmonogram dnia, aby mogła się znaleźć w tym miejscu. Jak mówiła Monika, czas najwyższy, aby zrobić coś dla siebie. I Lena właśnie to robiła. Do tej chwili.

Niestety gdy tylko przekroczyła próg klatki, cała ta determinacja, całe to zdecydowanie, całe to robienie czegoś dla siebie gdzieś się ulotniły. Jakby nogi się pod nią ugięły. Co dokładnie ma powiedzieć? Wszystko miała wielokrotnie przetworzone w myślach, a teraz była tam tylko pustka.

– Im dłużej będziesz stać, tym będzie gorzej – powiedziała do siebie ściszonym głosem.

Spojrzała na kartkę, aby przypomnieć sobie numer mieszkania. Numer dziesięć. Po dwa mieszkania na piętrze minus parter. Wychodziło na to, że czekało ją wejście na czwarte, ostatnie piętro. Pewnie dlatego, żebym się dłużej wahała, pomyślała i ruszyła zdecydowanym krokiem w górę.

***

Keanu Reeves jako John Wick w iście baletowym stylu pokonywał nasłanych na niego gangsterów. Dalekie plany pojedynków świadczące o faktycznych umiejętnościach aktora stanowiły rzadkość w dzisiejszym kinie. Zazwyczaj szybki montaż miał tylko sprawić wrażenie, że aktor je posiadał. Ale nie w tym filmie, tutaj było inaczej, tutaj patrzenie na głównego bohatera, którego sprawność była wypadkową umiejętności aktora i pracy choreografa, stanowiło czystą przyjemność. Uwielbiał ten film, tak samo jak i drugą część, która w inteligentny sposób rozwinęła wątki pierwszej odsłony. Na przyszły rok zaplanowano premierę ostatniej części trylogii. Po otwartym finale drugiej już nie mógł się doczekać, jak się zakończy historia Johna Wicka.

Ciekawy dobór słów, pomyślał. „Nie mógł się doczekać". Powinien raczej powiedzieć: „mógł nie doczekać". Do zwrotu „skończy się historia" trudno było się przyczepić. Swoją drogą, bardzo chciałby poznać zakończenie opowieści o Johnie. Zawsze lubił Keanu, mimo że wielu odmawiało mu zdolności aktorskich, on sam zawsze chętnie sięgał po filmy z Reevesem.

* * *

Lena stanęła przed drzwiami. Ze środka dobiegały jakieś dźwięki. Ktoś był w mieszkaniu. A co, jeśli otworzy żona? Przecież mógł mieć żonę albo partnerkę, skoro już o tym mowa. Z góry założyła, że będzie sam, i przez ten cały czas przez myśl jej nie przeszło, że może tam być ktoś jeszcze.

Oczywiście dochodziła jeszcze kwestia miejsca, w którym go zobaczyła, ale to świadomie wyparła i ilekroć myśli o tym do niej wracały, odpychała je z całych sił. To nie był dobry czas na nie.

Szybko wymyśliła sobie wymówkę, gdyby nagle musiała zacząć kłamać, i wyciągnęła rękę w stronę dzwonka.

* * *

Nagle z rozmyślań wyrwał go dzwonek do drzwi. Wcisnął pauzę i spojrzał na zegarek. Dochodziła dziewiętnasta. Nikogo się nie spodziewał, ani dzisiaj, ani w sumie żadnego innego dnia. Dzwonek znów zabrzęczał irytującym tonem. Tak naprawdę wcześniej nie zdawał sobie nawet do końca sprawy, jak on brzmiał. To był chyba pierwszy raz, gdy ktoś go użył, odkąd się tutaj wprowadził.

Podszedł do drzwi i złapał za klamkę.

* * *

Lena usłyszała dźwięk przekręcanego klucza w zamku i zobaczyła opuszczającą się klamkę. Wszystko przeleciało jej przed oczami, od ich spotkania w Warszawie do szybkiego pożegnania na lotnisku, kiedy tak bardzo wierzyła, że to początek czegoś więcej. W ten październikowy, chłodny dzień wszystko było inne, tylko jedna rzecz nie uległa zmianie.

* * *

Otworzył drzwi i popatrzył zaskoczony. Tego widoku się nie spodziewał.

* * *

– Lena?! – Głos pełen zaskoczenia ledwo docierał do stojącej przed drzwiami kobiety. – Lena?! – padło ponownie. – Co tutaj robisz?

* * *

Nie zdążył zareagować, kiedy kobieta stojąca przed drzwiami rzuciła mu się na szyję. Przytulił ją mocno. Nie widzieli się tak długo. Rozmawiali ze sobą w miarę regularnie, ale kiedy ostatni raz widział swoją dziewczynkę? To musiało być pod koniec sierpnia, jeszcze przed wyjazdem do Poznania, gdzie zaczynała studia. Chciała wyjechać wcześniej, żeby znaleźć jakąś pracę na wrzesień i ją kontynuować już w mniejszym zakresie po tym, jak rozpocznie się rok akademicki.

Oboje byli dumni z córki. Nie musiała tego robić, ale chciała, dla siebie. Inną sprawą było pytanie, ile to potrwa. Powoli zaczynała narzekać, że nie wyrabia się z nauką i jest ciągle zmęczona, ale póki co pracowała. Dobrze było mieć te dodatkowe kilka złotych, a że to było rzeczywiście kilka złotych, to już co innego.

Zamknął drzwi i weszli do pokoju.

– Czym zasłużyłem sobie na taką wspaniałą niespodziankę? – spytał, kiedy już wygodnie usiedli.

– Muszą skończyć remont w naszym budynku, od pierwszego października mieliśmy zajęcia praktycznie na placu budowy i chyba władze wydziału uznały, że czas najwyższy zamknąć temat, bo będziemy się tak wozić w nieskończoność. Dali nam wolne do końca tygodnia. Wsiadłam w pociąg i jestem. Pomyślałam, że zrobię wam niespodziankę.

– I zrobiłaś, i zrobiłaś – powiedział.

– Masz echo? – roześmiała się.

– Owszem, ale działa tylko dla podkreślenia ważnych słów – odpowiedział z uśmiechem.

– Chyba że tak, bo inaczej byłoby męczące.

– Z mamą się widziałaś?

– Jeszcze nie. Pomyślałam, że przyjadę do ciebie najpierw.

Kinga czuła się trochę winna. Po separacji jakoś automatycznie stanęła po stronie matki, chociaż tak naprawdę nie było między rodzicami waśni. Ale to już zrozumiała troszkę później, kiedy emocje opadły. Doskonale pamiętała tę styczniową rozmowę, a właściwie to dwie rozmowy. Najpierw z tatą, w której oznajmił jej, że odchodzi i że jest to jego decyzja, i oczywiście że bardzo ją kocha. Jakby to ostatnie miało jakiekolwiek znaczenie w świetle wcześniejszych rewelacji. To była bardzo krótka rozmowa. Chciała, aby wyszedł, aby zniknął.

Tak też uczynił, ale nie dane jej było zostać samej ze swoją rozpaczą. Niedługo po nim przyszła mama i poprosiła ją na dół. Kiedy Kinga wreszcie zeszła, oboje siedzieli przy stole w jadalni. Tylko że to już nie była ich jadalnia, to już nie był ich dom. U nich był zawsze luz i bardziej śmiech niż smutek. Rodzice zawsze się starali, aby ona miała dobry nastrój. „Problemy rozwiązujemy, a smutki rozwiewamy", to było ich rodzinne motto. Tym razem nic nie miało zostać rozwiane.

Wtedy, tamtego dnia, chyba po raz pierwszy w jej życiu śmiechu nie było. Pojawił się za to grom z nieba. Totalnie niespodziewany, w pewien sposób burzący obraz idealnego świata jej rodziców. Jak się okazało, nie takiego idealnego. Rozwód to nie było nic szczególnego, nic, o czym wcześniej by nie słyszała. Prawie co druga koleżanka z jej klasy mieszkała z jednym z rodziców, a drugiego widywała w weekendy. Z opowiadań znajomych z pełnych rodzin można było wywnioskować, że ich rodzice byli ze sobą, aby stwarzać pozory.

U niej pozory się skończyły. Oboje rodzice byli zgodni, a przynajmniej mówili do niej jednym głosem: są i pozostaną przyjaciółmi, i zawsze będą jej rodzicami, ale teraz przyszedł czas, aby poszukali szczęścia na własną rękę. Nigdy się nie oszukiwali, zawsze byli wobec siebie szczerzy i teraz przyszedł ten moment. W pierwszej chwili była wściekła. Jakiego szczęścia, jaki moment przyszedł, a co z nią?

Wtedy głos zabrał on, znowu. Powiedział, że jest już pełnoletnia i dość dorosła, aby to zrozumieć. Coś, co było między jej rodzicami, powoli wygasło, stali się najlepszymi przyjaciółmi, stali się w pewnym sensie jak brat i siostra i w związku z tym postanowili ruszyć w przeciwnych kierunkach, póki był jeszcze czas.

Kinga nie poznawała tego człowieka, który był jej ojcem. Niby wszystko się zgadzało, ale to nie był on. Jakby jakiś obcy przejął jego ciało. Obcy, pozbawiony uczuć. Wszystko było takie zimne, jakby tata chciał ją odepchnąć od siebie. Jasne i logiczne. Doskonale rozumiała słowa, które usłyszała, ale miała wrażenie, że to nie byli oni. To nie był jej tatuś. Nie ten, którego miała zawsze przy sobie. Nie ten, który ocierał łzy i opatrywał zdarte łokcie i kolana. Nie ten, którego nie opuszczała na krok, a on nie opuszczał jej. To nie był on.

A jednak był. Dlaczego akurat teraz? Dlaczego na kilka miesięcy przed maturą? Wtedy znowu odezwał się on, jakby nie chciał dopuścić mamy do głosu. Bali się, że w pewien sposób pogarszające się relacje między nimi wpłyną na nią negatywnie. Jakie pogarszające się relacje, podobno byli przyjaciółmi?! Co może wpłynąć na nią gorzej niż rozwód? Trudno było sobie to wyobrazić. Na to nie miał odpowiedzi. Powiedział, że jest, jak jest. To był ich czas, aby pójść dalej.

Najgorsze wytłumaczenie z możliwych. Tak to wtedy widziała. Czuła się oszukana, zdradzona. Nienawidziła ich, nienawidziła oboje, ale jego bardziej. Jak mógł ją zostawić, tak po prostu? Oczywiście zapewniali, że nic się nie zmieni, że będą mieszkać blisko siebie i będzie mogła wybrać, z kim i ile chce przebywać.

Jak nic? Wszystko się zmieniło. Świat, który znała okazał się kłamstwem. Świat, który znała, przestał istnieć. Nic nie miało być już takie samo.

Paradoksalnie cała sytuacja wpłynęła na nią motywująco. Chciała mieć pewność, że wyjedzie, chciała mieć pewność, że dostanie się na uniwersytet w Poznaniu. Wcześniej nawet nie brała pod uwagę wyjazdu z domu, ale teraz domu już nie było. W grę wchodziła tylko szkoła w innym mieście. Żadne nie oponowało, nawet gdyby spróbowali, była w końcu dorosła, jak sami powiedzieli.

Musiała przyznać, że rzeczywiście się starali, aby „nic się nie zmieniło". Może tylko ojca było mniej. To jego winiła, za wszystko. Na początku pomyślała, że po prostu miał kogoś, ale mama zapewniła ją, że nic takiego się nie wydarzyło. Nigdy jej nie oszukał i była pewna, że tym razem też tak było. Kinga chciałaby czuć tę pewność, ale żadnych podstaw do wątpienia w jej słowa nie miała. Również przy tych nielicznych wizytach w jego mieszkaniu nic na to nie wskazywało. Ale nie byli już ze sobą tak blisko. Na dobrą sprawę nie wiedziała, czy to on się odsunął, czy ona sama.

Dopiero kiedy wyjechała i nie miała go na wyciągnięcie ręki, której tak bardzo nie chciała wyciągnąć przez te miesiące w domu, poczuła, jak bardzo jej go brakowało. Drugiego dnia pobytu w Poznaniu zadzwoniła do niego i od tej pory rozmawiali regularnie. A dzisiaj, kiedy go zobaczyła, wszystko puściło, z ogromnym trudem powstrzymała łzy. Musiała postać dłuższą chwilę przytulona, aby tego nie zauważył. Byli razem, znowu. Wyglądał inaczej, jakby był zmęczony, ale fakt był taki, że dawno się nie widzieli. Ona sama też się zmieniła.

– Ładny kolczyk – powiedział, patrząc na srebrną biżuterię po lewej stronie jej nosa.

– Podoba ci się? – spytała, odruchowo unosząc dłoń do góry.

– Owszem, skąd ten pomysł?

– Nie pamiętasz? Zawsze o nim rozmawialiśmy, ale mówiliście, że po maturze. No to jest po maturze. I zrobiłam to za zarobione pieniądze – dodała dumnie.

– Brawo! – uśmiechnął się do córki.

– I nie tylko o kolczyku rozmawialiśmy. Nie wiem, czy pamiętasz… Miało być na osiemnastkę, ale nie byłam pewna co i przesunęliśmy też na po maturze.

Oczywiście, że pamiętał. Było w domu kilka dyskusji nad tematem.

– A teraz już jesteś pewna, co chcesz sobie wytatuować? – spytał.

Na twarzy Kingi pojawił się szeroki uśmiech.

– To znaczy, że się zgadzasz?

– Ja nie muszę się na nic zgadzać. Decyzja należy do ciebie.

– Ale ja bym chciała, abyś się zgodził.

Moja dziewczynka, pomyślał, a wnętrze przeszył mu ból.

Uśmiechnął się.

– A co by to miało być?

Kinga wyciągnęła telefon i pokazała mu screen z Facebooka. Na zdjęciu widać było rysunek układu planet do złudzenia przypominający układ słoneczny z księżycem i słońcem i kilkoma małymi gwiazdkami.

Spojrzał na córkę pytająco.

– Co to znaczy? – spytała.

Kiwnął głową twierdząco.

– To jest symbol wszechświata, nieskończoności, czasu, na ich tle jesteśmy tylko pyłkami, nic nie znaczymy. A z drugiej strony, wszystko, co nas otacza, ludzie, którzy nas otaczają i nas kochają, są naszym światem, naszym życiem, a ono jest tylko jedno i musimy o tym pamiętać, zawsze.

Kinga spuściła wzrok.

– I to wszystko w tych kilku planetach? – spytał cicho.

– Tak – odpowiedziała ledwo słyszalnie.

– Lepiej i mądrzej bym tego nie ujął. Więc zgadzam się.

Podniosła głowę. W oczach miała łzy.

– Przepraszam, tato.

– Za co?

– Za to, jak się odsunęłam od ciebie, jakbym chciała cię ukarać…

– Przestań – wszedł jej w słowo – to my zrzuciliśmy na ciebie ten ciężar i cokolwiek z tego powodu czułaś, miałaś do tego wszelkie prawo.

To jest wyłącznie moja wina, pomyślał. Ale gdyby wypowiedział te słowa na głos, pojawiłyby się pytania, a na to pozwolić nie mógł.

Podniósł się i usiadł obok córki. Bez oporów wtuliła się w niego.

– Kocham cię, słoneczko.

– Ja ciebie też, tato.

Przez chwilę trwali przytuleni. W końcu odsunął się od niej i ponownie spojrzał jej w oczy.

– Ale jeszcze mama musi się zgodzić – powiedział z uśmiechem.

– Jasne – odpowiedziała, wycierając łzy, a uśmiech rozjaśnił jej twarz.

– A teraz mi powiedz, jak tam w Poznaniu.

Kinga zaczęła opowiadać o tym, jak powoli, ale systematycznie poznawała miasto, o szkole, o koleżankach, o współlokatorkach z wynajmowanego razem mieszkania. Jak się okazało, to też były studentki UAM, tylko że na innych kierunkach.

Słuchał tego wszystkiego, patrzył na siedzącą przed nim dziewczynę, widział uśmiech i przejęcie na jej twarzy, kiedy snuła swoją opowieść, i czuł szczęście. Nie miało jej tu być, nie powinna tu być, nie tak wszystko miało wyglądać, ale za nic w świecie nie oddałby tych chwil spędzonych z nią. Tęsknił za nimi, serce pękało mu po wielokroć, ale to była droga, którą wybrał, tak było lepiej, dla niej, dla nich.

Teraz dostał te kilka momentów radości. I to było wszystko.

* * *

Stwierdzenie, że była w szoku, kompletnie nie oddawało tego, co czuła, kiedy otworzyły się drzwi mieszkania numer dziesięć. Dobrze, że miała wymówkę. Czy była wiarygodna, biorąc pod uwagę fakt, komu miała ją „sprzedać"?

– Rozumiem, że nie mnie się spodziewałaś? – padło kolejne pytanie w jej kierunku.

– Nie. – Pierwszy szok minął. – Szukam dawnej przyjaciółki, Dagmary Kowalewskiej, wspólny znajomy podał mi ten adres.

Wyciągnęła kartkę w stronę gospodyni.

– Ten adres? – zdziwiła się. – Może mieszkała tu wcześniej, ja tu mieszkam od kilku miesięcy. Co prawda właścicielem był, o ile dobrze pamiętam, mężczyzna, ale mogła być jego żoną lub partnerką. Jeśli chcesz, to poszukam na niego namiarów.

– Tak, pewnie, jeśli to nie kłopot.

Lena nie spodziewała się, że tak płynnie jej to pójdzie. Po pierwszym szoku już nie było śladu, teraz musiała brnąć dalej i co najważniejsze: rozwiązać zagadkę tego nieszczęsnego adresu. Czyżby Paweł ją oszukał? Wydawało się to mało prawdopodobne. Ale niby dlaczego „Kamil" miał podać w szpitalu adres, pod którym nie przebywał? Czyżby nic, co się z nim wiązało, nie było prawdą? A może ten adres rzeczywiście podał wcześniej i był mężczyzną, od którego kobieta, którą Lena znała i która znała Lenę, kupiła to mieszkanie. Dużo tego „może". Im bardziej zbliżała się do tego mężczyzny, tym więcej znaków zapytania stawało na jej drodze.

– Wejdziesz?

– Pewnie, tylko że sesję miałyśmy wczoraj – powiedziała Lena z uśmiechem.

Monika roześmiała się.

– Myślisz, że nie robię sobie przerw od pracy?

Odsunęła się i wpuściła Lenę do środka. Salon wyglądał zupełnie inaczej niż gabinet. Meble były zdecydowanie starsze.

– Mój były mąż i ja właściwie też zawsze woleliśmy nowoczesny styl, a kiedy przeprowadziłam się tutaj, to okazało się, że mieszkanie jest pełne starych mebli i właściciel stwierdził, że ich nie chce. Część była w takim sobie stanie, ale miały swój klimat. Powiedziałam sobie, na nowej drodze życia postawię na vintage. Może to była potrzeba odmiany, nie wiem. Te, które tu widzisz, już są po delikatnej renowacji, a następne czekają w kolejce.

– A te namiary?

– Spieszy ci się? Okej. Musiałaś się dawno nie widzieć z tą przyjaciółką. – Monika popatrzyła uważnie na Lenę.

– Dawno – odparła niezrażona. – Mówiłaś, że nie analizujesz.

Monika roześmiała się.

– Chcesz o tym porozmawiać?

– Stawka wieczorna?

– Bez stawki – odparła Monika poważnie – widzę, że masz długi dzień za sobą, a do tego nie jestem osobą, której się spodziewałaś. Byłaś wyraźnie zawiedziona.

– Naprawdę? – Lena westchnęła z rezygnacją. – Aż tak to widać?

– Widać, że jesteś zmęczona. Może usiądziesz na chwilę?

Była zmęczona. Teraz to poczuła; kiedy adrenalina związana z potencjalnym spotkaniem odeszła, dosłownie opadła z sił. Sama się dziwiła, co sprawia, że w dalszym ciągu stoi na nogach. Podeszła do sofy i usiadła ciężko. Nie najmłodszy mebel aż skrzypnął. Spojrzała na niego z niepokojem.

– Jest mocniejszy, niż się wydaje – uśmiechnęła się gospodyni – podobnie jak ty.

– Wyglądam na słabą?

– Nie, chodziło mi bardziej o to, że jesteś silniejsza, niż myślisz.

– Tutaj się z tobą zgodzę, muszę być, skoro jestem tutaj dzisiaj.

Monika wyszła z pokoju, zostawiając Lenę samą. Ta opadła na oparcie, które zaskrzypiało. Jak w ogóle można korzystać z takich mebli? – pomyślała Lena. Jej takie starocie kojarzyły się raczej z dzieciństwem i z domem prababci. Jako dziecko bała się tej starej, krytej strzechą chałupki. Mimo że babcia z dziadkiem mieszkali w murowanym domu obok, prababcia nigdy się do niego nie przeprowadziła i mieszkała w swojej chatce do samej śmierci, która również tam ją zastała. Mogłoby się to wydawać niemądre – czuć się nieswojo wśród mebli – ale cóż, Lena nie umiała sobie z tym poradzić. Sama wybrałaby do domu inne meble.

Jej rozważania przerwał powrót Moniki. Psycholożka postawiła tackę z dwoma kubkami herbaty na stoliku, który najpewniej pamiętał Wielką Wojnę.

– To jednak będzie sesja? – spytała Lena, biorąc kubek do ręki i upijając odrobinę gorącego napoju.

– A może po prostu rozmowa, jak między dwiema przyjaciółkami?

Lena popatrzyła uważnie na Monikę. Od pierwszej wizyty poczuła sympatię do tej kobiety i kilka razy podczas tych paru sesji przeszło jej przez głowę, że mogłyby się zaprzyjaźnić.

– Bardzo chętnie – odpowiedziała. – A nasze sesje?

– Nie wiem, zobaczymy. To w tej chwili nie jest ważne.

– A co jest? – Lena spytała bardziej retorycznie.

– Ty i twój dzień.

W głosie Moniki słychać było wyraźną troskę, co nie umknęło Lenie. Uśmiechnęła się delikatnie. Gospodyni szybko się domyśliła, skąd ta reakcja.

– To wcale nie jest łatwe, tak się przestawić, sama pewnie wiesz.

Na sesjach, niezależnie od emocji, jakie mogły nią targać, Monika musiała zachować opanowanie i względny obiektywizm. Wtedy była w stu procentach profesjonalistką. Czasami ta maska pozornej obojętności utrzymywała się dłużej, niż Monika by chciała, jeszcze długo po sesjach. Wiedziała doskonale, że zdjęcie jej groziło wylaniem się traumy, z której często zwierzali się pacjenci. A im większa trauma, tym maska utrzymywała się dłużej, dopóki Monika sama jej nie przepracowała. Kto wie, jak wyglądałoby jej życie, gdyby nie zdecydowała się na inną ścieżkę kariery? Często zastanawiała się nad tym, czy na pewno nadaje się do tej pracy. Wyniki, jakie osiągała z pacjentami, mówiły, że to był bardzo dobry wybór. Jej życie osobiste twierdziło co innego.

Teraz zależało jej na tym, aby kobieta siedząca przed nią zobaczyła w niej kogoś innego niż terapeutkę.

– Miałaś ciężki dzień?

– I bardzo, bardzo długi.

– Kogo naprawdę szukałaś, jeśli mogę spytać?

– Jeśli po przyjacielsku, to pewnie, że możesz. – Lena uśmiechnęła się niewyraźnie. – Szczerze mówiąc, mam już dosyć tego dnia. Jestem poza domem od samego rana, na dodatek musiałam nakłamać córce, że mam nagłe wizyty i nie wiem, o której wrócę.

– I martwisz się, jak sobie dają radę? Chyba raczej sobie dają, to nie są maluchy.

– Wiem, ale wiesz, jak jest.

– Wiem doskonale – odparła Monika. – Ja też doskonale zdaję sobie sprawę, jak radzi sobie moja córka, ale najchętniej codziennie bym dzwoniła, aby się upewnić, że wszystko jest okej. Na szczęście robię to tylko co drugi dzień. Ponieważ w pozostałe dzwoni ona – dodała szybko.

Lena roześmiała się, po chwili dołączyła do niej Monika. Lena czuła coś wyzwalającego w tym nieskrępowanym śmiechu z obcą osobą, która z minuty na minutę stawała się jej coraz bliższa.

– Chyba tego potrzebowałam – stwierdziła Lena, kiedy już udało się im uspokoić. – To wszystko jest jakieś takie popieprzone.

– Wiem, „lampy w podłodze" – Monika wtrąciła cytat z *Seksmisji*.

– Żebyś wiedziała, „lampy w podłodze". Wszystko jest nie tak.

Lena poczuła, że łzy stają jej w oczach.

– To był taki nasz tekst. „Wszystko nie tak", że wszystko się tak szybko potoczyło, że tak szybko zaskoczyło, że taka chemia, teraz nie wiem, czy to po prostu nie było kolejne kłamstwo.

– Przecież mówiłaś, że nie wierzysz, aby to było kłamstwo, że czułaś to inaczej.

Lena uśmiechnęła się ironicznie.

– Znasz przecież te kobiety, co bez względu na to, jak przekonujące dowody zobaczą, w dalszym ciągu żyją w negacji. Może ja jestem jedną z nich. Może on mówił i robił to, czego oczekiwałam, a ja usilnie trzymam się tej bajki, ponieważ za nic w świecie nie chcę przyznać, że zostałam znowu wykorzystana. To było piękne, te siedem dni, może zbyt piękne, aby było prawdziwe. Nawet ten adres to kłamstwo.

– A co z tym adresem? – spytała z ciekawością Monika. – Rozumiem, że nie należał do twojej starej przyjaciółki.

– Nie, przepraszam za to.

– Nie masz za co przepraszać. Czy myślisz, że to poprzedni właściciel tego mieszkania?

– Nie wiem, taki adres był podany w szpitalu, aby tutaj kontaktować się w ostateczności, innego nie było.

– W szpitalu? – Na twarzy Moniki malowało się zdziwienie.

– Nawet nie pytaj. – Lena pokręciła głową.

Zaczęła opowiadać: o niespodziewanym spotkaniu w szpitalu, o oczekiwaniu na znajomego lekarza oraz o późniejszej rozmowie z nim. O zdobyciu adresu i o tym, jak nie spytała się o imię i nazwisko.

– Wyszłoby na to, że go nie znam, co oczywiście w jakimś sensie jest prawdą. Mam tylko adres, który, jak widać, do niczego się nie nadaje. No i mam numer telefonu.

– Skoro masz numer, to dlaczego do niego nie zadzwonisz?

Lena skrzywiła się, jakby ją coś zabolało.

– Nie chcę rozmawiać z nim przez telefon. Chcę spojrzeć mu w twarz i spytać dlaczego. Chcę to wiedzieć, tylko to.

– A jak ci powie, to co wtedy?

Lena zaśmiała się gorzko.

– Złamał mi serce, rozerwał je na kawałki. Nie chcę nawet wracać do tych dni po powrocie, sama zresztą wiesz, jak było. Jakaś część mnie tęskni za nim, za tym wyobrażeniem, za mężczyzną, którym był przez te pieprzone siedem dni.

– A może jest jakieś wytłumaczenie?

– Może – stwierdziła Lena z wyraźną rezygnacją w głosie. – Może jest, ale trudno mi je sobie wyobrazić.

– Poszukam tych dokumentów, chociaż to mój mąż zajmował się tymi sprawami, on wszystko załatwiał, sprzedaż naszego domu, kupno mieszkań, on je znalazł, ja tylko musiałam zaakceptować i podpisać odpowiednie dokumenty.

– Masz na myśli twojego byłego męża? Tak w trakcie rozwodu? – Tym razem to Lena nie kryła zaskoczenia.

– To skomplikowane. – Monika spojrzała na nią, a widząc jej pytające spojrzenie, dodała: – Wiem, wiem. Sama zaproponowałam, abyśmy rozmawiały jak przyjaciółka z przyjaciółką.

– Jeśli chcesz pogadać.

Uśmiechnęły się do siebie.

– Nigdy nikomu o tym nie mówiłam. Robert był, to znaczy jest… a może jednak był moim najlepszym przyjacielem. Wszystko omówiliśmy.

Smutny uśmiech pojawił się na jej twarzy.

– Byliśmy dobrym małżeństwem. Wiem, że śmiesznie to brzmi w świetle rozwodu, ale to prawda i moglibyśmy nadal być, gdyby nie Robert. To on powiedział, że chce rozwodu.

Widać było, że te wspomnienia nie przychodzą Monice łatwo.

– Wyjaśnił dlaczego?

– Mogę dokładnie zacytować: „Doszliśmy do końca naszej drogi, i ty, i ja wiemy, że jeśli jakieś uczucie nas kiedyś łączyło, to go już nie ma od bardzo dawna. Jesteś moją najlepszą przyjaciółką, ale tylko przyjaciółką, a to jest za mało. Kinga idzie na studia, jest już dorosła, a jeśli chodzi o nas, to jeszcze mamy szanse ułożyć sobie życie, jeszcze masz szansę na miłość, której ja ci nie dałem".

Lena zaniemówiła. Monika powiedziała o tym tak rzeczowo, jakby wszystko od dawna miała przemyślane. Był w tym chłód i Lena aż potarła ręce, jakby chciała się rozgrzać.

– Najgorsze w tym wszystkim było to – kontynuowała Monika – że to była prawda, cokolwiek nas łączyło kiedyś, powoli zaniknęło, a my na to pozwoliliśmy. Miłość przelaliśmy na córkę, a sami, o ironio, zamieniliśmy się w przyjaciół. Nawet nie zdawałam sobie sprawy, że coś takiego jest możliwe, nie znienawidziliśmy się, po prostu odsunęliśmy się od siebie. Tak naprawdę to ja się odcinałam, systematycznie, powoli. Nie chciałam przynosić pracy do domu, a niełatwo czasami było zostawiać ją przed drzwiami. On to rozumiał i zostawiał mi przestrzeń. I ta pieprzona przestrzeń się powiększała. Jednocześnie funkcjonowaliśmy jako bardzo zgodni rodzice. To było w pewien sposób schizofreniczne, stworzyliśmy idealną pozorną rodzinę.

– Dlaczego pozorną? Wasza miłość do córki była prawdziwa i z tego, co rozumie, to przyjaźń również. Jak myślisz, dużo jest małżeństw, które naprawdę się ze sobą przyjaźnią? Wy byliście wyjątkowi, wiedzieliście o tym, zaakceptowaliście ten fakt i ruszyliście dalej, prawda?

– Teraz ty mnie leczysz. – Monika uśmiechnęła się słabo.

– Tylko stwierdzam fakt.

– Pewnie.

Coś w tym jednak było. Kiedy Lena skupiała się na problemach pacjenta, wyłączała się na świat zewnętrzny. Był tylko on lub ona. W takim momencie jej osobisty świat nie istniał. Później w przeciwieństwie do Moniki potrafiła zostawić go za sobą. Nigdy nie potrzebowała przestrzeni. Ona potrzebowała kogoś, kto jej przestrzeń wypełni. Z perspektywy czasu myśl, że tą osobą miałby być Sławek, napawała przerażeniem, ale wtedy inna opcja była nie do pomyślenia. Kilku lekarzy, znajomych z pracy, próbowało wyjść poza sferę koleżeństwa, ale Lena nigdy do tego nie dopuściła. Może to był błąd, ale przecież miała dwoje małych dzieci i jedno duże w postaci męża do obsługi. A gdyby jednym z nich był „Kamil"? Oczywiście ze wszystkimi swoimi kłamstwami. Szybko odgoniła myśl, która była aż nazbyt prawdziwa.

– Czy ruszyliśmy dalej? – Monika powtórzyła pytanie Leny. – Sama nie wiem. Niewiele się wydarzyło w moim życiu od tamtej pory. To było takie nagłe.

– A on, Robert, nie miał nikogo?

– No właśnie nie. Gdyby przyszedł i powiedział, że znalazł miłość, której nie było w naszym małżeństwie, pewnie by mi serce pękło, ale bym zrozumiała, a to było takie przemyślane, chłodne. Miałam wrażenie, że to był inny człowiek, że coś się stało z moim mężem. Nagle ten ciepły i pełen humoru człowiek zniknął. Niby wszystko się zgadzało, ale tak jakby nie do końca. I nasza przyjaźń już nie jest taka sama. Robert odsunął się, oczywiście zawsze mogę na niego liczyć. Mieszka niedaleko. To on załatwił wszystko, żadne z nas nie chciało zostać w domu, a i do pracy bliżej i łatwiej. Sprzedaliśmy dom i kupiliśmy dwa nieduże mieszkania niedaleko siebie, przede wszystkim ze względu na Kingę, aby miała blisko do obojga, w zależności od tego, gdzie by chciała mieszkać.

– I gdzie chciała? Jak ona w ogóle to wszystko przeszła?

– Źle, winiła Roberta, a on wziął to na siebie, tak jakby chciał, aby go znienawidziła. Nie mogłam tego zrozumieć, do tej pory nie mogę. Córeczka tatusia zrobiła dokładnie to, czego chciał. Przez pierwsze miesiące tematu ojca w ogóle nie było. Uciekła w naukę, wiesz, matura za pasem…

– No właśnie – weszła jej w słowo Lena. – Trochę kiepski czas na rozstanie, w sumie mógł poczekać jeszcze pół roku.

– O tym samym pomyślałam, to było tak bardzo nie w jego stylu. Nigdy nie naraziłby Kingi na taki stres. Chyba chciał, żeby cała złość skupiła się na nim. Kinga oczywiście dała radę, zawsze była dobra, ale teraz wymyśliła sobie, że musi wyjechać i żeby to na pewno się stało, musi zdać jak najlepiej. I zdała z rewelacyjnym wynikiem.

– I wyjechała?

– Tak, do Poznania, studiuje filologię angielską.

– A jak jej relacje z ojcem?

– Z tego, co się orientuję, lepiej, wiem tyle, ile ona mi powie. Robert mnie zazwyczaj zbywa. Omawiamy sprawy dotyczące Kingi lub inne sprawy organizacyjne, których tak naprawdę już jest bardzo niewiele. Mamy ją. I tyle.

Smutek na twarzy Moniki był wyraźny, kiedy wypowiadała ostatnie słowa.

– Brakuje ci go? – Lena przyjrzała się uważnie nowej przyjaciółce.

– Próbujesz mnie rozczytać? – gospodyni uśmiechnęła się smutno.

– Nie utrudniasz tego jakoś szczególnie.

– Może to ja powinnam przyjść do ciebie?

– Do mnie się nie kwalifikujesz.

– Czy to profesjonalna opinia?

– Tak – stwierdziła Lena poważnym tonem – ale mogę ci coś delikatnego przepisać.

– Myślisz, że potrzebuję?

– Jak śpisz w nocy? – spytała Lena.

– Różnie, zazwyczaj nie dosypiam do rana.

– Coś na to zaradzimy. A teraz odpowiedz mi: brakuje ci go?

– A więc to pełna sesja – uśmiechnęła się Monika.

– Nie, to rozmowa, jak przyjaciółka z przyjaciółką.

PIĄTEK, PAŹDZIERNIK

Obudził go ból głowy tak wielki, że gdyby ktoś uderzył go wielkim młotem, prawdopodobnie bolałoby mniej, zwłaszcza że wtedy w najlepszym razie z pewnością straciłby przytomność. Teraz mógł tylko o tym marzyć. Zsunął się z łóżka i wyciągnął spod niego plastikową miskę. Doskonale wiedział, co teraz nastąpi. Zanim zdążył o tym pomyśleć, niestrawione resztki kolacji znalazły się w misce. Po dłuższej chwili podniósł się i wytarł twarz chusteczkami leżącymi na szafce przy łóżku. Położył się z powrotem na łóżku. Ból nie ustępował. Prawą ręką sięgnął w kierunku szafki, odsunął szufladę i nerwowo zaczął czegoś szukać. Po chwili wyciągnął plastikowe opakowanie po lekach; było puste, nie została w nim nawet jedna tabletka.

Westchnął ciężko. Zwykłe środki przeciwbólowe już dawno przestały działać. Te były na receptę, z jasnym ostrzeżeniem, że pod żadnym pozorem nie wolno ich brać więcej, niż przepisał lekarz. Czy przedawkowanie nie rozwiązałoby wszystkich problemów? Nie, odpowiedział sobie natychmiast w myślach. Nie przeżyłby wtedy tego cudownego wieczora z Kingą. Nie zdawał sobie sprawy z tego, jak bardzo za tym tęsknił, dopóki się nie zjawiła. Wyparł tę tęsknotę na tyle, na ile to było możliwe. Teraz wszystko wróciło jeszcze silniej, jeszcze mocniej. Zupełnie jak ten ból, na który już niewiele pomagało.

Miał cichą nadzieję, że córka śpi i że jego zmagania jej nie obudziły. Zawsze miała mocny sen, chociaż najmocniej spała w tygodniu, kiedy trzeba było wstać do szkoły. Wtedy można było strzelać z armat i nic. W weekendy sytuacja wyglądała zupełnie inaczej. Kiedy wracali z zakupów i zawsze starali zachowywać się jak najciszej, potrafiła zwlec się z łóżka i zejść na parter z pretensją, co się tak tłuką.

Uśmiechnął się do tych wspomnień. To już nie wróci, następnych też nie będzie, ale te miał, te przeżył, nikt mu ich nie odbierze. W tym momencie ponownie przeszył go ból. Nawroty były coraz częstsze i trwały coraz dłużej.

Musi się podnieść i sprzątnąć miskę. Smród się nasilał i z pewnością mógł wzbudzić zainteresowanie Kingi, gdyby teraz się obudziła czy choćby wstała do łazienki. Podniósł się powoli. Najpierw usiadł, po czym stanął na nogach. Otworzył okno i wystawił głowę na zewnątrz. Jesienny nocny chłód był orzeźwiający, przez chwilę dawał złudzenie łagodzenia bólu.

Po dłuższej chwili wycofał się do środka. Podniósł miskę i najciszej, jak się dało, wyszedł z sypialni. Wszedł do łazienki i umył miskę. Kiedy zbierał się do wyjścia, usłyszał ciche pukanie. Otworzył drzwi. Przed nim stała zaspana córka.

– Obudziłem cię? – spytał.

– Wiesz, mam wolne.

– Nic się nie zmieniło – stwierdził z uśmiechem.

Odpowiedziała tym samym.

– Jak muszę wstać do szkoły albo pracy, to nastawiam dwa budziki.

– Postaram się już się nie kręcić, ale niedługo muszę wyszykować się do pracy – powiedział przepraszająco.

– Mną się nie przejmuj, nawet jeśli mnie obudzisz, usnę, jak tylko wyjdziesz, bez problemu.

– Gdybyś chciała pojechać do mamy, to drugie klucze wiszą na haczyku w kuchni.

– Przecież mam klucze, już nie pamiętasz, że dałeś mi je, jak kupiłeś to mieszkanie? – przypomniała mu z uśmiechem.

– Tak pamiętam, ale… – zawahał się.

– Rzuciłam nimi i powiedziałam, że nigdy ich nie użyję.

Kinga spuściła wzrok. Delikatnie podniósł jej brodę do góry.

– Miałaś do tego prawo. Już o tym rozmawialiśmy i nie wracajmy do tego. Cieszę się, że je masz.

Nagle przytuliła się do niego.

– Brakowało mi tego – powiedziała. – Naszych wieczorów.

– Mnie też.

Nie zasłużyłem sobie na ciebie, pomyślał. Delikatnie odsunął ją od siebie i pocałował w czoło.

– Ale jeszcze wiele przed nami – dodał.

Kłamanie wychodzi ci coraz lepiej, przemknęło mu przez głowę.

– Jasne – odpowiedziała.

– Idę – spojrzał na zegarek – może jeszcze prześpię się z godzinkę. Do zobaczenia później.

Kinga zniknęła w łazience, a on odwrócił się i ruszył do pokoju. Zamknął za sobą drzwi. W pomieszczeniu było przeraźliwie zimno, ale nie zwaracal na to uwagi. Ból był nie do zniesienia. Położył się na łóżku i zwinął w kłębek, a ciałem zaczęły wstrząsać dreszcze. Nie powinno jej tu być, nie powinno.

* * *

Robert zakończył połączenie, zanim zdążyła wypowiedzieć ostatnie słowo. Odetchnęła głęboko; nie pozwoli się wyprowadzić z równowagi. Minęło prawie pełne dziewięć miesięcy od rozmowy, która przedefiniowała ich życie. Od chwili, kiedy jej mąż z dnia na dzień stał się kimś innym. Jak to w ogóle było możliwe, do tej pory stanowiło dla niej zagadkę. A co to mówiło o niej jako o psychologu, nawet nie chciała się zastanawiać. Technicznie rzecz ujmując, nie była lekarzem, ale w odniesieniu do własnej sytuacji chyba mogłaby powiedzieć, że lekarz nie powinien leczyć się sam. W tej konkurencji na pewno nie uzyskałaby wysokiej noty.

Czego nie widziała? Czy byli szczęśliwi? Na pewno szczęśliwsi niż większość ludzi, których znała. Oczywiście, Kinga była najważniejsza. Oczywiście, systematycznie odsuwali się od siebie, ale to było bardziej jak zamiana. Ile małżeństw żyje bez miłości? Pytanie retoryczne. Wyniki mogłyby przerażać. W ich przypadku namiętność przeszła w przyjaźń. Po narodzinach mała stała się ich oczkiem w głowie. Od pierwszej nocy w domu położyła się między nimi i już tak została. Łączyła i dzieliła. Oddali jej wszystko, co mieli, a dla nich samych już nic nie zostało. Nie oni pierwsi, nie ostatni. A może tej ich własnej miłości nie było tak wiele. Może starczyło na zakochanie i kilka pierwszych lat. Może właśnie dlatego tak zgodnie pozwolili namiętności się ulotnić. W sumie powinna być wdzięczna losowi, że tak się dobrali. Zawsze mogło być zdecydowanie gorzej. Takich historii poznała wiele, czasami wydawało jej się, że za wiele. Może to też był powód, że bardziej doceniała to, co miała.

Przyjaciele z benefitami. Tym właśnie byli. Okazjonalny seks był zawsze satysfakcjonujący. W oczach innych uchodzili za małżeństwo doskonałe, zgodne, uśmiechnięte, patrzące w jedną stronę. W stronę swojej dziewczynki. Tylko że to nie było jedynie to. Lubili spędzać ze sobą czas. Nieważne, czy było to pójście po zakupy, do teatru, na siłownię, czy oglądanie filmu na dvd. Robili wszystko razem.

Kiedy teraz o tym myślała, czuła się bardzo zagubiona. Jeśli było tak dobrze, to dlaczego znaleźli się w tym punkcie? Oczywiście, Robert miał rację, że miłości, takiej filmowej, obezwładniającej, dla której chce się żyć, nie było między nimi od bardzo dawna, jeśli w ogóle można było ich uczucie oceniać w takich kategoriach. Ale czy naprawdę jej potrzebowali? Przyjęła jego argumenty, bo doskonale wiedziała, że są prawdziwe, i w pierwszej chwili myślała, że znalazł sobie kogoś. Kiedy spytała wprost, był tak zaskoczony, że odniosła wrażenie, iż żałuje, że sam na to nie wpadł. Jakby potrzebował jakiegoś uzasadnienia swojej decyzji, a ten powód byłby sensowny, tylko on sam o nim nie pomyślał.

Kiedy poprzedniego wieczora Lena spytała, czy jej go brakuje, Monika nie wiedziała do końca, co odpowiedzieć. Brakowało go każdego dnia i czuła to, brakowało tej obecności. Żadne nowe obezwładniające uczucie nie wyskoczyło zza rogu, a na dodatek mężczyzna, z którym dzieliła większość swojego życia, nagle z niego zniknął. I nie chodziło tutaj o to, że nie mieszkali razem. On zniknął dosłownie. Zamiast niego pojawił się ktoś obcy, kogo Monika nie znała.

Brakowało jej Roberta. Nie jako męża; brakowało jej przyjaciela, z którym łączyło ją tak wiele. Świadomość, że nie ma pojęcia, gdzie jest i dlaczego zniknął, nie dawała jej spokoju. Była jak ciężar, którego nie sposób się pozbyć. Wiele razy powtarzała pacjentom, że nie ruszą z życiem do przodu, o ile nie skonfrontują swoich demonów z osobą za nie odpowiedzialną, jeśli było to możliwe. Istniała jeszcze możliwość pogodzenia się z tym, co gnębiło daną osobę, ale z doświadczenia wiedziała, że to się rzadko sprawdza. Oczywiście trudno było nazwać jej męża demonem, ale z pewnością osoba, która go „opętała", była czymś, co wymagało konfrontacji, dla jej spokoju.

Trudno jej było sobie wyobrazić osobę bardziej empatyczną czy pomocną od Roberta. Przynajmniej kiedyś. Teraz na samą myśl, że ma się do niego z czymś zwrócić, dostawała dreszczy. Nie żeby takich spraw było wiele, zresztą tak, jak powiedziała Lenie, głównie dotyczyły one ich córki, ale i tak starała się je ograniczyć do minimum. Na rozmowę decydowała się tylko w ostateczności, jeśli nie dało się załatwić sprawy esemesem.

Kiedy brała telefon do ręki, pomyślała, że może trochę zbyt pochopnie zaoferowała pomoc Lenie. Ale po pierwsze, teraz już nie mogła zawieść swojej nowej przyjaciółki, a informacja, której ta szukała, mogła się okazać bardzo ważna, A po drugie, sama była ciekawa zakończenia tej historii. No i bez przesady, może trochę koloryzowała, od ostatniej rozmowy z Robertem minęło trochę czasu i nie mogło być tak źle.

Oczywiście, że nie mogło. Było gorzej. Robert stał się opryskliwy i wyraźnie dał do zrozumienia, że jest to dla niego nie na rękę. Kiedy zaproponowała, że sama odbierze dokumenty, które i tak powinny być u niej, jego reakcja była taka, jakby za nic w świecie nie chciał się z nią spotkać. Koniec końców stanęło na tym, że niech ta znajoma przyjedzie i on jej udostępni, co będzie potrzebowała. Zajrzy sobie na miejscu. Robert wolał nie przesyłać nic mailem, w końcu bądź co bądź były to dane poufne. To już było w jego stylu. Prywatność wartością nadrzędną. Może demon w jej mężu przejmował cechy organizacyjne, a wysysał ludzkie.

Uśmiechnęła się pod nosem; lepiej nie będzie straszyć Leny tym demonem. Zadzwoni do przyjaciółki i przekaże informację. Dosyć rzeczową i strasznie mało elastyczną, ale to znowu nie bardzo dziwiło. A jak już to zrobi, może umówią się na następny dzień, na sobotę, miło by było spędzić ze sobą czas tak po prostu.

Monice spodobała się ta myśl. Przeniosła wzrok na zegar, za dziesięć minut przyjdzie pierwszy pacjent. Najlepiej, jeśli zrobi to od razu.

* * *

Kolejny dzień, kolejne wyczekiwanie, kolejne schody. Na szczęście przypadał weekend Sławka i nie musiała drugi wieczór z rzędu czuć się winna, że zostawia dzieci same.

– Dzieci? Serio, mamo? – spytała ją Ania, kiedy poprzedniego wieczora przepraszała za późny powrót. – Chyba powinniśmy się obrazić.

Brat wyjątkowo przytaknął swojej siostrze.

– Myślisz, że nie jesteśmy w stanie raz poradzić sobie bez ciebie? – dodał od siebie.

Oczywiście, oni mogli zapewniać, a ona i tak wiedziała lepiej. Uśmiechnęła się do tych myśli. Czas minął i jej maluchy nie były już takimi maluchami, jakimi je widziała. Dzisiaj w każdym razie ten dylemat nie istniał. Nie żeby akurat potrzebowała dużo wolnego, wchodzi, wita się, zdobywa potrzebne namiary i wychodzi. Ile czasu to może zająć?

Rano przeszło jej przez myśl, czy nie zrezygnować z tego planu. Dzisiaj czuła się lepiej niż w jakikolwiek inny dzień w ciągu ostatnich miesięcy. Wczorajszy rollercoaster dał jej do wiwatu. Wydarzyło się tak wiele, a kulminacją było zdobycie przyjaciółki. Może takie stwierdzenie było trochę na wyrost, ale miała wrażenie, że jakoś tak naturalnie sobie przypasowały. Ponadto Monika zaproponowała jej spotkanie następnego dnia, na co Lena chętnie wyraziła zgodę.

„Kamil" zszedł na drugi plan, przynajmniej na chwilę, i tego pragnęła się trzymać. Wiedziała, że to długo nie potrwa, że wróci szybciutko, wyskoczy z pudełka, w którym za wszelką cenę chciała go zamknąć.

Z przyszłotygodniowej sesji nici, pomyślała. W zaistniałej sytuacji to nie byłoby na miejscu. Teraz będą rozmawiać „jak przyjaciółka z przyjaciółką". Podobał się jej dźwięk tych słów. Ona zawsze miała Ilonę, a z kilkoma koleżankami, które można by określić mianem przyjaciółek, kontakty gdzieś rozmyły się na przestrzeni lat. Rozmawiały ze sobą bardzo okazjonalnie. Praca, dom, obowiązki, na dobrą sprawę nie było czasu. Kiedy parę lat temu wpadła na Bożenkę, koleżankę, z którą w czasie studiów praktycznie się nie rozstawała, po wymianie uprzejmości i co u kogo słychać niespecjalnie miały o czym rozmawiać i chyba obie doskonale zdały sobie z tego sprawę. Mimo kurtuazyjnej wymiany numerów żadna nigdy z niego nie skorzystała.

Trzymała się tej myśli o Monice, o przyjaciółce, jak jakiegoś koła ratunkowego, byle tylko utrzymać się na powierzchni. Wiedziała, że tuż pod nią czeka on. Była już zmęczona, miała dość. Chciała, żeby po prostu zniknął. Przecież czas leczy rany i tak dalej. A ta, którą jej zadał, wydawała się powiększać, jątrzyć. Można było odnieść wrażenie, że delikatnie mówiąc, czas jest lekarzem do dupy. Co prawda, miały za sobą tylko kilka sesji, ale już na drugiej Lena zorientowała się, że to donikąd nie prowadzi. Oczywiście wiadomo, że w takich sytuacjach nie ma szybkich rozwiązań, ale prawda była taka, że mogła chodzić nawet rok. Ciekawe, czy gdyby przez dwanaście miesięcy przepracowywała „Kamila", to czy doktor Czas by zadziałał.

Musiała doprowadzić sprawę do końca, zwłaszcza że miała trop. Postanowiła go odnaleźć, choćby po to, aby dowiedzieć się, dlaczego zrobił to, co zrobił, oraz żeby mu powiedzieć, co zrobił jej.

Na samo wspomnienie czasu zaraz po przyjeździe Lena zatrzymała się. Musiała głęboko odetchnąć. Mimo upływających miesięcy ból był ten sam. Zdrada i kłamstwo, a może po prostu strata. Musi się od tego uwolnić. Najpierw ten adres, za minutę wybije osiemnasta. Jeśli mąż Moniki jest taki dokładny, to powinien docenić jej punktualność. Spojrzała na zamknięte drzwi. Szybko załatwi sprawę i do domu.

* * *

Tego właśnie potrzebował. Wizyty koleżanki żony. Kiedy do niego zadzwoniła w tej sprawie, był niezadowolony. Nie potrzebował wizyt w piątkowy wieczór, przecież miał tyle planów, pomyślał ironicznie. Mógł obejrzeć film albo mógł obejrzeć film, i oczywiście istniała jeszcze trzecia opcja: mógł obejrzeć film. Odcięcie się od wszystkiego i wszystkich nie było łatwym procesem i kiedy już mu się to udało, pojechał na te pieprzone wakacje. Nikt poza nim nie chciał jechać, ani żona, ani córka. Nie chciały we dwie, nie chciały również w jakimś wybranym przez siebie towarzystwie.

Szkoda, żeby opłacony wyjazd się zmarnował, pomyślał wtedy. Przecież równie dobrze może być sam, tam, gdzie było ich miejsce. Będąc sam, mógł się zatopić we wspomnieniach, docenić to, co było, a nie skupiać na tym, czego już nie będzie. Ostatnia podróż, tak ją nazwał.

Jak się okazało, los lubił płatać figle. Pojawiła się ona. Na lotnisku doszło tylko do wymiany zdań z atrakcyjną kobietą, podobnie w samolocie. Nie przypominał sobie, kiedy tak z kimś rozmawiał. Tak swobodnie, bez zbytecznego napinania się, na granicy flirtu, a może to już był flirt? Skąd mógł to wiedzieć, to nie była jego domena.

Co było prawdziwe, to to, że dzięki niej znalazł się gdzieś indziej, w innym świecie, w równoległej rzeczywistości. Takiej samej, a jednocześnie całkowicie innej. Parę minut na lotnisku i troszkę więcej w samolocie, a oderwał się od wszystkiego. Znowu żył. Dlatego kiedy wcisnęła mu swój numer na lotnisku, nie wahał się długo. Kiedy zadzwonił do niej pierwszy raz, myślał, że przenosi się do jej świata. Że trochę rozmowy przyniesie ukojenie, zapomni o tym, co zrobił, zapomni o tym, co go czeka. Kilka niegroźnych minut konwersacji.

Następnego dnia ją zobaczył i stało się. Popłynął z prądem. Oddali się sobie kompletnie. Byli dorośli, wiedzieli, co robią. Ale tkwił w tym wszystkim jeden szkopuł. On nie oddał się całkowicie, on nie był szczery. Na początku chciał nawet uwierzyć, że tak może być. Zanurzył się w tym śnie, o sobie i o niej. Sen nie trwał długo. Nie mógł pociągnąć jej za sobą na dno. Nie zrobił tego ani żonie, ani córce, tym bardziej nie mógł tego zrobić jej. Kobiecie marzeń. Nie zasłużyła sobie.

Tylko czy zasłużyła sobie na to, co zrobił później? To pytanie zadawał sobie wielokrotnie w ciągu ostatnich miesięcy. Może gdyby był szczery i powiedział prawdę... Jeśli jednak ona poczuła do niego to, co on do niej, a wszystkie znaki na to wskazywały, z pewnością by od niego nie odeszła. Dla jej dobra prawda nie wchodziła w grę.

W tym przypadku to kłamstwo było wyzwoleniem, dla wszystkich, dla Moniki, dla Kingi i dla Leny.

* * *

– Proszę, otwarte! – usłyszała krzyk zza drzwi, po tym, jak nacisnęła dzwonek.

Delikatnie nacisnęła klamkę.

– Zapraszam do środka – ten sam głos, już spokojnie, zachęcił ją do wejścia.

Zamknęła za sobą drzwi i wolnym krokiem weszła dalej. Na końcu korytarza była kuchnia, skąd najwyraźniej doszedł ją głos gospodarza. Po lewej stronie mieścił się duży salon.

– Przepraszam, musiałem wyłączyć czajnik, jak się rozgwiżdże, to trudno... – głos zamarł mu w gardle.

Wyszedł z kuchni w stronę gościa i zaniemówił.

Tyle czekania, tyle szukania. Kiedy ostatni raz patrzyła w te oczy, wyobrażała sobie ten moment, tę chwilę, kiedy znów się spotkają. To miało nastąpić w ciągu tygodnia. Tak myślała wtedy, wiedziała, że rzuci mu się na szyję, że przytuli tak mocno, jakby od tego miało zależeć jej życie. To było oczywiste, to było jasne. Dwanaście godzin później już nic takie nie było.

– To numer sześć, prawda? – spytała, ciągle w szoku.

– Tak – potwierdził.

– Czyli ten adres nie będzie mi jednak potrzebny – stwierdziła.

Wiele razy odtwarzała w myślach tę chwilę. Miała nawet przygotowaną wypowiedź. Oczywiście wersja zmieniała się w zależności od kondycji psychicznej, w jakiej akurat się znajdowała. Teraz jednak żadne słowa nie przychodziły jej do głowy.

– Nie będzie? – spytał.

– Nie. To długa historia, a może raczej krótka, sama nie wiem.

– Wejdziesz? Usiądziesz. Może herbaty?

W pierwszym odruchu chciała wyjść, ale przecież właśnie na to czekała. To całe śledztwo było właśnie po to, a że rozwiązanie przyszło wcześniej... To było miłe zaskoczenie. Chyba miłe. Na pewno musiała uzyskać odpowiedzi na swoje pytania.

– Poproszę – odpowiedziała.

Weszła do salonu, który razem z otwartą kuchnią tworzył całkiem spore pomieszczenie. W porównaniu z mieszkaniem Moniki, tutaj miała do czynienia wręcz z ascetycznym wystrojem. Jedna sofa, mały stolik, telewizor przymocowany do ściany, poza tym żadnego sprzętu grającego. Wyglądało to tak, jakby ktoś się wprowadził, ale jeszcze do końca nie rozpakował. Kuchnia miała meble, ale odnosiło się wrażenie, że jest jakaś pusta. Lena była przekonana, że gdyby otworzyła szafki, to w środku znalazłaby najwyżej po jednym talerzu, każdego rodzaju. To wszystko było dziwne.

Po chwili przyniósł dwa kubki z herbatą. Jeden czarny, drugi z motywem „Hello Kitty".

– Mojej córki – powiedział, widząc zdziwione spojrzenie Leny. – Niestety nie mam cukru, jeśli potrzebujesz. Sam nie słodzę, a gości rzadko miewam.

Jeśli rzadko znaczy nigdy, pomyślał.

– Nie, nie słodzę – powiedziała.

– Herbaty raczej razem nie piliśmy, pamiętałbym – dodał cicho.

Zapadła cisza. Lena miała na podorędziu szybką odpowiedź, tak jak wielokrotnie tamtego pamiętnego tygodnia.

– Robert, tak? – spytała po dłuższej chwili, kiedy ciszę przerywały tylko drobne łyki herbaty.

– Przepraszam – powiedział prawie bezgłośnie.

– Słucham?

Lena doskonale słyszała szept Roberta, ale chciała usłyszeć go wyraźnie. Początkowa niepewność zaczęła powoli ustępować miejsca złości. W myślach przywołała się szybko do porządku. Spokojnie, musi uzyskać swoje odpowiedzi, ale żadnej taryfy ulgowej. W końcu to nie ona kłamała.

– Słucham? – powtórzyła pytanie.

Robert popatrzył jej w oczy. Zobaczyła to samo spojrzenie, którym ją wielokrotnie obdarzał. To był Kamil, to znaczy nie Kamil. Ale jej, ten sam, to znaczy nie jej i nie ten sam. Ten wyglądał na zmęczonego. Znała dosyć dobrze ten rodzaj zmęczenia, nie raz ani nie dwa go diagnozowała. W takich sytuacjach zlecała zwykle minimum trzy tygodnie zwolnienia oraz farmakologię, która i tak nie działała natychmiast. Ale może wyciągała zbyt pochopne wnioski, w końcu obiektywna z pewnością nie była.

– Przepraszam – powtórzył, tym razem normalnym tonem. – Przepraszam cię.

– Za co dokładnie?

Lena nie odpuszczała. Nie miała takiego zamiaru. Przebyła zbyt długą drogę.

– Za wszystko – usłyszała.

– Nie, nie, nie – pokręciła zdecydowanie głową – to nie jest odpowiedź!

Powiedziała to głośniej, niż zamierzała.

Miała prawo być zła, miała prawo być wściekła, pomyślał. Nie sądził, aby zwykłe „przepraszam" było w stanie załatwić cokolwiek. Z pewnością nie było; to, co zrobił, było niewybaczalne, i o to przecież chodziło. Jednocześnie wiele razy zastanawiał się nad słusznością tej decyzji i coraz rzadziej się z nią zgadzał. Wiedział, że tak powinno być, ale jednak.

Gdy teraz patrzył na tę kobietę siedzącą obok, nie był już niczego pewien, a gdyby mógł, toby cofnął wszystko. Byłoby to samolubne, ale cofnąłby. Drugi raz takiej decyzji by pewnie nie podjął. I kim byś wtedy się stał? – zapytał sam siebie. Decyzja była właściwa, głupia i bez sensu, ale właściwa.

– Możesz jaśniej? – ponagliła go.

Nie mamy całego dnia – aż chciałoby się dodać.

– Za uwiedzenie cię.

Lena parsknęła śmiechem, ale z wesołością nie miał on nic wspólnego.

– Za co?! Błagam, czy uważasz mnie za głupią, bo nie wiem! Wyjaśnij mi proszę. Chcę, żebyś normalnie ze mną porozmawiał. Odbyłam bardzo długą drogę, żeby tu się znaleźć, i chcę usłyszeć szczere odpowiedzi na moje pytania. Chcę usłyszeć prawdę, domyślam się, że wiesz, co to słowo znaczy. W końcu ktoś, kto kłamie, wie, że kłamie, w związku z czym musi znać również prawdę. Wydaje mi się, że jesteś mi to winien. Przynajmniej tyle.

Robert wziął głęboki oddech. Teraz należało podjąć decyzję.

– Pamiętasz, jak mówiłeś, że wszystko, co mówisz, jest szczere? Tamto chyba jednak możemy wyrzucić do kosza, ale teraz byłabym ci wdzięczna, zrób mi tę uprzejmość – dodała.

– Co chcesz wiedzieć? – spytał spokojnie.

Lena zamknęła na chwilę oczy. Wiedziała, z czym przyszła i o co chciała zapytać. Teraz należało to zrobić spokojnie, aby opanować falę emocji, którą wywoływała sama chęć wypowiedzenia tych słów.

– Co to było między nami? Czym to było dla ciebie? Dlaczego zniknąłeś w ten sposób? – spytała najspokojniej, jak potrafiła.

Robert doskonale znał odpowiedź na każde z tych pytań. Prawda, kłamstwo, półprawda, półkłamstwo. Był idiotą, to pewne. Pytanie, czy chciał to dodatkowo potwierdzić.

– Nic.

– Słucham?

Trudno powiedzieć, jakiej odpowiedzi się spodziewała, ale z pewnością nie było to trzyliterowe słowo. Najgorsze, jakie w tej sytuacji można było usłyszeć.

– To nic nie znaczyło – słowa cięły dalej – zabawiliśmy się, było nam dobrze, plaża, morze, seks. To było oczywiste od samego początku, myślałem, że się rozumiemy.

Lena popatrzyła Robertowi prosto w oczy. To nie był ten sam mężczyzna, którego poznała na lotnisku i z którym spędziła wspaniałe chwile. To nawet nie był ten człowiek, który jeszcze przed chwilą wpuścił ją do mieszkania i powiedział „przepraszam". Teraz z jego oczu bił chłód i swego rodzaju okrucieństwo.

– Ty naprawdę myślałaś, że to coś na poważnie? – Złośliwy uśmieszek pojawił się nagle w kąciku jego ust. – Ile ty masz lat? Myślałem, że jak wyrwę dorosłą, to nie będzie sobie roić nie wiadomo czego.

Lena czuła, że za chwilę zabraknie jej powietrza, najchętniej roztrzaskałaby ten kubek na jego głowie.

– Naprawdę myślałaś, że wyrwałem się od jednej, żeby wpaść w drugą? Jeśli w jakimś momencie, bo specjalnie nie pamiętam, co wygadywałem, powiedziałem, że jesteś inteligentna, to odwołuję to. Jesteś głupsza, niż mogłem przypuszczać.

Nie wiedział, kiedy padło uderzenie i czy najpierw usłyszał charakterystyczny plask, czy poczuł ból na policzku.

– Nienawidzę cię – powiedziała i wybiegła z mieszkania.

– I dobrze – powiedział w przestrzeń i opadł na sofę.

SOBOTA, PAŹDZIERNIK

Czy powinnam to robić? Monika po raz kolejny zadała sobie to pytanie. To prawda, że były umówione, i to prawda, że Lena się nie pojawiła. Przyczyn tego stanu rzeczy mogło być mnóstwo. Mogła zmienić zdanie albo mogło jej coś wypaść. Tylko że w takiej sytuacji na pewno by zadzwoniła. Co do tego Monika nie miała wątpliwości.

Wczoraj, kiedy proponowała Lenie spotkanie, wyraźnie słyszała w głosie przyjaciółki – chyba mogła tak o niej mówić, zwłaszcza w świetle tego, co o sobie wiedziały – entuzjazm. Nie sądziła, że mógł on tak nagle wyparować. Oczywiście mógł jej się rozładować telefon, ten argument też nie wydawał się bardzo przekonujący. Było tyle miejsc, gdzie dało się podładować baterię. Zaraz, to bez sensu. Monika czuła, że jej myśli stają się coraz bardziej chaotyczne.

Wróćmy do momentu, kiedy po raz pierwszy wkradł się niepokój. Siedziała w małej restauracyjce w centrum miasta.

Było sobotnie popołudnie, mało brakowało, a sama odwołałaby spotkanie. W piątek po południu zupełnie niespodziewanie odwiedziła ją córka. Okazało się, że przyjechała dzień wcześniej i spędziła noc u swojego ojca, co było o tyle niespodziewaną, co radosną informacją. Stosunki między Robertem a Kingą były dotąd napięte i wiadomość, że coś się w tej kwestii zmieniło, była naprawdę miła. W pierwszej chwili myślała, że córka zostanie do niedzieli, ale okazało się, że wpadła dosłownie na dwie doby, jedna była dla taty i jedna dla mamy. W tym wypadku rezygnacja z sobotnich planów nie była konieczna.

Dlatego Monika siedziała i czekała, a kiedy minęło piętnaście minut, sprawdziła godzinę oraz telefon. Zero wiadomości od Leny. Poczekała kolejne piętnaście i zadzwoniła, od razu włączyła się poczta. Spróbowała jeszcze kilka razy, ale rezultat był ten sam. Wtedy pomyślała, że może zadzwoni do Roberta, przecież miał się z nią wczoraj widzieć. Tak też uczyniła. Jej były mąż z nabytą jakiś czas temu „uprzejmością" oznajmił jej, że rzeczywiście jej koleżanka u niego była wczoraj przez chwilę i, jak to określił, „dostała to, po co przyszła".

Czyli ten adres, pomyślała Monika. Nie zdążyła dopytać, gdyż Robert już zdążył się rozłączyć. Cały „uroczy" on. Między kolejnymi próbami połączenia z Leną myśli Moniki pędziły z zawrotną prędkością. Może jeszcze wczoraj wybrała się pod zdobyty adres i coś się stało. Szybko odgoniła ten tok myślenia. Mogło być też tak, że spędziła tam noc i została na weekend. Mogło, ale po tym, co usłyszała na sesjach, ból, jaki ten osobnik zadał Lenie był zbyt wielki, aby tak po prostu wskoczyć do łóżka przy pierwszym spotkaniu. Z drugiej strony, jeszcze jedna rzecz była oczywista: uczucie Leny do tego człowieka nie było zwykłą miłostką. Jej nowa przyjaciółka, niezależnie od tego, czy była gotowa przyznać to przed sobą, kochała tego Kamila, czy jak miał tam na imię. W ciągu tych siedmiu dni zadurzyła się w nim kompletnie, a brutalne odrzucenie i niewiedza z nim związana sprawiły, że paradoksalnie uczucie jeszcze bardziej się umocniło i przez to ból był jeszcze większy.

Gdyby jednak brać pod uwagę nawet najbardziej optymistyczny scenariusz, to przecież Lena by ją poinformowała. Czy znały się na tyle, żeby Monika mogła być tego pewna? Tak, mogła, powiedziała do siebie zdecydowanie. Po czterdziestu minutach wstała, zapłaciła za wypitą wodę i wyszła. Dobrze, że nie zamówiła nic do jedzenia, bo kiedy przekroczyła próg lokalu, zapach potraw momentalnie uruchomił soki trawienne z jasnym przekazem prosto do mózgu. Kiedy jednak zaczął wkradać się niepokój, o głodzie szybko zapomniała.

Restaurację opuściła z jasno zarysowanym planem. Mogła oczywiście udać się do Roberta, zdobyć adres, który dał Lenie, i pojechać tam. Ostatecznie wybrała bezpieczniejsze rozwiązanie i ewentualnie mniej kompromitujące. Pojechała do swojego gabinetu, z karty spisała adres Leny i pojechała do niej.

Teraz kolejny raz dzwoniła do drzwi. Już miała odejść, ale wydało jej się, że usłyszała jakiś ruch dobiegający ze środka, postanowiła więc spróbować jeszcze raz. Drzwi się uchyliły.

– Zapomniałam o czymś? – do uszu Moniki dobiegł ledwo słyszalny szept.

Wszystko, na co było ją stać, to zasłonięcie sobie ust dłonią.

* * *

– Nie bywasz tu często?

Robert skierował głowę w kierunku, z którego padło pytanie. Na stołku obok siedziała kobieta, na pierwszy rzut oka mogła mieć około trzydziestu pięciu lat, ale równie dobrze mogła być po czterdziestce. Makijaż miała nienaganny, a fryzurę perfekcyjnie ułożoną. Wyglądała tak, jakby właśnie wyszła z salonu piękności. Chociaż patrząc na strój, pewnie było to spotkanie biznesowe. Miała w sobie pewność kogoś, kto już coś w życiu osiągnął, i to dzięki swojej pracy.

– Nie bywam? – odpowiedział pytaniem.

– Siedzę obok ciebie od kwadransa i nawet mnie nie zauważyłeś, o zaproponowaniu drinka nie wspominam – uśmiechnęła się szeroko.

Miała uśmiech jak z reklamy pasty do zębów połączonej z reklamą szminek. Robertowi nietrudno było sobie wyobrazić, że mężczyźni mogli się zabijać o jej zainteresowanie.

– Widzę, że sobie świetnie radzisz sama. – Jego wzrok spoczął na stojącym przed kobietą drinku.

– Ale ty już chyba gorzej. – Jej wzrok padł z kolei na pustą szklankę po piwie.

– Aż tak to widać? – pytanie zadał raczej sobie niż sąsiadce. – Jakoś daję radę. To nie jest moje pierwsze, wcześniej udało mi się zamówić kilka. Nie taki straszny ten wielki świat – dodał, rozglądając się wymownie po pubie.

– Myślałby kto, że taki jesteś niebywały – przyjrzała mu się uważnie – wyższa półka menadżerska, tak stawiam, finanse.

Robert roześmiał się, jednocześnie poklepując kieszenie spodni.

– Czego szukasz? – spytała.

– Portfela.

Nie obraziła się, tylko roześmiała. Widać, że miała do siebie dystans.

– Myślisz, że stamtąd bym to wiedziała. To jest drogie miejsce, a ty mimo że jesteś ubrany pozornie niechlujnie, to widać, że wszystko jest przemyślane, na luzie, idealnie dobrane i też nie tanie.

– Obserwuję Davida Beckhama na insta.

Ponownie się roześmiała.

– Victorię też? – spytała.

– Próbowałem, ale ciężko wcisnąć się w jej rzeczy.

Śmiała się już pełnym głosem. Parę głów obróciło się w ich stronę. Na towarzyszce Roberta nie zrobiło to jednak wrażenia. Nie wyglądała na kogoś, kto się przejmuje tym, co myślą inni.

– Może jestem z bogatego domu?

– Nie jesteś, znam paru takich – stwierdziła z pewnością w głosie.

– Okej, a o co chodziło z tymi finansami? Wyglądam jak księgowy?

– Owszem.

– Przystojny i dowcipny?

– Mniej więcej – odpowiedziała.

– Dobry strzał.

– To się nazywa instynkt. Mam na imię Iga.

Wyciągnęła do niego rękę.

– Ka… – zająknął się. – Robert – dokończył szybko.

Przypatrzyła mu się uważnie.

– To w końcu Ka czy Robert? Mnie jest obojętne.

– Robert. Ka to… – zawahał się.

– Pseudonim sceniczny.

Robert nie mógł powstrzymać uśmiechu, chociaż czuł, że to było ostatnie, co powinien zrobić.

– Można tak powiedzieć. Na jednorazowy występ.

– I to ten występ sprawił, że bawisz dzisiaj w tym pubie?

– To długa historia i nie chcesz jej słuchać – stwierdził.

– Masz rację, nie chcę.

Iga obróciła się w stronę baru i wskazała barmanowi pustą szklankę Roberta. Ten szybko wymienił ją na pełną.

– Tylko o czym będziemy rozmawiać? – spytała po chwili.

– Nie będziemy – odparł spokojnie.

Robert uniósł szklankę do ust i upił trochę złotego płynu. Ponownie utkwił wzrok w lustrze nad barem. W to miejsce patrzył przez ostatnie czterdzieści minut i uznał, że najwyższy czas do tego wrócić.

– Tak źle? – Iga najwyraźniej nie miała zamiaru odpuścić.

Robert spojrzał na nią.

– Przecież nie chcesz wysłuchać mojej historii.

– Nie chcę, ale może ty chcesz ją opowiedzieć.

– Nie – odparł. – To zbyt oczywiste, takie zwierzanie się w barze, i słabe na dodatek.

– Ludzie uwielbiają to robić – stwierdziła z delikatnym uśmiechem.

– Ludzie uwielbiają wiele rzeczy, ale to nie powód, aby ich naśladować.

– Okej. Czyli aż tak źle?

Robert roześmiał się.

– Dostrzegasz niekonsekwencję w tym, co robisz?

– Pewnie, ale tak jest fajnie. No to w skali od jednego do dziesięciu?

Robert przymknął na chwilę oczy. Nieco męczyła go ta natrętna kobieta. Pewnie kiedyś czułby się miło, że ktoś tak atrakcyjny się nim interesuje. Tylko że kiedyś nie byłoby go w tym pubie. Teraz zresztą też nie powinno go tu być, a już z pewnością nie powinien tyle pić. Ale kto bogatemu zabroni. Swoją drogą, idiotyczne powiedzenie. To chyba Bob Marley powiedział, że biedny jest ten, kto nie ma nic oprócz pieniędzy. Robert nigdy nie lubił tak zwanych złotych myśli, nawet jeśli były trafne. Przypominały mu o takich książkach z cytatami, których ludzie intelektualnie niewydolni uczyli się na pamięć, aby udawać kogoś, kim nie są.

On akurat był ostatnim człowiekiem, który pod tym względem mógłby kogoś oceniać. Co prawda to właśnie bycie sobą i nieudawanie nikogo zaprowadziło go na stanowisko, które zajmował. Kiedyś w zastępstwie kolegi

musiał przedstawić prezentację na zebraniu „najwyższych"
w firmie, w obecności gości z zagranicznej centrali. Był
trzeci w kolejności i dane, które miał do zaprezentowa-
nia, nie do końca odpowiadały temu, co jego bezpośredni
szef nazywał „politycznie poprawnym". Kiedy skończył,
część osób była w szoku, a część chciała go zabić, zaś parę
osób przyglądało mu się z zaciekawieniem. Na szczęście
ci zaciekawieni byli najważniejsi. Myślał, że na tym koniec
występów, ale wtedy totalnie z głupia frant spytano go, co
myśli o projektach przedstawionych wcześniej. Na szczęście słuchał, co w samo w sobie było nie lada wyczynem,
biorąc pod uwagę to, jak tragicznie nudne były te wystą-
pienia. Wykazując, ile pieniędzy jest wyrzucanych na pro-
jekty, które delikatnie mówiąc, nie były przemyślane, paru
osobom w sali z pewnością podniósł ciśnienie. Dokładnie
pamiętał, co wtedy pomyślał: „Chyba bardziej mnie już
nie znienawidzą, a może być zabawnie", i wyłożył w pełni
swoje zdanie. Szybko okazało się, że komuś u góry spodobała się jego bezpośredniość. Było to o tyle ciekawe, że
do tamtej chwili żył w przeświadczeniu, iż mówienie tego,
co się myśli, w korporacji może cię najwyżej zaprowadzić
na bruk. Widocznie tym razem był to tak zwany wyjątek
potwierdzający regułę.

Na spotkaniu z szefem szefów, kiedy ten spytał o ścieżkę
kariery, Robert powiedział jasno, że nie interesują go stanowiska głównego księgowego ani tym bardziej dyrektora
finansowego. Nie posiadał ani wiedzy, ani predyspozycji, ani
tym bardziej chęci, ale jeśli zostałby poproszony o anali-
zę projektów, które mają być lub są prowadzone w firmie,

obiecał, że szefostwo może z jego strony liczyć na rzetelną i realną ocenę. Jeśli miałby coś zaproponować, to mógłby zostać niezależnym konsultantem. Wiedział, że zagrał trochę va banque, ale jak często zdarzały się takie okazje? I dostał to, co chciał, a przy okazji znaczący wzrost pensji. Z czasem jego stanowisko się nie zmieniało, ale pozycja rosła – dzięki temu, że zasadę wyznawaną w codziennym życiu postanowił przenieść do korporacji. Kto by pomyślał, że prawda cię wyzwoli?

Ale to było kiedyś. Teraz on i prawda to były dwa odległe bieguny.

– Halo? – Iga pomachała mu ręką przed oczami. – Jesteś tam?

– Jeszcze jestem.

Robert ponownie napił się piwa.

– Pięć, a nawet sześć. – Pochylił się lekko ku Idze. – Na razie – dodał szeptem.

Roześmiała się; kto nie znał tekstu z *Seksmisji*?

– Liczysz na coś? – spytała wesoło.

– Nie, to ty liczysz – odparł z uśmiechem.

Iga pokręciła głową. Trafił swój na swego, przeszło jej przez myśl.

– Taki jesteś pewny siebie? – spytała.

– Nie, ale ty jesteś.

– Nawet się nie poznamy, tylko tak od razu do rzeczy?

– Nie chcesz mnie poznać, a à propos „do rzeczy", to tam też nie chcesz się udać.

– Widzę, że świetnie się orientujesz, czego ja chcę. Jakbyś mnie znał.

– Tego sobie nie przypisuję, ale wiem, że z pewnością nie lubisz, jak ktoś ci mówi, czego chcesz. Jeśli oczywiście znajdzie się ktoś, kto się odważy to zrobić.

– Ty się odważyłeś.

– I to cię nie zniechęca?

– Nie tak łatwo mnie zniechęcić – odpowiedziała poważnie. – Tak więc jesteś na mnie skazany.

Hollywoodzki uśmiech ponownie rozświetlił jej twarz.

To tak nie działa, pomyślał, to ludzie są skazani na mnie, a ja na takie sytuacje nie pozwalam.

* * *

Monika czekała, aż zagotuje się woda w czajniku. Kubek z kawą do zalania już czekał. Przed sekundą do kuchni weszła Lena. Wyglądała zdecydowanie lepiej niż pół godziny wcześniej, kiedy wpuszczała Monikę do mieszkania. W najmniejszym stopniu nie przypominała atrakcyjnej kobiety, którą była w rzeczywistości. Monika omal nie krzyknęła na jej widok; Lena miała podpuchnięte oczy i wyglądała jak ktoś, kto od dłuższego czasu nie rozstaje się z butelką. Co akurat nie było prawdą, ale Lena najwidoczniej musiała się bardzo starać, skoro osiągnęła taki efekt w ciągu niecałej doby.

Teraz była już przebrana, po prysznicu, i chociaż do dawnej Leny trochę jej jeszcze brakowało, było zdecydowanie lepiej.

– Przepraszam – powiedziała gospodyni, kiedy zajęła miejsce przy kuchennym stole.

– Przestań – odpowiedziała Monika.

– Powinnam była dać ci znać, że nie dam rady. Po prostu… – Lena zawiesiła głos.

Mówienie sprawiało jej wyraźną trudność.

– Po prostu straciłam poczucie czasu – dokończyła po dłuższej chwili.

Monika zalała dwa kubki wrzątkiem i usiadła naprzeciw Leny. Kawę postawiła na stole.

– Co się stało? – spytała z wyraźną troską w głosie.

– Wszystko i nic.

Lena spuściła głowę. Rezygnacja i smutek wyzierający z tych słów był tak wielki, że Monika czuła, jak jej pęka serce. Cokolwiek się wydarzyło, z pewnością położyło kres poszukiwaniom jej przyjaciółki. I z pewnością finał nie był taki, o jakim marzyła.

– Nie mam już sił. Nie wiem, jak sobie radziłam do tej pory. Naprawdę nie wiem. Wczoraj się rozsypałam. Dzieci na szczęście nie było, więc po prostu odpuściłam. Wstyd mi, że mnie taką widziałaś.

Monika podniosła rękę, dając znak, żeby Lena na chwilę przerwała.

– Proszę cię bardzo, bez takich. Ile już się znamy?

Na twarzy gospodyni pojawił się niewyraźny uśmiech.

– No właśnie – kontynuowała Monika – więc proszę, nie wyjeżdżaj mi z takimi.

– To się nie powtórzy, obiecuję.

Lena wzięła kubek w obie dłonie, podmuchała i upiła kilka łyków gorącego napoju.

– Znalazłaś go? – spytała Monika.

Lena uśmiechnęła się smutno.

– Znalazłam.

– Pod tym adresem od Roberta?

Lena popatrzyła niewidzącym wzrokiem na przyjaciółkę. Przez moment starała się ogarnąć pytanie. Adresem od Roberta, znaczy jej Kamila, a męża kobiety patrzącej teraz na nią troskliwym wzrokiem. Wydarzenia po wejściu do jego mieszkania potoczyły się tak szybko, że nawet nad tym faktem specjalnie się nie zastanowiła. A kiedy wyszła, było już po wszystkim i to nie miało znaczenia. Dopiero teraz ten dziwny zbieg okoliczności wypłynął ponownie. Tylko czy prawda miała jakieś znaczenie? W końcu mężem Moniki był Robert, a ona żadnego Roberta nie znała. Ona znała Kamila, który zniknął w dniu, kiedy wróciła do kraju. Także, technicznie rzecz ujmując, to były dwie różne osoby.

Ten mężczyzna z wczoraj na pewno nie był Kamilem. Negacja pełną gębą, pomyślała. Nie mógł być. Ludzie aż tak się nie zmieniają. Ludzie aż tak nie udają. Powtarzała sobie te zdania, z mniejszymi lub większymi przerwami, przez ostatnie dwadzieścia cztery godziny. Tak jakby całe doświadczenie zawodowe i życiowe chciała wyrzucić na śmietnik.

W pewnym momencie pożałowała, że tak szybko wyszła. W końcu po tym, co powiedział, już chyba nic gorszego nie mogła usłyszeć; mogła zostać i poszukać Kamila. Może i była naiwna, ale wierzyła, że on gdzieś tam był. Kolejną rzeczą, którą robiła przez ostatnie godziny, było besztanie się za taką naiwność. Wygarniała sobie od tych, co to nie mają za grosz wstydu i poczucia własnej wartości. Może jeszcze powinna go błagać. Trudno określić o co, ale tak, żeby dopełnić upadku.

Monika patrzyła na przyjaciółkę. Bardzo chciała ją pocieszyć, zdjąć trochę ciężaru z jej ramion. Wiedziała jednak, że czegokolwiek Lena musiała się pozbyć, do niej samej właśnie należała praca, którą trzeba było wykonać. Oczywiście musiała tego chcieć. A w takich przypadkach nie było to tak oczywiste, jak się mogło wydawać.

– Tak, pod tym adresem – odpowiedziała cicho, Lena wpatrując w kubek.

Gospodyni upiła kolejny łyk, po czym zaczęła opowieść, pomijając prawdziwą tożsamość Kamila. Zaczęła po prostu od wejścia do mieszkania. Historia nie była długa, a Lena potrafiła przytoczyć każde słowo, które padło.

– To było dziecinne – podsumowała policzek, który wymierzyła Robertowi.

Mężczyzna, którego uderzyła, to był Robert, a ten, którego znała Lena, to Kamil. Tak sobie wbiła do głowy.

– Nie wydaje mi się. To i tak był najmniejszy wymiar kary. Powinien dostać porządny… Wiesz, co mam na myśli.

– Wiem. – Lena uśmiechnęła się delikatnie. – Nie wiem, czy by mi to w czymś pomogło.

– Szczerze mówiąc, nie sądzę, ale może przez chwilę poczułabyś się lepiej.

– Nie wiem. Wiem natomiast, że po tym, jak go uderzyłam, to dosłownie przez sekundę wydawało mi się, że pojawił się on.

– Kamil?

Monika popatrzyła uważniej na przyjaciółkę. Martwiła ją jej wiara za wszelką cenę, że gdzieś tam był ten człowiek, którego poznała podczas urlopu. Historia wydawała się prosta.

Jakiś podrywacz wykorzystał fakt, że Lena potrzebowała miłości, a gdzie było lepsze miejsce niż nadmorski kurort? Plaża, zachody słońca, romantyczne kolacje i seks może i zalatywały tandetą, ale tak naprawdę tylko wtedy, gdy się o nich mówiło, kiedy się je wyśmiewało. Gdyby postawić nas przed wyborem przeżycia czegoś takiego i w takich okolicznościach, większość wybrałaby tę opcję bez wahania.

Kiedy Monika po raz pierwszy usłyszała tę historię, starała się spojrzeń na nią oczami Leny. Nietrudno było uwierzyć w jej bajkową część. Lena w nią wierzyła. Wierzyła w szczerość, wierzyła w miłość. Była jej tak spragniona, że zanurzyła się w niej kompletnie. I nawet kiedy przyszło nagłe i bolesne zakończenie, chciała za wszelką cenę wyjaśnić zagadkę, która się za nim kryła. Cały czas wierząc, że to, co się stało, miało swój powód, że jej bajka była prawdziwa i że ona sama mogła do niej wrócić.

Lena nie mówiła tego na głos. Na zewnątrz zachowywała raczej trzeźwy osąd sytuacji, ale w głębi duszy pragnęła, aby ten cały Kamil był prawdziwy. Nawet teraz, mimo zdarzeń poprzedniego wieczora, kiedy tak brutalnie się z nią obszedł, szukała punktu zaczepienia. Tak jakby nie chciała za nic w świecie dopuścić do siebie myśli, że jej bajka była kłamstwem.

– Jestem beznadziejnym przypadkiem? – spytała, widząc minę przyjaciółki.

– Gdybyś była moją pacjentką… – zaczęła Monika.

– Ale już nie jestem – weszła jej w słowo Lena.

– To prawda, nie jesteś.

– W związku z tym oczekuję prawdy. Poproszę mocno i bez cackania się.

Niby od tego są przyjaciółki, pomyślała Monika.

– Może ja z nim porozmawiam? – wypaliła nagle.

– Co?! – wykrzyknęła Lena.

Monika aż podskoczyła. Zdawała sobie sprawę, że nie był to najlepszy pomysł, i nie bardzo wiedziała, co dobrego miał jej przynieść. Na dodatek zamiast wreszcie skończyć to wszystko, dawał Lenie światełko nadziei, że może nie wszystko jest takie, jakie się wydaje. Dlaczego zamiast zachęcić przyjaciółkę do zmierzenia się ze smutnymi faktami, zaproponowała jej coś takiego?

– No nie wiem, może gdybym go zobaczyła, zamieniła kilka słów… – Monika brnęła dalej.

– Dziękuję ci bardzo, ale to nie jest dobry pomysł – Lena wypowiedziała te słowa stanowczym tonem.

– Jesteś pewna?

– Tak.

Monice częściowo spadł kamień z serca, ale reakcja wydała się jej nieco przesadzona. A z drugiej strony, biorąc pod uwagę to, co się wydarzyło, trudno było do końca obiektywnie oceniać jakiekolwiek reakcje Leny.

– To ja powinnam tam pójść jeszcze raz – wystrzeliła nagle.

Teraz Monika była jeszcze bardziej zaskoczona.

– A po co? – spytała najspokojniej, jak umiała.

Lena uśmiechnęła się smutno.

– Myślisz, że nie powinnam?

– Myślę, że nie powinnaś – Monika wzięła głęboki oddech – myślę, że musisz spojrzeć prawdzie w oczy. Nie chcę oceniać tego, co było na urlopie. Wydaje się logiczne, że to była jakaś gra, ale nie było mnie tam. Natomiast fakt rozstania, a następnie wasze wczorajsze spotkanie, tak jakby nie pozostawiają wątpliwości.

– Nie pozostawiają? – Lena bardziej spytała, niż stwierdziła.

– Naprawdę uważasz, że są jakieś wątpliwości?

– On gdzieś tam był – Lena nagle wybuchnęła płaczem.

Monika wstała, obeszła stół i usiadła na krześle obok przyjaciółki. Objęła ją ramieniem. Tamta wtuliła się w nią natychmiast.

Miłość, pomyślała Monika. Teraz była wolna, świat stał przed nią otworem. Tak jak i przed Robertem, ale z tego, co się orientowała, żadne z nich z tej wolności nie skorzystało. Może w ich związku chemia nie iskrzyła na każdym kroku, ale czy tak nie było lepiej? Dwoje ludzi, wzajemnie się szanujących, którzy – co chyba najważniejsze i w sumie nieczęsto spotykane – lubili spędzać razem czas. Układ jak najbardziej korzystny. O wiele gorsze związki popadały pod definicję małżeństwa.

A może jednak Robert miał rację i gdzieś tkwiła ta tęsknota za czymś więcej? Paradoksalnie, kiedy tuliła do siebie płaczącą przyjaciółkę, na jakimś poziomie zazdrościła jej. Chyba masochistyczno-perwersyjnym, dodała szybko w myślach. Ale nawet jeśli był to właśnie taki poziom, to wciąż było to życie. Kiedy czuła Lenę obok siebie, jej własne serce też pękało z bólu. Ale żeby to się stało, najpierw musiała przeżyć swoją bajkę. Czy było warto? Na to pytanie nie znalazłaby w tej chwili dobrej odpowiedzi.

Lena zaryzykowała, podjęła próbę, zakochała się i teraz płaciła tego cenę. Ale zdecydowała się ruszyć w tę podróż, nie wiedząc, jak ona się skończy. Oddała się temu uczuciu. Monika była na sto procent pewna, że nawet teraz Lena powiedziałaby, że nie żałuje tamtego letniego tygodnia. Może rzeczywiście miłość gdzieś tam jest, tylko trzeba dać jej szansę, tylko trzeba jej poszukać.

Jej myśli powędrowały do Roberta. A może ta miłość była cały czas obok, tylko nie dali jej szansy? Kiedy Robert zażądał rozwodu, była w szoku i w pierwszej chwili czuła złość i żal, ale później, kiedy emocje opadły, musiała przyznać mu rację. Argumenty były nie do podważenia, przyjęła je. Ale może... nie, zły trop. Byli przyjaciółmi, to prawda, ale miłość się wypaliła. Zresztą teraz Robert bardzo się starał, aby z przyjaźnią stało się tak samo.

Z drugiej strony... Patrzyła na Lenę i zastanawiała się, czy chciałaby coś takiego przeżywać. Okej, nie każdy kończył w ten sposób, ale statystycznie rzecz ujmując, związków z *happy endem* było znacznie mniej. Ktoś kiedyś powiedział, że jest małe kłamstwo, duże kłamstwo i statystyka, i pewnie w tym stwierdzeniu było trochę prawdy. Każdy przypadek był inny, trzeba tylko wyjść i się przekonać.

Może z nią też było coś nie tak. Właśnie pocieszała przyjaciółkę, której złamano serce, i jednocześnie jej myśli krążyły wokół miłości, potencjalnego związku, który mógł czekać za rogiem. Ale najgorsze w tym wszystkim było, że od razu wracała myślami do swojego byłego męża.

Skup się na Lenie, przywołała się do porządku.

Jej przyjaciółka w najmniejszym stopniu nie odczuła pogoni myśli w głowie Moniki. Po raz pierwszy w pełni dała upust nagromadzonym w niej emocjom i na tym była skupiona. Potrzebowała tylko czyjegoś ramienia, w które mogła się wypłakać.

Lena podniosła się i otarła oczy podaną przez Monikę chusteczką. Uśmiechnęła się smutno pod nosem i spojrzała na przyjaciółkę.

– Chciałabym powiedzieć, że to koniec, ale cóż, wiesz, jak jest.

Monika pokiwała głową ze zrozumieniem. Lenę czekała jeszcze długa droga i wcale nie było pewne, że zobaczy jej koniec. Co gorsza, wcale nie było pewne, czy ten koniec chce ona w ogóle zobaczyć.

STYCZEŃ,

DZIEWIĘĆ MIESIĘCY WCZEŚNIEJ

─────────────────

– Jakie są objawy?

– Mam potworne bóle głowy, od czasu do czasu, oczywiście – dodał szybko.

– Oczywiście – uśmiechnął się lekarz.

Zapewnienie „twardziela", pomyślał. Jakby nie można było przyjść z bólem głowy do lekarza. Oczywiście w ponad dziewięćdziesięciu procentach przypadków przyczyny były łatwe do wyleczenia, ale zdarzało się, że ból był objawem poważniejszej choroby.

– Żona kazała mi przyjść. – Mężczyzna w dalszym ciągu się tłumaczył.

– Zmierzymy ciśnienie, proszę podwinąć rękaw koszuli.

Mężczyzna wykonał polecenie.

– 145/90 – odczytał wynik lekarz.

– To za dużo, prawda?

– Trochę tak. Czy spieszył pan się do mnie?

– Szczerze, to musiałem trochę podbiec.

Lekarz nic nie odpowiedział, tylko coś zapisał w karcie.

– Czy zdarzały się jeszcze inne objawy?

Widać było wyraźnie, że mężczyzna się waha. Ten strach, żeby nie zostać posądzonym o histeryzowanie. A mówi się, że mężczyźni to tacy hipochondrycy. Z doświadczenia wiedział, że pacjenci – zwłaszcza płci brzydkiej – albo przesadzają z objawami, albo wypierają chorobę. Niektórzy przy najmniejszym katarze są obłożnie chorzy, inni przy poważniejszych objawach zwlekają z wizytą u specjalisty tak długo, jak się da.

– Zdarzyły się?

– Raz mało co nie zemdlałem. – Mówił to takim tonem, jakby się wstydził.

– Mało co?

– To było w pracy, głowa bolała mnie od rana, a środki przeciwbólowe nie działały. Nagle poczułem, że kręci mi się w głowie, wiedziałem, że coś jest nie tak. Wstałem szybko od biurka i poszedłem do toalety. Tam poczułem, że muszę usiąść, bo inaczej się przewrócę.

– Ale nie zemdlał pan?

– Nie, ale poczułem, że moje ciało całe drży i mam trudności z opanowaniem tego.

– Udało się?

– Tak, po chwili drżenie przeszło, potem zamknąłem oczy i posiedziałem kilka minut, aż zawroty głowy minęły.

– A ból głowy?

– Trochę zelżał, teraz to raczej częściej jest, niż go nie ma.

– To może być związane z ciśnieniem, ale chciałbym, aby zrobił pan dodatkowe badania.

– Coś poważnego? – W głosie mężczyzny nie było słychać niepokoju, bardziej zaciekawienie.

Tacy jak on w większości przypadków nigdy nie biorą pod uwagę czarnego scenariusza, pomyślał lekarz, tak jakby ich to nie dotyczyło. Może i dobrze, po co się martwić na zapas. Ten przynajmniej przyszedł się zbadać.

– Wypiszę panu skierowanie.

* * *

Mężczyzna patrzył na lekarza oniemiałym wzrokiem.

– Czy zrozumiał pan, o czym mówię?

Co? Ta obco brzmiąca nazwa, którą słyszałem już kilka razy w ciągu ostatnich minut, pomyślał. Lekarz już zdążył powtórzyć wszystko dwa razy, chociaż ten drugi nie był potrzebny. Za pierwszym zrozumiał wszystko. Właściwie to nawet przed. Wystarczyło, że spojrzał lekarzowi w oczy. Miał coś takiego, taką umiejętność, która pozwalała mu widzieć w oczach rozmówcy rzeczy, które czasami ten chciał ukryć. Wiedział wtedy, czy dana osoba kłamie, czy mówi prawdę. Sprawdzało się praktycznie w stu procentach.

W tej konkretnej sytuacji lekarz nie miał zamiaru nic ukrywać, ale on sam zobaczył wszystko jak na dłoni trochę wcześniej.

Tak po prostu. I jaki krwotok? Że wtedy. Przecież mu przeszło. Podniósł się i właściwie poczuł się lepiej. A teraz okazuje się, że wcale nie lepiej, że właśnie gorzej. Że to był atak, że coś jest nie tak z żyłami i tętnicami w mózgu, i to może prowadzić do krwotoku, który wydawał się ulgą. Ale wcale nią nie był. To jakim cudem chodził i funkcjonował? Bo krwotok był mały, a większy mógł go zabić.

To co możemy zrobić? Jak to nic? Jak to lepiej nie ruszać? To mam z tym chodzić? A to jest bezpieczne? Jeśli nie jest, to co to wszystko znaczy? Co mnie czeka?

Potok pytań, na które nie było dobrej odpowiedzi, a taką chciał uzyskać. Im dalej brnął, tym było gorzej. Nie było ratunku. Operacja mogła go – z bardzo dużym prawdopodobieństwem, jak kilka razy podkreślił lekarz – wyłączyć całkowicie. Cofnąć do wieku niemowlęcego, zostałoby jedynie dorosłe ciało. Ktoś musiałby się nim zajmować, ktoś nauczyć go wszystkiego od początku, a powodzenie przedsięwzięcia wcale nie było takie pewne. Jak można kogokolwiek skazać na coś takiego? To może być kwestia uwiązania na lata.

Czy była alternatywa? Nie robić nic i czekać. Z wyrokiem w zawieszeniu, którego wykonanie może nadejść, jutro, pojutrze, za miesiąc lub rok. Lekarz nie powiedział tego wprost, ale widać było, że nie powinien się rozpędzać.

Po wyjściu od lekarza miał jeszcze wrócić do pracy, ale zadzwonił, że na resztę dnia weźmie wolne. Poszedł do parku. Do tego samego, do którego przyjeżdżali we trójkę, a potem często tylko z córką, za każdym razem, kiedy jechali na koncert, do teatru czy do kina. Zawsze starali się z tego zrobić wyprawę. Wyjechać wcześniej i pobyć trochę właśnie tutaj. Mieli nawet swoją ławkę.

Teraz ją odnalazł i usiadł na niej. Przy takiej pogodzie jak w to styczniowe południe raczej nie siadali. Świeciło słońce, a temperatura mogła być lekko poniżej zera.

Z pewnością tego nie czuł. Więc to tak wszystko miało się skończyć. Nagle i znienacka. Wystawił twarz do słońca. Poczuł delikatne ciepło. Czy to miało być ostatnie spojrzenie? Zamknął oczy. Jego myśli powędrowały do żony i córki. Za dwa dni studniówka, a później przygotowania do matury ruszą pełną parą. Na szczęście Kinga uczyła się na bieżąco i jakichś zaległości nie miała. Poza stresem związanym z tak ważnym egzaminem nerwów o brak odpowiedniej wiedzy mieć nie powinna.

Uśmiechnął się do siebie. Kinga z pewnością im się udała. Poczuł, jak łzy napływają mu do oczu. Otarł je szybko zdecydowanym ruchem. Na to nie mógł sobie pozwolić. Ani tutaj, ani nigdzie.

Jego myśli powędrowały do żony. Musiał ją uwolnić od siebie. Mogła ułożyć sobie życie, im szybciej, tym lepiej. Gdyby teraz wrócił do domu i opowiedział o tym, co usłyszał, nigdy by nie pozwoliła mu odejść, a wyrok wisiałby nad nimi obojgiem. Razem czekaliby na tę chwilę, razem odchodziliby od zmysłów, oczekując końca. To by ją zniszczyło.

To by zniszczyło je obie. Nigdy nie mieli tajemnic przed sobą, dlaczego teraz mieliby zacząć? Jak taka wiadomość wpłynęłaby na ich córkę? Co z maturą, co z życiem? Jeden wyrok rozłożony na trzy osoby. Jeden wyrok niszczący trzy osoby. Minuta po minucie, godzina po godzinie, dzień po dniu.

Pamiętał doskonale, jak umierała ciocia Ela, żona jego chrzestnego, wujka Janka. Ile miał wtedy lat: piętnaście, szesnaście? Umierała długo i powoli, przez jakieś sześć miesięcy w ogóle nie wstawała z łóżka, a wujek umierał razem z nią. Z wesołego, jowialnego faceta, duszy towarzystwa, stał się cieniem, wrakiem. Zniknął razem z nią. Trzy miesiące po jej śmierci umarł we śnie, albo tak przynajmniej brzmiała oficjalna wersja. Może to była skrajna historia, ale z nim nikt nie będzie czekać.

Kochać to podobno znaczy pozwolić odejść. Monika pewnie powiedziałaby, że nie do niego należy ta decyzja. Tylko że należała do niego i tylko do niego.

* * *

– Nie rozumiem – powiedziała Monika.

Mimo wczesnej godziny Kinga już dawno spała. Ze studniówki wróciła około szóstej rano i natychmiast się położyła. Później wstała koło południa, pokręciła się trochę po domu, poopowiadała im wrażenia z balu, trochę z nimi posiedziała i ponownie poszła się położyć.

Czego nie rozumiesz? – pomyślał. Wszystko wyłożył dosyć jasno. Wiedział doskonale, że ta cała rozmowa przerosła go, jeszcze zanim ją zaczął. Na myśl o tym, co miał powiedzieć kobiecie siedzącej naprzeciwko, dostawał mdłości. Przez ostatnie kilka dni żył jak na huśtawce, czy w ogóle powinien zaczynać ten temat, czy nie powinien zostawić wszystkiego tak, jak było. Istniał tylko jeden, maleńki problem. Nic już nie było tak jak wcześniej i nic już takie nie miało być.

Jego dni były policzone, jak zresztą każdego, ale jego jakby dokładniej. Tylko dlatego, że stchórzy, miałby narazić je obie na liczenie tych dni? Na ciągły strach. Ta decyzja już zapadła i nie było od niej odwołania. Teraz musiał zadać im ból, dla lepszego jutra.

– Czy jest ktoś?

Monika, nie doczekawszy się reakcji na wcześniejsze stwierdzenie, zadała pytanie.

Oczywiście, że jest, pomyślał. Siedzi cały czas w mojej głowie i raczej nie ma szans, abym się go pozbył. Tym razem to na całe życie. Przynajmniej na tyle, ile go zostało. Nawiedził go czarny humor, bufor, do którego się uciekał zwłaszcza w sytuacjach kryzysowych. A chyba bardziej kryzysowo być nie mogło.

– Nie ma nikogo – odpowiedział.

– To dlaczego?

– Zasługujesz na więcej.

Czy istniał bardziej żałosny tekst? Chociaż w tej chwili był jak najbardziej prawdziwy, przynajmniej w jego ocenie.

Monika popatrzyła na męża z niedowierzaniem, jakby nie wierzyła w to, co przed chwilą usłyszała. Wzięła głęboki oddech. Ile razy słyszała takie opowieści? Tylko że pierwszy raz historia dotyczyła jej samej.

– Na więcej niż to wszystko – rozejrzała się znacząco dookoła – na więcej niż wy? A ja myślałam, że to jest szczyt marzeń. I był, i jest. Ale najwyraźniej tylko dla mnie – dodała cicho.

W tym momencie musiał przywołać się do porządku. Nie mógł pozwolić sobie na załamanie. Nie mógł zejść z obranej drogi. To było dla jej dobra, dla ich dobra.

– Bo był, ale tylko do pewnego stopnia.

„A chcesz o tym porozmawiać?" Prawie jej się wyrwała ta powtarzana i wielokrotnie używana jako ironiczna wstawka kwestia.

– Co to znaczy? – Popatrzyła na niego uważnie.

Czuł jej spojrzenie. To był ten moment, po nim nie będzie już odwrotu. Nie było miejsca na wahanie.

– Nie kochamy się tak jak kiedyś, nie kochamy się tak, jak ludzie powinni się kochać – wyrzucił z siebie.

Monika patrzyła na męża z otwartymi ustami. Zazwyczaj nie brakowało jej słów. Już wcześniej, kiedy oznajmił, że chce się rozstać, totalnie zgłupiała, ale teraz, kiedy oznajmił, że się nie kochają. Jak to: nie kochają? A całe ich życie?

– To znaczy jak? I dlaczego używasz liczby mnogiej i mówisz za mnie? Jeśli chcesz coś powiedzieć, to mów za siebie – powiedziała ze złością.

Spuścił na chwilę wzrok, aby po chwili wbić go twardo w żonę.

– Masz rację, powinienem mówić tylko za siebie. Nie kocham cię.

Jest pewnie wiele słów, które można powiedzieć drugiemu człowiekowi, a które zranią go na wskroś, ale te trzy wiązały się chyba z największym bólem, jaki można zadać. Były ciosem, były zdradą, były podważeniem wszystkiego, w co się wierzyło.

– Nie tak, jak sobie wyobrażam miłość – kontynuował – i myślę, że ty też mnie tak nie kochasz.

Monika chciała po raz kolejny zaprotestować, aby nie mówił za nią, ale słowa, które wypowiedział, odebrały jej siły. Teraz pozostało jej tylko siedzieć i słuchać.

– Nasz czas dobiegł końca. Kinga jest już pełnoletnia. Teraz nasza kolej.

Zapadła cisza. Monika próbowała coś wyczytać z twarzy męża. Zawsze był jak otwarta księga. Tak się do tego przyzwyczaiła, że zazwyczaj jeden rzut oka wystarczał, aby odczytać jego nastrój. Kiedy teraz o tym pomyślała, zorientowała się, że od kilku dni było inaczej. Nie zastanawiała się nad tym wcześniej, ale to było jak przepoczwarzanie się. Właśnie kilka dni temu, dokładnie w czwartek, dostrzegła, że się czymś martwi. Kiedy go spytała, co się stało, odpowiedział, że coś w pracy i że nie warto zaśmiecać sobie popołudnia. Przyjęła to wyjaśnienie bez oporu, w końcu mówił tak nie raz. Tylko że teraz było inaczej. Było w tych słowach coś takiego na „odczep się". Wtedy nie zwróciła na to uwagi. Jak na wiele rzeczy. Teraz natomiast widziała to aż nazbyt wyraźnie. Jego zmianę, jakby przejmowała go obca istota, taka bez uczuć. Głos był ten sam, ale słowa wypowiadał ktoś inny. Mężczyzna, który się wzruszał za każdym razem, kiedy jego córeczka przymierzała sukienkę na studniówkę, nagle całkowicie przestał to robić. Pomyślała wtedy, że tak sobie radzi z nadmiernym rozklejaniem się, że nie chce dziecku zrobić wstydu na balu. Ale to było coś innego. To już nie był ten sam mąż i ojciec.

Czy jako specjalistka nie powinna tego dostrzec, przeanalizować i rozgryźć? Zamiast siedzieć z totalną pustką w głowie i w sercu. Czy nie powinna wiedzieć wcześniej, co czuje, a właściwie czego nie czuje jej mąż? Czy to wszystko było fikcją, a ona tak dobrze się w niej umieściła, że była na to wszystko ślepa?

Nagle poczuła, że zaczyna brakować jej powietrza. Zamknęła oczy i zaczęła głęboko oddychać. Po chwili wszystko wróciło do normy. Otworzyła oczy i spojrzała na męża. Nawet nie drgnął. Patrzył na nią zimnym wzrokiem. Kim był ten człowiek?

– Położę się w gościnnym, a jutro porozmawiam z Kingą. To jest moja decyzja i tak jej powiem.

Wstał i ruszył w głąb domu, do pokoju, który gościnny był tylko z nazwy. Nie przypominała sobie, aby ktoś faktycznie zatrzymał się tam kiedykolwiek na noc.

– Zaraz – powiedziała podniesionym głosem – to wszystko, co masz do powiedzenia?

Odwrócił głowę i z tym samym zimnym spojrzeniem odpowiedział:

– To wszystko.

Chwilę później był sam w pokoju. Jak tylko zamknął za sobą drzwi, opadł na podłogę. Poczuł, jak jego ciałem wstrząsają dreszcze. Miał powiedzieć o wiele więcej. Przygotował sobie masę argumentów. To, czy się nadawały do czegokolwiek, było całkowicie inną sprawą. Doskonale zdawał sobie sprawę, że maska, którą założył, długo się nie utrzyma, nie dzisiaj, nie za pierwszym razem. Z czasem przylgnie i się z nim zrośnie, ale na to prawdopodobnie potrzebował czasu, a tego z kolei nie miał za wiele.

Poczuł ból głowy. Teraz bolała go z lewej strony. Tam, gdzie był ukryty zapalnik. Wyrok w zawieszeniu wygodnie się tam rozmieścił. To lewa półkula odpowiadała za mówienie i rozumienie, za myślenie logiczne i analizowanie wszystkiego. Czy to dlatego miał z tym ostatnio problem? Czuł, że popada w histerię. Z niczym nie miał kłopotu, oczywiście poza tym czymś pod czaszką. Ciekawe, która część mózgu odpowiadała za okrucieństwo, jakiego się przed chwilą dopuścił i jakie jeszcze go czekało. Był absolutnie pewien, że nie da się tego na nic zwalić. To był jego wybór. To był jedyny słuszny wybór.

Tylko dlaczego musiał sobie to tak często powtarzać? A jaką miał opcję i czy naprawdę jakąkolwiek miał? Przez krótką chwilę, kiedy usiedli razem, zastanawiał się, czy nie powiedzieć prawdy. Proces rozważania tej kwestii zakończył się tak samo szybko, jak się zaczął. Jakie miał prawo zrzucać ten ciężar na Monikę, nawet nie wspominając o Kindze? Czym sobie na to zasłużyły? Każda z nich miała swoje życie. Były z nim związane, ale te więzi trzeba było zerwać albo przynajmniej mocno poluzować. Miały prawo żyć i cieszyć się tym. To był jego bagaż, a one zrozumieją, kiedyś – taką miał nadzieję. Czy mu wybaczą? To nie miało znaczenia. Nie zabierze ich do swojej poczekalni. Tam było miejsce tylko dla jednej osoby.

One tam nie wejdą. Nie będą czekać każdego dnia, czy to już. Nie będą przyglądać mu się uważnie, za każdym razem, jak go zobaczą, wypatrując choćby najmniejszej oznaki, że coś jest nie tak. W krótkim czasie wykończą się, staną się psychicznymi wrakami. Na to nie mógł pozwolić.

* * *

Obserwował córkę. Siedziała na swoim łóżku ze wzrokiem wbitym w podłogę. Pojedyncza łza, która na chwilę pojawiła się w kąciku oka, została zdecydowanym ruchem dłoni szybko wytarta. Nie załamie się, nie pokaże mu, jak bardzo ją zraniono.

W pewnych sytuacjach w niczym nie różniła się od niego. Nie nad wszystkim jeszcze potrafiła panować, ale to pewnie przyjdzie z czasem. Jeśli życie będzie jej fundować takie niespodzianki, jaką przed chwilą zrobił on, to pewnie przyjdzie to szybciej niż później.

Jak odciąć się od swojego dziecka, od swojej małej córeczki? Czy to w ogóle było możliwe? Jak ją odsunąć, nie dokonując zniszczeń w tej młodziutkiej osobie? Powiedział wszystkie właściwe słowa. Powiedział, że to jest najlepsze wyjście dla niego i mamy, że czasami tak bywa, że ludzie przestają się kochać i wtedy najlepiej jest odejść, każde w swoją stronę. Życie w kłamstwie nie ma sensu i powoli zniszczyłoby ich oboje, i ją także. Tak się po prostu zdarza.

Patrzył, jak z każdym słowem zadaje swojemu dziecku coraz większy ból, mimo że ona za wszelką cenę starała się to ukryć. W tym konkretnym przypadku tłumaczenie sobie, że to dla jej dobra, na niewiele się zdało. Wiedział, że prawda nie wchodziła w grę, musiał dokończyć to, co zaczął.

– Kocham cię, mój skarbie, i to się nie zmieni, nigdy.

Spojrzała na niego, tak jakby był powietrzem.

– Kto o tym zdecydował? – spytała.

– Ja.

– Czyli to wszystko, co powiedziałeś, jest tylko twoim zdaniem?

– Nie, znaczy tak, w tej chwili, mama szybko dojdzie do takiego samego wniosku, o ile już nie doszła.

– To była twoja decyzja – powtórzyła.

– W tej chwili tak.

Spojrzała mu w oczy.

– A jakaś inna chwila się liczy? Ty to zrobiłeś. Nam.

Odwróciła głowę.

Chciał coś dodać, coś jeszcze powiedzieć. Przecież o to ci chodziło, upomniał się w myślach. Chciał, żeby wiedziała, że jego miłość do niej nigdy się nie skończy, ale żadne słowo nie wydawało się teraz na miejscu.

– Chcę, żebyś zostawił mnie samą.

– Kocham cię – powiedział cicho, zamykając za sobą drzwi.

Jeśli to miałyby być ostatnie słowa, jakie do niej wypowie, chciał, aby były takie same jak pierwsze, które usłyszała, nie rozumiejąc wtedy jeszcze ich znaczenia.

ŚRODA, LIPIEC,

DZIEŃ PRZED ROZSTANIEM

―――――――――――

Usiadł na łóżku, opierając się plecami o poduszki. Niedługo powinno zacząć świtać. Za parę chwil słońce wzejdzie na horyzoncie. Było coś pięknego i zarazem kojącego w tym widoku. Niezależnie od tego, co się wydarzy, ono będzie wschodzić, będzie delikatnie oświetlać wodę, do momentu pełnego wynurzenia. Kiedy jego już nie będzie, ono będzie to w dalszym ciągu robić i jakby się skradając, oświetlać osoby, które będą odwiedzać ten apartament.

Popatrzył na leżącą obok kobietę. Spod kołdry wystawała jej noga, odkryta od stopy aż po pośladek, ledwie w połowie zakryty, jakby tylko odsłaniał rąbek tajemnicy, która kryła się dalej. Było coś doskonale niedoskonałego w tym widoku. Czterdziestoletnie ciało, perfekcyjnie zadbane, a jednocześnie niepotrafiące ukryć upływu lat. Tym bardziej ponętne, tym bardziej mówiące: „Dla mnie liczy się dzisiaj i chcę przeżyć je jak najlepiej".

I to wszystko wyczytane z nogi, uśmiechnął się do siebie. Co do jednego z pewnością się zgadzał: liczyło się dzisiaj. Dla niego to już kolejny miesiąc, dzień za dniem. Według profesjonalisty ten czas się kurczył. W międzyczasie skonsultował się z innym lekarzem, który po badaniach spojrzał na niego tak, jakby już nie powinien żyć. Dalej nie szukał. Było teraz. Wszystko uporządkował. Mieszkanie przepisał. Polisy na życie również. Zorganizował nawet swój pogrzeb, a raczej krótką ceremonię kremacji. Wszystko, co trzeba było u prawnika, który miał się wszystkim zająć. Nawet gdyby coś mu się stało tutaj, w specjalnym zamkniętym liście leżącym na recepcji były instrukcje, aby skontaktowali się z jego prawnikiem, a on już wiedział, co zrobić. Co prawda, nie był specjalnie zadowolony, że jego klient wyjeżdża za granicę, ale koniec końców kto tutaj płacił?

Wszystko było zaplanowane, wszystko przewidziane.

Prawie wszystko.

Popatrzył ponownie na Lenę, która leżała, spokojnie oddychając. Została im jeszcze doba, o ile nie będzie żadnej niespodzianki. Tego z pewnością by nie chciał. Ta bajka miała jeszcze trochę potrwać. Było coś tak kompletnie nierzeczywistego w tej całej sytuacji. To spotkanie zaledwie niecały tydzień temu jak żywcem wyjęte z komedii romantycznej, która szybko dodała element erotyczny i im lepiej się poznawali, a raczej im lepiej on poznawał ją, również dawkę dramatyzmu. On sam trzymał karty blisko piersi. Te karty nie miały zostać odkryte. Nie zostały do tej pory i to nie miało się zmienić.

Niezależnie od pokusy, która już kilka razy go nawiedziła. W różnych momentach chciał się podzielić, chciał zrzucić z siebie ten ciężar i w ostatniej chwili się wycofywał. Czym sobie Lena zasłużyła na taki balast? Ufnością, ciepłem i tym wszystkim tym, czym go obdarowała przez te dni? Czy w zamian za to miała dostać bagaż, który – był niemal pewien – byłaby gotowa dźwignąć razem z nim?

Nie potrafił nazwać tego, co czuł, tego, co wydawało mu się, że czuł. A może bał się powiedzieć to na głos, nawet przed samym sobą? Zresztą co mógł o tym wiedzieć? Z Moniką stali się starym dobrym małżeństwem, zanim zdążyli wejść w wiek średni. Nawet nie potrafił wyznaczyć tej granicy, zawsze wydawało mu się, że biegła ona gdzieś przy urodzinach Kingi. I jak zgodne małżeństwo wspólnie zrezygnowali z siebie na rzecz dziecka. W pewien sposób to było przerażające, że przyszło im to tak łatwo i bez nieporozumień. Nic nie ustalali, o niczym nie rozmawiali, po prostu stali się przede wszystkim rodzicami, a wszystko inne zeszło na dalszy plan. Nie walczyli o nic. Tak jakby oboje zdali sobie sprawę, że są tylko tym i aż tym.

A teraz? Może jest coś w tym, że tylko raz w życiu kochamy, i teraz spotkało to jego. Kilka dni w towarzystwie atrakcyjnej kobiety i od razu miałaby to być miłość?

Kolejny raz uważnie przyjrzał się śpiącej kobiecie. Nie wyobrażał sobie, że ktoś mógłby się w niej nie zakochać. Miała wszystko. „To dlaczego jestem sama?" Już słyszał jej pytanie. I właśnie tych momentów, kiedy tak spała, brakowało mu najbardziej. Jej głosu, jej pytań, jej odpowiedzi. Monika też była bardzo inteligentna; kiedy wdawał się z nią w dyskusję, musiał naprawdę się wysilać, aby jej dorównać, ale z Leną było inaczej. Uzupełniali się, właściwie od pierwszej rozmowy; czuł, jakby znali się od bardzo dawna, jakby jedno wiedziało, co chce powiedzieć drugie. Działali instynktownie i trafiali bezbłędnie.

Może ludzie tak mają, po prostu. Nie mógł tego wiedzieć, ale jakoś w to wątpił. Na swoje drodze zawodowej spotkał bardzo wielu ludzi. Z jednymi rozmawiało się lepiej, z innymi gorzej, ale nigdy nie spotkał nikogo, kto mógłby być drugim trybikiem dla jego trybiku. Jak w zegarkach, które miały w środku mechanizm, a nie tylko elektronikę. Trybik łączył się z innym trybikiem, tworząc pewną doskonałość. Nic dziwnego, że takie zegarki były drogie. Perfekcja była kosztowna i rzadka.

Gdzieś podświadomie wiedział, że gdyby się teraz obudziła, to cokolwiek by nie powiedziała, jego odpowiedź idealnie pasowałaby do jej słów. Może to było głupie, ale tak to czuł. To byli tylko oni, na początku czegoś nowego i zarazem na jego końcu.

Wszystko nie tak. Wszystko nie tak.

* * *

Otworzył oczy. Słońce świeciło już dosyć mocno. W drzwiach sypialni pojawiła się Lena. Miała na sobie strój kąpielowy.

– Obudziłeś się wreszcie – stwierdziła z uśmiechem.

Musiałem usnąć, pomyślał. Uniósł się delikatnie na łokciach.

– Dawno wstałaś? – spytał.

– Z pół godziny temu.

– Dlaczego mnie nie obudziłaś?

– Musiałam się odświeżyć i właśnie miałam to zrobić. Myślałam, że może pójdziemy na śniadanie.

– W tym stroju?

Lena uśmiechnęła się szeroko i jednocześnie przecząco pokręciła głową.

– Nieee, nie sądzę, aby to było właściwe, a zresztą tak między nami – teatralnie ściszyła głos – ten strój to tak dla ciebie.

Poczuł ucisk pod czaszką. Nie był pewien, z jakiego powodu ten ból się pojawił. Od ponad tygodnia nie było żadnych problemów. Podejrzewał, że nie ma on nic wspólnego z bombą zegarową tykającą w jego głowie.

To ten głos i jego właścicielka. Doskonałe połączenie. Przez ostatnie dni zagłuszył rzeczywistość. Zanegował świat zewnętrzny. Wszystko, co nie było ich pokojem, ich kawałkiem plaży, zostało wyrzucone, a oni byli osłonięci niewidzialnym polem siłowym.

Ale pierwsze pęknięcia zaczęły się pojawiać już poprzedniego dnia. Tylko maska, którą nosił, jeszcze się trzymała. Sam już do końca nie był pewien, co było tą maską, a co nie. Imię, które podał, nie było prawdziwe. Dlaczego to zrobił? Nie miał przecież czasu na zastanowienie. Jakby podświadomie wiedział, że „Kamil" to będzie ktoś z bardzo krótkim terminem przydatności. Dokładnie jak on. Tak było prościej, tak myślał wtedy.

Tylko że wszystko potoczyło się tak, a nie inaczej. I już w samolocie czuł, że „Kamil" to był bardziej on niż „Robert", niż osoba, którą „Robert" się stał. To był ktoś na kształt jego samego. Od pierwszej rozmowy telefonicznej z Leną był w swojej skórze, mówił to, co myślał. Otworzył się na to, co miało się stać. Wskoczył do rzeki i pozwolił, aby prąd go poniósł, od czasu do czasu wykonując niewielkie ruchy, aby nie wypaść na brzeg. Płynął z prądem, a nurt był coraz silniejszy i wciągał go w coraz to większe wiry. Nie żeby specjalnie się bronił, chciał się zanurzać, chciał tam zostać, z nią. Byli tam razem i chyba o to chodziło. Tak normalnie, w życiu, kiedy spotykało się dwoje ludzi i nagle czuło do siebie to, co oni. Wchodzili do tej rzeki, trzymali się razem i jeśli wszystko wypalało, płynęli w tym uścisku do końca. Jeśli nie, lądowali na przeciwnych brzegach.

Teraz uścisk był mocny, jakby zbierali siły przez całe życie, jakby właśnie na ten uścisk od zawsze czekali. Tylko że to nie było normalne życie i w tym miejscu jego szczerość się kończyła. I to, że dawał jej wszystko, co miał, to, że dawał jej całego siebie, bez żadnych hamulców, nie miało znaczenia, ponieważ było „ale". Jedno, wielkie, negujące to wspomniane „wszystko" „ale". Nie był do końca szczery, nie mówił całej prawdy i nawet nie mógł się wykpić, że nie był o nią pytany. Nikomu nie przyszłoby do głowy spytać: „Wiesz, zanim się zakocham, chcę wiedzieć, czy nie jesteś może czasem śmiertelnie chory lub czy coś nie zagraża twojemu życiu?". Takiego pytania nikt nie zada. A jeśli ty wiesz i wiesz, co zrobisz za dwadzieścia cztery godziny, to opuszczenie tej drobnej kwestii już jest kłamstwem. I nie ma żadnego znaczenia, że byłeś sobą i cokolwiek ona mogła poczuć od ciebie było prawdziwe.

Bo co jest prawdziwe? Świat zewnętrzny? A może oni? To, co z nią przeżył, było piękne. Jeszcze jest. Jeszcze przez chwilę.

– O czym myślisz? – Lena przyjrzała mu się z zainteresowaniem.

– Zawiesiłem się.

– Wiem, myślenie to trudna sztuka.

Uśmiechnął się. Potrafiła to zrobić. Jednym słowem.

– Zwłaszcza kiedy tak stoisz przede mną.

– Rozumiem, że wolałbyś, abym się położyła.

Lena podeszła do łóżka.

– Pewnie – odparł. – A nie mieliśmy iść na śniadanie?

– Czy ja się przesłyszałam? Dobrze się czujesz? Wolisz ś n i a d a n i e ?

Zrobiła nadąsaną minę. Złapał ją za rękę i przyciągnął do siebie.

– Skoro nalegasz – uśmiechnął się szeroko.

– Nalegam – powiedziała cicho, wślizgując się pod kołdrę.

– Wszystko nie tak – odparł równie cicho.

– To my – potwierdziła.

* * *

Lena stała na niziutkim murku oddzielającym plażę od chodnika. Patrzyła na morze, które powoli przykrywała ciemność. Zamknęła oczy, aby lepiej wsłuchać się w jego szum. Musiała wyłączyć się na dźwięki dobiegające zza jej pleców. Co chwila w tę i z powrotem przechodzili goście hotelowi, zmierzający do baru lub restauracji.

Nagle poczuła delikatny ucisk w mostku. Kolejny raz w tym dniu czuła bliżej nieokreślony ból, który znikał tak szybko, jak się pojawiał. Tylko że tuż za nim pojawiał się niewidoczny cień, jakby zwiastujący to, co ma nadejść. Na początku był mały i udało jej się go szybko odgonić, ale wraz z upływem czasu stawał się coraz większy i większy, a pozbycie się go – coraz trudniejsze.

Chciała cieszyć się chwilą, danym momentem i do wczoraj udawało jej się to dosyć dobrze. Nawet dzisiaj, kiedy rozpoczęli poranek w chyba najlepszy możliwy sposób, powiedziała sobie, że jest tylko tu i teraz, i na dłuższą chwilę podziałało. Ale potem się zaczęło. Kamil też specjalnie nie pomagał, a i ona dostrzegła u niego zmiany. Niby nic, nagle się zawieszał, choć nie na tak długo jak zaraz po obudzeniu. Wydawało się jej, jakby bardziej się kontrolował i szybciej pozbywał się „cienia".

Nie rozmawiali o tym, co było o tyle dziwne, że chyba do tej pory nie było takiego tematu, którego staraliby się unikać. Kiedy coś się pojawiało, rozmawiali o tym. A teraz jakby na zawołanie oboje postanowili zostawić tę kwestię. Może on też czuł to, co ona. Było to wielce prawdopodobne. Do tej pory zgrywali się praktycznie na wszystkich poziomach. Na niektórych wręcz doskonale. Lena uśmiechnęła się pod nosem. Jak pokazało życie, można było spotkać kogoś, kto doskonale wiedział, jak, kiedy i gdzie dotknąć, jak, kiedy i gdzie przytulić, bez wskazówek, bez instrukcji. Pomyślała, że była instrumentem, z którego po latach nieudolnych prób ktoś wreszcie wydobył idealne dźwięki. I ona sama też nagle mogła i umiała, a co najważniejsze – chciała więcej.

Ta bajka była zbyt doskonała, musiała się skończyć. Lena czuła, jak ciemność oblekająca już w tym momencie cały nieboskłon otoczyła również ją. Patrzył na stojącą nieopodal kobietę. Dzieliło ich zejście po schodkach z tarasu oraz chodnik. Była ubrana tak samo jak tamtego dnia, kiedy zaskoczył ją jak wracała z kolacji. Ta sama sukienka, tak samo uczesane włosy. Lena to zaproponowała, a on bez wahania się zgodził. Dużo by dał, aby móc wrócić do tych pierwszych spotkań. Chociaż raz cofnąć czas, chociaż tylko na kilka chwil.

To było niemożliwe. Ten ich świat się kończył. Chroniące ich dotąd pole siłowe zaczynało powoli znikać. Świat zewnętrzny, świat prawdziwy wdzierał się w ich historię. Wnikał przez szczeliny, które on sam tworzył, kiedy jego myśli bezwiednie ocierały się o rzeczywistość. O wyrok, jaki nad nim wisiał. Lena dała mu przepustkę, pozwoliła ostatni raz wyjść na wolność. Dzięki niej poczuł, jak to jest żyć. Jak życie powinno wyglądać. Niby to wszystko już miał, tak mu się wydawało, przecież coś musiało być. Czy to było możliwe, aby można było kochać i kochać? Czy naprawdę istniały różne oblicza miłości? Przecież niemożliwe, że przeżyli z Moniką tyle lat bez tego najważniejszego uczucia. Już słyszał jej głos, jak mu tłumaczy: „To jest częstsze, niż ci się wydaje, my mieliśmy przyjaźń, szacunek i z pewnością mieliśmy to coś, pewnie nie całkowicie t o, ale coś". Ta konstatacja też nie przyszła od razu, chwilę musiało potrwać, zanim zgodziła się z nim, ale ból i tak pozostał. Tylko dla dobra Kingi na początku robiła dobrą minę i mówiła właściwe słowa.

Monika, Kinga, ofiary na jego drodze. Należało je uchronić przed bólem. Paradoks. Idiotyzm. Zrzucił to na nie, żeby nie zrzucać czegoś większego, co i tak miało nadejść. Droga, pamiętaj, droga, upomniał się. Droga należy tylko do mnie i nie ma na niej miejsca dla nikogo. Patrzył na kobietę na murku. Dzieliło ich ledwie kilka metrów, ale równie dobrze mogło to być całe morze. Jeszcze przez parę godzin miał otwarte przejście, jak w opowieści o Mojżeszu; przejście, które prowadziło między falami prosto do niej. Lada moment korytarz się zamknie i jeśli chciał jeszcze chwilę pobyć ze swoją ostatnią ofiarą, powinien się ruszyć.

Już się podnosił z krzesła, gdy zaatakował go ból. Momentalnie opadł z powrotem na siedzenie. Zamknął oczy. Nie teraz, wyszeptał, nie teraz, ona nie może być tego świadkiem. Czyżby siły wszechświata postanowiły w tym konkretnym momencie ją uchronić? A może po prostu wiedziały, co ją czeka jutro, i uznały, że tak będzie zabawniej? Gdyby jakieś istniały, to tak z pewnością by było, ale jego organizm postanowił, że to jeszcze nie czas.

Ból tak, jak przyszedł, tak zniknął, podobnie jak rano. To stres, to musiał być stres. Oczywiście, że stres. Lena była cały czas wpatrzona w niewidoczne już w tej chwili morze i niczego nie zobaczyła. Odliczył powoli do dziesięciu i podniósł się ostrożnie. Już w porządku.

* * *

Lena usłyszała kroki tuż za sobą, ale nie odwróciła się. Po chwili poczuła ręce obejmujące ją w pasie i Kamila przytulającego się do niej. Zeszła z murka. Był za wąski aby oboje mogli na nim stać. Kamil podążył za nią. Zrobiła kilka kroków w stronę plaży i usiadła na piasku. On zrobił to samo. Podsunęła się do tyłu i wtuliła w niego. Chciała czuć jego ciepło, jego dłonie splecione z jej dłońmi. Przez dłuższą chwilę siedzieli, wsłuchując się w szum morza. Poza tym nie słyszeli nic więcej. Głosy gości hotelowych były jakby poza nimi, gdzieś w oddali coś brzęczało cicho, ale to było wszystko.

Milczeli. To było do nich niepodobne, nawet jeśli „oni" to było tylko te siedem dób. A może aż siedem. Wszystko zamknięte w tych kilku chwilach. On wiedział. Ona – nie.

To nie mógł być koniec. Z pewnością tego nie chciała. Nie była na tyle naiwna, aby myśleć, że całe życie mogło tak wyglądać. Chociaż z drugiej strony, czy nie zależało to tylko od nich? Śmiałe założenie, ale chyba nikomu do tej pory nie udało się go zrealizować. Taka była prawda. Wszystko zależało od nich, ale było też życie, codzienność, która zazwyczaj wiele zmieniała. Może nie powinna do wszystkiego przykładać własnej miary ani tym bardziej doświadczeń zawodowych. Po poradę psychiatryczną zwracali się ludzie naprawdę jej potrzebujący i oni mieli zazwyczaj własne sprawy do przepracowania, zanim byli w stanie powiedzieć, że ich szczęście zależy tylko od nich.

A jednak strach gdzieś był, krążył sobie, najpierw w oddali, spowodowany głównie przez Kamila, przez jego chwilowe „ucieczki", które zaczęły się pojawiać w ciągu ostatniej doby.

Wcześniej albo ich nie było, albo po prostu ich nie zauważała. Raczej to pierwsze; spędzali ze sobą każdą chwilę i z pewnością coś takiego zwróciłoby jej uwagę. Do dzisiaj wyobrażała sobie, że będą kontynuować tę znajomość. Było dla niej w miarę oczywiste, że to nie będzie koniec.

Nie mógł być.

Mocniej ścisnęła dłonie siedzącego za nią mężczyzny.

Kamil wyczuł dreszcz, który wstrząsnął ciałem Leny, i przytulił ją do siebie.

– Zimno ci? – spytał.

– Nie... – Lena zawahała się przez chwilę. – Sama nie wiem.

O czym myślisz? – chciał zapytać, ale doskonale znał odpowiedź na to pytanie. Wiedział, jakie myśli krążyły po jej głowie. Znał przecież własne, tylko że w nich było coś więcej, specjalny pakiet z niespodzianką.

To było wszystko, co mogli mieć.

Może powinien jej powiedzieć, ale wiedział, jak by to się skończyło. Znał ten scenariusz, zanim życie zdążyłoby go napisać. Zaczęłaby się walka, nierówna, z góry przegrana, walka o niego. Naznaczona oczekiwaniem, niepewnością i złożona z fałszywych nadziei, a koniec i tak mógł być tylko jeden.

– Nic nie mówisz – odezwała się ponownie. – To trochę niepodobne do ciebie.

Jeszcze trochę, pomyślał, niech będzie, tak jak było.

– Sama nic nie mówisz i próbujesz przerzucić piłkę na moją stronę.

– Detektyw się znalazł – zażartowała.

– No dobrze, przyjmijmy, że oboje nie rwaliśmy się do rozmowy – powiedział pojednawczo.

– Jak myślisz, dlaczego? – spytała cicho.

– To jest dosyć proste: zostawiasz mnie samego, na pastwę różnych Królowych Życia, a nie wiem, czy zwróciłaś uwagę, jak na mnie co poniektóre łypały łakomym wzrokiem...

Lena wybuchnęła śmiechem.

– Jeszcze nie skończyłem... i jest ci po prostu głupio z tego powodu, bo wiesz, że żadne słowa nie wynagrodzą tego, co zrobisz. Także tak. I co ty na to?

– Biję się w piersi – powiedziała.

– Nie wolno! – głośno zaprotestował. – Jeszcze sobie krzywdę zrobisz i będziesz mieć siniaki na tej, bądź co bądź, doskonałości.

– Wiedziałam! – stwierdziła, podnosząc głos. – Wiedziałam, że to o moje piersi przez cały czas ci chodziło.

Lena odwróciła się. Siedzieli teraz zwróceni twarzami do siebie. Kamil zrobił minę, jakby został przyłapany na gorącym uczynku.

– Muszę ci się do czegoś przyznać.

– Tak?

– Chodziło nie tylko o piersi – powiedział cicho skruszonym głosem.

– Nie?!

Lena bardzo chciała udać oburzoną, ale z trudem powstrzymywała śmiech.

– Nie.

– A o co jeszcze?

– Ale ja się wstydzę.

Widząc minę Kamila i słysząc wypowiadane przez niego słowa, Lena zaniosła się śmiechem. Ten zaś nie wychodził z roli, jakby całym sobą pytał: „No ale co ja takiego powiedziałem?".

Po chwili, kiedy już nieco się opanowała, spytała:

– I ty się dziwisz, że wyjeżdżam? Skoro tylko to we mnie widzisz...

– Gdybym widział tylko to, to może przetrwalibyśmy dobę, maks półtorej. Chociaż z drugiej strony, nie sądzę, aby do tej doby doszło. Rozmawialiśmy dosyć długo i to wtedy...

– ...wtedy zaiskrzyło – weszła mu w słowo.

– Tak, zaiskrzyło... – Kamil na chwilę zawiesił głos – ...wtedy zrozumiałem – dokończył cicho.

Lena wzięła go za ręce.

– Co zrozumiałeś?

Walka, cały czas walka. Teraz jesteś Kamilem; czy ona nie zasługuje na szczerość, przynajmniej teraz, w waszej bajce?

– Zrozumiałem, że to jest to coś. Iskra, ten moment, kiedy coś się zapala. Rozmawiałem w życiu z setkami ludzi, z mnóstwem kobiet i nigdy takiej iskry nie było. Używając tej analogii, mieliśmy z żoną ogień wystarczający do prowadzenia nas przez życie, ale tylko do pewnego momentu. Jak się okazało, to nie było do końca to, w każdym razie dla mnie, ale ona też to zrozumiała. Może po chwili, ale zrozumiała.

Uśmiechnął się przepraszająco.

– Staram się stworzyć nastrój i opowiadam o byłej żonie.

Lena delikatnie uścisnęła jego dłonie.

– To jest twoja przeszłość, nie zniknie i chyba nie chciałbyś, aby zniknęła.

– Chciałem powiedzieć…

– Wiem, co chciałeś powiedzieć. To była ta iskra. Ja też ją
poczułam. Wydaje mi się, że to jest wtedy, kiedy czujesz coś
prawdziwego. Momentalnie wiesz, że to jest to, że to może
być to. Nigdy nie znaleźlibyśmy się w tym punkcie, gdyby
tego nie było.

Przez chwilę siedzieli w ciszy.

– Ja wiem, że to szybko, że nie można z tego wyciągać
wniosków, że…

– …wszystko nie tak – dodał za nią.

– A może właśnie tak – powiedziała cicho.

Położył delikatnie palec na jej ustach. Nie chciał, aby
mówiła więcej. Domyślał się, co się kryło za tymi kilkoma
słowami, i chciał to usłyszeć bardziej niż cokolwiek innego
na świecie. Miała rację, „może właśnie tak". Tylko dlaczego
teraz, kiedy jest już dawno za późno?

A więc jednak „nie tak". Wszystko „nie tak".

* * *

Na plaży nie wypowiedzieli już ani słowa. Wstali powoli
i trzymając się za ręce, ruszyli do apartamentu. Tam od razu
skierowali swoje kroki do sypialni. Lena stanęła twarzą do
łóżka, a Kamil tuż za nią. W pewien sposób chcieli odtwo-
rzyć wydarzenia z pierwszego razu, kiedy byli blisko ze sobą,
ale wtedy wszystko odbyło się tak szybko, jakby czekali na

tamten moment bardzo długo. Teraz chcieli delektować się każdym dotknięciem, każdą pieszczotą, jak gdyby kończył im się czas.

Lena przylgnęła plecami do Kamila, a ten delikatnie pocałował ją w szyję. Z jej ust wydobył się bardzo cichy jęk. Pocałunkami sunął delikatnie wzdłuż jej barku aż do ramienia, przy okazji zsuwając ramiączko sukienki. Lena zsunęła drugie i po chwili sukienka leżała u jej stóp. Kamil położył dłonie na jej biodrach i delikatnymi ruchami zaczął pieścić jej brzuch i żebra. Lena czuła, jak napinają się jej wszystkie mięśnie i jak przez całe jej ciało przechodzi dreszcz, kończąc swoją podróż w okolicach łona.

Doskonale wiedziała, że już jest gotowa na jego przyjęcie, ale ten jeden jedyny raz chciała ten moment odsunąć jak najdalej w czasie. Normalnie już dawno by się odwróciła i przyciągnęła go do siebie, ale nie dzisiaj. Teraz chciała, aby te pieszczoty trwały jak najdłużej. Nie była w tym odosobniona. Kamil czuł każde, nawet najmniejsze drgnięcie ciała Leny, kiedy jego pocałunki pokrywały jej plecy. Kiedy klęknął za nią i delikatnie uchylając bieliznę, zaczął całować pośladki, Lena odwróciła się i przytuliła mocno jego twarz do swojego łona. Czuła jego wargi przez cienki materiał majteczek, czuła ich delikatny dotyk. Ten ruch przeszywał ją na wskroś. Jeszcze nie teraz, przemknęło jej przez głowę. Niechętnie, ale zdecydowanie postawiła Kamila na nogi i wbiła się ustami w jego usta.

Gwałtowność pocałunków Leny była równa, jeśli nie większa niż jego. Było w tym wszystkim coś ostatecznego. Jakby w jakiś niepojęty sposób jego myśli i uczucia, wszystko, z czym się borykał, przeniknęło do Leny. Nie zdając sobie z tego sprawy, czuła to, co on. Świat się powoli kończył i można to było wyczuć w każdej najmniejszej pieszczocie. Odsunęła się nagle od Kamila. Stali teraz na wyciągnięcie ręki i patrząc sobie prosto w oczy, łapali oddech. Żadne słowa nie padały, nie były potrzebne. Kiedy Kamil zdejmował koszulkę, poczuł dotyk dłoni Leny na swojej piersi. Po chwili obie jej dłonie powędrowały na jego ramiona. Patrząc sobie w oczy, pozbyli się reszty ubrań.

Lena położyła się na plecach. Kamil pochylił się nad nią. Po chwili byli razem. Tworzyli jedność. Czuli, jakby właśnie to zbliżenie, jedno z tak wielu, jakie przeżyli w ciągu tych siedmiu dni, właśnie to jedno było dopełnieniem. Zamknięciem pewnego tworzenia. Tworzenia ich jako całości w tym bajkowym świecie, jaki dla siebie wykreowali.

Iskra z lotniska nie musiała długo czekać. To byli oni, jak dwa doskonale do siebie pasujące trybiki. Później był już ogień, który płonął, a teraz przyszedł strach, że zgaśnie. Nie dlatego, że się wypali. Tego Lena się nie bała, tej symbiozy była pewna. Bała się czegoś nieokreślonego.

To jest to, to ona. Kamil patrzył na twarz Leny. Delikatne ruchy łączyły ich ciała. Były ze sobą zgrane z niemal perfekcyjną dokładnością. Jakby robili to od lat, a nie od kilku dni.

Nie potrafili powiedzieć, jak długo to trwało. Dzisiaj nie zmieniali pozycji, nie było dzikości, która wypełniała wiele ich zbliżeń. Dzisiaj było prosto, a jednak byli bardziej jednością niż kiedykolwiek przedtem. Rozumieli się bez słów. Każdy ruch był wiadomością natychmiast trafiającą do odbiorcy, który ją rozumiał i na nią odpowiadał.

Lena poczuła, jak się zbliża; pragnęła go i nie mogła się go doczekać, ale podobnie jak wcześniej, chciała jak najbardziej odwlec tę chwilę w czasie. Kamil poczuł drżenie Leny i wyczytał z jej twarzy, że jest bliska orgazmu. Nigdy nie wiedział, za ile nastąpi ten moment, wiedział za to, że nie chce jeszcze kończyć. Ilość zbliżeń sprawiła, że już dawno przestał martwić się o swoje możliwości. Wydawało mu się, że może się kochać w nieskończoność. Było to jednak bardzo złudne przekonanie, ponieważ Lena miała w sobie to coś, ten sekretny ruch, magiczne drżenie. Kiedy zbliżała się do szczytu, brała go za niewidzialną rękę i wprowadzała za sobą.

Tym razem było inaczej, tym razem chciał wejść razem z nią. Ich oczy się spotkały. Wiedzieli, że są, wiedzieli, że teraz. Ich ciałami wstrząsnęło spełnienie. Jego siła była niewspółmierna do spokoju, jaki towarzyszył całemu kochaniu. Wszystko było powolne, każdy ruch leniwy, żadne najmniejsze dotknięcie nie mogło minąć niezauważone. Narastały powoli do końcowego wybuchu.

Lena mocno przytuliła Kamila do siebie.

Tego chcę, pomyślała.

Kamil czuł ciepło bijące od Leny. Obezwładniające, dające ciszę i spokój, dające bezpieczeństwo, przynajmniej na chwilę.

Tego bym chciał, pomyślał.

NIEDZIELA, PAŹDZIERNIK

Robert rozejrzał się po kuchni. Wyglądała jak z katalogu bardzo drogiego sklepu. Na pierwszy rzut oka sprawiała wrażenie nieużywanej, ale to nie była prawda. Po prostu lubił porządek. Może i nie gotował codziennie posiłku dla kilku osób, ale z pewnością coś się tutaj działo.

Uruchomił ekspres do kawy i spojrzał na zegar na ścianie. Dochodziła ósma. Jeśli właścicielka mieszkania nie wstanie za parę chwil, może sobie trochę poczekać. Nie chciał wyjść bez pożegnania. To nie byłoby na miejscu. Domyślał się, że dla niektórych to musiał być standard, ale on sam z pewnością do nich nie należał, a fakt, że w ogóle się tu znalazł, nie oznaczał, że powinien zapomnieć o swoich zasadach.

Zasadach? Parsknął kpiąco, pod nosem. Nie mówisz chyba o sobie. A jakie były te zasady? Kłamstwo i ranienie ludzi, których kochał albo którzy kochali jego, bo co do uczuć, do których był zdolny, można było mieć uzasadnione wątpliwości. A jak się miały te „zasady" do jego obecności w tym mieszkaniu?

Na swoją obronę mógł powiedzieć, że przecież nic się nie stało, do niczego nie doszło. Tylko czy decyzja należała wyłącznie do niego? Iga, kobieta z baru, widząc, że nie wyciągnie od niego smutnej historii, dała sobie spokój i nie ciągnęła go już za język. Sama też raczej nie była skora do zwierzeń. Po co psuć tak miły wieczór, powiedziała w pewnym momencie. Biorąc jednak pod uwagę fakt, że początek rozmowy mieli obiecujący, z podobną dawką ironii i sarkazmu, nie chcieli jej za szybko kończyć. W każdym razie Iga nie chciała, nie po to tam przyszła.

Jego agenda na ten wieczór była zupełnie inna. On przyszedł po odpowiedź, a może raczej po potwierdzenie. Wiedział, że we własnym mieszkaniu na pewno ich nie znajdzie. A bar był takim samym miejscem jak każde inne. No może nie jak każde, no i był długo otwarty. Robert potrzebował tego szumu wokół, nie chciał ciszy. Spędził w niej poprzedni wieczór, po niespodziewanej wizycie, po tym, jak zrobił… Nawet teraz nie potrafił tego dokładnie nazwać.

Przez ten cały czas, przez wszystkie miesiące, wierzył, że postępuje słusznie, że tak właśnie powinno być. Kiedy siedział samotnie przedwczoraj wieczorem, ta wiara nie była już taka silna. Zresztą musiał to przyznać sam przed sobą, nie była taka już od dawna i to, co zrobił, a także słowa, jakie wypowiedział do Leny, zaskoczyły go samego.

Pierwszym odruchem po jej wyjściu było pobiec za nią. Przeprosić, wyjaśnić, błagać o wybaczenie. Jednak siła, która kierowała jego krokami od czasu styczniowej wizyty u lekarza, nie pozwoliła mu na to. Trudno było powiedzieć, czy to wada, czy zaleta jego charakteru, ale rzadko schodził z raz obranej drogi. Za podejmowane decyzje należało ponosić odpowiedzialność, a nie zmieniać je przy każdej dogodnej okazji albo kiedy bywało ciężko.

Przy każdej wątpliwości powtarzał sobie, że to, czego on sam by chciał, jest nieważne. Liczy się dobro innych. Tylko czy to na pewno było dobro? Od dawna znał odpowiedź i nie było sensu do tego wracać.

Pytanie, dlaczego ciągle to robił?

W tym momencie usłyszał niezbyt głośny sygnał świadczący o tym, że kawa jest gotowa. Otworzył szafkę w poszukiwaniu kubka. Trafił za pierwszym razem. Szafka nad ekspresem. Logicznie i wygodnie. To miało sens. Nalał sobie, a następnie usiadł z kawą przy kuchennym stole. Spojrzał przez okno. Widok na park. Gdyby go tu przywieźli z zasłoniętymi oczami i posadzili w tym miejscu, mógłby się nie domyślić, że znajdują się prawie w centrum stolicy. Nie było to z pewnością tanie miejsce.

Nagle zdał sobie sprawę, jak mało wiedział o właścicielce. Oczywiście w ciągu kilkugodzinnej rozmowy poznał jej upodobania filmowe, muzyczne i związane z literaturą. Znał również jej zdanie na temat obecnej sytuacji w kraju, chociaż o tym akurat starali się rozmawiać jak najmniej, czasami samo wychodziło, kiedy wypsnęło im się jakieś mało kulturalne słowo. To należy zachować dla rządzących – mówili zgodnie i wracali do rozmowy o czymś, co rzeczywiście miało jakiś poziom. Dowiedział się nawet, jakich malarzy uwielbia. Wszystko do niego wracało, niezależnie od tego, jaką epokę by omawiali. Robert kiedyś miał fazę na malarstwo i przez długi czas nie odpuszczał żadnej wystawy w Warszawie. Często jeździli we trójkę na weekendy do innych miast, gdy tylko coś ciekawego było wystawiane. Bardzo mu to pomogło w rozmowie z Igą, która patrzyła na niego niemal z podziwem, kiedy nie ustępował jej w dyskusji. Zdawał sobie sprawę, że jego namiastka wiedzy jest niczym przy ogromie znajomości tematu u jego rozmówczyni, ale pozwalał jej mówić zdecydowanie więcej, a poza tym jej stopień upojenia wzrastał niewspółmiernie do jego.

Zanim zdążył wypić szklankę piwa, Iga miała za sobą przynajmniej dwa drinki i chyba koniec końców przeliczyła się co do swoich możliwości. Kiedy wychodzili z baru, w pierwszej chwili chciał ją tylko wsadzić do taksówki, ale wtedy nie miałby kto odprowadzić jej do domu. Nie chciał zostawiać jej samej. Kiedy jechali, Iga nieco doszła do siebie, a jego obecność u swego boku odebrała jak obietnicę dalszych atrakcji. Była wręcz przekonana, że to był jej pomysł, że jadą razem. Kilka piw, które wypił Robert, już wyparowało z jego organizmu. Oczywiście nie usiadłby za kółkiem, ale umysł miał dosyć jasny i z koordynacją ruchową też nie było żadnych problemów. Tego samego nie można było powiedzieć o jego towarzyszce. Nie musiał jej podpierać, chociaż ona sama chętnie wsparła się na jego ramieniu w drodze do mieszkania.

Kiedy znaleźli się pod drzwiami, chciał już iść, ale Iga zdecydowanym ruchem pociągnęła go do środka. Nie żeby się jakoś specjalnie opierał, w końcu i tak nikt ani nic na niego nie czekało. Równie dobrze mógł spędzić noc z tą atrakcyjną kobietą.

Problem w tym, że jednak nie mógł. Tłumaczył sobie, że nie jest nic nikomu winny ani przed nikim nie odpowiada. Czy wszystko było kłamstwem? Czy przez te wszystkie miesiące oszukiwał sam siebie? Nie chciał na te pytania odpowiadać. Bo czy one same nie zawierały już odpowiedzią?

Miał trochę czasu, aby o tym pomyśleć. Kiedy znaleźli się w sypialni, powiedział, że musi skorzystać z toalety. Liczył, że ten ruch ostudzi zapał Igi. I rzeczywiście ostudził. Kiedy Robert wrócił do sypialni, już prawie spała. Ostatkiem sił poprosiła, aby się położył obok niej, co zresztą uczynił. Po bardzo krótkiej chwili gospodyni była w krainie snów. Robert planował odczekać chwilę i delikatnie ewakuować się z mieszkania.

Próbował trzy razy. Za każdym z nich Iga zaciskała mocniej dłoń na jego ręce. Była w tym jakaś desperacja i Robert nie miał pewności, czy ten ruch jest w pełni nieświadomy. Może po prostu tej jednej nocy potrzebowała, żeby ktoś przy niej był. Jak się szybko okazało, on potrzebował tego bardziej. Zasnął, nie wiedząc kiedy.

Wpatrzony w widok za oknem, nie usłyszał cichych kroków gospodyni.

– Dzień dobry.

– Dzień dobry. – Odwrócił głowę.

Widać było, że Iga właśnie wstała. Wciąż była w tym samym ubraniu co wczoraj.

– Wyglądam okropnie – stwierdziła z uśmiechem.

– Nie sprawiłaś wrażenia kogoś, kto się tym przejmuje – odpowiedział.

– Serio? – spytała, nalewając sobie kawę i siadając naprzeciw niego. – A jednak byłam wczoraj chyba trochę odstawiona.

– Między słowami wspomniałaś, że wcześniej miałaś spotkanie biznesowe. A zresztą jesteś tak piękną kobietą, że pora dnia czy makijaż nie mają żadnego znaczenia.

Iga rozparła się wygodnie na krześle.

– Chcesz mnie zaciągnąć do łóżka? – uśmiechnęła się szeroko.

– To mamy już za sobą. To ty mnie raczej zaciągnęłaś.

Iga popatrzyła znacząco na siebie.

– Jeśli po seksie nie ubrałeś mnie z powrotem, to wygląda na to, że jednak nic się nie wydarzyło.

– A kto tu mówi o seksie? Myślę, że coś się wydarzyło.

Popatrzył poważnym wzrokiem na Igę i dodał:

– Odpowiedzieliśmy na swoje potrzeby.

Iga zamyśliła się. Spojrzała w okno, po czym po krótkiej chwili skierowała wzrok na swojego gościa.

– Ja tak nie robię – powiedziała poważnie.

– Nie musisz mi nic tłumaczyć – odparł szybko.

– Jakoś wydaje mi się, że muszę. Sama tak czuję.

– Nieźle jak na kogoś, kogo nie obchodzą opinie innych.

– Może to kwestia osoby. Powiedziałam, że ja tak nie robię, i to jest prawda. Miałam wczoraj ciężki dzień, nie dość, że sobota, to jeszcze musiałam być w miejscu, w którym nie chciałam być. Wejście do tego pubu uznałam za dobry pomysł. Zazwyczaj takie miejsca są trudne do zniesienia dla samotnej kobiety. Dlatego zresztą sama rzadko tam bywam. I tam byłeś ty, nie dość, że dobrze mi się rozmawiało, to nic ode mnie nie chciałeś. Na dodatek zaopiekowałeś się mną. Dlatego się tłumaczę i dziękuję.

– Jak mówiłem wcześniej, nie musisz i to ja dziękuję.

– Coś sobie jednak daliśmy – uśmiechnęła się delikatnie.

– Owszem.

– Chcesz o tym opowiedzieć?

Spojrzał na nią uważnie.

– A ty jesteś pewna, że chcesz o tym słuchać?

Uśmiechnęli się do siebie.

– Nieee – powiedzieli jednocześnie.

Robert podniósł się z krzesła. Iga również wstała.

– Czas na mnie – powiedział.

Minął ją i skierował się do przedpokoju. Już otworzył drzwi i miał wyjść, kiedy Iga złapała go za rękę.

– To, jak się zachowałeś, nie zdarza się często – powiedziała.

Delikatnie uścisnął jej dłoń, po czym puścił i wyszedł na korytarz.

– Nie znasz mnie – odpowiedział.

– Ale znam się na ludziach.

Robert uśmiechnął się.

– Niech i tak będzie. Poznanie ciebie to była prawdziwa przyjemność, o bardzo niewielu osobach mogę to powiedzieć.

– Dziękuję.

Hollywoodzki uśmiech rozświetlał twarz Igi niezależnie od tego, czy dopiero wstała, czy była gotowa na bal.

– I nawzajem – dodała.

Już chciał odejść, pożegnanie i tak się przeciągało.

– Myślisz, że...? – spytała jeszcze.

– Nie – odpowiedział zdecydowanie i szybko dodał: – W moim życiu nie ma miejsca dla nikogo. Może w następnym.

Nie oglądając się za siebie, ruszył ku schodom. Nie chciał stać i czekać na windę. Nie chciał przedłużać tej rozmowy. Ten kontakt z drugim człowiekiem i tak trwał za długo.

* * *

Lena stała w kuchni i patrzyła przez okno. Słońce już dawno wzeszło i zapowiadał się ciepły jesienny dzień. Powinna pomyśleć o jakimś obiedzie, za parę godzin dzieci wrócą do domu i dobrze byłoby mieć coś przygotowane. Planowała zrobić zakupy dzień wcześniej, na spokojnie pojechać do sklepu w sobotę rano i ogarnąć wszystkie potrzebne rzeczy, nie tylko na niedzielę, ale i na kolejny tydzień. Poniedziałek i wtorek miała wypełnione po brzegi obowiązkami zawodowymi, na nic innego nie starczyłoby jej czasu. Mogła co prawda wybrać się jeszcze dzisiaj, ale w niedzielę zawsze było więcej ludzi, a poza tym nie bardzo jej się chciało.

Nie miała siły. Mimo że Monika była z nią przez całą noc i rozmawiały chyba do drugiej, przerabiały i analizowały wszystko, co się wydarzyło, to na dobrą sprawę jej stan nie uległ specjalnej zmianie. Oczywiście nie miała już czasu użalać się na sobą i nad tym, jak okrutnie los się z nią obszedł.

Uśmiechnęła się pod nosem. Nawet teraz użyła słowa „los". A rzeczywistość była taka, że to nie los, tylko Kamil, a może raczej Robert to zrobił. Nie chciała się zanurzać w te dywagacje. Wiedziała, dokąd ta droga prowadzi. To nie Kamil, to Robert, to los. Tylko nie on, bo on był prawdziwy. Dokładnie tak by to wyglądało. W tym duchu zresztą toczyły się ich rozmowy, jej i Moniki. Przyjaciółka w sposób jasny i klarowny tłumaczyła Lenie rzeczy, wydawałoby się, oczywiste. Lena zaś kiwała głową, potakiwała, zgadzała się w całej rozciągłości. W świetle wszystkich wydarzeń trudno było tego nie robić, ale… No właśnie, cały czas było „ale".

I był jeszcze ból. Dojmujący, przeszywający na wskroś ból. Odbierający oddech, ból. Kiedy obudziła się w nocy, a za oknem jeszcze królował mrok, poczuła strach, bliżej nieokreślony, czający się wokół niej. Przez te kilka miesięcy cierpiała, co do tego nie było żadnych wątpliwości, tylko że przez ten cały czas tliła się iskierka nadziei, że go znajdzie, a on jej wytłumaczy, dlaczego zrobił to, co zrobił. I że to wytłumaczenie będzie logiczne i… Właściwie to nie bardzo wiedziała, jakiego wyjaśnienia się spodziewać, ale gdzieś głęboko miała nadzieję, że ono będzie pozytywne. Że będzie pozytywne dla nich dwojga. Dalej jej myśli nie wybiegały. Z całą pewnością to spotkanie miało być inne od tego, uczestniczką którego była raptem przedwczoraj.

Poprzedniego dnia, kiedy słuchała argumentacji Moniki, tej iskierki już nie było, mimo że za wszelką cenę chciała pozwolić jeszcze jej się tlić. Chuchała na nią delikatnie, zasłaniała dłońmi, aby tylko jeszcze świeciła, chociaż odrobinę. Robert, oczywiście, że Robert, przecież nie Kamil, wylał na tę iskierkę wiadro wody, ale to i tak jej nie przeszkadzało, aby ją chronić. Alternatywa była nie do przyjęcia. Rzeczywistość, przynajmniej taka, jaką ją malowała jej przyjaciółka, była nie do przyjęcia. Negacja z pewnością trzymała się bardzo dobrze, zdecydowanie lepiej niż sama Lena.

Stała teraz, patrząc na obudzony już nowy dzień i bała się go. Ta nadzieja, może złudna, trzymała ją do tej pory. Teraz odeszła, a zmierzenie się z faktami było nie do przyjęcia. W ten jeden lipcowy tydzień oddała całą siebie, każdy najmniejszy skrawek duszy i ciała. Może powinna coś uchronić, coś zabezpieczyć, na wszelki wypadek zostawić tylko dla siebie. Tylko że to nie było w jej stylu. Ona wtedy dała wszystko i czuła się z tym dobrze. Inaczej tego sobie nie wyobrażała. Dokładnie tak jak teraz nie wyobrażała sobie następnego dnia. Życie musi mieć jakiś sens i dla niej ten sens wiązał się z miłością. Z tym słowem, którego przez ostatnie miesiące bała się wymawiać. Teraz ograniczanie się w tym zakresie nie miało już żadnego sensu.

To była miłość, jej miłość. Za nią tęskniła i na nią czekała.

To było to. Jeszcze do przedwczoraj, z nadzieją na dalszy ciąg, na połączenie. Teraz ta nadzieja umarła.

Stojąc i patrząc przez okno, Lena czuła pustkę. Bezgraniczną, wciągającą w swe odmęty pustkę. Beznadziejność jej położenia podkreślał fakt, iż wiedziała, że to uczucie nie odejdzie, a z pewnością nie za szybko.

Nagle usłyszała dźwięk telefonu. Szybko spojrzała na wyświetlacz. Nie, to nie był on. Nie była to też Monika, której głos Lena chętnie by teraz usłyszała. Dzwoniła jej kochana córeczka, pewnie wrócą wcześniej, niż planowali. Najwyższy czas się ogarnąć. Nienawidziła tego określenia, które zazwyczaj zbagatelizowało poważniejsze kwestie. Ale czy w jej przypadku były one poważne? Uśmiechnęła się smutno do siebie. Musi się po prostu ogarnąć. To już był koniec. Ta bajka już się skończyła kilka miesięcy temu, nawet jeśli ona nie chciała w ten koniec uwierzyć.

Tylko ten ból. Skoro Kamil nie istniał, to dlaczego pieprzony ból chciał ją rozerwać na pół?

Oparła się o kuchenny blat i zacisnęła powieki.

Czas się ogarnąć.

PONIEDZIAŁEK, PAŹDZIERNIK

Robert ostatni raz obiegł wzrokiem mieszkanie. Panował w nim idealny porządek. Gdyby ktoś tutaj wszedł, pomyślałby z pewnością, że od dawna nikt z niego nie korzystał. Właściwie prawda. Wyglądało tak, odkąd poprzedni właściciel się wyprowadził. On z pewnością nie wniósł w nie życia. Zresztą był tu tylko przejazdem.

Popatrzył na stół, na którym leżały dwie koperty. Janek zabierze je na dniach. Esemes w tej sprawie wysłał dzisiaj rano. Trzecią trzymał w ręku. Delikatnie włożył ją do torby z rzeczami. Tylko to, co niezbędne. Zgodnie z zaleceniami. List wyśle po drodze. Janek o to też mógł zadbać, ale Robert chciał to zrobić sam. Logiczne? Pewnie nie, ale co za różnica? Ten był inny. Inna relacja. Inna... już kobieta, chociaż dla niego zawsze zostanie małą...

Otarł szybko łzy, które momentalnie napłynęły mu do oczu. To nie był najlepszy czas na rozklejanie się, żaden nie był dobry. Mieli swój czas. Był przy niej zawsze, ale nawet zawsze kiedyś się kończy.

Ostatnie spojrzenie. Czy zadbał o wszystko? Już od dawna wszystko było zabezpieczone. Co prawda, powtarzał sobie często w myślach tę listę. Jak Arya Stark listę ludzi odpowiedzialnych za zbrodnie na jej rodzinie, których miała zabić. Czy jego lista też była taka? Może mniej dramatyczna, ale z pewnością okupiona cierpieniem. Bólem, który on zadał. Pytanie brzmiało: w imię czego? W imię źle pojętej ochrony. Już dawno nie był tego pewny, tyle że z obranej drogi nie zamierzał zejść. Zresztą i tak nie miała być za długa. A potem? Potem i tak nie było nic.

ŚRODA, PAŹDZIERNIK

Moje Szczęście kochane!
Długo zbierałem się do napisania tego listu. Choć szczerze mówiąc, nie wiem, jakimi słowami miałbym oddać to, co chcę Ci przekazać.
Dziękuję Ci za tę wizytę sprzed kilku dni, bardzo wiele dla mnie znaczyła. Przypomniała mi o wszystkich naszych posiadówkach do późnej nocy, a maratonach filmowych, kiedy zazwyczaj przy trzecim filmie musieliśmy się budzić nawzajem. Jednocześnie całe nasze wspólne życie przeszło mi przed oczami. Układanie piankowych puzzli na wyścigi, gry w memory, zwłaszcza w nasze ulubione „Gdzie jest Nemo?", później granie w piłkę, w kosza, no i w ping-ponga na stole w jadalni. I oczywiście kino, to, co zawsze lubiliśmy najbardziej, a potem długo o tym rozmawialiśmy. Mógłbym tak długo wymieniać, ale boję się, że skupiam się na drobiazgach, na rzeczach trywialnych, tylko po to, aby nie przejść do powodu tego listu. Bo nie chcę. Chcę za to na chwilę zatrzymać się w tych wspo-

mnieniach. W każdej najdrobniejszej chwili, takiej jak ta, kiedy odbierałem Cię z przedszkola w Twojej mojej ulubionej flanelowej koszuli. Kiedy ją rano zakładałem, wiedziałaś, że tego dnia będę wcześniej i czeka nas jakaś wyprawa. Tęsknię za tym wszystkim, ale jednocześnie wiem, że to wszystko miałem, że wykorzystałem mój czas z Tobą, że te wszystkie wspomnienia dotyczą sytuacji, które miały miejsce, które faktycznie się wydarzyły i o ile zawsze będę czuł niedosyt, przeżyłem te chwile, przeżyliśmy.

Ten dosyć przydługi wstęp odwleka to, co najważniejsze. Moje przeprosiny. Przepraszam Cię za to, co musiałaś przejść w związku z naszym rozstaniem. To była i jest wyłącznie moja wina. Mama była tak samo zaskoczona jak Ty i mimo że mówiła same właściwe rzeczy, dla niej to też był szok. Po prostu jak zwykle miała na uwadze wyłącznie Twoje dobro. Refleksja co do uczuć w naszym małżeństwie przyszła później i choć ja przedstawiłem ją jako powód rozstania, wtedy, w tamtym momencie było inaczej.

Kilka dni wcześniej dowiedziałem się, że jestem chory i że nic nie da się z tym zrobić, a na dodatek śmierć może przyjść nagle, w każdej chwili. Decyzję musiałem podjąć szybko i tak też zrobiłem. Nie chciałem wciągać Was w to oczekiwanie na nieuniknione. Uznałem, że odejście będzie lepszym wyjściem. Nie mogłem powiedzieć Wam prawdy, bo nigdy byście mnie nie puściły. Tak było lepiej, tak myślałem wtedy i tak myślę teraz.

Jedyne, czego żałuję, to że pozbawiłem się czasu z Tobą. Pocieszam się, że tyle go mieliśmy, ale tego nigdy dosyć. Wyrosłaś na mądrą, inteligentną kobietę. Na dobrego, pełnego empatii człowieka. Nawet gdybym chciał, to pewnie nie mógłbym być bardziej dumny z Ciebie. Najlepsze, co mi się w życiu przydarzyło, to Twoje przyjście na świat.

Kocham Cię, zawsze jesteś w moich myślach.

Jeszcze raz przepraszam.

Tata

Kinga patrzyła z niedowierzaniem na kartkę trzymaną w ręku. Doskonale znała ten charakter pisma. Odkąd była małą dziewczynką, pisali do siebie z tatą liściki. Na początku były to oczywiście bardziej obrazki, na które tata odpowiadał swoimi, przemycając w nich zazwyczaj pojedyncze słowa, aby mogli później razem je rozszyfrowywać. Kiedy już nauczyła się pisać, rysunki zazwyczaj stanowiły mały dodatek. Na przestrzeni lat ich zwyczaj zaczął powoli zanikać, ale co jakiś czas potrafili siebie zaskoczyć listami, w najmniej spodziewanych momentach. Ona potrafiła znaleźć taki w plecaku, on w torbie, którą nosił do pracy.

Dawno już nie trzymała takiego w rękach. W pierwszej chwili nie dotarło do niej to, co przeczytała. Za dużo wiadomości w niewielu słowach. Jakaś chaotyczność biła z tego listu. Najpierw wspomnienia, ich wspomnienia, a potem cios. Chciała pomyśleć, że to żart. Cała trójka lubiła czarny humor, ale to przekraczało wszelkie granice i w żaden sposób nie dało się nazwać żartem.

Jak to chory? Jak to umierał? Co to w ogóle znaczyło? To wszystko brzmiało tak, jakby się z nią żegnał.

Drżącymi rękami chwyciła telefon i wybrała jego numer. Zero sygnału, od razu włączała się poczta. Takiej sytuacji nie było nigdy. Raz w lipcu, ale wtedy zmieniał numer i trwało to może dzień albo dwa. Nawet by tego nie zauważyła, gdyby akurat nie miała pilnej sprawy. Poza tym nigdy nie wyłączał telefonu. „Przecież moja córeńka może zadzwonić", mówił. I to była prawda, zawsze był pod telefonem.

Spróbowała jeszcze raz i jeszcze raz.

– Oddzwoń do mnie – powiedziała do słuchawki, ale gdzieś głęboko była przekonana, że się nie doczeka.

Chwyciła ponownie za aparat i odszukała kolejny numer.

* * *

Monika usiadła ciężko w fotelu. Przed chwilą zamknęła drzwi za ostatnią pacjentką. To był trudny dzień. Spojrzała na zegarek. Dochodziła siedemnasta. Normalnie o tej porze na sesję przyszłaby Lena. Nawet była zapisana w kalendarzu i pewnie tylko dlatego Monika miała już na dzisiaj wolne.

Teraz gdy praktycznie z dnia na dzień stały się przyjaciółkami, musiały zakończyć sesje. Trudno byłoby mówić o jakimkolwiek obiektywizmie. Kodu etycznego raczej nie naruszyły, nie było w nim raczej mowy o przyjaźni. Co innego, gdyby zostały kochankami. Monika uśmiechnęła się do tej myśli. Na pewno mogłaby trafić gorzej niż na Lenę. Może to było jakieś rozwiązanie? Uśmiechnęła się jeszcze szerzej i pokręciła głową. Była wyraźnie zmęczona. Dzisiaj pacjenci jej nie oszczędzali. Teraz potrzebowała chwili wytchnienia.

Zamknęła oczy i wyciągnęła nogi na stoliku, który odgradzał ją od fotela dla pacjentów. Najchętniej by się przespała. Odkąd zarwała sobotnią noc, nie mogła dojść do siebie. Codziennie mówiła, że położy się wcześniej, ale nic z tego nie wychodziło, zawsze znajdowała sobie coś do zrobienia.

Podniosła się gwałtownie. To może dzisiaj będzie ten dzień. Wróci do domu. Szybki prysznic. Jeśli poczuje głód, to ewentualnie coś zje, ale to tylko ewentualnie, i do łóżka. Jutro w ośrodku miała być dopiero na dziewiątą, więc do wpół do ósmej może pospać. Powinno wystarczyć.

Już zgasiła światło i szykowała się do wyjścia, kiedy sięgnęła do torby po telefon. Zazwyczaj robiła to od razu po sesji. Taki odruch z czasów, kiedy jej dziecko potrafiło zadzwonić z byle powodu. Teraz robiła to raczej z przyzwyczajenia. Odkąd Kinga wyjechała, takich sytuacji było w sumie niewiele. Na szczęście nie było.

Do teraz.

Sześć połączeń nieodebranych. Po co aż sześć? Przecież po jednym by z pewnością oddzwoniła. I esemes: „Zadzwoń do mnie szybko". Monika poczuła, jak niepokój wystrzelił jak z katapulty, skok adrenaliny był natychmiastowy. Szybko przycisnęła zieloną słuchawkę.

* * *

Czuła, jak trzęsą jej się ręce. Ledwo zamknęła drzwi gabinetu. To, co przed chwilą usłyszała od Kingi, nie miało sensu. I jednocześnie go miało, wszystko go miało, całe ostatnie dziesięć miesięcy miało sens.

Nie, pokręciła głową, nie miało. Powinien im o wszystkim powiedzieć. W opowieści Kingi panowały chaos i panika. Jej córka powiedziała, że wsiada w pociąg i przyjeżdża. Z dużym trudem Monika wybiła jej to z głowy. Sama była strasznie zdenerwowana, a jeszcze musiała uspokajać córkę. Nie wiedziały, co się dzieje i skąd ten nagły list, ale cała sytuacja nie wróżyła nic dobrego. Przyjazd Kingi nie miał sensu, dopóki nie poznają jakichś konkretów. Córka przyjęła to tłumaczenie do wiadomości, ale co miała zamiar zrobić, nie było wcale takie jasne. Umówiły się, że Monika pojedzie do mieszkania Roberta i sprawdzi, czy jest, i wyjaśni sprawę. Kinga zasugerowała, aby Monika najpierw pojechała do siebie, gdyż tam jej córka raptem pięć dni temu zostawiła klucze do mieszkania taty.

Przynajmniej tyle dobrego, pomyślała Monika. Nie była pewna, czy powinna tak po prostu wparować do mieszkania Roberta, używając kluczy córki. Na razie kolejny raz spróbowała dodzwonić się na jego komórkę. Oczywiście kolejny raz bez rezultatu.

Piętnaście minut później wpadła do domu. Dobrze, że gabinet był niedaleko. Musiała przyznać, że Robert pomyślał o wszystkim. Każdy szczegół był przemyślany z chirurgiczną precyzją, odległość między ich mieszkaniami i jednoczesna bliskość jej gabinetu. Do siebie do pracy miał trochę dalej, ale i tak zdecydowanie bliżej niż z ich domu poza miastem. Ciekawe, ile jeszcze rzeczy było tak zaplanowane i dlaczego? Odpowiedź na to ostatnie była jasna: tajemnicza choroba.

Analizowanie wszystkiego bez znajomości szczegółów było bezcelowe. Opierało się wyłącznie na zgadywaniu i przypuszczeniach i mogło doprowadzić do jeszcze większego bólu głowy. Klucze były w miejscu, o którym wspominała Kinga. Po co je zostawiła? Prawdopodobnie przez roztargnienie. Przynajmniej raz na coś się przydało. Monika wrzuciła je do torebki i wyszła z mieszkania. Teraz czekał ją troszkę dłuższy spacer albo cztery przystanki autobusem, który jechał nieco naokoło. Zdecydowała się jednak na marsz. Przynajmniej będzie w ruchu, troszkę może ochłonie na powietrzu.

Po drodze do mieszkania eksmęża tylko raz wybrała jego numer, bardziej dla pewności niż z przekonania. Rezultat był taki jak poprzednio. Ktoś, kto napisał list, chciał pozostać nieosiągalny, a to nie był dobry znak. Oczywiście Monika w znaki nie wierzyła, ale ten nie był nadprzyrodzony, ale wynikał z działania człowieka z krwi i kości.

Wszystko przemyślane.

A dlaczego ona nie dostała listu? Specjalnie jak tylko weszła do bloku, sprawdziła skrzynkę. Nic w niej nie było. A przecież do niej list powinien dojść szybciej niż do Kingi, do Poznania. O ile dla niej takowy był. Na pewno był. Robert w ostatnim czasie był innym człowiekiem. Od czasu do czasu, w ich i tak rzadkich kontaktach widziała przebłyski jej męża, ale to były tylko ułamki sekund, po czym szybko stawał się tym nowym odpychającym kimś.

Już stała przed wejściem do bloku. Nacisnęła dzwonek domofonu. Nie odczekała nawet pięciu sekund i użyła klucza, aby wejść na klatkę schodową. Szybko schodami do góry.

Dzwonek do drzwi, też bardziej dla zasady. Przekręciła klucz w zamku i już była w środku. Tylko raz przekroczyła ten próg, na samym początku, zaraz po dokonaniu transakcji. Nigdy później nie została zaproszona. Zapaliła światło i stanęła jak wryta. Nagle przestraszyła się tego, co może zastać. Umysł szybko nakreślił najstraszniejsze scenariusze. Energicznie pokręciła głową. Robert nic głupiego by nie zrobił. Zdefiniuj głupiego, upomniała się w myślach. Może jej mąż Robert nie zrobiłby nic głupiego, ale jej nie mąż? Czy mogła za niego ręczyć. Ponadto kiedy się rozstawali, wciąż z prawnego punktu widzenia tym mężem był. A czy separacja i rozwód były mądre? To też nie było oczywiste i z pewnością do rozważań na inną chwilę.

Wciągnęła powietrze nosem. Poczuła raczej lekki zaduch, a nie smród rozkładającego się ciała. Nie żeby wiedziała, jaki to jest zapach. Ruszyła powoli w głąb mieszkania. Uchyliła drzwi od sypialni po lewej stronie i zajrzała do środka. Pościel ułożona równiutko co do centymetra. Ruszyła dalej. Łazienka po prawej stronie. Nie była pewna, co spodziewała się tam znaleźć. Wolała nie wyrażać tego na głos. Również nic. Czysto i schludnie, jakby mieszkanie nie było używane. Wreszcie kuchnia i salon. Z tych pomieszczeń z pewnością nikt bardzo dawno nie korzystał. Kuchnia była wręcz sterylna. Robert zawsze lubił porządek, ale żeby aż tak? Salon również nie wyglądał jak pomieszczenie, w którym lubiłby spędzać czas jej były mąż. Zero sprzętu grającego, zero płyt, zero filmów. Gdzie się podziały całe jego zbiory, które kazała mu zabrać ze sobą?

Wszystko było nie tak.

Jej myśli powędrowały do Leny, czy nie tak właśnie powtarzała sobie ze swoim „Kamilem", a potem została z tym stwierdzeniem, które okazało się bardziej prawdziwe, niż przypuszczała.

Teraz ta sama myśl pasowała do niej i do Roberta.

Wszystko nie tak.

Nagle jej wzrok przyciągnęło coś białego na stoliku w salonie. Podeszła bliżej i zobaczyła dwie koperty. Wzięła pierwszą do ręki. Widniał na niej wykonany drukowanymi literami napis „DLA M.". Już miała sięgnąć po drugą kopertę, kiedy usłyszała dźwięk otwierających się drzwi. Z kopertą w ręku odwróciła się w stronę wejścia do mieszkania.

– Dzień dobry. Czy zastałem tutaj kogoś?

Monika usłyszała męski głos. Z pewnością nie był to Robert, on zresztą nie sformułowałby pytania w taki sposób. Na zastanawianie się nie było czasu, nie minęła chwila, a przed nią stał ubrany elegancko mężczyzna. Mógł być mniej więcej w jej wieku.

– Dzień dobry – powtórzył. – Co pani tutaj robi? Bo jak mniemam, nie jest pani córką mojego klienta.

– Pana klienta? – Monika popatrzyła zaskoczona na mężczyznę, i po chwili pewniejszym głosem dodała: – Jestem żoną, jak się domyślam... pana klienta.

– Pani pozwoli, że się przedstawię. Jan Winnicki, prawnik.

Mężczyzna wyciągnął rękę do Moniki.

– Monika Dobrowolska. – Uścisnęła lekko dłoń mężczyzny. – Prawnik? – spytała.

– Owszem. Rozumiem, że jest pani byłą żoną mojego klienta. – Winnicki położył nacisk na słowo „byłą".

Monika kiwnęła głową.

– Czyli jeśli dobrze się orientuję, nie ma pani prawa tutaj przebywać.

Monika spojrzała na niego z irytacją.

– A może ten klucz dostałam od męża?

– Byłego męża – podkreślił ponownie Winnicki – i wiem na pewno, że nic takiego się nie wydarzyło. A jeśli się nie mylę, trzyma pani w ręku coś, co chyba ja powinienem odebrać.

Mężczyzna popatrzył na kopertę trzymaną przez Monikę. Ta odruchowo przytuliła ją do piersi.

– Ten list jest chyba do mnie.

Popatrzył na nią z pewną rezygnacją. Dostał jasne instrukcje. Miał przekazać oba listy osobiście, ale najwcześniej następnego dnia, a może nawet trochę później. Wtedy miało być już po wszystkim.

Takie miał zadanie, ale nie wziął pod uwagę żadnych przeszkód. Co powinien teraz zrobić? Szarpać się z tą kobietą, próbować jej wyrwać kopertę tylko po to, aby za dzień lub dwa dostarczyć ją osobiście? Wątpił, aby oddała mu ją z własnej woli.

– Jest do mnie, prawda? – spytała.

– Owszem. Ale miała ją pani otrzymać dopiero… później.

– Dlaczego? – Monika nieznacznie podniosła głos.

– Nie mogę odpowiedzieć na to pytanie.

– Proszę posłuchać, moja córka dostała bardzo niepokojący list.

Po twarzy prawnika przemknął wyraz zdziwienia; to z pewnością nie było częścią planu. Czyżby jego klient nie docenił możliwości poczty? Prawdopodobnie. Wysłał list do córki, licząc na to, że będzie szedł zdecydowanie dłużej.

Nie umknęło to uwadze Moniki.

– Czyżby moja córka też dostała list za wcześnie? Za wcześnie od czego? O co w tym wszystkim chodzi? Moja córka odchodzi od zmysłów, ja zresztą też i… – Przypomniała sobie o drugiej kopercie wciąż leżącej na stoliku.

Prawnik chyba pomyślał o tym samym, bo w mgnieniu oka zrobił kilka kroków i zgarnął list.

– Ten nie jest do pani, zapewniam.

– A do kogo?

Prawnik westchnął.

– Proszę mnie posłuchać…

– To pan niech posłucha – Monika weszła mu w słowo. – Z listu otrzymanego przez moją córkę dowiedziałyśmy się, że Robert jest chory, o czym pan z pewnością wie.

Wypowiadając ostatnie zdanie, nie potrafiła ukryć goryczy. Jan Winnicki tak po ludzku zaczął jej współczuć. Dobrze się orientował w tej nietypowej sytuacji, począwszy od ukrycia przez Roberta choroby przed najbliższymi poprzez oddalenie się od nich aż po dzisiejszy dzień. Oczywiście nie do niego należała ocena postępowania jego klienta, on miał zadania do wykonania i z nich miał się wywiązać. Najwyraźniej na jednym odcinku zawiódł. Podziwiał precyzję, z jaką jego klient zaplanował wszystko na przestrzeni ostatnich miesięcy. Można było odnieść wrażenie, że Robert Dobrowolski jest przygotowany na każdą ewentualność, co by się nie wydarzyło i w jakiej chwili. Jak się jednak okazało, nie wszystko. Poczta, na którą można było liczyć praktycznie zawsze, że nie dostarczy przesyłki na czas, tym jednym razem zadziałała w ekspresowym tempie.

– Niestety nic więcej nie mogę powiedzieć.

– Nic więcej? – spytała ironicznie Monika. – Przecież nic pani nie powiedział.

– I nic więcej nie mogę dodać. Może więcej dowie się pani z tego listu, którego też nie powinienem pani zostawiać. Ale z tego to już jakoś będę się musiał wytłumaczyć.

Albo i nie, pomyślał, ale nie powiedział tego na głos.

– Rozumiem, że zamknie pani drzwi? – bardziej stwierdził, niż spytał. – W takim razie pozwoli pani, że się pożegnam. Do zobaczenia.

Prawnik odwrócił się na pięcie i wyszedł, zanim Monika zdążyła zareagować. Wszystko stało się tak nagle. Co to w ogóle było? Prawnik, do zajęcia się sprawami Roberta. To brzmiało tak... ostatecznie. Spojrzała ponownie na list, który przez cały czas rozmowy z Janem Winnickim przyciskała mocno do piersi, jakby spodziewała się ataku.

Usiadła ciężko na sofie. Adrenalina powoli opadała. Patrzyła na zamkniętą kopertę. Nie była zbyt gruba. Cokolwiek zawierała, nie było tego dużo. Jeszcze przed chwilą była gotowa o nią walczyć z zaciekłością lwicy broniącej swoich dzieci. Teraz nie była przekonana, czy chce ją otwierać.

Co? Dlaczego?

Robert był chory, ale nie chciał się tym z nimi podzielić, z ludźmi, którzy go kochali, na których mógł liczyć.

„DLA M.". A co było na drugiej kopercie? To samo, tylko że inny inicjał. Nie przyjrzała się dokładnie. Kim był adresat bądź adresatka trzeciego listu? Pierwszy otrzymała Kinga, drugi ona, a trzeci? Kto był równie ważny dla Roberta jak one dwie? Rodzice od dawna nie żyli, a z rodzeństwem nie był tak blisko, aby pisać do nich listy. Dla jej byłego męża słowo pisane stanowiło najintymniejszy sposób wyrażenia uczuć. „To nie zniknie" – lubił powtarzać. Kto więc był wart tego skrawka zapisanego papieru?

Tego może się nigdy nie dowiedzieć.

Otworzyła delikatnie kopertę i wyjęła list.

Jego charakter pisma.

Kochanie,

nie wiem, czym mam prawo zwracać się do Ciebie w ten sposób. Prawdopodobnie nie. Ale ten jeden ostatni raz tak zrobię. Byłaś moim kochaniem, przez te dwadzieścia trzy lata. Zawsze przy mnie, zawsze wspierająca i kochająca.

Przepraszam za to, co zrobiłem. Mimo że uważam, że zasługujesz na więcej, przepraszam. Przepraszam za to, że Cię okłamałem, ale prawda nie wchodziła w grę. Myślałem tak wtedy i myślę tak teraz.

Brakowało mi Ciebie, brakowało mi Was, to jest oczywiste, ale nie mogłem w imię egoistycznej potrzeby obciążać Was mną i moją chorobą. Dzięki Tobie miałem wspaniałe życie. Miałem wszystko, o czym mogłem marzyć. Patrząc wstecz, wiem, że nie mogłoby być lepiej. I mówię tylko o nas dwojgu. To, co mi dałaś, przekroczyło wszystkie, chociażby największe oczekiwania, jakie można mieć wobec związku dwojga ludzi.

Dlatego nie mogłem dać Ci mojego wyroku. Po prostu nie mogłem. Zasługiwałaś zawsze na więcej, cały czas zasługujesz. Na więcej niż ja, takim jakim byłem teraz, i podejrzewam, że na więcej, niż dawałem Ci przed chorobą. Trudno się to tłumaczy w świetle wszystkich wydarzeń. Czy bylibyśmy razem, gdyby nie moja choroba? Na to pytanie nigdy nie poznamy odpowiedzi, ale oboje wiemy, że rozstanie nie było takie straszne, jak można się było spodziewać. Jestem pewien, że w tym się ze mną zgadzasz. Tak, jak jestem pewien, że nigdy byś nie pozwoliła mi odejść, gdybyś poznała prawdę.

Dałaś mi jeszcze coś. Najlepsze, co mogło nam się przydarzyć. Dałaś mi Kingę. Dałaś tę niezwykłą dziewczynę, która jest tym, kim jest, właśnie dzięki Tobie. Wiem, że teraz zaprzeczysz, ale nie chodzi mi o to, żeby się licytować. Oboje byliśmy przy niej, ale to właśnie dzięki Tobie stała się po prostu dobrym człowiekiem, pełnym empatii i wyczulonym na krzywdę innych. Wiesz, że to po Tobie i dzięki Tobie. Po mnie może mieć najwyżej sarkazm i ironię. Też ważne w życiu, byś pewnie teraz powiedziała.

Dziękuję Ci za nią, dziękuję za życie.

Dziękuję, że byłaś.

Dziękuję, Kochanie.

Niezależnie od wszystkiego, to była miłość.

Kocham Cię, zawsze kochałem.

Robert

CZWARTEK, PAŹDZIERNIK

Na szczęście dzieci były w swoich pokojach i nawet nie zwróciły uwagi na dzwonek domofonu. W sumie właściwie nigdy im się to nie zdarzało. Wstawały tylko, kiedy ktoś do nich miał przyjść, a o tym wiedziały zawczasu z wiadomości na Messengerze lub z esemesa. Dlatego Lena przyjęła tego dziwnego gościa w pojedynkę. Mężczyzna przedstawił się jako prawnik Roberta vel Kamila i wręczył jej list. Zanim zdążyła o cokolwiek zapytać, wyjaśnił, że nie jest upoważniony do udzielania żadnych informacji. Oczywiście mogła listu nie przyjąć, to nie było nic oficjalnego. On był tylko zaufanym doręczycielem, na prośbę klienta, który nie mógł tego zrobić sam.

Lena przytaknęła, że oczywiście, że przyjmuje, ale chciałaby mimo wszystko o coś zapytać. Mężczyzna jednak uśmiechnął się znacząco, jakby często mu się zdarzało, że ktoś zadaje pytania, na które on i tak nie odpowie. Pożegnał się i zniknął tak nagle, jak się pojawił. Lena stała przez chwilę w otwartych drzwiach. Dopiero nagły ruch na klatce schodowej przywrócił ją do rzeczywistości – na tyle, aby zamknęła drzwi i przeszła do salonu. Tam usiadła i położyła kopertę przed sobą.

To nie było coś, czego się spodziewała. Przed czterema dniami rzuciła się w wir pracy. Pacjenci, dzieci, dom, pacjenci dzieci, dom. Najwyższy czas zamknąć ten wakacyjny etap, który ciągnął się zdecydowanie za długo, a na dodatek opierał się na wyobrażeniach, które, jak się okazało, nie miały nic wspólnego z rzeczywistością.

Oczywiście łatwiej powiedzieć, niż zrobić. Lena nie była aż tak naiwna, chociaż biorąc pod uwagę jej nadzieje na jakikolwiek związek z Kamilem vel Robertem, to mogła być kwestia sporna. Nie uwierzyłaby jednak, że to, co czuła do tego mężczyzny, zniknie jak za dotknięciem magicznej różdżki. Mogła nie mówić o tym więcej na głos, w żaden sposób tego nie nazywać, ale to i tak nie zmieniało faktów. A one były, jakie były. Jeszcze bardzo długa droga przed nią, jeśli oczywiście dojdzie do jakiegoś końca. Bo mimo zanurzenia się w codzienne obowiązki, Lena nie czuła, aby zrobiła chociaż maleńki kroczek w kierunku wyrzucenia go z myśli, z pamięci, a co najważniejsze – z serca.

Tego poranka obudziła się przerażona, bardziej niż któregokolwiek poranka wcześniej. Do zeszłego tygodnia żyła nadzieją. Od poniedziałku starała się sobie wmówić, że jest na nowej drodze, zwłaszcza że miała swoje obowiązki, na których mogła skupić swoje myśli. Dzisiaj rano już wiedziała, był czwartek, a w piątek w wyniku różnych okoliczności miała praktycznie wolne, także czekał ją wydłużony weekend. Sporo wolnego do zagospodarowania, a ona czuła się tak, jakby już poniosła porażkę. I tłumaczenia, że minęło raptem kilka dni, niespecjalnie pomagały. To, co przed nią, było straszniejsze. Pustka, której nie miała czym wypełnić, była o wiele bardziej przerażająca.

Teraz patrzyła z niedowierzaniem na leżący przed nią list. Co to było? Dlaczego? Najszybciej się dowie, gdy go otworzy. I to powinna zrobić. Była dorosła, poważna i rozsądna, a jednocześnie te wszystkie cechy mogła wrzucić do kosza, a nawet jeśli nie wszystkie, to z pewnością rozsądek udał się tam dawno temu. Nagle ten list, który nie wiadomo co zawierał, stał się dla niej szalupą ratunkową, na której mogła śmiało wypłynąć na wody niczym niepopartych fantazji. Ktoś inny, patrząc z boku na sytuację, prędzej nazwałby ową wiadomość brzytwą. Jej by to w niczym nie przeszkadzało.

Dlaczego prawnik?

To była ostatnia spokojna myśl, jaka jej przyszła do głowy, zanim domofon nie zabrzęczał ponownie.

– Kto tym razem? – powiedziała na głos do siebie.

Brak ruchu z pokojów dzieci sugerował, że to jednak nikt do nich.

– Słucham? – Podniosła słuchawkę.

– Cześć, Lena, tutaj Monika. Czy znajdziesz chwilę, aby ze mną porozmawiać?

Monika? Tutaj?

– Tak, pewnie, już otwieram.

Co ona tu robi? Pomyślała. Nie rozmawiały przez ostatni tydzień, ale Lena i tak miała poczucie, że nadużyła tej nowej przyjaźni. Po pierwsze, Monika spędziła z nią dużo czasu w ostatni weekend, robiąc wszystko, co się dało, aby postawić Lenę na nogi. A po drugie, Lena wiedziała coś, czego przyjaciółka nie była świadoma, i to kładło się cieniem na tej świeżej znajomości.

I właśnie to coś spowodowało, że wróciła zdecydowanym krokiem do salonu, wzięła list i schowała go do szuflady w komodzie. Żałowała, że nie przeczytała go od razu. Może to było ważne w świetle nadchodzącej rozmowy.

Kolejny raz czegoś żałowała. Najpierw dała się ponieść emocjom i wyszła zbyt szybko z mieszkania „Kamila", nie uzyskawszy pełnych odpowiedzi na swoje pytania. Teraz znowu zbierała się zbyt długo z czymś, co mogło być ważne.

Szybko wysunęła szufladę i wyciągnęła kopertę. Otworzyła ją szybko. W środku była mniejsza, z napisem „Dla L.". Do tej nie zdążyła się już jednak dostać.

Tym razem jej córka postanowiła wystawić nos z pokoju i otworzyć drzwi wejściowe.

– Mamo, ktoś do ciebie. – I momentalnie zniknęła.

– Cześć – powiedziała Monika. – Masz fajną córkę.

– Przywitała się przynajmniej czy tylko coś burknęła pod nosem? – spytała Lena.

Wiedziała doskonale, jak potrafią zachować się jej dzieci, kiedy ktoś przerwie im słodkie nicnierobienie, zwłaszcza wieczorem.

– Przywitała i przedstawiła, bardzo kulturalnie, wstydu nie było – uśmiechnęła się przyjaciółka.

– Dobrze. Co cię sprowadza? Usiądź, proszę. – Wskazała na sofę. – Napijesz się czegoś?

– Nie, dziękuję, nie chcę zabierać ci dużo czasu.

– Przestań, kto jak kto, ale wydaje mi się, że akurat my wypracowałyśmy sobie prawo do zabierania sobie czasu. Chyba że będziemy miały siebie dość, ale nie jestem pewna, czy nam to grozi.

– Zgadzam się – odpowiedziała Monika, a w jej głosie wyraźnie słychać było ulgę.

Niby przegadały ze sobą już tyle rzeczy, poznały tyle swoich tajemnic, ale cała znajomość była tak świeża, tak stosunkowo nowa, że czasami nie czuła się do końca pewnie.

– To w takim razie mogę nalać nam po lampce wina?

Z pewnością mi się przyda – pomyślały obie. Po chwili siedziały na dwóch końcach sofy, zwrócone twarzami do siebie, a w dłoniach trzymały kieliszki z winem. Dokładnie tak samo, jak przez większość sobotniego wieczoru i nocy. Tylko teraz role się odwróciły.

– To jeszcze raz. Co cię sprowadza?

– Powinnam spytać, co u ciebie. Przepraszam, że nie dzwoniłam, ale…

– Nie masz za co przepraszać – weszła jej w słowo Lena. – Nie możesz mnie niańczyć. Jestem dorosła, mimo że nie zawsze się tak zachowuję – dodała z uśmiechem.

– Ale jak się czujesz? Chociaż nie, to złe pytanie. Jak ci idzie?

– Powoli, a raczej bardzo powoli. To dobra odpowiedź, żeby nie powiedzieć, że stoję w miejscu.

– Czyli nie za dobrze? – Monika popatrzyła z troską na przyjaciółkę.

– Wiesz, jak jest – Lena uśmiechnęła się smutno. – Potrzeba czasu. Ale dosyć o mnie. Mów, co się dzieje.

Monika pociągnęła duży łyk wina i poczuła rozchodzące się ciepło. Liczyła na to, że alkohol zadziała szybko.

– Nie wiem, od czego zacząć.

– Od początku, na spokojnie.

Monika uśmiechnęła się, ale w jej oczach nie było widać wesołości.

– Początek znasz. Nagły rozwód i zmiany, jakie zaszły w moim mężu.

Lena poczuła, jak napina się w niej każdy mięsień.

– Tak? – Popatrzyła uważnie na przyjaciółkę.

Jej myśli popędziły do listu w komodzie. Teraz już była wściekła na siebie, że tak odwlekała jego przeczytanie. Musiał istnieć jakiś związek między kopertą a tym, z czym przyszła Monika.

– Tajemnica nieco się rozjaśniła, choć nadal istnieje masa niewiadomych.

Czy ja jestem jedną z nich? – pomyślała Lena. Ale przecież Monika z Robertem rozeszli się w styczniu, a ona poznała Kamila w lipcu, nie miała więc nic wspólnego z tamtymi wydarzeniami.

Monika uśmiechnęła się.

– Mówię zbyt enigmatycznie? – spytała.

– Tak, ale spokojnie, mamy czas.

Kogo ja uspokajam? – pomyślała.

W tym momencie do salonu zajrzała Ania.

– Przepraszam, mamo, wychodzę do Marzeny – oznajmiła.

– Masz telefon? O której będziesz?

– Mam. Będę tak o dziesiątej, jedenastej.

– Ale wiesz, że jutro szkoła?

– Wiem. – Ania zrobiła minę, jakby musiała tłumaczyć coś oczywistego. – Ale zaczynam o dziewiątej czterdzieści, więc się wyśpię.

– Dobrze, tylko napisz, jak dojdziesz i jak będziesz wychodzić. I jak zadzwonię, to masz odebrać.

Córka popatrzyła na mamę z politowaniem.

– Ale wiesz, że Marzena mieszka w bloku obok?

– Wiem, i mogłaby mieszkać nawet w tej samej klatce. Zrób, o co cię proszę.

– Tak jest – powiedziała Ania z uśmiechem, po czym zwróciła się do Moniki: – Do widzenia pani, miło było poznać, dobrze wiedzieć, że mama ma kogoś znajomego oprócz nas.

Lena roześmiała się.

– No leć już.

Po chwili usłyszały trzask zamykanych drzwi.

– Bardzo grzeczne dziecko – stwierdziła Monika.

– Jak chce – uśmiechnęła się Lena. – Ale tak szczerze, to nie mogę narzekać. Przesadzam z tą nadopiekuńczością?

– Nie mnie to osądzać. My robiliśmy tak samo, Kinga musiała mieć telefon, abyśmy zawsze mogli do niej zadzwonić. Nie wiem sama, jakim cudem teraz do niej bez przerwy nie wydzwaniam, kiedy jest w innym mieście. Tyle się wydarzyło w tym roku, że ta część przyszła chyba tak jakoś naturalnie. Zresztą to Robert bardziej pilnował tego, ilekroć wychodziła.

Wzrok Moniki powędrował gdzieś w przestrzeń nad Leną. Ta patrzyła na przyjaciółkę. Wiedziała, że trzeba dać jej chwilę na zebranie myśli. Wiedziała również, kogo te myśli będą dotyczyć.

Monika odpłynęła na dłużej niż chwilę. Przed sekundą mówiła, jak to Robert pilnował, gdzie jego córka się znajduje, ilekroć była gdzieś poza domem, a teraz już sama znalazła się w zaciszu ich domu i dopytywała męża, czy Kinga się odzywała. On miał to zawsze pod kontrolą. Taką dającą swobodę, dzięki której Kinga sama dawała znać, zgodnie z wcześniejszymi ustaleniami oczywiście. Kiedy Robert był spokojny, to i ona była spokojna. Tak jakby scedowała ten obowiązek na męża.

Mieli dobre życie, szczęśliwe życie. Uśmiechnęła się do tych myśli. Uwierzyła mu, kiedy powiedział, że to, co ich łączyło, to było za mało. Może popadli w pewną rutynę, może nie było tak jak kiedyś, na początku, może rzeczywiście skupili wszystkie uczucia na Kindze. Może to wszystko było prawdą, ale czy na pewno to oznaczało, że ich miłość była gorsza, słabsza, że zgasła?

Uwierzyła mu. To było logiczne. Kiedy to sobie przemyślała, trudno jej było się z nim nie zgodzić. Tylko że to było wtedy. A dzisiaj wszystko wyglądało inaczej. Czy na pewno by się rozstali, gdyby nie choroba i jakieś pokrętne rozumienie ocalenia najbliższych? To pytanie zadawała sobie wiele razy przez ostatnie czterdzieści osiem godzin, ale przez to nie była bliżej odpowiedzi.

– Odpłynęłam – stwierdziła Monika i uśmiechnęła się przepraszająco.

– Spokojnie – powtórzyła kolejny raz Lena – to…

– … twój czas, chciałaś powiedzieć – dokończyła przyjaciółka. – To mój tekst.

– Dzisiaj pewnie mój.

– Wiem, a ja przyszłam pogadać, a teraz siedzę i rozmyślam.

– Może tego właśnie potrzebowałaś. – Lena popatrzyła z troską na Monikę. – Porozmyślać w spokoju.

Monika wyprostowała się, jakby miało to oznaczać, że wreszcie zebrała się do kupy, koniec bujania w obłokach, że przejmuję kontrolę nad własnym życiem. Żeby tylko takie odruchy działały, sama widziała je miliony razy, kiedy ludzie wykonywali je, jakby zagrzewając się do walki z samymi sobą, jakby zaciśnięcie pięści albo pobicie sobie braw sprawiło, że wszystkie problemy znikną. Oczywiście warto było się zachęcić do ogarnięcia, ale żeby to faktycznie działało? Może był to krok we właściwym kierunku, a raczej kroczek. Ale cóż, od czegoś trzeba zacząć.

– Rozmyślań to mi akurat nie brakowało. Ale od początku, bo mi się ten czas skończy.

– O to się akurat nie martw, ja się nigdzie nie spieszę – zapewniła Lena przyjaciółkę.

Może tylko do tego listu z szuflady, pomyślała. Zrobiłybyśmy sobie przerwę, a ja bym go szybko przeczytała.

Monika wzięła głęboki oddech. Powrót myślami do tamtej styczniowej chwili nie był wcale taki łatwy, jak myślała.

Lena milczała. Siedziała za to cała napięta. Tak, jak sądziła, wszystko dotyczyło mężczyzny, którego poznała w lecie, a który, jak się okazało tydzień temu, był jeszcze nie tak dawno mężem jej nowej przyjaciółki.

Uśmiechnęła się na zachętę, chociaż nie była do końca pewna, czy nie wolałaby, aby ta rozmowa w ogóle się nie odbyła.

Popatrzyły sobie w oczy, a Lena dostrzegła ból wyzierający ze spojrzenia Moniki. Czy właśnie patrzyła w lustro?

– W środę moja córka otrzymała pocztą list od taty...

Lena spięła się jeszcze bardziej.

– ...taki jakby pożegnalny, tak można było go odebrać. Kinga oczywiście wpadła w panikę...

– Jak to pożegnalny? – przerwała jej Lena słabym głosem.

Monika popatrzyła na przyjaciółkę, która wyraźnie pobladła. Nie spodziewała się takiej reakcji. Z drugiej strony doskonale wiedziała, jak empatyczną osobą jest Lena, więc właściwie jej reakcja nie powinna dziwić.

– Taki miał wydźwięk, a ponadto... – te słowa z kolei jej z trudem przechodziły przez gardło – ...napisał, że jest chory... I użył słowa „śmierć".

Monika spuściła wzrok, nie chcąc pokazać łez, które napłynęły jej do oczu. Dlaczego teraz? Dlaczego ani razu przez ostatnią dobę to się nie stało? Na dobrą sprawę nie wiedziała, o jaką chorobę chodzi. Tylko tyle, że jest to choroba śmiertelna. Nic więcej. Racjonalizowała te informacje, na ile mogła. A teraz siadła tutaj przed drugim człowiekiem, wypowiedziała te słowa na głos i nagle do niej dotarło. Nagle spadło na nią całym ciężarem nieuchronności, całym ciężarem ostateczności. To był koniec. I nawet nie wiedziała, czy już się dokonał, czy może wszystko było jeszcze przed nimi.

Ale przecież napisał, że chciał je uchronić. Czyżby te listy oznaczały, że już było po wszystkim?

Ze wszystkich sił powstrzymała potok łez, który wzbierał na granicy powiek. Podniosła wzrok na przyjaciółkę. Lena przyłożyła kieliszek do ust, żeby ukryć swoją reakcję. W pewnym momencie poczuła, że traci oddech, jakby zaczynała się dusić. Nigdy nie miała ataku paniki; ta chwila to nie był najlepszy moment na pierwszy raz. Nie podobało jej się, że musi udawać przed przyjaciółką, ale jeśli nie wyznała prawdy w poprzedni weekend, to z pewnością nie powinna tego robić teraz. Jak jednak miała nie reagować na to, co usłyszała? I jeszcze ten pieprzony nieprzeczytany list.

– Wszystko w porządku?

Monice nic nie umykało. Tak nawet było lepiej. Oddalała myśli od siebie.

– Tak – powiedziała Lena. – To po prostu straszne. Czy napisał, co to za choroba?

– Właśnie nie. – Monika poczuła, że wraca do niej namiastka opanowania. – Nic więcej nie było, żadnych szczegółów, trochę o nas jako małżeństwie, ale też niewiele. To były tak naprawdę niezbyt długie listy, a Robert nie należał nigdy do... ludzi oszczędnych w słowach.

– Rozmawiałaś z nim?

Lena za wszelką cenę starała się opanować drżenie głosu. Chyba jej się udało, ponieważ Monika nie zwróciła na to uwagi.

– Nie opowiedziałam ci wszystkiego. Kiedy moja córka dostała list, natychmiast próbowała skontaktować się z Robertem, ale komórka była wyłączona...

Skąd ja to znam? – przeleciało Lenie przez głowę.

– ...wtedy zadzwoniła do mnie i ja też próbowałam się do niego dodzwonić. Oczywiście bez skutku. Na szczęście Kinga zostawiła u mnie klucze do jego mieszkania, więc jak tylko wróciłam do domu, złapałam je i pojechałam do niego. Bałam się tego, co zastanę, ale mieszkanie było puste i wyglądało na opuszczone. Jakby nikt w nim nie mieszkał, a z pewnością nie Robert, zwłaszcza przez ostatnie miesiące.

Kiedy ja tam byłam, też tak wyglądało. Lena o mało nie wypowiedziała swojej uwagi na głos.

– Weszłam do środka – kontynuowała Monika – a na stoliku leżały dwie koperty. Podniosłam pierwszą, na której było napisane „Dla M.", niestety nie zdążyłam zobaczyć, do kogo jest zaadresowana druga...

„Dla L.", kolejna myśl, kolejne niewypowiedziane zdanie.

– ... kiedy wszedł do mieszkania mężczyzna, miał klucze w rękach i na dodatek zasugerował, że mnie tam nie powinno być, a on sam przyszedł po listy. Może i nie powinno, ale sytuacja akurat była wyjątkowa. W każdym razie chciał, żebym oddała mu mój, ale o tym nie było mowy, a on na szczęście nie miał najmniejszego zamiaru się ze mną szarpać. Chciałam jeszcze przechwycić ten drugi, ale w tym mnie ubiegł. Z drugiej strony to było nie do końca poważne zachowanie, ale bardzo chciałam wiedzieć, dla kogo był ten list. Ja dostałam swój, pewnie wcześniej, niż to było zaplanowane. Do Kingi to w ogóle dotarł ekspresowo, biorąc pod uwagę, że był wysłany w poniedziałek zwykłym listem. Pewnie nie do końca z planem Roberta.

Monika sięgnęła po butelkę z winem.

– Pozwolisz, że się obsłużę? – spytała.

– Tak, jasne, przepraszam. – Lena wyglądała na lekko oszołomioną.

– Szok, prawda?

Monika napełniła sobie kieliszek, od razu wypiła połowę i dolała trunku.

– Jak nałogowiec – uśmiechnęła się do Leny.

Lena polubiła Monikę praktycznie od pierwszej chwili, kiedy przekroczyła próg jej gabinetu, i to uczucie sympatii od tamtego momentu się pogłębiało. Świetnie rozmawiało się z nią jako z terapeutą, jeszcze lepiej jako z przyjaciółką. Ale co powinna zrobić teraz? Co byłoby właściwe? Na szczęście nie miała czasu na dłuższe rozważania. Monika była gotowa opowiadać dalej. Niezależnie od wszystkiego, ich losy były połączone.

– Widzisz, ja myślę, że te listy – odezwała się po chwili – znalazły się w naszych rękach wcześniej, niż to było zaplanowane. Robert lubił mieć wszystko zapięte na ostatni guzik. Ale ja nie wiem, co to wszystko oznacza i gdzie on jest.

– Myślisz, że mógł... – Lena zawiesiła głos.

– Odebrać sobie życie? – dokończyła cicho Monika.

Lena kiwnęła głową, jakby bała się, że wypowiedzenie czegokolwiek w tym temacie ma jakąś moc sprawczą.

– Nie – powiedziała Monika stanowczo. – Nie ma takiej możliwości, on kochał życie i jestem pewna, że trzymałby się go ostatkiem sił, chyba że... Nie, sama nie wiem, już nic nie wiem. To na pewno nie byłoby w jego stylu.

Nie, nie byłoby, pomyślała Lena. Człowiek, którego poznała, czerpał z życia, chłonął je.

– Nie, nie zrobił tego – powtórzyła swoje słowa Monika. – Ale nie wiem, gdzie jest. Od wczoraj staram się tego dowiedzieć. Byłam w pracy, ale okazało się, że nikt nic nie wie. Robert od poniedziałku jest na urlopie, próbowałam się dowiedzieć czegoś więcej, ale oczywiście takiej informacji mi nie udzielili. Zresztą nie jestem pewna, czy wiedzieli. Nikt przecież nie musi się tłumaczyć, jak spędza urlop. Wiem jedynie, że wziął go na dwa tygodnie. Taki najbliższy kolega z pracy powiedział, że on sam dowiedział się nagle. Robert poinformował go o tym w poniedziałek. W każdym razie nikt nic nie wiedział. Ale skoro my nie wiedziałyśmy, to trudno było oczekiwać, że wiedzą o tym inni. Oczywiście poza prawnikiem.

Ostatnie słowo Monika specjalnie zaakcentowała. Jakby cała sytuacja z panem Winnickim ją irytowała. Musiała się wygadać. Nie wiedziała nic więcej niż godzinę temu, ale wyrzucenie z siebie tego wszystkiego bezwzględnie pomogło.

Winnicki wydał się Lenie miły, trochę chłodny w obejściu, ale taka praca. Rozumiała natomiast rozgoryczenie Moniki. On wiedział rzeczy, do których ani ona, ani jej córka nie zostały dopuszczone. Mimo że był w pewnym sensie tylko urzędnikiem, który wykonywał swoją pracę, to i tak bolało.

– Poszłam do niego – w jej głosie czuć było niechęć – ale jak się domyślasz, on tym bardziej nic nie powiedział. Jego obowiązywała tajemnica zawodowa i tym się bronił. Starałam się przemówić do jakichś ludzkich uczuć, ale to prawnik – uśmiechnęła się krzywo. – Tłumaczyłam mu, że nie wiemy, co się z nim dzieje i obie z córką odchodzimy od zmysłów. Jedyne, co mi zdradził, to że on również nie posiada takich informacji. On miał i ma określone wytyczne, według których działa. Wszystko jest pozamykane w kopertach, które ma otworzyć w określonym czasie lub po spełnieniu określonych warunków. Miał jeszcze jedną rzecz do dostarczenia, ale na tym się jego rola na razie kończyła, dopóki nie dostanie kolejnych informacji. Oczywiście dalsze wnikanie i dopytywanie nie miało sensu. Podziękowałam za to i poszłam. W dalszym ciągu nie wiem, co robić, ale jakoś zaczęłam to sobie tłumaczyć.

– Powiedział, co ma jeszcze dostarczyć i gdzie?

Lena spytała najspokojniej, jak umiała, chociaż i tak miała wrażenie, że się z czymś zdradza, że brzmi nienaturalnie. Ale nawet jeśli tak było, to przyjaciółka nie zwróciła na to uwagi.

Monika westchnęła ciężko i upiła wina.

– I to jest ta jeszcze jedna rzecz, jakby wszystkiego było mało – tym razem nie kryła się już z irytacją – dla kogo był ten list. Był chyba tak samo opisany, „Dla…" i jakaś litera, ale nie przyjrzałam się. Chociaż powiem ci, że mam cały czas takie wrażenie, że ją widzę, że jednak spojrzałam, że mózg ją zarejestrował, gdzieś podświadomie, ale za nic w świecie nie mogę sobie przypomnieć. Zresztą, co by mi to dało? Jedna litera. Bardziej niż ta nieszczęsna litera nie daje mi spokoju, kto był tak ważny dla niego? Kim jest ta kobieta?

– A może to mężczyzna, jakiś przyjaciel?

Kolejne ćwiczenie z opanowania zaliczone. Lena zdecydowanie szła po Oscara, albo przynajmniej po nominację. A jak to się miało do przyjaźni? To już inny temat.

– Na pewno nie – powiedziała z przekonaniem Monika. – Robert miał kilku bliskich kolegów, ale nie takich, żeby pisać do nich listy. My byliśmy najlepszymi przyjaciółmi.

Nagle głos jej się załamał. Lena odruchowo wyciągnęła rękę i uścisnęła delikatnie dłoń przyjaciółki. Ona wiedziała, o kogo chodziło, ale czy ta wiadomość przybliżyłaby je do odkrycia, co dzieje się z „ich" mężczyzną? Jezu, jak to brzmiało. Ale czy było tak dalekie od prawdy? Nie usłyszała deklaracji, co Monika czuje do byłego męża, ale można było się tego domyślić. Jej uczucia były oczywiste.

Lena wiedziała, czuła, że musiał istnieć konkretny powód jego zachowania. Oczywiście nadal nie wiedziała wiele, ale miała się czego chwycić. Mimo że to, co przeżyła przez ostatnie miesiące plus ubiegłotygodniowe spotkanie, cały czas bolało, szybko zepchnęła je najgłębiej, jak się dało. Teraz były inne zmartwienia, teraz był list w komodzie.

Istniała oczywiście możliwość, że w jej liście były jakieś wskazówki, ale przecież nie mogła tak po prostu o tym powiedzieć. Musiałaby się tłumaczyć, a biorąc pod uwagę całą sytuację, trudno było ocenić, jak prawda o lipcowym tygodniu wpłynie na Monikę i ich wzajemną relację. W dziewięćdziesięciu dziewięciu procentach było pewne, że nie najlepiej. Kiedy Monika pójdzie, przeczytam list i jeśli będzie tam coś istotnego dla niej, przekażę jej tę informację – Lena zapewniła samą siebie w myślach. Jak miałaby przekazać tę „informację" nie wiedziała, ale tym będzie się martwić później.

– Myślę, że kiedy już wszystko się wyjaśni, to dowiesz się, kto był adresatem listu.

Kolejny udawany spokój i zapewnienie o czymś, na co miało się nadzieję, że nigdy nie zostanie ujawnione.

– Wiesz, chrzanić ten list. Ja po prostu chcę wiedzieć, gdzie on jest, co się z nim dzieje i czy... – Znowu łzy pojawiły się jej w oczach.

Energicznie wytarła policzki. Nie miejsce, nie czas, za wszelką cenę chciała uniknąć załamania. Nie miejsce, nie czas. Tylko gdzie i kiedy one były, jeśli nie tutaj, przy Lenie. Odkąd Robert się odsunął, nie było w jej życiu kogoś tak bliskiego, kto wiedziałby o niej tyle, co ona, a znały się raptem kilka tygodni. Od pierwszego dnia czuła to połączenie, tak jakby coś związało je ze sobą na długo, zanim Lena przekroczyła próg jej gabinetu. Coś wspólnego. Na pewno były to wrażliwość i podobne postrzeganie życia. Ale jeszcze coś; Monika widziała to w jej oczach, kiedy mówiła o Robercie – ten rzadki rodzaj empatii. Mogło się odnieść wrażenie, że Lena przeżywa wszystko na równi z Moniką, jeśli nie bardziej.

– Wiesz, co jest najgorsze? Że jeśli chciał nas uchronić, to nie wyszło mu to najlepiej.

– Nie znasz całej historii – stwierdziła Lena.

Gdyby tego nie zrobił, nigdy bym go nie spotkała, szybko przebiegło jej przez głowę.

– To fakt, nie znam, ale... zresztą. Przepraszam, że to wszystko na ciebie zrzucam.

– Wydawało mi się, że tego typu teksty mamy już za sobą.

Zwłaszcza że tyle nas łączy – znowu pojawiła się myśl.

– Ale wiesz?

– Wiem i przestań. Ile my się znamy?

Monika nie mogła powstrzymać uśmiechu. To było ich stałe pytanie.

– No widzisz – odparła Lena, uśmiechając się delikatnie. – Na pewno bardzo szybko się wszystko wyjaśni. To nie może skończyć się takimi, jak sama powiedziałaś, enigmatycznymi listami. I on żyje, na sto procent żyje, gdyby było inaczej, pierwsza byś się o tym dowiedziała. Nie mam co do tego wątpliwości. I skoro dostały...ście te listy... – Wzięła głęboki oddech. Mało brakowało, a powiedziałaby „dostałyśmy". – ...to znaczy, że nie ma już tajemnicy i że wkrótce się do was odezwie albo dostaniecie jakieś wiadomości.

Uśmiechnęła się pocieszająco. Chciała chociaż w najmniejszym stopniu przekonać Monikę, że może istnieć szczęśliwe wyjaśnienie całej sytuacji. Czy przekonywała przy tym samą siebie? Może. Już dawno się pogubiła. Ale występ chyba był dobry, może nie na Oscara, ale przynajmniej na Złoty Glob, ponieważ Monika uspokoiła się, jakby te argumenty na chwilę do niej trafiły.

– Może masz rację, może trochę panikuję – przyznała.

– Akurat panikować masz prawo, ale niewiele wiemy.

– I to jest najgorsze, niewiedza – stwierdziła smutno.

Może tak jest czasem lepiej, nie wiedzieć wszystkiego. Pogodzić się z losem, nie znając prawdy. Może. Tego Lena też nie mogła powiedzieć na głos, ale z innych powodów. Sama jednak była przykładem czegoś przeciwnego. Szukała odpowiedzi przez ostatnie miesiące, nie wierząc, aby to opuszczenie nie miało drugiego dna. I teraz ostateczna odpowiedź była na wyciągnięcie ręki. Wierzyła w „Kamila" przez ten cały czas i teraz wierzyła, że w tym liście będzie to, na co czekała. On, prawdziwy, taki jak w jej bajce.

– Wiem jedno. Wtedy, w styczniu poddałam się, przyjęłam jego tok rozumowania, bo był logiczny i mnie przekonał. Czułam się przybita, ale kto jak kto, ja znałam tysiące takich historii. Skoro tak to czuł, tak to widział, nie mogłam go zatrzymywać. Ponadto przekonał mnie do tego, co sama czułam. Nie było w to tak trudno uwierzyć, a może chciałam uwierzyć, że nasza miłość się skończyła, że nie czuję tego, co kiedyś, i może od bardzo dawna. Tak było łatwiej.

– A teraz?

Pytanie jakoś samo się wypsnęło. Lena wcale nie chciała usłyszeć odpowiedzi. Nie chciała jej poznać. Ona już ją znała. Lustro. Patrzyła na siebie.

– Teraz wiem, że nasza miłość to ta miłość. Zawsze nią była i może skupiliśmy się na naszym dziecku, ale to nie zmieniło naszego uczucia do siebie. Byliśmy razem, zawsze, nasz ulubiony sposób spędzania czasu: razem. Może nie było tak jak na początku, może pozwoliliśmy uczuciom zasnąć, ale to nie znaczy, że ich nie było, że się skończyły. Prawdziwa miłość jest na zawsze. Przy nim byłam szczęśliwa. Każdy najmniejszy gest, jaki robił, dawał mi szczęście. Kawa i ciastko, które przynosił mi niespodziewanie, kiedy zapominałam o bożym świecie, czytając książkę. Koc, którym mnie przykrywał, kiedy zasypiałam na sofie, na tarasie. Zawsze mnie otulał nim i całował w policzek, tak delikatnie, żeby mnie nie obudzić. Ja zawsze się wtedy oczywiście budziłam, ale udawałam, że śpię, kiedy on patrzył na mnie przez dłuższą chwilę, zanim po cichu szedł po książkę, a potem wracał i siadał obok. Jakby mnie pilnował, a ja bezpiecznie zasypiałam, jak dziecko. Jeśli to nie była miłość, to nie wiem, co nią jest. Jeśli go znajdę, to powiem mu to wszystko i oboje pokonamy tę chorobę, jakakolwiek by nie była. Kocham go i wierzę, że on też mnie kocha.

Ja też, ja też. Kolejna niewypowiedziana myśl.

Leno,

siadam do pisania tego listu niecałe czterdzieści osiem godzin po tym, jak u mnie byłaś i jak zrobiłem coś niewyobrażalnie złego i niewyobrażalnie głupiego. Prawda jest taka, że czekałem na tę chwilę przez ostatnie miesiące, marzyłem o niej. Nie wierzyłem, że nadejdzie. Byłem przekonany, że w lipcu zamknąłem wszystko, co nas łączyło, i wyrzuciłem klucz do naszego morza, bo mimo że spędziłem tam wiele wakacji z kimś innym, teraz już było nasze.

Ale tak się nie stało. Bardzo długo starałem się zanegować swoje uczucia. Bardzo długo nie chciałem ich nazwać. Za wszelką cenę próbowałem zbagatelizować to, co nas połączyło. Nic z tego. Prawda jest jedna i mimo tego, że szedłem w zaparte, wiedziałem o tym od początku. Może nie od razu, a może jednak tak. Teraz sam już nie wiem.

Wszystko nie tak. Pamiętasz? Na pewno pamiętasz. Nie wiem, kiedy przychodzi świadomość tego, co się czuje. Przecież nie po pierwszej rozmowie. Trudno mówić o uczuciach, tylko dlatego, że się świetnie rozmawiało, i bardzo krótko na dodatek. Ale jeśli istnieje jakaś miłosna magia, te iskry, ta chemia, to myślę, że ona wtedy właśnie zabłysła niewidzialnym blaskiem. Wybacz te nieporadne porównania. Pamiętam naszą wieczorną rozmowę, pierwszego dnia; jeszcze wtedy nie wiedziałem, że mieszkamy w tym samym hotelu. Pamiętam, jak bardzo chciałem, żeby się właśnie tak stało, żebyś była gdzieś obok, żebym mógł Cię znowu zobaczyć, chociaż z daleka, chociaż przez chwilę, chociaż raz. Czułem to gdzieś w sobie. Bałem się tego i jednocześnie odczuwałem radość. Nagle, dzięki Tobie, znalazłem się w innym świecie, w bajce, chociaż w bajki nie wierzyłem nawet jako dziecko. Następnego dnia Cię zobaczyłem i nie mogłem uwierzyć we własne szczęście. Jak to śmiesznie brzmi w moich ustach: „we własne szczęście", biorąc pod uwagę mój stan. Wtedy jednak to właśnie czułem, szczęście, że jesteś obok, blisko, właściwie na wyciągnięcie ręki, i jednocześnie tak daleko. I mimo tego, że czułem, że nie powinienem, zanurzyłem się w ten świat, w którym byłaś. To nie był mój świat, ale chciałem, aby takim się stał. Czułem, że robię źle, ale prawdopodobnie myślałem wtedy tylko o sobie. Chciałem, abyś wyrwała mnie z tych macek, w których się znajdowałem, chociaż na trochę.

Nie miałem Ci nic do zaoferowania poza mną samym, wtedy, na te kilka dni i tylko na kilka dni, jakby nic już później nie było. Bo dla mnie nie było. Dla mnie istniał tylko tamten czas. Naszej bajki. Później bajka się kończyła, nadeszła rzeczywistość, a do niej nie mogłem Cię zabrać. *Powód, dla którego znalazłem się sam w tym hotelu, był taki, że postanowiłem zerwać więzi z moimi bliskimi. Stało się tak dlatego, że dowiedziałem się, że jestem chory i że śmierć może nadejść praktycznie w każdej chwili, a jakakolwiek operacja jest obarczona ryzykiem większym, niż to jest warte. Taką diagnozę usłyszałem od kilku lekarzy. Wtedy zdecydowałem, że nikt nie może się o tym dowiedzieć, nikt nie może przeżywać razem ze mną tego oczekiwania. Z drugiej strony nie chciałem narażać najbliższych na to, że umrę nagle, gwałtownie, podczas jakiejś prozaicznej czynności, jak choćby wspólnego jedzenia śniadania. Szczerze mówiąc, po cichu liczyłem na to, że może stanie się to właśnie tam, nad morzem. Będę siedział na leżaku, patrzył na fale i po prostu nagle się wyłączę.*

Ale to była myśl, zanim zobaczyłem Ciebie. Gdy to się stało, nagle dostałem zastrzyk życia. Wtedy zacząłem marzyć o tym, aby tylko dożyć do Twojego wyjazdu, później niewiele miało znaczenie. Wiedziałem, że to nieuniknione, ale chciałem przynajmniej przeżyć te kilka dni.

Ta choroba, ten wyrok, pozwolił mi spojrzeć na moje życie. Było szczęśliwe. Miałem dobre małżeństwo, gdybyś w innych warunkach poznała moją żonę, pewnie byście się polubiły. Mam wspaniałą córkę, lepszej nie mógłbym sobie wymarzyć. Los był dla mnie łaskawy. Oczywiście do tej chwili, ale może to jest cena, którą trzeba zapłacić, aby wszystko we wszechświecie się bilansowało. Wychodzi ze mnie ekonomista... Pogodziłem się z tym, odszedłem, wszystko pozabezpieczałem, nie jak Walter White w Breaking Bad, *ale wystarczająco. Dostałem od życia dużo, może to musiało wystarczyć. Diagnoza, jaką otrzymałem, była jednoznaczna: to koniec.*

Wtedy poznałem Ciebie. Kolejny żart losu. Czymkolwiek to miało być, powiedziałem temu „tak". Nagle, kiedy byłem już raczej pogodzony z przeznaczeniem, dostałem coś innego niż wszystko, co było przedtem. Nie potrafię opisać tego słowami. Miałem wcześniej małżeństwo, miałem miłość, ale nasze połączenie było wyjątkowe. Tak jakby dwa puzzle wreszcie znalazły swoje miejsce w układance wszechświata. Wiem, jak to brzmi, ale tak to czułem wtedy i tak to czuję dzisiaj, kiedy piszę te słowa.

Chciałbym napisać, że lipcowe rozstanie było dla mnie równie bolesne, co dla Ciebie. Ale skąd mogę to wiedzieć, a jeśli Twoje uczucia są podobne do moich, to nie jestem w stanie nawet wyobrazić sobie cierpienia, jakie stało się Twoim udziałem. Z mojej winy. Zdaję sobie sprawę, że po prostu Cię wykorzystałem. Nie byłem szczery albo mówiąc wprost: kłamałem. Chociaż nic mnie nie usprawiedliwia, na swoją obronę mogę powiedzieć tylko tyle, że nie chciałem i nie miałem prawa wyjawić Ci prawdy. Nie mogłem zabrać Cię ze sobą. Masz swoje życie, dzieci, które Cię potrzebują. Ja z moim bagażem byłem ostatnim, czego potrzebowałaś. To było słuszne, to było właściwe. W to chciałem i musiałem wierzyć.

Po powrocie za wszelką cenę starałem się wrócić do życia sprzed urlopu. Do oczekiwania na nieuniknione, ale moje myśli, moje serce, były cały czas z Tobą. Wracając do naszej ulubionej analogii, byłem jak Jon Snow, a ty byłaś Melissandre, która mnie ożywiła. Mam nadzieję, że udało mi się chociaż na chwilę wywołać uśmiech na Twej twarzy. Ten sam, który widziałem zawsze po przebudzeniu, nie tylko przez nasz tydzień, ale również każdego poranka od tamtej pory. Zawsze kiedy się budzę, zanim jeszcze otworzę oczy, czuję, jakbyś była obok, widzę Cię tak samo dokładnie jak w naszym pokoju. Staram się wtedy przedłużyć tę chwilę, bo wiem, że gdy wrócę do rzeczywistości, to Ciebie już nie będzie, bo zrobiłem to, co zrobiłem. Próbowałem sobie wmawiać, że to był tylko tydzień, taki nasz „miesiąc miodowy" zamknięty w siedmiu dniach. W takich sytuacjach wszystko jest wspaniałe, a życie jest inne. Ale sama doskonale zdajesz sobie sprawę, ile taka negacja jest warta.

Mam nadzieję, że jeszcze czytasz. Postaram się streszczać, ale jest tyle rzeczy, o których chciałbym ci powiedzieć. Jednocześnie mam świadomość, że mogłem to zrobić, dopiero co. Kiedy przyszłaś, pierwszym moim odruchem było zrobienie właśnie tego, opowiedzenie Ci o wszystkim, proszenie o wybaczenie i jeśli byłaby szansa, wzięcie Cię w ramiona, choćby tylko na chwilę. Przestraszyłem się tego. Znalazłaś mnie, a ja w idiotycznie pokrętny sposób chciałem całkowicie wybić Ci siebie z głowy. I z serca, jeśli tam mnie miałaś. Nie mówiłem Ci o tym, ale ja wiem, co to znaczy patrzeć na śmierć najbliższej osoby. Lata temu obserwowałem to z pierwszego rzędu i za nic na świecie nie chciałbym skazać kogoś na coś takiego. I w tym odruchu popełniłem prawdopodobnie największy błąd w moim życiu.

Jak sama widzisz, w moim liście sprzeczność goni sprzeczność. I po co w ogóle ten list? Na tę drogę wszedłem przekonany co do jej słuszności. Po prostu w dużym stopniu się wycofałem. Tylko że później poznałem Ciebie i kiedy postanowiłem wkroczyć do Twojego świata, powinienem być szczery albo nie wkraczać wcale. Tylko że ta ostatnia opcja nie wchodziła w grę.

Przepraszam Cię za wszystko i wiem, że nie zasługuję na wybaczenie, ponieważ nic mnie nie usprawiedliwia. Ten chaotyczny list jest jakąś próbą wyjaśnienia, ale z pewnością nie usprawiedliwienia. Skoro moje uczucia były szczere, nigdy nie powinienem był tak postąpić. Teraz to widzę, teraz to wiem. Szkoda, że tak późno. Po krzywdzie, jaką Ci wyrządziłem.

Pamiętasz, jak spytałaś się mnie, „czy to jest to?", a ja potwierdziłem? To była prawda, to było to, a dla mnie cały czas jest. Nie wiem, dlaczego to wszystko się stało. Nie wiem, dlaczego wtedy na lotnisku podeszłaś do mnie. Zmieniłaś wszystko. Ostatnie słowa wtedy, gdy już z daleka spytałaś: „Wiesz?". Wiedziałem i może właśnie dlatego...

Nie jest to z pewnością najbardziej składny list na świecie.

Mam nadzieję, że Ty też wiesz...

Bazgrzę już bez sensu. Chciałbym cofnąć czas. Wszystko zrobiłem nie tak.

I nawet te słowa, które cisną mi się na usta, które tak bardzo chciałbym Ci powiedzieć wprost, muszę napisać tu i teraz, na tej kartce. Bo właśnie tym dla mnie był nasz tydzień, tu i teraz, tylko że Ty o tym nie wiedziałaś i to było nie w porządku. A „tu i teraz" zmieniło się w coś więcej, objęło kolejny dzień i kolejny. Tyle że bez Ciebie... A to już moja wina.

Mam nadzieję, że znajdujesz jakiś sens w tym pomieszaniu z poplątaniem. Jeszcze jedno, przedostatnie. Dzięki Tobie zacząłem szukać; zajęło mi to chwilę, dłuższą chwilę, ale udało się, jeśli to w ogóle dobre określenie. Ale znalazłem. Szanse są niewielkie, wręcz minimalne, ale cóż. Spróbuję.

Jest jeszcze coś, co ciśnie mi się na usta. Żałuję, że robię to w ten sposób, ale chcę, żebyś wiedziała.
Kocham Cię.

Kamil

PS On był prawdziwy, Twój, stworzony właśnie wtedy.

– Wiedziałam – powiedziała Lena cicho do siebie. – Wiedziałam.

PIĄTEK, PAŹDZIERNIK

„Proszę być gotowym, zaraz po pana przyjedziemy". Przedrzeźnił w myślach pielęgniarkę i od razu poczuł się winny. Z jej strony oraz ze strony innych pielęgniarek spotkały go wyłącznie życzliwość i troskliwa opieka. Był po prostu zły. Wszystko było zaplanowane, operacja miała się odbyć dwa dni temu. Lekarz wielokrotnie powtarzał, że i tak jest późno, a każdy dzień zwłoki może się okazać tym jednym za dużo. Jakby o tym nie wiedział. A potem coś tak prozaicznego jak nieżyt żołądka ścięło pana doktora z nóg. Co prawda pojawił się w czwartek, ale gdy Robert go zobaczył, uznał, że nie pozwoli grzebać w swoim mózgu komuś, kto się ledwo trzyma na nogach. Lekarz nie oponował. Mimo że podpisał wszystkie przedłożone mu zgody zwalniające szpital oraz lekarza z odpowiedzialności za wynik operacji, to byłoby przegięcie. I bez tego ryzyko było olbrzymie, a szanse na powodzenie mniejsze niż większe.

Dzisiaj na szczęście lekarz wyglądał już zdecydowanie lepiej i do tego tryskał doskonałym humorem, jakby miał przed sobą wolny dzień, a nie poważną operację. Może po prostu lubił wyzwania, ale jego humor nie zadziałał na Roberta optymistycznie.

Przez te miesiące przeżył praktycznie każdy stan, od rezygnacji po drobną próbę walki zgniecioną w zarodku przez kolejnych lekarzy stwierdzających, że nic się nie da zrobić. Od kolejnego poddania się do przebudzenia chęci podjęcia kolejnej bitwy powiązanej z poczuciem, że i tak jest to na darmo. Wreszcie do ostatniego rzutu na taśmę, zakończonego – można powiedzieć – sukcesem. Przypadek zrządził, że trafił na doktora Pawła. Wybrał się na spacer po mieście, jeden z wielu donikąd. W ostatnim czasie zdarzało mu się to coraz częściej. Po prostu szedł przed siebie, do momentu kiedy przebudzał się z letargu, próbował zorientować się, gdzie jest, a później wracał.

Tamtego dnia też tak było. Jego myśli tradycyjnie wróciły do lipcowych dni, a ilekroć pomyślał o Lenie, od razu wracał do Moniki i Kingi, tak jakby od razu budziło się w nim poczucie winy. Gdyby ich nie zostawił, nie poznałby jej. Jedno prowadziło do drugiego. Czy gdyby nie to coś w jego głowie, myśl o nowej drodze w ogóle zrodziłaby się w jego głowie? Rozważanie nie miało większego sensu. Wiedział, kim była dla niego Monika. Wiedział, kim się stała Lena. Niezależnie od wszystkiego, było, jak było.

Obraz wujka Janka był tym, co napędzało jego decyzję, pierwszą i następne. Nie mógł pozwolić, aby jego śmierć, a właściwie oczekiwanie na nią, zrobiły z Moniką i Kingą, a później z Leną to, co oczekiwanie na śmierć cioci Eli zrobiło z wujkiem. Tego człowieka już nie było, nigdy nie doszedł do siebie, a wkrótce potem umarł. Może był to skrajny przypadek. Ale to, co obserwowanie czyjegoś powolnego odchodzenia robiło z jego bliskimi, było nieodwracalne. Z tym było trudno dyskutować, i on sam nawet przez chwilę nie miał zamiaru. Decyzja należała do niego.

Idąc i tak rozmyślając, prawie wpadł na reklamę jakiegoś salonu do kształtowania sylwetki. Kiedy przeczytał ogłoszenie, automatycznie spojrzał na budynek. Okazało się, że tuż obok znajdowała się prywatna przychodnia. Napis na niej głosił: „Najwyższej klasy specjaliści". Doskonale pamiętał, jak uśmiechnął się pod nosem. Tak, jasne. I w jakimś pełnym przekory odruchu postanowił to sprawdzić. Reszta potoczyła się szybko, następnego dnia miał wizytę. Przychodnia bezwzględnie wierzyła w wysoką jakość swoich usług, bo ceny były raczej zaporowe dla przeciętnego zjadacza chleba. W innej sytuacji pewnie również by się nie zdecydował, ale wysłuchał już tyle nic nieznaczących opinii wielu lekarzy, że stwierdził, iż może warto ponieść jeden z pewnie ostatnich dużych wydatków.

Doktor Paweł, jak Robert lubił się do niego zwracać, zaprosił go do szpitala na badania, aby po zapoznaniu się z wynikami zdecydować się na zabieg. Szanse niewielkie, ale warto spróbować, niż tak po prostu czekać. Ryzyko: bardzo duże. Może gdyby wcześniej… Serio?! Tym zdążył się już nadenerwować. Dzień tej rewelacji, raptem lekko ponad tydzień temu, był cały czas w pamięci Roberta. Zaraz po wyjściu z gabinetu natknął się na Lenę. Ze wszystkich ludzi właśnie na nią. W pierwszej chwili nie zareagował na wypowiedziane przez nią imię. Kamil żył tylko przez tydzień i było to jedyne prawdziwe doświadczenie tych okropnych miesięcy, ale trwało ledwie siedem dni. Kiedy zobaczył Lenę na szpitalnym korytarzu, poczuł jednocześnie ból i wstyd. Mimo że usilnie próbował, nie udało mu się wymazać jej ze swoich myśli, a tym bardziej z serca. Chciał ją przeprosić, chciał powiedzieć, co do niej czuje, ale co miał do zaoferowania? Operację, której szanse na sukces nie były za duże. Uratował go doktor Paweł, bo kiedy ją zawołał, Robert mógł się niepostrzeżenie zmyć. Oczywiście powinien wziąć pod uwagę, że Lena mogła nie podzielać jego uczuć, mogła czuć coś wręcz przeciwnego. Wtedy, gdy wyszła z jego mieszkania... Co nim kierowało, dlaczego to zrobił? Na to pytanie nie potrafił odpowiedzieć.

To było złe i niewybaczalne. Bez względu na okoliczności. Potrafił sobie wytłumaczyć swoje wcześniejsze czyny. Czy teraz, tuż przed operacją, uważał je za słuszne? To była kwestia mocno dyskusyjna. Gdyby wtedy w styczniu trafił na doktora Pawła, wszystko mogłoby wyglądać inaczej. Mogłoby. Decyzje, które podjął, miały sens wtedy, i mógłby ich bronić, ale teraz wolał o nich nie myśleć. Czasu i tak nie mógł cofnąć. Natomiast tego, co zrobił Lenie podczas jej wizyty, nie był w stanie uzasadnić. Gdyby powiedział jej prawdę, a ona zdecydowałaby, że z nim zostanie, to i tak nie byłoby wiadomo, jaki będzie finał operacji. A gdyby skończył jako osoba wymagająca stałej opieki? Ona by go nie zostawiła. I ten argument był całkiem logiczny.

Złe i niewybaczalne. Zrobił to kobiecie, którą... kochał. A może jednak nie, może jednak nie wiedział, co to w ogóle znaczy, skoro posunął się tak daleko? Ale teraz to i tak nie miało już znaczenia. Usłyszał kroki na korytarzu. Za chwilę go zabiorą. Listy już pewnie doszły. Winnicki miał je dostarczyć wczoraj. A wczoraj miało być już po wszystkim. Miały się dowiedzieć już po fakcie.

Drzwi do jego pokoju uchyliły się. Pielęgniarka rozmawiała z kimś na korytarzu. Miał jeszcze chwilę na pobycie sam ze sobą.

Wiedział, że popełnił błąd, ten ostatni błąd. Czy dostanie szansę, aby go naprawić, czy taka szansa w ogóle istnieje? Wkrótce się przekona. Może.

Drzwi otworzyły się na całą szerokość.

* * *

Monika stała przed szpitalem. Powoli zbliżało się południe. Spojrzała nerwowo na zegarek, a następnie na przystanek autobusowy. Wiedziała, że jest przynajmniej pół godziny za wcześnie, aby wypatrywać Kingi, ale odruch to odruch. Ponownie zerknęła na budynek. Nie był nowy, mimo że wewnątrz robił dobre wrażenie, przypominał jeden z tych filmowych, świetnie wyposażonych szpitali. Tylko ta bryła nie była za ciekawa.

Rozważania architektoniczne? Może i dobrze, byle tylko oderwać się od tego, co w środku. Jak strasznie pokręcone były te ostatnie dni? Nie. Nie ostatnie. Dni od stycznia, od wielkiej bomby.

Ich życie było poukładane, dokładne, spokojne, bez większych zawirowań. Wszystko mieli z grubsza zaplanowane i tak było dobrze. Tym większy był cios i szok, kiedy Robert postanowił odejść. Jak to? Dlaczego? Powinna była drążyć do samego końca, a ona zachowała się jak bokser znokautowany w pierwszej rundzie. Zanim się ocknęła, Roberta już nie było. A w niej została dziura, którą najszybciej jak się dało, zapełniła argumentami męża. Może rzeczywiście spoczęli na laurach, może rzeczywiście pozwolili, aby miłość do Kingi przysłoniła ich samych. Byli tacy zgodni, dopasowani, niemal idealni. Idealna para z idealnym dzieckiem, a przecież akurat ona powinna wiedzieć, że takie nie istnieją. Są lepsze i gorsze, ale nie ma ideałów. Lubili siebie i lubili być razem. Czy to była miłość? Pewnie tak, może tak, kto to na dobrą sprawę wiedział.

Wtedy, w styczniu, zwątpiła w to, zwątpiła w nich i po prostu się poddała. A co właściwie mogła zrobić? Oświadczenie Roberta było stanowcze i zdecydowane. Znała go na tyle dobrze, że wiedziała, że jego decyzja jest ostateczna. Gdyby jednak chociaż spróbowała do niego dotrzeć... Czy nie pozwoliła jej na to duma? Czy powiedziała sobie, że nie będzie prosić, że nie będzie żebrać? Że jeśli chce je zostawić, to droga wolna? Czy naprawdę myślała w takich kategoriach? W tej chwili nawet tego nie pamiętała. Na pewno zrobiła to, co umiała najlepiej, rzuciła się w wir opieki nad Kingą, mimo że jej dziewiętnastoletnia córka wcale jej aż tak bardzo nie wymagała. Może i nie, ale Monika usiłowała w ten sposób wyprzedzić jakiekolwiek negatywne skutki, które odejście Roberta mogło wywołać w ich córce. Zwłaszcza biorąc pod uwagę, że matura wtedy za pasem. Pamiętała, jaki wspaniały obraz ojca przedstawiała Kindze. Że oczywiście ją kocha i że to sprawa wyłącznie między nimi, i że tak w życiu bywa. Teraz nie była nawet pewna, czy sama w to wierzyła, ale po wielokroć powtarzała jej właściwe rzeczy, tworząc obraz pewnie lepszy od rzeczywistego. Kinga nie była głupia, ale Monika i tak czuła, że to jest minimum, jakie musi wykonać. Dla niej i dla siebie.

Teraz, z perspektywy czasu, wszystko wyglądało inaczej. Uważała, że to, co zrobił Robert, nie było w porządku. Powinien im zaufać, powinien zaufać jej. Ludzie nie spędzają ze sobą ponad połowy życia, aby nie być razem w chwili największej próby. Odkąd jednak wiedziała, co się stało, starała się za wszelką cenę wczuć w jego sytuację, zrozumieć jego postępowanie. Znała historię chrzestnego Roberta i jego żony, mogła więc w jakiś sposób wczuć się w tok myślenia męża. Tylko że to była ona. I powinien jej zaufać. Chciał ich chronić, to zrozumiałe w jakiś pokrętny sposób, ale czy naprawdę mu się to udało? Czy to, co przeżyły, było warte tej „ochrony"? Robert zapewne myślał, że tak.

Nagle jej myśli powędrowały do tego nieszczęsnego trzeciego listu. Temat wracał do niej jak bumerang. Miała tę literę inicjału gdzieś na obrzeżach pamięci, na krawędzi percepcji. Podświadomość ją odnotowała. „Dla…". Ale co ta litera tak naprawdę by zmieniła? A może…

Zajęta rozmyślaniem, nawet nie zauważyła zbliżającej się Kingi. Córka wpadła jej w ramiona.

– Jak podróż? – spytała po chwili Monika.

– Dłużyła się.

Kinga wsiadła w pierwszy pociąg do Warszawy, jak tylko mama poinformowała ją o sytuacji. Około szóstej trzydzieści zadzwoniła Lena z informacją, że Robert będzie miał dzisiaj operację; podała adres szpitala i namiary na lekarza prowadzącego. Na pytanie, skąd to wszystko wie, odpowiedziała tylko, że uruchomiła kontakty i się udało. Monika nie wiedziała, jak jej dziękować. Lena odparła tylko, że na to przyjdzie czas później, i się rozłączyła. Po cichu miała nadzieję, że może przyjaciółka zajrzy do nich. Monika chciała, aby była z nimi.

Zaraz potem zadzwoniła do Kingi, która natychmiast zebrała się do wyjazdu. Później Monika pojechała do szpitala. Tutaj niestety niewiele się dowiedziała, poza tym, że rzeczywiście Robert był przygotowywany do operacji i faktycznie lekarz, o którym wspominała Lena, miał go operować, ale on niestety też był nieosiągalny. No i jeszcze jedno, lekarz jest neurochirurgiem.

– Wiesz coś więcej? – spytała córka.

– Tylko tyle, ile ci powiedziałam przez telefon.

– Ten lekarz to neurolog, prawda? Od mózgu? – W głosie Kingi wyraźnie było słychać nerwowość i niepokój.

– Tak, generalnie od ośrodka nerwowego, a on idzie z mózgu. Ale nie wiem nic więcej.

– A jak w ogóle go znalazłaś?

– Moja przyjaciółka, Lena, znalazła tatę. Nie wiem do końca jak, bo nie było czasu na rozmowy, ale ona jest psychiatrą, a neurologia i psychiatria nie są tak daleko od siebie i Lena pewnie zna to środowisko. Może trochę podzwoniła i szczęśliwym trafem znalazła.

– Ale przecież to wcale nie musiała być ta choroba. W listach nie było o tym ani słowa. Mógł mieć przecież raka. Zresztą o tym pomyślałam w pierwszej chwili. Więc skąd ona wiedziała, kogo spytać?

Logiczne myślenie i trzeźwość umysłu nawet w sytuacjach kryzysowych. Jej córka tak bardzo przypominała Roberta. Chociaż nie była pewna, czy logika, którą popisał się Robert dziesięć miesięcy temu, była dobra.

– Nie wiem. Pewnie to był szczęśliwy traf. Przy okazji spytam ją. Muszę w ogóle jej podziękować jak należy, tak szybko się rozłączyła. Nie wiem, ile czasu poświęciła na swoje poszukiwania. Możliwe, że całą noc. Wyszłam od niej późnym wieczorem.

– Jest ci bliska? – Kinga przyjrzała się uważnie mamie.

Jak daleko sięgała pamięcią, jej rodzice byli dla siebie najlepszymi przyjaciółmi. Oczywiście mieli znajomych, z którymi z pewną regularnością się spotykali, ale we dwoje tworzyli najbardziej zgrany tandem, jaki znała. Choć może jednak nie tak bardzo, skoro się rozstali, ale to chyba było bardziej skomplikowane, niż pierwotnie obie myślały. Może gdyby nie ta choroba, to nigdy by się nie wydarzyło. Jeśli to było coś z mózgiem, mogło przecież wpłynąć na jego procesy myślowe, do tego dochodził stres… Trudno powiedzieć, co ludzie mogą zrobić w takiej sytuacji.

– Nawet bardzo – przyznała Monika. – Nie wiem, kiedy to wszystko tak się potoczyło. Dopiero co przyszła do mnie jako pacjentka, a teraz jesteśmy jak stare przyjaciółki.

Chyba powinnyśmy wejść do środka. – Wskazała na drzwi szpitala.

Kinga popatrzyła w tym kierunku.

– Boję się – powiedziała.

– Ja też, skarbie. Ja też.

* * *

Lena zatrzymała się. Stała na rogu korytarza. Na jego drugim końcu zobaczyła Monikę z Kingą. Obie czekały na lekarza, który lada chwila mógł wyjść zza drzwi prowadzących do bloku operacyjnego. Operacja trwała pewnie od paru godzin. A może już się skończyła? Ale wtedy pewnie ktoś by się pojawił.

Wszystko, co Lena wiedziała, to to, że miała się rozpocząć dzisiaj rano. Dowiedziała się również, że mieli dwudniowe opóźnienie, i to tyle. Zaciągnęła dług. Paweł nie musiał, a nawet nie powinien udzielać jej informacji na temat swojego pacjenta. Dał do zrozumienia, że pacjent wyraził się dosyć jasno w tej sprawie. Do czasu zabiegu miał być odcięty od świata zewnętrznego, a jeśli chodziło o to, co później, to stwierdził, że się zobaczy.

Pierwszy numer, który wybrała po przeczytaniu listu, należał właśnie do Pawła. U niego przecież zobaczyła Kamila. Od niego uzyskała numer oraz adres ostatecznego kontaktu. Nic dziwnego, że trafiła prosto do Moniki. Teraz wszystko było jasne. Każdy element układanki trafił na swoje miejsce. Tamtego wieczoru poszła pod dobry adres i nie szukała wcale tajemniczego mężczyzny, od którego Monika kupiła mieszkanie. Szukała męża swojej nowej przyjaciółki. Swojej najlepszej przyjaciółki. Jej siostra Ilona pewnie by się obruszyła na to stwierdzenie, ale taka była prawda. W ciągu tych kilku tygodni poznały się z Moniką bardzo dobrze, na poziomach, do których czasami dochodzi się latami. Widocznie ich wspólny los taki był, tak powiązał ich drogi ze sobą.

One dwie i dwóch mężczyzn w ciele jednego. Monika i Robert. Lena i Kamil. Jak totalnie popieprzone to było! I jakie szanse na takie spotkania? Jak Lena mogła trafić akurat do Moniki? Ze wszystkich psychologów przyjmujących w Warszawie akurat do niej? Potrzebowała kogoś spoza kręgu ludzi, których znała... i znalazła. Znalazła wspaniałą kobietę, żyjącą w nieświadomości, na kłamstwie zbudowanym po to, aby ją podobno ochronić. Czy ich historia nie była podobna? Wszystko, co zrobił Kamil, też podobno było dla jej dobra. Szkoda, że nie spytał, co ona o tym myśli.

Cały czas myślała o nim jako o Kamilu. Tak było lepiej, wygodniej. Patrząc na zawiłość relacji, mogła przynajmniej stwierdzić, że Kamil był jej i tylko jej. Tak zresztą napisał. W liście, który może nie rozwiewał wszystkich wątpliwości, ale dawał jej poczucie, że nie zwariowała, wierząc przez cały czas, że jej Kamil był prawdziwy i to, co stało się ich udziałem, też takie było. Oczywiście kłamał o swojej chorobie, czy raczej nic o niej nie wspomniał. Na jedno wychodzi. Na pocieszenie można powiedzieć, że nikt o jego dolegliwości nie wiedział. To była tajemnica, którą chyba chciał zabrać do...

Lena wstrzymała oddech, jakby niedokończenie tego zdania mogło coś zmienić. Stała i patrzyła z daleka na matkę i córkę, czekające na jakiekolwiek wieści o stanie ich męża i ojca. Właściwie to eksmęża, to znacząca różnica. A kim w tym układzie była Lena? Znajomą, partnerką, kochanką czy może jednak miłością, jak napisał w liście? Przez całą noc nie zmrużyła oka. Analizowała wszystko z każdej możliwej strony. Oczywiście najważniejsze było to, aby żył. Operacja, której miał zostać poddany, to nie był spacerek po parku. To wiedziała. Ale co potem? Staną przed nim obie, a on będzie wybierał? Czy zaczną walczyć o niego? To ostatnie brzmiało śmiesznie. Żadnej walki nie będzie. A co będzie? Lena stanie przed Moniką i wyjawi jej prawdę?

Oparła się o ścianę i zamknęła oczy. Była wystarczająco daleko od matki i córki, by jej nie dostrzegły. Wokół bez przerwy kręcili się ludzie, jeśli nie jacyś pacjenci, to lekarze i pielęgniarki. Ukryta była dobrze. Właśnie, ukryta – słowo klucz. Jakaś jej część chciała tam podejść. Wesprzeć przyjaciółkę i jej córkę, a może przez to sama poczuć ich nieświadome wsparcie. Czuła jednak, że to byłby o jeden krok za daleko, o ile już wcześniej nie przekroczyła tej granicy. W końcu siedziały razem, patrzyły sobie w oczy i Lena wiedziała. Teoretycznie mogła powiedzieć prawdę, ale z drugiej strony przecież rozmawiały o Robercie, a ona o nim akurat wiedziała niewiele. Ona znała Kamila.

Mimo woli uśmiechnęła się do siebie pod nosem. Jakie to życie było kiedyś prostsze! Dzieci, praca, dom, dzieci, praca, dom. Jedyne, czego pragnęła, to spokój ducha. Chciała usiąść, odetchnąć i niczym się nie martwić. Cieszyć się tą chwilą.

Cieszyć się życiem. W końcu było tylko jedno. Nie chciała już czuć tego bólu, który potrafił przemieszczać się od mostka do głowy i z powrotem, zawładając całym ciałem. Ten ciągły niepokój, którego nie potrafiła się pozbyć. Zazwyczaj udawało się go zepchnąć, gdzieś dalej, ale był tam, czekał spokojnie, aby wrócić i wygodnie rozsiąść się w jej wnętrzu.

Ból, który czuła wtedy, w lipcu, na myśl, że nigdy więcej go nie zobaczy, był nie do opisania i mimo tego, co zrobił Kamil i mimo wszystkich znaków na niebie i ziemi wskazujących na coś innego, ona wierzyła w ich uczucie, wierzyła w nich. Czy teraz powinna się wycofać? Nic takiego nie wchodziło w grę. Powrotu do spokoju sprzed wakacji już nie było. I tak naprawdę wcale go nie chciała. Pragnęła innego rodzaju spokoju. Pragnęła ciszy, którą znalazła przy nim. Chciała wrócić do ich bajki, kiedy cały świat to byli oni i tylko oni. Nie potrafiła sobie przypomnieć, czy była kiedyś tak szczęśliwa jak wtedy, przez te siedem dni. Czy coś innego naprawdę liczyło się w życiu? Dzieci były już duże. Nastał jej czas. Nie dopuszczała do siebie myśli, że mógł trwać tylko tamten tydzień.

Co zrobiła nie tak? Dlaczego los miałby sobie z niej zakpić tak okrutnie? Czy naprawdę wszystko musiało być nie tak? Odnalazła Kamila i teraz już wiedziała, że on też ją kocha. Czy miała pozwolić mu odejść? Oby tylko żył. Nie odebrała go Monice. On sam odszedł i znalazł ją. Oboje się znaleźli. Nic by się nie wydarzyło, gdyby tego nie potrzebowali, gdyby tego właśnie im nie brakowało. Była uczciwa i nikogo nie skrzywdziła. Zakochała się w rozwiedzionym, wolnym mężczyźnie. Mogła pójść do niego z podniesioną głową.

Gdyby to tylko było takie proste. Niezależnie od ilości prób przekonania samej siebie zawsze będzie czuć się jak intruz.

Od tych nerwów powoli zaczęło jej się mieszać w głowie. Niech już ktoś wreszcie wyjdzie. Czuła, że jest na granicy. Niech ktoś wyjdzie i powie, że wszystko dobrze się skończyło. Potem ona pójdzie walczyć o swoją miłość. Kamil napisał list kilka dni temu, a przekaz był oczywisty.

Niech tylko ktoś wreszcie wyjdzie!

Nagle w drzwiach bloku operacyjnego pojawił się on, Paweł. Rozejrzał się powoli, a Monika i Kinga natychmiast rzuciły się w jego stronę. To samo uczyniła Lena. Nic teraz nie miało znaczenia. Zresztą Monika i tak się raczej nie powinna zdziwić jej obecnością. Lena miała do pokonania korytarz długości kilkudziesięciu metrów. Z daleka widziała, jak Paweł rozmawia z kobietami. Mimo dużej odległości widziała na jego twarzy nie tylko powagę, ale również ogromne zmęczenie. Operacja nie mogła być łatwa, ale czy zakończyła się sukcesem? W jego spojrzeniu nie dostrzegała rezygnacji, ale była jeszcze zbyt daleko. Czy mógł to być sukces?

* * *

Monika słuchała Pawła. Starała się skupić na każdym słowie, które wypowiadał. Dlaczego lekarze mieli tendencję do mówienia językiem jakoś specjalnie skomplikowanym? Przecież odpowiedź na ich pytanie była prosta. Nie trzeba robić tego bełkotliwego wstępu. Opowiadanie o zabiegu i stopniu jego komplikacji można zostawić na później. Wiedziała, że taki wstęp nie wróżył zazwyczaj nic dobrego. Wydawał się swego rodzaju usprawiedliwieniem. Było tak trudno i niestety się nie udało.

Cierpliwość ich obu została wystawiona na niewyobrażalną próbę.

Nie wiadomo, skąd przyszła ta myśl. Nagle, w najmniej odpowiednim momencie, znalazła drogę z obrzeży świadomości prosto przed jej oczy. Ta litera z listu. Widziała ją tak samo dokładnie jak mężczyznę stojącego przed nią. Dlaczego teraz?

Wtedy lekarz przeszedł do sedna.

* * *

Znała procedurę, po wstępie dotyczącym przebiegu operacji lekarz zawsze przechodził do sedna. Widziała dokładnie, jak Paweł je przekazuje. Co prawda, Monika i Kinga były zwrócone do niej plecami, ale mogła dostrzec ich reakcję z postawy ciała. Córka wtuliła się w matkę. Płakała. Czy były to łzy szczęścia, czy rozpaczy?

Na pewno szczęścia. To nie mogło się tak skończyć.

W tym momencie Paweł spojrzał na nią.

Skinął delikatnie głową. Czy to było przywitanie, czy potwierdzenie? Ale czego? Dobrej czy złej wiadomości?

Na pewno dobrej. Jeszcze tyle przed nimi.

Monika, wciąż tuląc córkę, podążyła za wzrokiem lekarza.

Spojrzały sobie w oczy.

Przyjaciółka na widok Leny uśmiechnęła się smutno. Jakby ucieszyła ją jej obecność, że jest tutaj, żeby ją wspierać.

Nagle wyraz twarzy Moniki się zmienił. Jakby zdała sobie z czegoś sprawę. Jakby doznała olśnienia.

Jakby spojrzała w lustro.

Lena zrozumiała. Teraz już wiedziały obie.

Jej Robert. Jej Kamil.

Wszystko nie tak, od początku nie tak.

* * *

Otworzył oczy i szybko je zmrużył. Słońce świeciło pełnym blaskiem. Mimo że padał na niego cień parasola plażowego, chwilę trwało, zanim przyzwyczaił się do otaczającej jasności. Dlaczego nie miał okularów przeciwsłonecznych? Nad morzem praktycznie nigdy się z nimi nie rozstawał.

Przekręcił głowę w lewo, po czym to samo uczynił w drugą stronę. Jak okiem sięgnąć, nie było nikogo. Tak, jak lubił. Jak najmniej ludzi. Dlatego zresztą lubili ten hotel. Nawet pełne obłożenie nigdy nie było uciążliwe. Zawsze ci wszyscy goście rozkładali się na długiej i szerokiej plaży i przy kilku basenach.

Teraz jednak było inaczej. Teraz było pusto. Całkiem pusto. A szum morza to był jedyny słyszalny dźwięk. W sumie też tak, jak lubił.

Może po prostu było bardzo wcześnie. Ale nie, słońce stało wysoko na niebie. Mogło być południe albo chwila po.

Nagle zobaczył kogoś w morzu. Uśmiechnął się pod nosem. A więc nie był sam. Postać stała dosyć daleko, ale po chwili mógł stwierdzić, że to kobieta. Sylwetka, a przede wszystkim dwuczęściowy kostium kąpielowy, rozwiewały wszelkie wątpliwości. Sam się sobie dziwił, że dostrzegł te szczegóły. Czy to w ogóle było bezpieczne, tak się oddalać? Sam lubił wypłynąć czasem za granicę, którą wytyczały boje, ale nie czuł się tam nigdy zbyt komfortowo. Jeśli ta kobieta była tak daleko, to jakim cudem zobaczył jej kształty, o kostiumie nie wspominając?

Zamknął na chwilę oczy, a gdy je otworzył, kobieta była już zdecydowanie bliżej. Nadal daleko, ale musiała stanąć na jakiejś płyciźnie, gdyż woda nie sięgała jej nawet do pasa. Tak, teraz widział te szczegóły. Wzrok chyba płatał mu figle.

Odetchnął głęboko i ponownie powiódł wzrokiem dookoła. Nikt się nie pojawił. Mógłby pomyśleć, że jakimś cudem znalazł się na bezludnej, no prawie bezludnej wyspie, gdyby nie fakt, iż to była jego plaża, to znaczy ich plaża.

Ale jakich ich?

Dlaczego był tutaj sam?

Jak w ogóle się tu znalazł?

Wydawało mu się, że kobieta zbliżała się do niego, ale minęło dobrych parę minut, a ona pozostawała wciąż daleko.

Pomachała w jego kierunku. To musiało być do niego. Nikogo innego tutaj nie było. Chyba że ktoś stał za nim. Spróbował się odwrócić, ale z jakiegoś powodu nie mógł tego zrobić. Mógł kręcić głową, ale ciało pozostawało nieruchome.

Co się do cholery działo?

Kobieta ponownie pomachała ręką.

Chciał jej odmachać, ale nie mógł się ruszyć. Nie bardzo miał zresztą czym. Czuł się tak, jakby całe jego ciało to była wyłącznie głowa, co było o tyle dziwne, co przerażające. Ale przynajmniej widział tę kobietę. Może gdy się tu wreszcie zjawi, przyniesie ze sobą jakieś odpowiedzi. Tylko kiedy się zjawi? Widział wyraźnie, jak zmierza ku niemu, ale dystans cały czas się utrzymywał. Jakby on sam niezauważalnie się od niej oddalał, mimo że przecież nie wykonał żadnego ruchu.

Zamknął znowu oczy. Nad tym przynajmniej panował. Policzył w myślach do dziesięciu i otworzył je. Udało się, teraz widział ją już dosyć wyraźnie, jeszcze chwila i wyjdzie z wody.

Wydawało mu się, że ją znał. Na pewno ją znał, tylko za nic na świecie nie mógł przypomnieć sobie skąd. Nagle poczuł ukłucie w okolicach serca. To musiały być te okolice.

Co się działo?

Jeszcze chwila i ją spyta. Wyszła z wody. Zaraz zobaczy z bliska jej twarz. Wtedy na pewno sobie przypomni.

Ułamek sekundy. Zobaczył.

Nagle jej obraz zaczął się zacierać. Jakby patrzył przez obiektyw i nagle stracił ostrość.

Chciał krzyczeć, aby się cofnęła, ale nie mógł wydobyć z siebie głosu.

Za chwilę ten rozmazany cień przejdzie przez niego.

Pragnął, aby ponownie znalazła się w morzu, aby znów mógł ją widzieć, aby po prostu była.

Nagle wszystko wróciło.

Wiedział, kim jest.

Wiedział, co się z nim stało.

Wiedział, kim była ona.

Wyciągnął rękę, której nie było.

Chciał poczuć jej dotyk.

Chciał, aby wszystko wróciło.

Chciał ich czasu, razem. Mieli go przecież tak mało.

Teraz nie widział już nic.

Wszystko zniknęło.

Usłyszał oddech. Czy słyszał sam siebie? Nie, tu musiał być ktoś jeszcze.

Poczuł delikatny uścisk dłoni. Ktoś trzymał go za rękę.

Nagle była. Nie mógł odpowiedzieć tym samym. Był bezsilny.

Ale czuł.

Ale był.

Chyba.

A może to znów jakieś złudzenie? Szum morza i jego zapach?

Nie, to nie złudzenie.

Wszystko sobie przypomniał.

Teraz będzie inaczej, pomyślał.

– Jestem tutaj – usłyszał. A może tylko mu się wydawało?

Skąd ona tutaj? Czy to była ona? Wiedział, że nie zasługuje na jej obecność.

Wszystko tak. Teraz już wszystko będzie tak.

PODZIĘKOWANIA

Na samym początku chciałbym podziękować mojej żonie Renacie: za miłość i cierpliwość, których pokłady ma nieskończone i których – z jakichś nie do końca zrozumiałych dla mnie powodów – jestem beneficjentem.

Dziękuję moim córkom: Julii, Basi i Ninie – za nieustanny emocjonalny rollercoaster, dzięki któremu zawsze pamiętam, jak ważna jest każda chwila.

Wielkie podziękowania należą się Oldze, Marysi, Małgosi, Zosi, Kasi, Mateuszowi i Patrykowi z Wydawnictwa Filia. Dziękuję za wspaniałe powitanie, dzięki któremu od razu poczułem, że znalazłem się we właściwym miejscu. Dziękuję również za coś bezcennego: za pokazanie mi, jak może wyglądać praca, kiedy wszystkim zależy na jej wynikach.

Dziękuję bardzo mojej pani redaktor Malwinie: za wszystkie tak cenne i trafne uwagi, za pomoc i wskazówki, dzięki którym mogę inaczej spojrzeć na moją pracę i tak wiele się nauczyć.

Dziękuję rodzicom, na których zawsze mogę liczyć. A także moim przyjaciołom, Kasi, Jackowi, Marcinowi, Izie i Ani. Jestem wdzięczny, że jesteście.